Die junge Aristokratin Antonia unternimmt kurz vor ihrer Hochzeit einen Selbstmordversuch. Während sie im Krankenhaus im Koma liegt, lässt ihre Schwester Clara für Antonias Arzt die wechselvolle Geschichte ihrer Kindheit und Jugend lebendig werden. Wie in einem wunderbaren melancholischen Film beschwört sie das Leben im Schloss herauf, wo ein Todesreiter und ein Gespenst ihr Unwesen treiben und wo die Schwestern eines Tages ein geheimnisvolles Bild geschenkt bekommen. Es zeigt die schöne Contessa Elisabetta, eine Ahnin, die magische Kräfte zu haben scheint. Fasziniert von der unkonventionellen Frau kommen die Grafentöchter sorgsam gehüteten Familiengeheimnissen auf die Spur und beschwören erbitterte Auseinandersetzungen mit dem Vater und den Traditionen der Familie herauf.

Angela von Gatterburgs erster Roman, das Porträt einer eigenwilligen Adelsfamilie, ist eine Geschichte über weibliche Selbstbehauptung, über Schmerz, Liebe, Verrat und Versöhnung.

Angela von Gatterburg

Die Contessa

Angela von Gatterburg

Die Contessa

Roman

List

Meinen Eltern in Liebe

Der List Verlag ist ein Unternehmen
der Econ Ullstein List Verlag GmbH & Co. KG

ISBN 3-471-79450-6

Satz: Leingärtner, Nabburg
Druck und Bindung: Clausen & Bosse, Leck

1

An einem Sommertag im August verkündete meine Schwester Antonia, eine Fee werde die Familie in den nächsten Tagen aufsuchen und die nächsten fünfhundert Jahre nicht mehr verlassen. Die Fee war nicht eingeladen, wie meine Großmutter bemerkte, aber um solche Formalien kümmern sich Feengeschöpfe nicht. Antonias Fee erschien also, wenn auch in anderer Gestalt, als wir erwartet hatten. Sie sollte Glück in unser Leben bringen, das war ihre Aufgabe. Doch wie viele Glücksfeen hatte sie mächtige Gegenspieler.

An jenen August, der über zwanzig Jahre zurücklag, dachte ich an dem Abend, als ich den Anruf erhielt. Ich hörte Schumanns Klavierkonzert a-Moll, ein Lieblingsstück von mir, das ich auflegte, wenn ich meine eigene Musik und den Sound der Beatles oder Stones leid war. Das Telefon klingelte, ich drehte die Musik leiser, ging zum Schreibtisch und nahm den Hörer ab.

»Frau von Haimburg?« Ich kannte die Stimme nicht und schwieg einen Moment. »Oder sollte ich lieber Gräfin Haimburg sagen?«

Gräfin Haimburg! So hatte mich schon lange niemand mehr genannt, das ist einfach kein Name für eine Frau, die Rockmusik macht.

Ich lachte kurz. »Nennen Sie mich Clara. Was gibt's«?

Die Stimme am anderen Ende der Leitung klang angespannt und fremd: »Mein Name ist Moser. Ich bin Arzt und Psychiater und außerdem ein entfernter Bekannter Ihres Vaters. Es geht um Ihre Schwester Antonia.«

Mir wurde flau im Magen, ich spürte, wie sich kalter Schweiß auf meiner Stirn bildete. Antonia ist die jüngere von uns beiden und ich bin geradezu lächerlich besorgt um sie. Ich riss mich zusammen und begann mit hastigen Strichen das vor mir liegende Blatt Papier vollzukritzeln.

Doktor Moser sprach langsam und bedächtig, so als wollte er mich keinesfalls erschrecken. Er arbeite, erläuterte er mir, im Universitätskrankenhaus Heidelberg – das ist die Stadt, die unserem Familiensitz im Odenwald am nächsten liegt –, und dort habe man Antonia eingeliefert.

Während der Arzt sprach, kritzelte ich verbissen weiter und versuchte, mich zu konzentrieren. Ob ich so bald wie möglich kommen könne, fragte er. Er habe erfahren, ich sei lange die engste Vertraute von Antonia gewesen, und er hoffe, ich könne ihm bei dem Versuch, sie zu behandeln, helfen. »Sobald sie aufwacht.«

Einen Moment lang herrschte Schweigen. Doktor Moser wartete ab. Er schien ein geduldiger Mensch zu sein. Ich brauchte Zeit, ich war verwirrt. Aufwacht? Wieso wacht Antonia nicht auf?

Ich fühlte mich in meine Kindheit zurückversetzt. Antonia war der Mensch, der mir am meisten bedeutete. Ich hielt unsere Verbindung immer für schicksalhaft und habe nie versucht, dieser schwesterlichen Liebe zu entkommen, auch nicht in Zeiten, als Antonia mich zur Raserei brachte mit ihrer Naivität, ihrer wirren Wahrsagerei, auch nicht, als wir seltener zusammen waren, weil ich beschlossen hatte, nach London zu ziehen. Dass Antonia den Kontakt irgendwann abbrach war nicht meine Schuld. Wie lange war das nun her?

Während ich den Telefonhörer umklammerte und dem Arzt, der begonnen hatte, mir den Sachverhalt zu erklären, lauschte, starrte ich auf das Foto meiner Schwester, das in einem schlichten Silberrahmen auf dem Schreibtisch stand.

Antonia ist 26 Jahre, ein Jahr jünger als ich und eine Schönheit. Sie war schon als schönes Kind zur Welt gekommen, mit makellos feiner, faltenloser Haut, schwarzem Haar und blaugrünen Augen, das lieblichste Geschöpf, das Gott je in unser Dorf gesandt hat, wie die Hebamme, sich bekreuzigend, sagte.

»Ich würde das alles gern mit Ihnen in Ruhe besprechen, wenn Sie hier sind«, sagte Doktor Moser.

Ich bezweifelte, dass ich mich je wieder beruhigen würde, nachdem der Arzt mir knapp und sachlich mitgeteilt hatte, Antonia habe einen Selbstmordversuch unternommen, während eines Balls auf Schloss Ehreshausen. Sie hatte sich von einer der blumengeschmückten Terrassen vor dem Festsaal in die Tiefe gestürzt, während die anderen Gäste sorglos schwatzten und Walzer tanzten.

»Ihr Zustand ist kritisch, aber stabil«, sagte der Arzt.

Sie hatte wie durch ein Wunder keine inneren Blutungen. Ein Bein war gebrochen, kompliziert, soweit ich Doktor Moser folgen konnte, außerdem hatte sie Prellungen, die nicht dramatisch waren und eine mysteriöse Kopfverletzung, die den Ärzten Rätsel aufgab.

»Wir vermuten, dass es sich um ein Schädeltrauma handelt, wenngleich ich nicht genau weiß, welcher Art«, sagte er. »Vielleicht sollte ich besser sagen, dass es sich um keine der üblichen Verletzungen handelt, es liegt keine schwere Hirnschädigung vor oder etwas in dieser Richtung. Ihre Hirnfunktionen sind offenbar intakt. Doch sie ist bewusstlos, und sie will nicht aufwachen. Wir wissen nicht warum. Vielleicht können Sie uns helfen.«

Ich sagte nichts. Der Doktor räusperte sich. »Ein Teil der Familie ist natürlich bereits anwesend, wie Sie sich vielleicht vorstellen können.«

»Das kann ich mir gut vorstellen. Ich halte es allerdings für unwahrscheinlich, dass dieser Umstand eine große Hilfe für Antonia ist.«

Ich hörte mich antworten und schüttelte unwillkürlich ärgerlich den Kopf. Musste ich gleich wieder sarkastisch werden, nur weil ich völlig durcheinander war?

Ich holte tief Luft und versprach dem Arzt, das nächste Flugzeug zu nehmen.

Meine Hände zitterten, als ich in Heathrow anrief und einen Flug nach Frankfurt buchte, sie zitterten immer noch, als ich begann, wahllos einige Pullis, Kleider und Hosen aus der Schublade meiner Kommode zu zerren. Wie würde das Wetter im Odenwald sein? Auch so angenehm warm wie hier? Ach was, das war unerheblich. Antonia. Von der Terrasse gesprungen während eines Balls in Ehreshausen.

Warum? Sie hat es getan trotz all dieser Menschen, dachte ich, angesichts all dieser Ballbesucher in Abendkleid und schwarzem Frack. Sie hatten sie springen sehen, ein Champagnerglas in der Hand, plaudernd, wenige Meter von ihr entfernt stehend.

Wahrscheinlich war der gesamte Familienclan Zeuge der Tragödie gewesen. Was war geschehen? Antonia hatte mir nie geschrieben, doch über die Briefe meiner Großmutter hatte ich von ihrem Leben erfahren.

Mich überwältigte Traurigkeit, mir war ganz schlecht vor Elend. Ich holte mir ein Taschentuch aus dem Badezimmer, lief konfus im Wohnzimmer hin und her, blieb einige Minuten am Fenster stehen und starrte in die dunkle Nacht hinaus.

Schließlich nahm ich meinen roten Lederkoffer aus dem Kleiderschrank und legte ihn aufs Bett.

Ihr Zustand ist kritisch, aber stabil.

»Vielleicht könnten Sie mir ein wenig von ihrer Familie erzählen«, hatte dieser Psychiater gesagt. Er wollte verstehen, warum Antonia gesprungen war. Das wollte ich auch.

Mit energischen Schritten ging ich an die Vitrine, nahm ein Glas heraus und goss mir einen Whiskey ein.

Mein Kopf war voller lebhafter Bilder aus meiner Kindheit, ich brauchte sie mir nicht mühsam ins Gedächtnis zu rufen, sie waren da, immerzu. Schöne Bilder, schlimme Bilder, rätselhafte Bilder. Ich war nach London gezogen, um hier, in sicherer Entfernung von meiner Familie, zu leben, weit weg von meiner Heimat. Aber hatten die Bilder dadurch etwas von ihrer Macht eingebüßt? Natürlich nicht.

Der Wechsel in ein anderes Land war mir nie wie eine Flucht vorgekommen, ich lebte gern in dieser schillernden, bunten, weltoffenen Stadt. Wir schrieben das Jahr 1966, London war aufregend. John Lennon verkündete in einem Zeitungsinterview, die Beatles seien populärer als Jesus und Mary Quant, die Erfinderin des Minirocks, hatte gerade einen königlichen Orden verliehen bekommen. Die Leute liebten Swinging London, die Stadt galt als die Metropole des Jahrzehnts, und ich lebte mittendrin.

Und doch verging nahezu kein Tag, an dem ich nicht an Antonia oder jemand anderen aus meiner Familie dachte. Es ist wohl gleichgültig, wie viele Kilometer einen von zu Hause trennen, seiner Familie entkommt man nicht. Vor allem nicht einer wie meiner.

Ich würde Doktor Moser helfen, ich würde mit ihm in der Vergangenheit herumstöbern, ihm die Geschichte meiner Familie erzählen. Ich war entschlossen, die Ereignisse der Vergangenheit oder der Gegenwart aufzuspüren, die meine Schwester gequält und schließlich in Panik versetzt hatten. Und ich würde Antonia beistehen, während sie hilflos dalag, vielleicht ohne Erinnerung, wenn sie aufwachte, gefangen in der Zeitlosigkeit der Gegenwart.

Ich wollte Doktor Moser von unserem Leben im Schloss erzählen. Wir waren reiche, verwöhnte Kinder gewesen in einer wirren, schwierigen Zeit, wir hatten gelebt wie in einem behüteten Traum. Behütet? Ich wusste, dass das nur ein Teil der Wahrheit war. Irgendwann hatten Antonia und ich erstaunt entdeckt, dass wir in einer Welt heranwuchsen, zu der wir kein Zutrauen fassen konnten. Durch ein kurzes Telefongespräch mit einem unbekannten Arzt war ich wieder eingeholt worden von meiner Familiengeschichte und von den Fehlschlägen meines eigenen Lebens.

Ich starrte auf meine achtlos gepackten Pullis, Hosen und Sommerkleider, ging ins Bad, putzte mir gedankenverloren die Zähne, zog mein Nachthemd an und ging zu Bett. Alle meine Gefühle reduzierten sich jetzt auf Antonia: Ich wollte sie wiederhaben. Was hatte Doktor Moser gesagt? *Ihr Zustand ist kritisch, aber stabil.*

2

Im August 1944 gab die fünfjährige Antonia zur Teestunde mit wichtiger Miene eine Prophezeiung ab. Eine Fee werde auf Schloss Haimburg erscheinen, erklärte sie und die nächsten fünfhundert Jahre nicht mehr verschwinden. »Es ist eine besondere Fee. Sie kommt mit Sonne im Herzen und Kartoffeln im Bauch.«

Theresa Gräfin Haimburg, Antonias Großmutter, schnaubte wie ein Pferd. Ihr Schnauben brachte höchste Missbilligung zum Ausdruck. »Red keinen Unsinn, Antonia«, sagte sie streng. »Meines Wissens ist weder eine Fee noch sonst jemand eingeladen.«

Antonia überhörte den Einwand ihrer Großmutter und zwinkerte ihrer älteren Schwester Clara verschwörerisch zu. Clara begriff sofort, dass Antonia gründlich über den Zeitpunkt ihrer Ankündigung nachgedacht hatte und zu dem richtigen Schluss gekommen war, dass nur die Teestunde dafür in Frage käme.

Bei den Mahlzeiten hatten Clara und ihre Schwester, sofern sie mit den Erwachsenen am Tisch saßen, zu schweigen. Jeder Verstoß wurde damit geahndet, dass sie sich mit dem Teller in der Hand vor das Schlosstor setzen mussten, um dort, den spöttischen Blicken aller Angestellten und vorbeikommenden Dorfbewohner ausgesetzt, weiterzuessen und Buße zu tun.

Clara, eine kleine, trotzköpfige Person, saß wegen ihres aufbrausenden Temperaments dauernd vor dem Schlosstor, Antonia vergleichsweise selten. Sie verhielt sich klüger als ihre Schwester. Antonia besaß ein ungetrübtes Kindergemüt, um ihren Mund spielte ein gewinnendes Lächeln und die meisten Erwachsenen brachten ihr angesichts ihrer Lieblichkeit viel Milde entgegen – Milde, mit der die struppige und ungestüme Clara nicht rechnen konnte.

Antonia fiel bereits als Kind durch heftige Fieberkrämpfe und seltsame Vorhersagen auf. Sie sprach sehr früh, allerdings nur, wenn es ihr passte, und als sie vier Jahre alt war, erklärte sie ihrer Familie, sie verfüge über besondere Geisteskräfte. Sie könne Zeitreisen unternehmen, mit Schwänen und Wassermolchen sprechen, Gedanken lesen und in die Zukunft schauen, Fähigkeiten, die sie zu entwickeln gedenke, um sie fortan zum Wohle ihrer Mitmenschen auszuüben.

»Ha!«, hatte Großmutter Theresa ausgerufen, wie sie es häufig tat. Es klang wie ein Schlachtruf. »Wassermolche kommen mir nicht ins Haus. Zeitreisen kannst du unternehmen, so viele du willst. Sie müssen nur pünktlich zu den Mahlzeiten beendet sein.«

Die meisten Familienmitglieder reagierten, nachdem sich die Aufregung gelegt hatte, nachsichtig auf Antonias Mitteilungen, schließlich hatten Sonderlinge in dieser Familie Tradition. Großmutter Theresa gestand ihrer Schwiegertochter, dass es eine ganze Reihe von Haimburg-Ahnen gab, die über ähnlich lästige Talente verfügten. »In die Zukunft zu sehen und in andere Welten zu gleiten, das hat sie wohl geerbt«, sagte sie. »Kein Grund zur Beunruhigung. Vielleicht wird sie später durchs Leben schweben, mit dem Kopf in den Wolken. Nicht die schlechteste Art, sein Dasein zu verbringen.«

Graf Eduard, Antonias Vater, war entschieden anderer Meinung. Er wollte keine Tochter mit dem Kopf in den Wolken und ärgerte sich, als er Anzeichen von Wunderlichkeiten bemerkte. Antonia erhielt einen energischen Klaps von ihm, als sie ihre erste Zeitreise erwähnte.

Eduard, Theresas ältester Sohn, hing mit starken Gefühlen an seiner Familie, glaubte jedoch nicht an die Vererbung unliebsamer Fähigkeiten. Woran man nicht glaubte, so lautete seine schlichte Lebensphilosophie, das konnte auch keine Macht über einen haben. Er hielt Antonias Veranlagung für einen schlechten Scherz des Universums, für unaristokratisch, er bestand auf einer vernünftigen Tochter, die sich standesgemäß verhielt. Außerdem war er überzeugt, dass ihren Eigentümlichkeiten mit energischen Erziehungsmaßnahmen und bestimmten Wildkräutersäften, die zuzubereiten der Köchin aufgetragen wurde, beizukommen sei. Antonia wurde auf seine Anordnung hin regelmäßig in einem braunen, übelriechendem Sud gebadet, der aussah wie Hühnerbrühe.

»Am besten, niemand kümmert sich um ihre Ideen«, befahl Eduard. »Dann vergehen diese Spinnereien von allein.«

Dieser Ansicht schloss sich nach anfänglichem Zögern Antonias Mutter an – auch weil sie es nicht wagte, ihrem Mann zu widersprechen –, und so beachtete keiner der Erwachsenen, mit Ausnahme des Kindermädchens Anna, Antonias Voraussagen.

Auch herrschte Krieg in Deutschland, und man hatte genug damit zu tun, die weitverstreute Sippe im Auge und durch entsprechende Umsicht und Fürsorge am Leben zu erhalten.

Antonia verzieh die familiäre Ignoranz großmütig, hatte sie doch neben der gutgläubigen Anna in ihrer Schwester Clara eine willige Zuhörerin. Das genügte ihr. Sie schien es für eine Frage der Höflichkeit zu halten, sich selbst und anderen so wenig Unannehmlichkeiten wie möglich zu bereiten.

Bei einigen Visionen jedoch, das erkannte die scharfsinnige Clara bald, legte Antonia Wert auf die Aufmerksamkeit der Erwachsenen und versuchte sie mit List und Charme zu erringen. Hilfreich war dabei das beträchtliche Vokabular, über das Antonia, ebenso wie ihre Schwester, verfügte.

Die Teestunde liebten die Schlosskinder, schon weil ihre Mutter sie genoss und es eine der seltenen Gelegenheiten war, mit ihr zusammen zu sein. Der Teesalon war voller grüner Pflanzen, er wirkte hell und freundlich, die Sessel und Sofas leuchteten in goldgelbem Chintz, der Tisch war groß, oval und mit nachtblauem Samt ausgeschlagen. An den Wänden hingen große Spiegel und Gemälde, die schneidige Herren mit Schnurrbärten und ernste Damen mit tiefen Dekolletees zeigten. Für die Schwestern war es einer der schönsten Räume im ganzen Schloss.

Auch Großmutter Theresa, robust an Magen und Gemüt und nicht zimperlich im Umgang mit kleinen Menschen, schien den Geschwistern zur Teezeit milder als sonst. Es gab trotz der schlechten Zeiten Honigkekse, Marmeladenkrapfen, starken schwarzen Tee aus einer zierlichen Silberkanne, verfeinert mit Zucker, Sahne oder Zitrone, dazu milden Sherry.

Es war ein ruhiger, ja langweiliger Tag, nichts deutete auf besondere Ereignisse hin. Lediglich Pfarrer Ferdinand und Tante Hugoline waren zu Gast.

Pfarrer Ferdinand, ein rotgesichtiger, gutmütiger Mensch, hatte bereits vor Jahren sämtliche seelsorgerischen Pflichten für die Grafenfamilie Haimburg übernommen, keine leichte Aufgabe angesichts der zahlreichen Kommunionen, Verlobungen, Eheschließungen und Taufen, nicht zu reden von dem Beistand, den er während der vielen Beichten zu leisten hatte, weil einer in der Familie im Glauben schwankend wurde, was häufig vorkam, oder fürchtete, sich einer Todsünde schuldig gemacht zu haben, was in Unkenntnis der Gebote ebenfalls häufig vorkam.

Tante Hugoline war eine von denen, die sich ihrer eigenen Verdammnis sicher wähnten und ihre Verfehlungen deshalb häufig und mit entsprechend theatralischer Gebärde ausführlich mit Pfarrer Ferdinand besprachen.

»Hugo, deine Sünden halten sich in Grenzen, genau genommen sind sie nicht der Rede wert,« pflegte Großmutter Theresa zu sagen, worauf Tante Hugoline beleidigt schmollte. Die beiden Schwestern hätten unterschiedlicher nicht sein können. Hugoline war klein, rundlich und hüllte sich in wallende Gewänder, um dies zu kaschieren, die Haare hatte sie zu einem riesigen Dutt aufgesteckt. Theresa war groß und schlank, hielt sich sehr gerade, kleidete sich elegant und ging schnell und zielgerichtet. Ihr graues, lockiges Haar trug sie kurz und immer tadellos frisiert.

»Hugo, in diesen Säcken siehst du aus wie ein wandelndes Zelt mit Beulen«, sagte Theresa häufig. Aber ihre Schwester bestand auf ihren Kleidern, die für Damen mit ähnlichen Problemzonen schließlich stilbildend wurden. »Sie sind gesund, weil sie einen nicht einschnüren,« behauptete Hugo.

Sie hatte einen ausgeprägten Hang zur Rührseligkeit und war in ständiger, übertriebener Sorge um die Familie. Beides versuchte ihre Schwester Theresa ihr seit langem abzugewöhnen, ohne rechten Erfolg.

Hugoline hatte bis vor kurzem zufrieden in einer Landvilla bei Königsberg gelebt, gemeinsam mit Johannes von Aalen, den alle nur »den Oberst« nannten. Er war ein entfernter Verwandter, der sehr früh beide Eltern verloren hatte und mittellos war. Er war jung, unverheiratet und blieb in einem Seitenflügel der Villa meist für sich. Doch begleitete er Hugo zu vielen gesellschaftlichen Anlässen und brachte seinerseits Gäste ins Haus. Jetzt war er als Soldat im Krieg, und Hugoline hatte sich auf Einladung ihrer Schwester schon vor Monaten ins Haimburg-Schloss begeben.

Der mögliche Besuch geheimnisvoller Feen versetzte sie, wie Clara und Antonia an diesem Nachmittag befriedigt feststellten, in helle Aufregung.

»Eine Fee! Zu Besuch! Hier im Schloss!«, rief Tante Hugoline und starrte die Schwestern bestürzt an.

»Hugo, reiß dich zusammen. Noch ist keine Fee eingetroffen,« mahnte Großmutter Theresa.

Antonia und Clara, bislang überzeugt davon, dass diese spezielle Tante mit keinen besonderen Geistesgaben gesegnet wäre, schauten aufmerksam und erfreut zurück. Immerhin nahm ihre Tante die Prophezeiung ernst.

»Ja, Tante Hugoline, sie kommt bestimmt. Du darfst ihr guten Tag sagen, wenn du möchtest«, sagte Antonia liebenswürdig.

»Wenn diese Fee nur für fünf Pfennig Verstand hat, dann bleibt sie, wo sie ist!«, schnaubte Großmutter Theresa. Lieber Himmel, dieses Kind! Eine Fee, das fehlte noch! Hatte sie nicht schon genug um die Ohren? Rings um sie herum geriet die Welt aus den Fugen, was sollte sie tun, wenn nun auch noch einzelne Familienmitglieder verrückt spielten? Großmutter Theresa missfiel es, wenn Dinge und Menschen in ihrer Umgebung in Unordnung gerieten und, schlimmer noch, sich ihrer Kontrolle entzogen.

Ihre Enkelin Clara hingegen fand die Aussicht, einer Fee zu begegnen, äußerst aufregend. Man stelle sich das vor, eine Fee zu Gast! Was würde man ihr erzählen? Ob sie überhaupt sprechen könnte? Würde sie gern mit Puppen spielen? Ob man ihr vielleicht den Schlossteich mit seinen Fröschen oder den Kramladen von den Österleins zeigen sollte?

»Bestimmt bleibt die Fee zum Abendessen! Sie darf neben mir sitzen!«, rief Clara und sprang dabei vor Aufregung dreimal heftig in die Luft und wieder auf den Boden, was den großen Spiegel im Teesalon leicht klirren ließ und dazu führte, dass eines der vielen gerahmten Ahnenbilder leicht verrutschte. Clara erntete augenblicklich mehrere strafende Blicke.

»Ich glaube nicht, dass Feen sehr viel essen«, sagte Antonia versonnen. »Kartoffeln nur im Notfall. Sie schätzen, glaube ich, Süßigkeiten, Brausepulver und Kekse. Man muss sie gut füttern, wo sie doch von so weit her kommen.«

Alle lachten. Nur Großmutter Theresa schnaubte erneut ärgerlich. Kekse! Aber sie respektierte die Veranlagung ihrer Enkelin, schließlich kamen Schrullen in den besten Familien vor. Sie war überzeugt, diese lächerlichen Säfte und Bäder, die Antonia verabreicht wurden, würden ihren Hang zu Prophezeiungen und Parallelwelten kaum zum Verschwinden bringen. Bisher hatte das Mädchen sich damit begnügt, in andere Welten abzuschwirren, dagegen war nichts einzuwenden, wenigstens nicht, solange ihr Vater nichts davon erführe.

Es wäre angenehm, dachte Theresa, wenn Antonia nicht gar so viel Ungewöhnliches in der Zukunft sehen würde, oder wenn es denn schon sein müsste, es wenigstens stillschweigend täte.

Die Aussicht, demnächst eine Kekse mümmelnde Fee im Schloss herumstreichen zu haben, fand Großmutter Theresa wenig erbaulich. Wahrscheinlich würde sie alles zukrümeln.

Sie seufzte. Antonia, dachte sie, wird immer wie ein zerstreuter Engel durchs Leben gehen, auch wenn ihrem Vater das nicht passt. »Es liegt nun mal in der Familie«, pflegte sie ihm zu sagen und löste damit bei ihrem Sohn regelmäßig einen Wutanfall aus. Er wollte auch nichts von den anderen Spukgeschichten hören, die kursierten, geschweige denn, sie ernst nehmen. »Blödsinn«, knurrte er, wenn Gäste danach fragten, »alles Blödsinn.«

»Schloss der Geister« oder »Geisterschloss« nannten die Odenwälder, die Dörfler und auch viele Standesgenossen das Haimburgische Anwesen. Mit einer gewissen Berechtigung, wie Großmutter Theresa zugeben musste. Sie war Realistin und hatte sich, wenn auch schweren Herzens mit den Namen abgefunden. Der Odenwald, zu dem Schloss und Dorf gehörten, galt eben als magischer Ort, an dem sich allerlei Wesen herumtrieben.

Und dann gab es da noch diese Familientragödie. Ein junger Graf – er hieß Heinrich und zweifelsfrei handelte es sich um einen Vorfahren der Familie Haimburg – hatte sich 1768 kopfüber aus dem Fenster gestürzt. »Kopfüber«, wiederholte Antonia ehrfurchtsvoll, die wie Clara die Geschichte wieder und wieder hören wollte. Es geschah aus Liebeskummer, der Graf war der Frau seines Bruders verfallen. »Aus Liebeskummer«, sagte Clara an dieser Stelle immer und nickte wissend.

Der junge Graf Heinrich war zu Tode, doch nicht zur Ruhe gekommen. Sein Geist verlangte nach einer Aufgabe und fand sie alsbald.

Er erschien anderen Menschen als Vorbote des Todes, auf einem Pferd reitend. Heinrich, der Todesreiter, wie er schon bald hieß, kam den Leuten auf den Feldern und in den Dörfern der Umgebung entgegen, schweigend und ohne drohende Gebärde.

»Er hat einen melancholischen Ausdruck«, sagten die, die ihn gesehen hatten. Er tat niemandem etwas und war doch bald entsetzlich gefürchtet – denn dass sein Erscheinen den baldigen Tod ankündigte, glaubten alle, die hier in der Gegend wohnten.

Großmutter Theresa hatte nie etwas von dem todbringenden Ahnen gehört, bevor sie durch ihre Heirat Herrin von Schloss Haimburg wurde. »Papperlapapp«, sagte sie und schenkte der Legende vom Todesreiter keinen Glauben bis zu dem Zeitpunkt, als ihr Ehemann eines Tages nach Hause kam und blass und erschrocken berichtete, er sei dem fahlen Mann im Schlosshof begegnet.

Drei Tage später starb er an einem Herzinfarkt.

Großmutter Theresa war außer sich. Es war nicht so sehr der Verlust ihres Mannes, der sie schmerzte – sie fand Ehemänner angenehm, aber durchaus entbehrlich –, es waren die Umstände, die sie empörten.

Sie trauerte maßvoll, und nach der würdevollen Beerdigung ihres Gatten stellte sie Erkundigungen an. Eingehende Befragungen in den Dorffamilien ergaben: Drei Tage war die Frist, die allen, denen der Geist Heinrichs begegnete, gewährt wurde. Offenbar fand der Todesbote, diese Zeit solle genügen, um sich auf den Abschied vorzubereiten.

Selbst Theresa kam nun nicht umhin, die Existenz des reitenden Geistes anzuerkennen. Ja, sie musste sogar zugeben, dass es ein armer Ahne ihrer angeheirateten Familie war, der dort draußen herumtrabte. Sie tat es zähneknirschend.

Der Todesreiter war jedoch nicht der Einzige, den es umtrieb. Unglücklicherweise gab es noch ein hauseigenes Gespenst im obersten Stock, das Theresa ebenfalls nicht verleugnen konnte. Es war während eines strengen Winters plötzlich aufgetaucht, schlich in den zugigen Korridoren herum wie eine weiße, dicke Nebelschwade und litt unüberhörbar an Schnupfen.

Nach anfänglicher Panik sprachen die Schlossbediensteten beruhigend auf das schniefende Wesen ein und versorgten es mit Holunderblütentee und blauen Taschentüchern, die auf einen eigens dafür aufgestellten Tisch im obersten Stockwerk drapiert wurden.

Obwohl das Schlossgespenst offenbar keine bösen Absichten hegte und sich nur selten bemerkbar machte – und das so gut wie nie, wenn Gäste kamen –, hatte sich Theresa Gräfin Haimburg all die Jahre an Schnupfentrine, wie das Gespenst mittlerweile salopp genannt wurde, nicht recht gewöhnen können.

»Sicher, in anderen Schlössern spukt es auch, manchmal sogar auf das Grässlichste«, sagte sie oft, »aber eine Furcht erregende Spukgestalt hat ihre Berechtigung, ja ehrt das Gemäuer, in dem sie haust.«

Doch ein schniefendes Gespenst, das jede Menge Taschentücher verschliss und sonst zu nichts nutze war?

Großmutter Theresa jedenfalls, energisches und vitales Oberhaupt einer der angesehensten Familien des deutschen Adels, war das Ungemach im oberen Stockwerk schlicht peinlich. Der stolze Name Haimburg war geachtet, die Bauern der Umgebung zogen ihre Mützen, wenn sich Theresa näherte, ein Verhalten, das sie durchaus als angemessen empfand. Den Ruf der Familie wollte sie nicht durch bleiche Reiter und schniefende Gespenster gefährdet wissen, entsprechend selten wurden der blasse Geselle und das Wesen im obersten Stockwerk erwähnt.

»Kann die Fee irgendwas? Wünsche erfüllen, irgendetwas herbeizaubern?«, fragte Pfarrer Ferdinand interessiert. Er war ebenso wie die von ihm verehrte Gräfin Haimburg von eher praktischer Wesensart. In die kleine Antonia war er völlig vernarrt, auch wenn ihn ihre wirren Gedanken, die um Feen, Zauberer, Engel und allerlei andere Geschöpfe kreisten, oft befremdeten.

»Sie wird kommen. Ich habe sie in meinem Geist gesehen. Sie bringt Erzählungen aus der Vergangenheit und Botschaften für mich«, sagte Antonia, deren Beharrungsvermögen beträchtlich war, wenn es um ihre Voraussagen ging. Sie ahnte, dass sie im Begriff war, eine grundsätzliche Debatte auszulösen, und es tat ihr ein bisschen Leid, aber nur ein bisschen. Denn, obwohl sie bemüht war, es jedem recht zu machen – eine Eigenschaft, die sich in späteren Jahren verlieren sollte –, war ein kleiner Familiendisput in ihren Augen stets anregend.

Ursula Maria Gräfin Haimburg lächelte und legte eine Hand auf ihren Bauch, der sich unter einem dunkelblauen Leinenkleid wölbte. Sie war schwanger und in diesem Zustand nicht leicht aus der Ruhe zu bringen. Doch dachte sie insgeheim, dass sich die Phantasien ihrer Tochter in letzter Zeit in geradezu beängstigender Weise entwickelten. »Spinnereien«, so nannte es ihr Mann. Sie hoffte, dass es sich um Phantasien handelte, die sich auswachsen würden, und nicht etwa um geheimnisvolle, magische Fähigkeiten, die ihre Tochter womöglich für immer zur Außenseiterin machten.

Gräfin Haimburg seufzte leise. Ihre Tochter hatte schon von Hausgeistern, sprechenden Bäumen und fliegenden Hasen gesprochen. Nun war es eine Fee. Sie lächelte Antonia liebevoll an. »Was geht nur vor in deinem kleinen Kopf?«, fragte sie und strich ihr über das glänzende, schwarze Haar.

Antonia lächelte zurück, entwand sich ihrer Mutter jedoch, nahm die Hand ihrer Schwester und trat mit Clara an eines der großen Erkerfenster, die auf den Schlosshof hinausgingen. »Eine schöne Fee wird kommen«, sagte sie nochmals leise und nickte dabei nachdrücklich ein paar Mal mit dem Kopf.

In kindlicher Furchtlosigkeit vertraute sie ihren Voraussagen bedingungslos, führte sogar Buch darüber. Jeden Tag lauschte sie nach innen, ob neue Prophezeiungen an die Oberfläche ihres jungen Bewusstseins drängten, und malte die entsprechenden Visionen dann mit bunten Stiften in ein Buch. Allabendlich besprach sie die Visionen mit ihrer Schwester in ihrem gemeinsamen Schlafzimmer. Antonias

Aufzeichnungen hatten zweifelsfrei ergeben, dass die vorausgeahnten Ereignisse eintraten, wenngleich, und das bereitete ihr Kummer, nicht immer in der von ihr vermuteten Weise und schon gar nicht zu dem von ihr vermuteten Zeitpunkt.

So hatte sie letztes Jahr im tiefsten Winter einen weißen Hasen vorhergesehen, der im Schlossgarten herumflog. Sie und Clara hingen daraufhin stundenlang, in dicke Decken gehüllt, am offenen Fenster, um das Wundertier nicht zu versäumen, bis es Clara schließlich zu dumm wurde und sie ihre Beobachtung aufgab. Antonia ließ sich nicht beirren. Der Hase tauchte tatsächlich auf, aber erst im Mai und niemand außer Antonia sah, wie er anmutig über Großmutters Rosenstöcken kreiste. Der fliegende weiße Hase zwinkerte Antonia zu, bevor er wieder verschwand.

Das beteuerte Antonia jedenfalls, und Clara glaubte ihr. Sie war äußerst ärgerlich darüber, dass sie das Hasentier verpasst hatte und somit als verlässliche Zeugin ausschied.

Während Clara und Antonia träumerisch aus dem Fenster in den Schlosshof blickten, Antonia die langen schwarzen Haare um einen Finger gewickelt, begann im Salon ein kleiner Disput.

»Das Kind entwickelt sich Besorgnis erregend. Es gibt seltsame Dinge von sich, wenn du mich fragst«, sagte Tante Hugoline leise.

»Ich frage dich aber nicht«, sagte Ursula Gräfin Haimburg, die von allen nur Bärchen genannt wurde, spitz. »Außerdem«, fügte sie schnell hinzu, »wie heißt es bei Shakespeare? Es gibt mehr Dinge zwischen Himmel und Erde, als eure Schulweisheit sich träumen lässt.«

»Und es gibt weit weniger Schulweisheit, als wir uns träumen lassen«, erwiderte Großmutter Theresa, der in diesem Moment selbst nicht ganz klar war, ob sie nun für oder gegen außerirdische Wesen argumentierte. Sie riss sich zusammen.

»Ich sorge mich doch nur um das Kind«, sagte Tante Hugoline beleidigt. »Eduard würde ihr Gerede nicht gefallen, davon bin ich überzeugt. Aber bitte, hackt nur alle auf mir herum.«

»Nun, vielleicht handelt es sich bei der Fee um einen Engel Gottes. Und Gottes Geschöpfe zu erwarten, ist gewiß nicht frevelhaft«, gab Pfarrer Ferdinand zu bedenken. Sein Einwand ging hoffnungslos unter.

»Feen hin oder her, Antonia hat nun mal diese Veranlagung, Dinge vorauszusehen, ob es ihrem Vater gefällt oder nicht«, sagte Großmutter Theresa. »Sie war seit ihrer Geburt ein wenig eigentümlich, wie ein Porzellanpüppchen, sehr hübsch anzusehen. Die meiste Zeit schien sie mit ihren Augen in eine andere Welt zu blicken, selbst wenn sie einen direkt ansah. Sie sabberte auch nicht wie andere Babys, was ich persönlich sehr schätze.« Theresa trank einen Schluck Tee. »Die meisten Babys sind doch sehr, nun ja, würdelose Wesen.«

Pfarrer Ferdinand hob amüsiert die Augenbrauen, Tante Hugoline klatschte in die Hände, ob vor Vergnügen oder vor Entsetzen, war nicht ganz klar. Clara und Antonia sahen weiter erwartungsvoll aus dem Fenster, sie hörten nicht zu. Vielleicht hätte die Fee ja die Güte, in diesem Moment zu erscheinen, dachte Clara, das würde die Diskussion um Antonias Vorhersage vielleicht beenden.

»Du sprichst nicht etwa von Clara, oder?«, fragte Bärchen aufgebracht.

»Aber nein«, sagte Theresa, »natürlich nicht. Clara ist auch ein ganz besonderes Kind. Sie sabberte ganz wenig. Ich dachte eher an die vielen Kinder in der entfernteren Verwandtschaft.«

»Babys«, sagte Bärchen, »Babys sabbern nun mal, das liegt in ihrer Natur.«

»Ich weiß«, sagte Großmutter Theresa. »Ich weiß. Schließlich habe ich selbst zwei Kinder großgezogen. Aber manche Babys sabbern immerzu und sehen dabei aus, nun ja, als seien sie debil.«

Einen kurzen Moment herrschte Stille. »Verzeih mir, meine Liebe, aber manchmal glaube ich, du hältst jedes Wesen unter zwanzig für debil«, sagte Bärchen trocken. Alle lachten.

Antonia und Clara bewunderten Großmutter Theresa. Sie war voller Energie und Tatkraft und besaß schöne bemalte Zinnsoldaten, mit denen sie die Kinder spielen ließ, wenn auch nur selten. Großmutter Theresa ihrerseits hing an ihren Enkelinnen, legte allerdings wenig Wert auf ihre Gesellschaft.

Wenn Antonia mit einem Strauß Blumen in den Salon kam, knickste und sagte, »Großmama, ich gratuliere dir zum Ersten Mai«, sah sie nur kurz von ihren Briefen auf, musterte Antonia wie eine Fata Morgana und sagte nichts weiter als: »Sehr schön. Bring die Blumen in die Küche. Und dann nimm ein Zückerchen und geh und mal ein Pferd.«

Mit diesen immergleichen Worten wedelte sie alle Kinder zur Tür hinaus. Dieses »Nimm ein Zückerchen und geh und mal ein Pferd« verfolgte die Schwestern wie der Glockenklang der alten Standuhr im Herrenzimmer.

Antonia war ausdauernder als Clara mit ihren Besuchen und gleichzeitig gehorsamer. Sie trollte sich nach einem kurzen Griff in die silberne Zuckerdose und tat, wie ihr geheißen. Die zahllosen Pferdebilder, die so entstanden, warf Großmutter, die für Pferde noch weniger übrig hatte als für kleine Kinder, regelmäßig in den wuchtigen, grünen Kachelofen im Esszimmer.

Trotzdem liebte Großmutter Theresa ihre Enkel innig, nur eben auf ihre Weise. Es war eine Liebe voller Selbstbeherrschung, ohne stürmische Umarmungen, Küsse oder ähnliche Liebesbekundungen. Von derlei Getue hielt sie überhaupt nichts.

Immerhin tauchten die Schwestern regelmäßig in dem Tagebuch auf, das sie führte. »Antonia wird als junges Mädchen sehr hübsch sein. Wenn ihre extravaganten Talente nicht in der Pubertät verschwinden, sollte man Umsicht und Fürsorge für sie schleunigst in andere Hände abgeben«, notierte sie etwa, ohne dass klar wurde, was für Hände sie damit meinte. Ein anderes Mal offenbarte sie ihrem Tagebuch, dass sie Clara besonders gern mochte. »Was für ein fabelhafter Verstand für ein Mädchen! Was für eine stete Bereitschaft zum Widerspruch! Könnte später allerdings lästig werden.«

Sie fühlte sich zuständig für die beiden Schwestern, besonders jetzt, wo Eduard im Krieg und Bärchen in anderen Umständen war. Sie wollte für sie nur das Beste, daran hatte sie selbst keinen Zweifel.

Feenbesuche allerdings würden Antonias Vater nicht gefallen, eine gewisse Strenge erschien ihr deshalb unvermeidlich.

Sie griff zu der kleinen silbernen Glocke und klingelte kurz nach Anna, der Kinderfrau.

»Ich werde Anna noch mal mit allem Nachdruck bitten, Antonia auf andere Gedanken zu bringen«, sagte sie mit Schärfe in der Stimme.

Bärchen nickte. »Ja, sicher hast du Recht. Wäre Eduard jetzt hier, würde er sich mächtig aufregen. Er glaubt nicht an Feen und ist überzeugt davon, dass Antonia sich mit Spukgeschichten und anderem Unsinn Kopf und Verstand vernebelt.«

Bärchen dachte kurz an ihren Mann, seufzte wieder und strich sich mit der Hand über den Bauch. Ihr drittes Kind sollte in drei Monaten zur Welt kommen. Vielleicht, dachte Bärchen, würde ein Säugling ihren Mann sanfter stimmen. Vielleicht würde ein weiteres Kind ihn ablenken von den strengen Disziplinierungsmaßnahmen, die er für unerlässlich hielt.

Liebevoll blickte sie auf ihre beiden Töchter. Sie trugen geblümte Kleider, blaue Söckchen und ein passendes Band im Haar. Clara und Antonia tollten gern auf dem gräflichen Anwesen herum, am liebsten – Bärchen wagte es weder ihrem Mann noch Großmutter Theresa zu sagen – bei den Schweinen und Kühen im Stall und hinter dem Schloss, im Wäldchen am See.

An manchen Tagen kamen sie völlig verdreckt nach Hause und ließen sich, bevor sie jemand zu Gesicht bekam, von Anna abschrubben. An anderen Tagen, wenn sie sich um ihre Mutter sorgten, mochten sie nicht nach draußen gehen. Bärchen war von eher zarter Natur, von einer geradezu ätherischen Anmut. Sie hatte von ihrem Vater die Anlage zu periodisch auftretenden Depressionen geerbt, dazu kam ihre schwächliche Konstitution. Sie fühlte sich häufig antriebs- und energielos, auch wenn das ihrer Schönheit keinen Abbruch tat. Manchmal blieb sie tagelang in ihrem Zimmer, um allein zu sein, ließ sich zu den Mahlzeiten entschuldigen und bat darum, nicht gestört zu werden. Sie betrachtete sich in ihrem vergoldeten Toilettenspiegel und sah eine junge Frau mit hellem Teint, großen, blauen Augen, das Gesicht umrahmt von blondem, lockigem Haar. Ihr Aussehen war unverändert, und doch war sie sich seltsam fremd und wollte keinen Menschen um sich haben. Ihre Gedanken kreisten um ihre Jungmädchenjahre, um eine verloren gegangene Liebe, doch sie sprach nie über die Ereignisse der Vergangenheit. Eigentlich passte ihr Kosename »Bärchen« nicht recht zu ihr, sie hatte nichts von einem kleinen Bären, kränkelte oft und mochte sich nur wenig der frischen Luft aussetzen. Und doch nannte sie fast jeder so, und die Kinder liebten den Kosenamen ihrer Mutter.

Bärchen erschreckte das Ungestüm ihrer Töchter meist, doch sie ließ sie gewähren so gut es ging, am liebsten hätte sie sie in bequeme Lederhosen gesteckt, damit sie unbekümmert den ganzen Tag im Schweinestall herumtoben konnten, auf Bäume klettern, Frösche und Molche im Schlossteich fangen. Doch Hosen waren völlig undenkbar für Mädchen.

»Eine behoste Frauensperson in unseren Kreisen ist vulgär und höchst verdächtig«, pflegte Bärchens Mutter zu sagen, die sehr auf Etikette hielt. Bärchen widersprach nicht. Viele Dinge waren vulgär und höchst verdächtig, und leider wurden es mehr und mehr, je älter die Mädchen wurden. Sie wusste, dass auch ihr Mann Hosen nicht dulden würde, er war in allen Fragen strenger als sie.

Eduard hielt nichts von Nachsicht. Er hatte, was die Erziehung seiner Kinder anging, unerschütterliche Prinzipien.

Sie waren nur angesichts der Kriegsturbulenzen in den Hintergrund getreten. Wenn er jetzt nach Hause kam, erschöpft, müde und zunehmend stiller, vergeudete er keine Zeit damit, sinnlos an seinen Töchtern herumzumäkeln.

Eduard Graf Haimburg kämpfte als Offizier an der Ostfront. Bärchen hatte gehofft, er würde in den nächsten Wochen heimkehren, aber sein letzter Brief hatte unmissverständlich deutlich gemacht, dass an einen Heimaturlaub derzeit nicht zu denken wäre.

Anna, das Kindermädchen, erschien und knickste vor Großmutter Theresa.

»Anna, nimm die beiden Mädchen mit. Lass sie nicht ins obere Stockwerk, du weißt schon, warum. Geh mit ihnen in die Küche. Lies ihnen etwas Erbauliches vor oder erzähl ihnen etwas über Rosenzucht. Tu, was du willst, nur denk dran, was wir besprochen haben.«

Anna machte den Mund auf, um etwas zu sagen, überlegte es sich dann jedoch anders und winkte Clara und Antonia mit einer knappen Handbewegung und einem leichten Lächeln zu sich.

Kaum hatten die Kinder den Teesalon verlassen, begannen die Erwachsenen über den Krieg zu sprechen. In der Normandie waren 150000 alliierte Soldaten gelandet, in Weißrussland hatte die Offensive der Roten Armee begonnen, im Führerhauptquartier »Wolfsschanze« hatte Adolf Hitler einen Bombenanschlag überlebt. »Oberst Claus Graf Schenk von Stauffenberg war der Attentäter. Man hat ihn hingerichtet, natürlich«, sagte Großmutter Theresa düster. »Ich fürchte, der militärische Widerstand ist endgültig gescheitert.« Sie sah kurz zu ihrer Schwester und dachte an den Oberst. Er habe bei den Widerständlern mitgemischt, hieß es vage. Nun war er entweder tot oder auf der Flucht. Ob Hugo das klar war? Darüber wollte Theresa jetzt jedenfalls nicht sprechen. Später vielleicht.

Ihre Familie und die Landbevölkerung hatten den Krieg bisher weitgehend unbehelligt überstanden. Nur in einigen seltenen Nächten hatten die Dorfbewohner sich in die Kartoffelkeller flüchten müssen. Doch die Lebensumstände hatten sich drastisch verschlechtert. Die Produktion von Lebensmitteln, Fleisch, Getreide, Kartoffeln und Mehl wurde streng kontrolliert, die Ablieferungsforderungen waren hoch. Großmutter Theresa hatte es bis jetzt geschafft, den von ihr über alles geschätzten schwarzen Tee gegen Obst und Gemüse aus den schlosseigenen Ländereien einzutauschen.

Die Arbeit auf den Feldern und im Stall erledigten Alte, Kinder und vor allem Frauen. Einigen Höfen im Dorf hatte man als Ersatz für die einberufenen Männer belgische und französische Kriegsgefangene zugeteilt.

In den Städten, sagte Großmutter Theresa, sei die Zerstörung durch die Bombardierung beträchtlich, die Zahl der Toten kaum abzuschätzen, doch noch bestehe Hoffnung, wenn man den Nachrichten von der Front, den Radio- und Zeitungsberichten Glauben schenken wollte. Sie allerdings hatte nicht die Absicht, das zu tun.

»Ich bete ganz eigensüchtig zu Gott, dass alle Verwandten überleben, vor allem aber meine beiden Söhne«, sagte sie. »Doch ich glaube längst nicht mehr an einen Sieg.«

Furcht und Angst waren allgegenwärtig im Dorf, und jeden Morgen, wenn das Postauto kam, steigerten sich diese Gefühle noch. Es fuhr zuerst ins Schloss und brachte die Post für die Herrschaft und das Gutspersonal. Der Fahrer überreichte Theresa eine Ledermappe und nahm seinerseits die Briefe aus dem Schloss in Empfang.

Dann ratterte er zum Dorfgasthaus, dessen Wirtin als Posthalterin fungierte. Dort standen die Frauen, auch die jungen, in schwarzen Kleidern, und warteten. Und die Wirtin rief mit ihrer leicht heiseren Stimme: »Sophie, ein Brief für dich von deinem Mann und einer für Paula und einer für Hilde.« Und während sie die Briefe verteilte, starrten alle auf das graue Päckchen, das ganz unten im Korb lag. Wer würde es diesmal bekommen? Alle wussten, was es enthielt. Ein paar kümmerliche Habseligkeiten und einen Brief vom Kompaniechef, in dem sinngemäß stand: Ich teile Ihnen mit dem tiefsten Bedauern mit, dass Ihr Sohn, Ihr Mann, Ihr Bruder, ihr Onkel, beim Angriff da und da für Führer, Volk und Vaterland den Heldentod gestorben ist. Er fiel durch einen Kopfschuss und war sofort tot.

So und ähnlich lauteten die Briefe, und die Frauen wussten, dass aus ihnen nicht die Wahrheit sprach. Dass ihre Männer, Söhne und Väter erfroren, im kalten Meer ertrunken oder in einem Panzer verkohlt waren, vielleicht auch irgendwo verreckt, den Bauch voller Splitter. Die Frauen halfen einander so gut sie konnten, sie schrien und weinten ihren Kummer, ihre Wut und ihren Schmerz hinaus und trösteten sich gegenseitig.

Die drohende Nähe des Todes bestimmte das Leben im Dorf und auch im Schloss. Theresa versuchte, sich nichts anmerken zu lassen. Ihre beiden Söhne waren im Feld, außerdem ihre drei Brüder, viele Vettern und Neffen. Die Listen der gefallenen Standesgenossen wurden länger und länger, bis jetzt hatte es, nach allem, was man wusste, keinen Haimburg erwischt. Aber man wusste eben nicht alles.

Theresa dachte an Eduard, dann an ihren zweiten Sohn Guido, dessen Kompanie sich in Italien befand. Von ihm hatte sie seit über einem Jahr keine Nachricht. »Hitler ist ein Ungeheuer, ein höchst gefährliches. Und die meisten Deutschen neigen zur Überschätzung der eigenen Größe und zur Unterschätzung der übrigen Welt«, sagte sie.

Tante Hugo dachte an Johannes, den Oberst. Sie hatte keine Post von ihm, sie wusste nicht einmal, wo er kämpfte und ob er überhaupt noch am Leben wäre. Leider versagten Antonias seherische Fähigkeiten bei diesen Fragen, sie vermochte weder über den Verbleib Guidos noch über Hugos Cousin irgendetwas zu sagen. Doch Hugoline blieb hoffnungsvoll. »Vielleicht wird Gott eingreifen und uns von Hitler befreien«, sagte sie.

Großmutter Theresa schnaubte und schüttelte den Kopf. Sie warf einen Seitenblick auf Pfarrer Ferdinand. »Natürlich ist es möglich, dass Gott in seiner Güte in die Geschichte eingreift und das Steuer herumwirft. Ich halte es allerdings für unvernünftig, allzu sehr damit zu rechnen.«

Pfarrer Ferdinand schwieg einen Moment. Dann nickte er. »Sie haben wahrscheinlich Recht. Die Entwicklung an der Ostfront ist bedrohlich, vierzehn weitere Männer aus dem Dorf sind dort gefallen. Und die Juden fallen einem Massenmord zum Opfer, wenn man den Radiovorträgen des emigrierten Schriftstellers Thomas Mann glaubt.«

»Sie hören seine Vorträge heimlich?«, fragte Hugoline entsetzt. Pfarrer Ferdinand nickte.

»Ich würde sofort Juden hier verstecken oder andere vom Naziregime Verfolgte«, sagte Theresa. »Zivilcourage ist die Tugend, die den Deutschen am meisten fehlt.«

»Sie werden vielleicht bald Gelegenheit haben, jemanden zu verstecken, Gräfin«, sagte Pfarrer Ferdinand leise. Er beugte sich zu ihr hinüber und sprach leise und eindringlich auf sie ein.

Bärchen beobachtete, wie Theresa konzentriert zuhörte und dabei einige Male nickte, sie seufzte kaum wahrnehmbar. Ihr war klar, dass ihre Schwiegermutter sehr viel mehr Mut besaß als sie selbst, aber ihr war auch klar, dass das Verbergen eines Regimegegners die gesamte Familie gefährden würde. Sie fühlte sich plötzlich matt und elend, eine vage Ahnung stieg in ihr auf. Theresa wandte sich ihr zu und sagte einige Sätze auf Französisch. Bärchen sah ihre Befürchtungen bestätigt, es ging um Johannes von Allen, Hugolines Cousin, den Oberst. Bärchen hatte ihn bislang nicht kennen gelernt, wusste aber, dass er alles andere als ein Freund Hitlers war.

Tante Hugoline sprach kein Wort Französisch, ihr mache schon die Muttersprache zu schaffen, sagte sie gern kokett.

»Ich kann wegen meiner Magenbeschwerden nicht viel essen«, sagte sie und nahm sich ihren dritten Marmeladenkrapfen. Sie sah Bärchen an. »Wie betrüblich, meine Liebe, dass du in solch einem heißen Sommer, während eines derart unerfreulichen Krieges in derart unerfreulichen Umständen bist.«

Bärchen lächelte tapfer, sie fühlte sich kraftloser mit jeder Minute. »Meine Umstände sind alles andere als unerfreulich. Ich bin jetzt schon völlig vernarrt in das Kind und kann die Geburt kaum erwarten.«

»Wie fühlst du dich, meine Liebe?«, fragte Großmutter Theresa. »Meinst du, es kommt in der errechneten Zeit?«

Bärchen strich sich wieder mit der Hand über den Bauch. »Ja, ich denke schon. Ich fühle mich wohl, wenn auch etwas matt.«

»Matt? Ich werde Luise anweisen, dir eine Fleischbrühe zuzubereiten«, sagte Großmama Theresa.

»Aber das ist wirklich nicht nötig«, protestierte Bärchen.

»Papperlapapp, keine Widerrede«, sagte Theresa schroff und ungeduldig, wie es ihre Art war. Bärchen schwieg einen Moment und versuchte ihre Angst zu verdrängen.

»Theresa«, sagte sie unvermittelt, »ich möchte Eduard vor der Geburt des Kindes besuchen, jetzt, nachdem feststeht, dass er nicht kommen kann.«

»Aber Bärchen!« Hugoline verschluckte sich fast an ihrem Krapfen. Und Theresa sah Bärchen an, als hätte sie die Ankunft weiterer unliebsamer Gäste prophezeit.

»Wir haben Krieg, meine Liebe, du kannst schlecht mit dickem Bauch im Hochsommer an die Front reisen.«

»Nicht an die Front, aber wenigstens in die Nähe. Ich muss es einfach tun«, rief Bärchen mit bebender Stimme. Eduard würde sein Baby vielleicht niemals zu Gesicht bekommen, sagte sie, er sei nun schon lange weg und habe auch seine beiden Töchter seit Monaten nicht gesehen. So wolle sie sich zumindest noch einmal mit ihm treffen, falls ihm doch noch etwas passieren würde. Diese Vorstellung war schrecklich, aber nicht unrealistisch und schließlich ausschlaggebend für ihren Entschluss. Das war sie ihm schuldig.

Fromm, wie sie war, glaubte sie auch, Gott und seine himmlischen Helfer zu besonderen Schutzmaßnahmen bewegen zu können, wenn sie derartige Strapazen auf sich nähme.

»Wir könnten zu Tante Hugoline fahren«, sagte sie angriffslustig wie ein Kind, das das letzte Wort behalten will. »Wir wären näher an der Front, Eduard könnte uns besuchen. Er hätte es nicht so weit und vor der Geburt des Babys werden sie ihn sicher zu mir lassen.«

Bärchen sah abwechselnd Theresa und Hugoline an. Es bestand keinerlei Zweifel daran, dass sie es ernst meinte.

Großmutter Theresa blickte vor sich hin. Das Kind würde in drei Monaten kommen. Sie fand die Naivität ihrer Schwiegertochter rührend, aber ärgerlich. Was Bärchen über die Gefahren und Grausamkeiten des Krieges weiß, dachte sie, passt in eine Teetasse. Das Gleiche gilt für meine Schwester. Hugo wird wahrscheinlich bis zum Ende des Krieges bei uns bleiben müssen, weil eine Rückkehr in ihre Villa immer gefährlicher wird. Sie ahnt nur noch nichts davon.

Bärchen strahlte indessen Tante Hugoline, die potenzielle Gastgeberin, an, begeistert und gleichzeitig mit einem derart flehenden Ausdruck in den Augen, dass diese nicht anders konnte, als feierlich und ganz gerührt von ihrer eigenen Großmut zu sagen: »Selbstverständlich seid ihr mir alle willkommen. Es ist bei uns vielleicht nicht so komfortabel wie hier, aber nun ja, im Wesentlichen ist in der Villa Willershof für alles gesorgt. Kommt und seid meine Gäste.«

Schloss Haimburg lag über tausend Kilometer von Willershof entfernt, das war etwa die Hälfte des Weges bis zu Eduards Kommando.

Großmutter Theresa schüttelte energisch den Kopf. »Das ist nett von dir, Hugo, kommt aber nicht in Frage. Niemand wird in Richtung Osten fahren, du nicht, Bärchen nicht, die Kinder schon gar nicht. Solange Eduard nicht hier ist, um zu entscheiden, habe ich das Kommando. Es ist zu gefährlich, Bärchen, tut mir Leid, eine Reise nach Königsberg kommt unter keinen Umständen in Frage.«

Bärchen blickte traurig zu Boden und strich sich wieder mit der Hand über ihren Bauch. Sie schwieg. Was hätte sie auch sagen sollen? Ihre Schwiegermutter würde sich, das wusste sie, nicht umstimmen lassen. Und die Reise allein zu machen, dazu fehlte ihr der Mut. »Ich verstehe«, sagte sie leise und nickte leicht.

Die Kinder saßen unterdessen bei Anna in der Küche auf dem Tisch, ließen die Beine baumeln und sahen zu, wie sie einen Hefeteig knetete. Die Küche war groß wie ein Tanzsaal. Eine Tür öffnete sich zu einer Treppe, über die man in einen kleinen Garten gelangte, eine andere führte zum langen Flur, von dem Herren- und Speisezimmer sowie der Teesalon abgingen.

»Muckst euch nicht«, sagte Anna mit ihrer melodischen Stimme und ihrem hübschen Akzent. »Ihr könnt mir beim Kuchenbacken zuschauen und mir von der Fee erzählen.«

Während Antonia begeistert schilderte, was für eine wunderbare Fee speziell ihre Fee sei, lauschte Clara ein wenig neidisch, weil sie nie irgendwelche Visionen hatte.

Anna knetete konzentriert ihren Teig. Sie hielt die Vorhersagen Antonias für harmlos, ja sogar für unterhaltsam, sie schätzte die Übersensibilität des Kindes, solange diese sich nicht in wüsten Träumen und Fieberkrämpfen äußerte. Andererseits wäre sie nicht auf die Idee gekommen, Großmutter Theresa und vor allem Graf Eduard nicht zu gehorchen und Antonia in ihren »Spinnereien« zu bestärken.

Sie hatte, fand sie, allen Grund dankbar zu sein, vor allem Großmutter Theresa und mehr noch der Köchin Luise.

Anna war im Dorf Haimburg in einem Lastwagen angekommen, irgendwann während des Krieges. Soldaten hatten sie und einige andere verlauste Mädchen wie Kartoffelsäcke vom Wagen gekippt und waren davongefahren. Die Mädchen waren zwischen 15 und 18 Jahre alt und vollkommen verstört.

Luise, die Köchin, hatte Anna wimmernd unten am Fluss gefunden und ins Schloss gebracht. Sie nahm das schmutzige, völlig verängstigte Mädchen mit in die Küche, zog sie aus, stellte sie in einen großen Zinnbottich und schrubbte sie mit warmem Wasser ab, während sie beruhigend auf sie einredete.

»Musst keine Angst haben, mein kleiner Vogel«, sagte sie. »Ich werde dir nichts tun, und vielleicht, wenn die Herrin es gut meint mit dir, kannst du hier bei mir bleiben.« Luise sah vom ersten Tag an in Anna die Tochter, die sie nie gehabt hatte. Und sie hoffte von Herzen, die Herrin würde die Kleine im Schloss aufnehmen.

Sie machte Anna das alte grüne Polstersofa in ihrer Wohnung im oberen Stockwerk zurecht. Doch das Mädchen war sehr unruhig, schrie nachts und wälzte sich ruhelos umher.

Auch tagsüber wirkte Anna, wie Luise sie inzwischen nannte, schreckhaft und ruhelos und sprach kein Wort.

»Was haben die Soldaten nur mit dir gemacht, wo kommst du nur her, wo sind deine Eltern«, murmelte Luise immer wieder, während sie Anna überallhin mit sich nahm, ihr zu essen gab und schließlich das Sofa, auf dem Anna schlief, neben ihr Bett schob. Tatsächlich tröstete Luises Nähe das Mädchen, und mit der Zeit wurde ihr Schlaf ruhiger. Sie begann, einige Sätze zu sagen in italienischer Sprache, lächelte scheu und begann allmählich, das, was Luise sagte, auf Deutsch zu wiederholen.

Großmutter Theresa, von Luise nie anders als Herrin genannt, hatte ihre Grundsätze. Einer davon war, sich nicht in die Angelegenheiten fremder Leute zu mischen. Ein anderer war, hilfsbereit, couragiert und großzügig zu sein. Manchmal gerieten diese beiden Grundsätze miteinander in Konflikt. Sie machte sich Gedanken über Annas Herkunft, kam jedoch zu keinem klaren Ergebnis. Sie und Bärchen nahmen an, dass Anna aus Italien stammte, sie beherrschte Italienisch perfekt und radebrechte jetzt Deutsch, vielleicht war sie geflüchtet, vielleicht aber auch gekidnappt worden, und ihre Familie suchte sie verzweifelt.

»Wir werden sie hier behalten und dann weitersehen, Luise«, sagte sie. Das Mädchen war in einem derart erbarmungswürdigen Zustand, dass niemand im Schloss es über sich gebracht hätte, sie wegzuschicken.

Nach einigen Monaten, als Anna sich erholt und deutlich an Gewicht zugenommen und innere Ruhe gewonnen hatte, als die Striemen auf ihrem Rücken verheilt waren und sie sogar manchmal scheu lächelte, da wusste Luise, dass eine Entscheidung fällig wäre. Sie ging kurz vor dem Abendessen mit Anna zum Salon und klopfte an.

Großmutter Theresa saß an ihrem alten Sekretär und schrieb Briefe.

»Was gibt es, Luise?«, fragte sie, ohne aufzublicken.

»Anna. Es ist wegen Anna, bitteschön. Ich wollte höflich fragen, ob sie hier bleiben kann, Herrin.«

Großmutter Theresa sah auf, schaute quer durch den großen Salon abwechselnd Luise und Anna an und verzog missbilligend den Mund. »Was wird ihre Familie dazu sagen? Wir können sie doch nicht einfach adoptieren. Will sie überhaupt hier bleiben?«

Luise hatte diese Fragen erwartet.

»Oh ja, Herrin, sie möchte sehr gern hier bei mir bleiben. Anna könnte mir in der Küche helfen, bitteschön. Sie könnte im Garten helfen und die Kinder beaufsichtigen. Später könnte sie sich auch um die Kinder des anderen jungen Herrn kümmern.«

Großmutter Theresa wedelte ungeduldig mit ihrer Brille. »Guido ist noch nicht einmal verheiratet, Luise. Also red keinen solchen Unsinn. Außerdem haben Eduard und seine Frau möglicherweise eigene Vorstellungen von einem Kindermädchen.«

Tatsächlich hatten Eduard und seine junge Frau in dieser Hinsicht noch nichts unternommen. Großmutter Theresa fragte sich zum wiederholten Mal, wie und warum jemand Kinder ohne Kindermädchen großziehen wollte.

In diesem Moment betrat ihr Sohn Eduard den Salon durch die Tür, die ins Kaminzimmer führte. Er trug, obwohl er Fronturlaub hatte, seine Uniform und wirkte einschüchternd auf Anna. Die letzten Worte seiner Mutter hatte er offenbar gehört.

»Ich könnte mir kein besseres Kindermädchen vorstellen als Luise«, sagte er. »Sie hat mir und Guido bereits den Hosenboden versohlt, warum sollte sie das bei meinen Kindern nicht auch tun?«

Er lachte und zwinkerte Luise zu, die natürlich nie dergleichen getan, sondern die Grafensöhne verwöhnt hatte, wo sie nur konnte.

»Es geht um Anna, bitteschön,« sagte Luise schnell und lächelte ihn dankbar an. »Es wäre gut, wenn sie im Schloss bleiben könnte.«

Eduard trat zu seiner Mutter an den Schreibtisch, gab ihr einen Kuss auf die Wange und sagte mit einem kurzen Blick auf die völlig verschüchterte Anna: »Natürlich wird sie hier bleiben, nicht wahr, Mama? Vor allem jetzt, wo sie sich so gemacht hat. Sie könnte Bärchen entlasten und ein Auge auf Clara und Antonia haben. Natürlich darf sie die beiden nicht verwöhnen.«

Er lächelte gewinnend, zwinkerte Luise zu und küsste seiner Mutter die Hand.

Bärchen war mit dem Vorschlag ihres Mannes sofort einverstanden, und so fand Anna ihren Platz im Schloss. Anfangs war sie dem Personal gegenüber, das aus einer Wäscherin, diversen Stalljungen und einem krummrückigen Gärtner bestand, unbeholfen und schüchtern. Sie alle lebten nicht im Schloss, sie kamen morgens oder nachmittags aus dem Dorf.

Anna hielt den Blick gesenkt und sprach so gut wie nie. Sie blieb in der Obhut von Luise, die in der Küche regierte. Von ihr lernte Anna Filets und Sauce Bearnaise zuzubereiten, bei Tisch zu servieren, Rotweinflecken von Damasttischdecken zu entfernen, wie sie die Wäsche zu behandeln hätte und was der Unterschied zwischen Spitzen- und Schweizerstickerei wäre.

An manches konnte sich Anna nicht gewöhnen. So starrte sie in dem getäfelten Speisesaal die Ahnenbilder immer wieder ängstlich an, bis Luise ihr eines Tages sagte: »Lauter Vorfahren von den gnädigen Herrschaften. Manche haben was getaugt, andere nicht. Sehen alle ziemlich mürrisch aus, nicht? Hatten wahrscheinlich schlechte Verdauung.«

Danach machte es Anna nicht mehr so viel aus, unter den gestrengen Blicken der Ahnen den Tisch zu decken und das Silber zu putzen.

Doch nichts war größer als Annas Begeisterung für die zwei kleinen Mädchen, denen sie oft vorlas, nachdem sie die deutsche Sprache besser beherrschte. Manchmal sang sie Clara und Antonia auch fremde Lieder vor, melancholische

Balladen, deren Inhalt sie den Schwestern übersetzen musste. Es ging um Herzen, die nicht zueinander fanden, und um Vögel, die wunderschön sangen und nie wiederkehrten.

»Es sind Lieder aus meinem Dorf«, sagte sie, und diese Erklärung genügte den Schwestern vollauf. Manchmal setzte sich Bärchen abends zu den Kindern, wenn Anna ihnen vorsang, lauschte und sah dabei aus dem Fenster in die Dunkelheit. »Du singst wunderschön, Anna«, sagte sie dann und seufzte.

Von ihrer Mutter erfuhren die Schwestern, dass es sich um italienische Lieder handelte, Lieder aus einem sonnigen Land jenseits der Alpen. Doch obwohl Bärchen sanft und freundlich mit Anna sprach, sie nie schroff anfuhr oder in Verlegenheit brachte, vermochte auch sie ihr nicht zu entlocken, aus welchem Teil des Landes sie stammte, wo genau ihr Dorf lag, wo ihre Familie sich befand, ob sie Kontakt zu irgendwem aufnehmen wollte.

So beschloss Bärchen, mit Hilfe von Pfarrer Ferdinand Papiere für Anna zu beschaffen. Sie bestimmten gemeinsam mit Luise ein fiktives Geburtsdatum und einen fiktiven Nachnamen. Demnach war Anna mit dem schönen und einfachen Nachnamen Paressi jetzt 18 Jahre alt, ihr Geburtstag wurde auf den 7. April gelegt, das war der Tag, an dem Luise sie gefunden hatte.

Die Schwestern liebten Anna zärtlich, sie fühlten sich von ihr ernst genommen. Sie mochten es, wenn Anna sie Carina, Cara oder Bella nannte und sie bei ihr und Luise in der warmen Küche sitzen konnten.

Denn sie waren oft sich selbst überlassen, ihre Mutter lebte vielleicht für sie, aber immer weniger mit ihnen, und mit den Kindern im Dorf sollten die Grafentöchter nicht spielen.

So saßen sie auch an diesem Augusttag, wie so oft, in der Küche und sahen zu, wie Anna Teig knetete.

»Ich glaube, heute oder morgen kommt die Fee«, sagte Antonia.

»Wird sie zum Fenster hereinschweben?«, fragte Anna. »Hat sie Flügel oder kommt sie unauffällig, damit nicht jeder gleich erkennt, dass es sich um eine Fee handelt?«

Antonia fand die Frage interessant und überlegte einen Moment. Auch Clara dachte angestrengt nach. Leider fiel ihr überhaupt nichts ein, kein Wunder, es war ja auch nicht ihre Vision. Schließlich sagte Antonia vergnügt: »Ja, sie kommt verkleidet. Aber ich glaube, sie kommt auf die gewöhnliche Art und Weise, wenn du weißt, was ich damit meine.«

Anna lächelte, doch Clara sah Antonia verständnislos an. »Was meinst du damit, auf die gewöhnliche Art und Weise?«

»Nun ja,« sagte Antonia. »Sie kommt wie andere Besucher auch. Sie geht ganz einfach durch die Tür.«

Den Rest des Tages lungerten Clara und Antonia vor dem Schlosstor herum und nahmen jeden Gast in Augenschein, der hinein- und hinausging. Es waren genau zwölf Menschen, fast alle aus dem Dorf. Ein feenähnliches Wesen war, wie die Schwestern enttäuscht feststellen mussten, nicht dabei.

Abends, als Anna sie bereits ins Bett gebracht hatte, erschien ein später Besucher. Er war nicht angemeldet und trug zwei alte, abgeschabte Lederkoffer mit sich. Luise schrie auf, als sie ihn sah. »Jesses Maria!« Sie rannte in den Salon und meldete Bärchen, Tante Hugoline und Großmutter Theresa, Guido sei überraschend heimgekehrt.

3

Krankenhäuser deprimieren mich und die Heidelberger Universitätsklinik, in der meine Schwester lag, machte keine Ausnahme. »Dritter Stock, rechte Tür«, sagte der Pförtner als ich ihn nach der neurologischen Abteilung fragte. Er sah mich misstrauisch an, lächelte aber zurück, als ich ihm strahlend zunickte und sehr freundlich »danke« sagte.

Vielleicht sah man mir an, dass ich zu dieser schrecklichen Familie gehörte, die hier in der Gegend so bekannt war und jetzt für einen kleinen, feinen Skandal gesorgt hatte.

Ich kleidete mich normalerweise nachlässig, von der Musikerin einer wilden Mädchenband erwartete man das geradezu. Natürlich war der Eindruck von Nachlässigkeit sorgfältig inszeniert. Ich bevorzugte den Carnaby Look, trug manchmal knappe Minis oder grüne Hosen zu blauen oder roten Uniformjacken. Ich malte mir schwarzblaue Augen und versteckte sie hinter riesigen Sonnengläsern, ich ließ mir meine braunen Haare schwarz färben und lang wachsen. Auf der Bühne stand ich oft in einem kurzen Glitzerkleid oder in bunten, engen Hosen. Mein hochtoupiertes Haar sah manchmal aus wie ein Vogelnest, und ich klimperte mit falschen Ketten.

Es war aufregend, mit der Mode zu spielen in den Sechzigern. In London liefen manche Musiker oder Künstler betont gammelig herum, mit Ponchos, die aussahen wie abgenutzte Wolldecken, andere wirkten mit ihren Mähnen und glitzernden Rüschenhemden wie Zirkusartisten.

Für den Besuch bei meiner Schwester hatte ich mich für einen Hosenanzug in hellblau-metallic und eine weiße Bluse entschieden. Heidelberg war nicht London. Ich wollte einen guten Eindruck machen, auf wen auch immer. Die Haare trug ich lang und glatt, allerdings hatte ich einen kleinen roten Samthut auf dem Kopf. Man soll sich schließlich nicht gänzlich verleugnen, sagte ich mir. Der Samthut, der aussah wie ein umgestülpter Nachttopf, war mein Markenzeichen.

Die drei Stockwerke ging ich zu Fuß, weil ich Fahrstühle nicht ausstehen kann. Meine Reisetaschen schleppte ich mit, ich hatte noch keine Gelegenheit gehabt, sie irgendwohin zu bringen. In Wahrheit wusste ich noch nicht einmal, wo ich wohnen würde.

Ich fragte eine blonde Krankenschwester, die in robustem Schuhwerk geschäftig hin und her lief, nach dem Zimmer meiner Schwester.

»Ah, Sie sind sicher eine Verwandte«, sagte sie und strahlte mich an, als hätte ich allein dafür augenblicklich einen Orden verdient. Mein Hut schien sie zu befremden, doch sie erkannte mich nicht.

»Ich bin ihre Schwester«, sagte ich. »Ich würde sie gern besuchen.«

»Sie sind die Schwester, was Sie nicht sagen!«

Sie musterte mich kurz. Ich kam ihr entgegen. »Keine große Ähnlichkeit, nicht wahr?«

Verlegen machte sie eine schnelle Handbewegung, ihre Überraschung war ihr peinlich. Nun, es konnte nicht jeder eine so überirdische Schönheit sein wie Antonia. Wir haben beide schwarzes Haar, sie von Natur aus, ich gefärbt, aber damit hört die Ähnlichkeit auch schon auf.

Ich lächelte wieder, wie Frauen das oft tun, wenn sie eigentlich verunsichert sind. Mein freundliches, gelassenes Getue ging mir auf die Nerven. Denn in Wahrheit war ich nervös, gereizt, schlimmer noch, ich hatte Angst.

Andererseits zahlt Freundlichkeit sich meistens aus und verfehlte auch diesmal ihre Wirkung nicht.

»Ich bin Schwester Kathrin«, sagte die Schwester und streckte mir ihre Hand hin. »Es tut mir sehr leid, was Ihrer Schwester da passiert ist.«

Sie schwieg einen Augenblick, und ihr wurde klar, dass sie sich ungeschickt ausdrückte. Mir aber tat ihre diskrete Art gut.

»Wir kümmern uns sehr um sie, glauben Sie mir, und Doktor Moser ist ein Ass. Der Beste. Ihre Großmutter hält große Stücke auf ihn. Und sie hat Recht damit. Wenn ich Ihnen oder Ihrer Familie mit irgendwas helfen kann, sagen Sie es mir einfach.«

Ich nickte dankbar, während ich versuchte, mit ihr Schritt zu halten. Sie bemerkte es, nahm eine meiner Taschen und ging weiter.

»Für Ihre Schwester können wir vorläufig noch nicht sehr viel tun, sie ist noch nicht bei Bewusstsein. Immerhin haben sie sie von der Intensivstation auf die Neurologie verlegt, und das ist doch schon mal ein Fortschritt, nicht wahr? Wir sind gleich da.«

Sie winkte mir, ihr weiter zu folgen, und ging munter weiterschwatzend den langen Flur entlang, vorbei an staubigen Topfpflanzen und Patienten in Bademänteln, die ihr zunickten oder stur an ihr vorbeiblickten.

»Ihr Vater war heute schon hier. Er war bei Ihrer Schwester und hat mit Doktor Moser gesprochen. Er ist ein feiner Kerl. Ich fand es toll, ihn endlich mal kennenzulernen. Ich bin sicher, alles wird gut.«

Sie lächelte mich aufmunternd an. Ich hielt meinen Vater nicht gerade für einen feinen Kerl, aber darüber wollte ich mich mit Schwester Kathrin nicht streiten. Ich fragte mich, ob sie mit weniger prominenten Krankenangehörigen ebenso verständnisvoll umging. Auf jeden Fall war sie freundlich, und ich hatte weiß Gott Aufmunterung nötig.

Antonia lag blass und zerbrechlich in einem mit weißer Wäsche bezogenen Bett, war an drei Schläuche und Flaschen angeschlossen, und das linke Bein hing oben in einer Schiene. Auf ihrem Nachttisch standen Rosen.

Ich näherte mich scheu und spürte, wie mir die Tränen in die Augen traten.

»Ich werde Doktor Moser holen«, sagte Schwester Kathrin und schloss behutsam die Tür.

Meine Schwester sah aus, als läge sie in einem langen, friedlichen Erholungsschlaf. Ich wollte sie schütteln, sie anschreien, stattdessen beugte ich mich behutsam zu ihr hinunter und flüsterte ihr ins Ohr: »Hallo, Tonia, meine kleine Antonia, wer glaubst du, ist von weit her gekommen, allein deinetwegen? Ich bin's, Clara, deine Lieblingsschwester.«

Wir hatten uns Jahre nicht gesehen, waren es vier oder sogar fünf? Ich wusste es nicht mehr genau. Ich nahm ihre weißen, schlanken Hände in meine und streichelte sie und versuchte dabei, die Schläuche nicht zu berühren. Ich sang »Wake up, little Tonia«, in Abwandlung eines Hits der Everly Brothers. Es war ein Lied, das Antonia immer sehr gemocht hatte. Ich sang, während ich sie unentwegt ansah und ihre Hand hielt. Schließlich war der Song zu Ende.

»Bitte wach auf, meine Kleine«, flehte ich sie an. »Bitte wach auf. Was immer es ist, was dich bedrückt, wir schaffen es gemeinsam. Du wirst damit fertig.«

In Wahrheit war ich mir keineswegs sicher, ob Antonia fertig werden würde mit dem, was sie bedrückte. So wild und unternehmungslustig sie als Kind war, so labil und anfällig war sie in späteren Jahren geworden – ganz Bärchens Tochter.

Sie war nie eine große Kämpferin gewesen. Das war immer meine Rolle: die tapfere, aufbauende, Mut machende Schwester, die Ruhe und Kraft ausstrahlt wie eine starke Eiche.

Ich hatte bereits vier Menschen verloren, die ich liebte, genau genommen waren es sogar sechs. Aber es ist ja nicht immer der Tod, der einem unvermittelt einen Menschen entreißt. Auch Gleichgültigkeit, Sturheit und Hass verursachen Trennungen und endgültige Abschiede im Leben. Ich kannte beides, wenn auch in meinem Fall der Tod ein bisschen zu oft zugeschlagen hatte, fand ich.

Allein der Gedanke an den einen wichtigsten Verlust fühlte sich schrecklich an, immer noch, obwohl es schon eine Zeit lang her war. Ich hatte mich auch nicht daran gewöhnt, wie einige wenige eingeweihte Freunde prophezeit hatten. So schnell heilt die Zeit eben doch nicht alle Wunden. Vielleicht gewöhnt man sich nur an den Schmerz und macht einfach weiter, ein bisschen abgestumpfter, ein bißchen gleichgültiger. Es heißt, den Tod eines Kindes verschmerze man nie.

Ich betrachtete Antonia. Sie wollte ich nicht auch noch verlieren. Nicht jetzt. Nicht ohne sie gesprochen zu haben. Nicht ohne zu erfahren, was eigentlich los war.

Ich weiß nicht, wie lange ich an ihrem Bett saß, ihre Hand hielt und ihr erzählte, wie sehr ich sie liebe und dass ich ihr etwas mitgebracht habe, etwas, was sie sicher freuen werde, etwas, das magische Bedeutung für sie habe.

Sie rührte sich nicht, aber das hatte ich auch nicht erwartet.

Ich packte mein Geschenk aus. Es war ein Bild. Ich stellte es auf ihren Nachttisch und zog ihn ein wenig nach vorne, sodass sie das Bild würde sehen können, sobald sie aufwachte.

Ich versprach, dass ich sie von nun an jeden Tag besuchen würde. Antonia rührte sich nicht und mir war klar, dass ich sie nicht erreichen konnte.

Plötzlich hatte ich das Gefühl, beobachtet zu werden, während ich auf sie einsprach. Jemand war hereingekommen und an der Tür stehen geblieben.

»Guten Tag. Ich habe Sie angerufen.« Ich drehte mich um. Doktor Moser war jünger und attraktiver als ich ihn mir vorgestellt hatte. Ich hatte einen älteren, gesetzten, rundlichen Mann mit Glatze erwartet, vor mir stand ein blonder, großer mit freundlichen Augen, einer geraden Nase und einem energischen Kinn. Wir gaben uns die Hand.

»Bernhard Moser«, sagte er, und »danke, dass Sie so schnell gekommen sind«. Er lächelte und warf einen kurzen Blick auf das Bild. »Möchten Sie einen Kaffee?«

Ich nickte, zerknüllte mein Taschentuch und zeigte auf mein Gepäck. »Ich hatte noch keine Zeit, es wegzubringen, kann ich es hier stehen lassen?«

»Wir nehmen es mit«, sagte er, griff sich beide Taschen und wies mit dem Kinn in Richtung Tür.

»Lassen Sie uns in mein Büro gehen«, sagte er und ging, ohne eine Antwort abzuwarten, voraus.

Sein Büro war ein großer, heller Raum mit scheußlichen Plastikmöbeln in Grün und Orange, Bücherborden, Kunstdrucken von Chagall an den Wänden, Grünpflanzen, einem riesigen Schreibtisch, auf dem nicht sehr viel Ordnung herrschte. Ich war zu unruhig, um mich zu setzen, lief im Zimmer umher und sah mir seine Büchersammlung an, Fachliteratur und eine Menge Krimis. Er war offenbar ein Freund von Georges Simenon. Außerdem hatte er einen Plattenspieler und ein Radio. Platten von Bob Dylan, den Beatles, den Stones, den Kings lagen neben Aufnahmen von Mozart und Bach. Der Musikgeschmack eines Psychiaters unterscheidet sich offenbar nicht so sehr von dem anderer Menschen.

»Wollen Sie Milch in Ihren Kaffee, Clara? Ich darf Sie doch Clara nennen?«

»Selbstverständlich, alle Welt nennt mich Clara. Warum nicht auch ein Psychiater. Darf ich Sie Doc oder Bernhard nennen?«

»Sicher.« Der blonde Doc wurstelte in der kleinen Kochecke herum und pfiff dabei vor sich hin. Ich war zu müde, um Konversation zu machen, und ging ans Fenster, um hinauszusehen.

Ich hatte den Anblick Antonias noch nicht verdaut und wusste nicht, wie ich mich diesem Arzt gegenüber verhalten sollte. Gut, meine Großmutter schätzte ihn, nach allem was Schwester Kathrin mir vorhin erzählt hatte, aber wenn er ein Freund meines Vaters war, konnte ich ihm dann trauen?

»Sind Sie nervös?«, fragte Doktor Moser, während er Pulverkaffee in zwei Keramikbecher füllte.

»Ich bin immer ein wenig nervös, wenn meine Schwester von einer Terrasse oder einem Balkon springt.«

Er lachte über meinen sarkastischen Tonfall und war nicht beleidigt.

»Wir wollen hoffen, dass es nicht zur Gewohnheit wird bei ihr. Und was mich betrifft, will ich alles tun, was in meiner Macht steht, um weitere Sprünge zu verhindern.«

Ich neigte meinen Kopf, um ihm zu zeigen, dass ich sein Engagement zu schätzen wüsste. Diese kleine Bewegung, bei der ich die Augenbrauen leicht hochzog, wirkte gönnerhaft-huldvoll, das war mir klar, ich wollte ihn ein wenig hochnehmen. Er lächelte und sagte nichts. Wir tranken unseren Kaffee.

»Warum während dieses Festes? In aller Öffentlichkeit? Vor allen Leuten? Sieht ihr das ähnlich?«

Ich zuckte die Schultern. »Keine Ahnung, sagen Sie es mir. Ich habe meine Schwester seit Jahren nicht gesehen, nicht einmal gesprochen. Sie sind doch ein Freund meines Vaters und als solcher mit der Familie bestens vertraut.«

Der letzte Satz kam schärfer heraus, als ich es beabsichtigt hatte. Mein Gott, ich wollte ihm doch wohl nicht ernsthaft vorwerfen, dass er mit meinem Vater befreundet war. Die halbe Gegend war mit meinem Vater befreundet, warum nicht auch ein Psychiater?

»Ich bin nur flüchtig mit Ihrem Vater bekannt«, sagte der Arzt kühl. »Wir treffen uns manchmal beim Pferderennen. Und bei gesellschaftlichen Ereignissen, zu denen er extra nach Heidelberg kommt. Das ist alles. Ich weiß nicht mehr über Ihre Familie als das, was die Zeitungen so schreiben. Die sich übrigens, was den Suizidversuch Ihrer Schwester betrifft, bemerkenswert zurückhalten. Bislang wenigstens. Entweder hat Ihr Vater eine Menge Einfluss, oder er genießt eine Menge Respekt.«

Ich sagte nichts und trank meinen Kaffee.

»Wissen Sie, ich dachte, es könnte hilfreich für mich sein, mehr über Ihre Familie zu erfahren. Damit ich mit Ihrer Schwester arbeiten kann, sobald sie wieder zu sich kommt. Wollen Sie mir dabei helfen?«

»Warum fragen Sie nicht meinen Vater?«, sagte ich patzig, stand auf und ging wieder ans Fenster.

»Ihr Vater spricht nicht über Familienangelegenheiten, das hat er mir unmissverständlich zu verstehen gegeben.«

Ich schnaubte und nickte heftig. »Das kann ich mir vorstellen, dass er genau das gesagt hat. So hat er es immer gehalten. Ein Wunder, dass er Ihnen von mir erzählt hat.«

Doktor Moser stand ebenfalls auf, stellte sich neben mich und blickte auf den sonnigen Parkplatz.

»Er hat mir nichts über Sie gesagt, nichts. Er hat Sie mit keinem Wort erwähnt«, erklärte er und schüttelte nachdrücklich den Kopf. Das traf mich mehr, als ich erwartet hätte.

»Ich weiß natürlich, wer Sie sind, ich hätte Sie mit Ihrem Künstlernamen nur nicht in Verbindung mit den Haimburgs gebracht. Sie sind die Sängerin bei den Cinderella Girls, stimmt es? Und spielen Klavier und Keyboard. Bei Ihren Auftritten tragen Sie häufig diesen Samtlappen auf dem Kopf.«

Ich grinste ihn an. »Wie ich mich verunstalte, ist doch wohl meine Sache, oder, Doc?«

Er ging nicht auf mich ein. »Ihre Großmutter hat mir Ihre Telefonnummer in London gegeben. Sie meinte, sie wüssten am besten über Antonia Bescheid und über die Familie.«

Er zögerte einen Moment, und ich hatte den Eindruck, er verschweige mir etwas.

»Wie geht es ihr überhaupt? Sie haben noch nichts über ihren Zustand gesagt. Welche Prognose haben Sie, wann wird sie aufwachen?«

Er seufzte und sah mich an wie ein ungezogenes Kind, mit dem man viel Geduld haben muss.

»Regen Sie sich nicht auf, Clara«, sagte er, und sein Ton klang nun nicht mehr freundlich, sondern bestimmt. »Dazu kommen wir noch. Ich möchte, dass Sie begreifen, warum es so wichtig ist für mich, etwas über Antonias Kindheit und ihr Leben in der Familie zu erfahren.«

»Also bitte, warum ist es so wichtig?«

»Ihre Familie ist in vieler Hinsicht bemerkenswert, vielleicht altmodisch auf eine skurrile Art, vielleicht einfach anders auf eine Weise, die ich nicht verstehe. Ich bin nur ein Arzt, ich stamme aus einer kleinen Arbeiterfamilie. Bei uns ging es ganz bestimmt nicht so zu wie bei Ihnen. Mich interessiert nicht, ob Sie oder Ihre Schwester silberne Serviettenringe hatten und von goldenen Tellern gegessen haben. Das ist mir gleichgültig.«

Natürlich, dachte ich bei mir, es war nur eine Frage der Zeit gewesen, wann er spöttisch werden würde. Was würde als Nächstes kommen?

»Sie sind beide während des Krieges aufgewachsen, keine leichte Zeit für Kinder, wie ich aus eigener Erfahrung weiß. Und vielleicht gibt es einiges, was ich wissen sollte über Antonia. Ich verkehre nicht in Ihren Kreisen, normalerweise jedenfalls nicht.«

»Seien Sie froh«, sagte ich und starrte weiter auf den Parkplatz. »Übrigens verkehre ich auch nicht mehr in diesen Kreisen.«

Er überging meinen Einwurf.

»Antonia ist eine bildschöne junge Frau, sie wollte studieren, überlegte es sich jedoch anders und blieb im Schloss. Dort lebte sie wie eine Einsiedlerin. Nun ja, es gab natürlich Einladungen und so weiter. Aber es schien sie nicht wirklich zu berühren.«

Ich wartete. Soweit war das für mich nichts Neues. Ich hatte es immer falsch gefunden, dass Antonia sich gegen ein Studium entschlossen hatte und im Schloss geblieben war. Diese Entscheidung Antonias damals war es, die uns schließlich einander entfremdet hatte.

»Ihre Schwester hat einige wundersame Neigungen, sagt Ihre Großmutter.«

Ich runzelte die Stirn. Meine Großmutter nahm kein Blatt vor den Mund, sie konnte direkt sein bis zur Unhöflichkeit. Fremden gegenüber war sie jedoch zurückhaltend, vor allem wenn es um die Eigenheiten ihrer Enkelin ging. »Wundersame Neigungen« hatte sie bestimmt nicht gesagt, dafür nahm sie die visionären Fähigkeiten Antonias zu ernst. Ich zuckte die Schultern, antwortete nicht und hörte dem Arzt weiter zu.

»Wussten Sie, dass Ihre Schwester im Begriff war zu heiraten?«

Ich starrte ihn fassungslos an. »Nein«, sagte ich schließlich. »Ich hatte keine Ahnung.«

Doktor Allwissend nickte, als hätte er das nicht anders erwartet.

»Sie hätten es auch nicht erfahren, denn man dachte offenbar nicht daran, Sie einzuladen«, sagte er. »Ich wüsste gern, warum man Sie nicht dabeihaben wollte, ob es Antonias Idee war oder die Ihres Vaters. Ich wüsste gern, warum Antonia kurz vor ihrer Hochzeit von einer Terrasse gesprungen ist. Und vor allem möchte ich wissen, wann ihre, nun ja, eigentümlichen Zustände angefangen haben.«

Mir gefiel nicht, dass er von »eigentümlichen Zuständen« sprach, als wäre Antonia geisteskrank. Ich fand ihn inzwischen überhaupt nicht mehr attraktiv, sondern nur noch anmaßend und überheblich.

»Zustände ist ein wenig übertrieben. Sie hat keine Zustände. Sie hat besondere Begabungen. Sie ist einfach anders als andere.«

Er schwieg und musterte mich, wie mir schien, traurig.

»Werden Sie mir nun helfen oder nicht?« Er klang müde und ein wenig resigniert. Offenbar hatte er sich die Begegnung mit mir Gewinn bringender ausgemalt.

Mir war bewusst, dass ich trotziger war als nötig, aber ich konnte nicht anders. Andererseits war ich gekommen, um meiner Schwester zu helfen, und entschlossen, eine Weile hier zu bleiben. Was also hatte ich zu verlieren?

»Ich habe Unterlagen mitgebracht«, sagte ich schließlich. »Es sind Aufzeichnungen über die Familie, eine Art Chronik. Ich könnte die Papiere für Sie ordnen und mit Ihnen durchgehen. Oder Sie lesen sie allein, in aller Ruhe. Sie erzählen von unserer Kindheit und Jugend und, na ja, der Zeit danach.«

Doktor Moser sah mich überrascht an. Seine Augen leuchteten. »Wunderbar, fabelhaft«, sagte er begeistert. »Wer hat diese Dinge aufgeschrieben? Und haben Sie die Aufzeichnungen dabei?«

Ich nickte. »Sie sind in meiner Tasche, wenn auch ungeordnet.«

»Von wem sind sie, ich meine, wer hat sie verfasst?«

»Es ist ein Gemeinschaftswerk«, sagte ich ausweichend. »Teilweise stammen die Geschichten von mir, teilweise von meiner Mutter, einige schrieb meine Großmutter auf. Ich habe meiner Mutter versprochen, irgendwann eine zusammenhängende Chronik daraus zu machen. Ich habe damit angefangen, Sie werden ja sehen.«

Er nickte wieder, setzte sich an seinen Schreibtisch und notierte etwas.

»Ich möchte Ihnen noch etwas erzählen«, sagte er, ohne mich anzusehen. »Es betrifft Ihre Schwester. Und es wird Ihnen nicht gefallen.«

»Bitte«, sagte ich steif, »nur zu, Doc.«

Die Gegend entlang dem Neckar und der dahinter liegende Odenwald haben mir immer gefallen. Der Odenwald ist ein luftiger, freundlicher Wald, nicht düster, nicht unheimlich, auch wenn ihn, wie die Leute immer noch glauben, eine magische Kraft umweht.

Er ist umgeben von grünen Hügeln, wogenden Getreidefeldern und Viehweiden, dazwischen kleine Dörfer mit Fachwerkhäusern und Misthaufen, die breit und saftig in der Sonne dünsten. Die Landschaft hat Wärme und Poesie, so habe ich es jedenfalls immer empfunden. Die Sechzigerjahre mit ihrem schrillen Getöse und ihrem provozierenden Lebensstil waren hier noch nicht angekommen. Nicht viel schien sich verändert zu haben.

Als ich mit dem Wagen die Landstraße entlangfuhr, fühlte ich mich mit ungeheurer Wucht in meine Kindheit zurückversetzt. Ein Gefühl von unwiederbringlichem Verlust erfasste mich mit solcher Heftigkeit, dass ich kaum imstande war, das Steuer zu halten.

Ich versuchte, mich zusammenzureißen, eine Tugend, die ich durchaus gelernt habe und zu der ich immer wieder dankbar Zuflucht nehme. Es hatte keinen Sinn, zu heulen und sich der Verzweiflung hinzugeben oder romantisch-melancholischen Erinnerungen.

Es wäre sehr viel klüger, wenn ich mich auf die Begegnung mit meinem Vater vorbereitete, für den Fall, dass er zu

Hause war, was ich vermutete. Zu Hause. Ich kam nach Jahren der Abwesenheit nach Hause zurück.

Der Besitz meiner Familie ist nicht einfach ein größeres Haus, es ist ein Anwesen mit Anbauten und umfasst viele Hektar Land. Hinter dem Schloss befinden sich ein ummauerter Hof mit mehreren Türmen, dahinter ein kleines Wäldchen und ein See. Auf dem Grundstück stehen, nicht sehr weit entfernt vom Schloss, putzige Fachwerkhäuser, die mein Vater hat renovieren lassen. Wenn nicht Jagdfreunde, andere Gäste oder Verwandte sie bewohnen, stehen sie leer. Eins hatte Tante Hugoline nach dem Krieg dauerhaft bezogen.

Außerdem verteilen sich Stallungen für Pferde, Scheunen für Getreide, Holzschuppen und Gärten auf dem Gelände.

Das schmiedeeiserne Eingangstor stand offen, und ich fuhr die Kieswege entlang direkt bis vor das runde, hölzerne Schlosstor. Blühende Büsche und hohe Bäume säumten den Hof, es war still und friedlich, nur ein paar Vögel zwitscherten.

Einige der Fenster, die zum Schlosshof hinausgingen, waren geöffnet. Ich sah einen Augenblick auf das Tor und entschied dann, meinen Wagen woanders hin zu stellen. Es war eine Geste der Demut gegenüber meinem Vater, ich spürte es in dem Moment, als ich den Wagen umsetzte.

Fast ehrfurchtsvoll betrat ich die große, kühle Halle und stieg die blank gewienerte Holztreppe hinauf, an deren Ende ein monströses Gemälde hing. Der Mann in Ritterrüstung war uns Kindern als »Der Dicke Damian« vorgestellt worden.

Er hatte unvorstellbare Kräfte, das behauptete jedenfalls mein Vater. Staunend hatten wir der Geschichte gelauscht, in der »Der Dicke Damian« ein Pferd erwürgte, dessen Reiter viele Kilometer lang durch den Wald schleppte und schließlich an einem Windmühlenflügel festband.

»Aber warum nur, Vater, warum nur hat er das getan?«, fragte Antonia jedes Mal mit vor Aufregung bebender Stimme, obwohl sie es natürlich längst wusste.

»Er hatte den Brotbeutel vom Dicken Damian gestohlen«, schrien Maximilian und ich jedes Mal, und mein Vater nickte energisch.

»Sehr richtig. Genau so war es. Man sollte einem Haimburg weder sein Essen noch sonstwas wegnehmen. Merkt euch das.«

»Aber wenn er doch Hunger hatte, der andere Reiter«, hatte unser kleiner Bruder Maximilian einmal gefragt.

»Hunger? Na und? Er hätte ihn um ein wenig Brot bitten können, mein Sohn.« Die Stimme meines Vaters dröhnte unerbittlich. Allein die Frage regte ihn auf. »Keinesfalls darf man stehlen, auch nicht, wenn man hungert.«

»Hallo, Dicker Damian«, sagte ich und tätschelte seinen Bauch, als ich vor dem Bild stand. Der dicke Ritter blickte unverwandt auf mich herab, rund und freundlich, wie ich ihn in Erinnerung hatte. Er jedenfalls schien erfreut, mich zu sehen.

Ich ging in die Küche. Luise, da war ich sicher, würde sich ebenfalls freuen. Meine rote Samtkappe nahm ich vorher ab.

Luise stand vor einem Schrank, murmelte vor sich hin und suchte offenbar etwas. Ich trat leise hinter sie, legte meine Hände um ihre Augen und sagte mit tiefer Stimme »Wer ist gekommen, um Luischen zu besuchen?«

Luise stieß einen Schrei aus und fuhr herum. »Herr Jesses! Clara, meine Clara, dass du gekommen bist. Ich hab's dem Herrn Grafen gleich gesagt, aber er wollte nichts davon hören. Lass dich ansehen, was bist du dünn geworden, geben sie dir denn nichts zu essen in diesem Land?«

Für jemanden wie unsere Köchin Luise, die ausladende Formen mit Gesundheit gleichsetzte und selbst, wie sie fand, einen gelungenen Beweis ihrer These darstellte, war Großbritannien immer nur »dieses Land«. Sie meinte es nicht abfällig, fand aber ein gesundes Misstrauen durchaus angebracht. Auf meinen Einwand, »dieses Land« habe immerhin Shakespeare und meine geliebte Tante Josefine hervorgebracht, wusste Luise zu entgegnen, dass sie diesen

Shakespeare nie kennen gelernt habe, er aber wahrscheinlich ebenso wie Tante Josefine zu dünn sei, kein Wunder, wenn man bedenke, dass es in diesem Land Bohnen zum Frühstück gebe, eine Zumutung, der man eben nur entgehen könne, wenn man nichts zu sich nähme, wie ich es offenbar täte.

Sinnlos, Luise mit den englischen Frühstücksgewohnheiten vertraut zu machen, sinnlos auch, ihr zu erklären, dass ich mir mein Frühstück morgens jetzt selbst zubereitete und auch nicht, wie sie unerschütterlich behauptete, in einer Villa, sondern in einer Wohnung lebte, ohne Bedienstete, ohne Köchin.

Das überstieg ihr Vorstellungsvermögen, schon deswegen, weil es ihr von Herzen missfiel. Und was ihr nicht gefiel, wollte sie sich auch nicht ausmalen.

Sie umfasste meine Taille, sie versuchte es wenigstens, wie zum Beweis ihrer Behauptungen. Aber sie freute sich mächtig, mich zu sehen, und mich tröstete ihre Herzlichkeit.

»Ach, meine kleine Clara, meine süße Kleine«, sagte sie wieder und wieder und küsste mich auf beide Wangen, sie konnte sich gar nicht beruhigen. Ich war gerührt und umarmte sie heftig, doch bevor ich noch nach Anna fragen konnte, machte sie sich los.

»Anna ist mit ihrem Mann und den Kindern auf Urlaub. Aber sie kommt bestimmt zurück, bevor du wieder fährst. Ich mache Tee für die Herrin, du kommst gerade recht«, sagte sie aufgeräumt und begann geschäftig in der Küche herumzuwallen, erstaunlich behende, trotz ihrer Leibesfülle.

»Ist es nicht schrecklich, was da passiert ist mit deiner Schwester? Aber sie war ja schon immer labil und seltsam, nicht wahr? Das ganze Dorf spricht davon. Wie konnte sie nur!«

»Ich werde Großmama schnell begrüßen«, sagte ich hastig, und bevor Luise mich abhalten konnte, stürmte ich den Korridor entlang zu Theresas Salon. Ich wollte mit Luise nicht über Antonia sprechen. Luise tat gern so, als wären alle Geschehnisse von einer Himmelsmacht geschickt und unvermeidbar. Und sie tat auch gern so, als hätte es die Katastrophen und Zerwürfnisse in unserer Familie nicht gegeben. Resolut ignorierte sie Feindseligkeiten der Familienmitglieder untereinander, sie hielt sich einfach raus.

Ich klopfte an und hörte meine Großmutter Theresa mit energischer Stimme sagen: »Herein, herein.«

Sie saß in ihrem grünen Lieblingssessel am Fenster und las in einem Buch. Wahrscheinlich ein Werk von Charles Dickens oder eins von Tolstoi oder Pasternak. Sie liebte Dickens und die Russen. Als sie mich sah, fuhr sie auf, mit einer Mischung aus Erschrecken und Freude.

»Ha! Clara, mein liebes Kind! Ich wusste nicht, dass du so schnell kommen würdest. Wieso hast du nicht angerufen! Komm her und gib deiner alten Großmutter einen Kuss.«

Sie war inzwischen über achtzig Jahre alt. Ihre Haare waren weiß und lockig, sie wirkte kleiner, als ich sie in Erinnerung hatte, und trug ein elegantes blaues Seidenkleid mit einer Schleife. Ihre Augen blitzten hell und schlau wie immer, ihre Stimme klang herrisch und keineswegs alt, sie wirkte auf mich vital und unverwüstlich wie eh und je, aber es kostete sie einige Anstrengung, sich zu erheben, um mich zu umarmen.

Das tat sie länger als sonst, sie gab mir sogar einen Kuss auf die Wange, bevor sie mich kritisch musterte.

»Du bist ja so manierlich gewandet«, sagte sie. »Trägt man in deinen Kreisen nicht Hosen aus Schlangenhaut und hängt sich Christbaumkugeln an die Ohren?«

»Alles zu seiner Zeit«, sagte ich und lächelte.

»Du siehst müde aus«, stellte sie fest. »Und dünn.«

Ich nickte vage und schob einen der Sessel neben sie. »Keine Zeit zu essen, keine Zeit zu schlafen. Zu viel Aufregung«, versuchte ich zu scherzen. »Lauter schlechte Nachrichten vom Kontinent.«

»Wieso hast du nicht angerufen?«, fragte sie wieder. »Wir hätten alles vorbereitet für deine Ankunft.«

Ich seufzte. »Du weißt, warum nicht«, sagte ich ungeduldig. »Niemand hätte etwas vorbereitet für meine Ankunft.«

Himmel noch mal, sie wusste, dass ich nicht sehr willkommen war in diesem Haus, genau genommen gar nicht.

Das tat mir zwar weh, heute noch mehr als gestern im fernen London, aber ich konnte es nicht ändern. Und meine Großmutter, das wussten wir beide, auch nicht.

Sie seufzte auch und machte eine energische Handbewegung.

»Doktor Moser hat mich angerufen«, begann ich.

Sie nickte. »Ich glaube, er ist ein guter Arzt und ein guter Mensch. Und verlässlich. Ich habe ihn gebeten, sich mit dir in Verbindung zu setzen. Wenn er es nicht getan hätte, hätte ich dich benachrichtigt. Aber ich war gestern zu aufgeregt, als ich von dem Unglück erfuhr. Der Doktor bot an, mir den Anruf bei dir abzunehmen. Ich finde es wichtig, dass du hier bist, sobald Antonia zu sich kommt. Dein Vater, fürchte ich, ist keine große Hilfe.«

Ich nickte. Wann wäre mein Vater je eine Hilfe gewesen für mich oder Antonia? War er nicht eher der Verursacher allen Unglücks?

»Er weiß nicht, dass Doktor Moser dich informiert hat. Und es wäre ihm auch bestimmt nicht recht. Aber ich bin der Meinung, die Familie muss jetzt zusammenstehen.«

Sie klang nicht sehr überzeugt, obwohl sie, wie ich wusste, alles tun würde, um zumindest einen provisorischen Zusammenhalt der Familie zu erreichen.

Wir schwiegen einen Moment, dann fragte ich behutsam: »Was ist denn nun eigentlich genau passiert?«

Sie zuckte die Achseln. »So genau weiß ich es nicht. Ich war leider nicht dabei. Als Antonia zum Ball aufbrach, erschien sie mir ganz normal. Sie fuhr mit Baron Kloiber und eurem Vater hin, ich bin hier geblieben, denn mir war es zu heiß. Du weißt, ich schätze solche Veranstaltungen im Sommer nicht besonders.«

Ich hörte zu und nickte gelegentlich. Baron Kloiber, das hatte mir der Arzt erzählt, war der Mann, der Antonia heiraten wollte.

»Im Verlauf des Abends, so erzählt es dein Vater, verschwand Antonia plötzlich. Keiner weiß wohin, keiner hat etwas gesehen. Ganz plötzlich tauchte sie dann bleich und verwirrt wieder auf. Sie nahm sich ein Glas Wein, trank es in einem Zug, ging auf die Terrasse und stieg aufs Geländer. Dann ist sie gesprungen. Ohne Vorankündigung. Einfach so.«

»Hast du irgendeine Ahnung, was passiert sein könnte?«

Sie seufzte wieder und schüttelte bekümmert den Kopf. »Du kennst deine Schwester, sie hat diese Visionen. Sie war schon immer sehr eigen. Sie kann manchmal sehr wunderlich sein und verschlossen, und die letzten Jahre waren nicht einfach für sie nach allem, was passiert ist.«

Wir schwiegen eine Weile. Dann erkundigte ich mich nach Tante Hugoline.

Hugoline habe sich über Antonias Sprung maßlos aufgeregt, erklärte meine Großmutter. Sie sei umgekippt und müsse das Bett hüten. »Es ist besser, du gehst sie vorläufig nicht besuchen.«

Ich nickte.

»Ach Clara«, sagte meine Großmutter unvermittelt, »ist es nicht seltsam? Wir werden älter und glauben, wir haben mit der Vergangenheit abgeschlossen. Die Vergangenheit hat aber mit uns nicht abgeschlossen.« Es war eine ihrer Lieblingsweisheiten, ich kannte sie schon. Ich hatte nicht den Eindruck, dass sie irgendein konkretes Ereignis aus Antonias Vergangenheit meinte. Oder doch? Ich drückte ihre Hand. Sie drückte zurück, dann ließ sie los.

»Du hast nichts von diesem Baron Kloiber und der bevorstehenden Hochzeit geschrieben«, sagte ich vorwurfsvoll. Großmutter Theresa schrieb mir seit Jahren, damit ich auf dem Laufenden bliebe, was meine Familie anging.

Sie sah mich direkt an. »Ich wollte dich schonen. Dein Vater hätte nie geduldet, dass du zur Hochzeit kommst, also schien es mir sinnvoller, es dir erst hinterher zu schreiben.«

Ich nickte und nahm impulsiv wieder ihre Hand. »Danke, dass du mir immer wieder geschrieben hast. Das war sehr nett von dir und hat mir sehr gut getan.«

Sie entzog mir ihre Hand und sagte schroff: »Du weißt, dass ich mit vielem nicht einverstanden bin, was dein Vater tut. Er hat seine Gründe, ich weiß, manches verstehe ich, manches nicht. Was dich angeht, so gehörst du schließlich zur Familie. Ich bin froh, dass du jetzt da bist, in Antonias Nähe. Denn eines steht fest: Eurer Vater ist überfordert, was Antonias Zustand angeht. Er sieht es als schicksalhaft an, was geschehen ist. Und ich fürchte, er wird Doktor Moser nicht viel erzählen wollen. Der ganze Berufsstand ist ihm suspekt.«

»Du könntest mit Moser sprechen«, sagte ich ruhig. Ich wollte nicht, dass alles an mir hing und jeder sich aus seiner Verantwortung stahl, nur weil die verflixte Familienehre oder sonstwas auf dem Spiel stand.

Sie sah mich scharf an. »Ich habe dir meine Aufzeichnungen geschickt, alles, was ich aufgeschrieben habe. Und ich habe diesem Moser einiges aus meinen Tagebüchern zu lesen gegeben. Mehr kannst du nicht erwarten. Und du hast Briefe und Unterlagen deiner Mutter. Du weißt, sie wollte immer, dass du eine Chronik verfasst. In gewissem Sinne bist du die Verwalterin aller Familiengeheimnisse, nicht wahr?«

»Keine angenehme Aufgabe für mich. Alle wollen sich immer raushalten«, sagte ich bitter.

Sie schlug mit ihrer faltigen Hand heftig auf die Lehne ihres Sessels. »Du weißt, dass ich mich nie rausgehalten habe, Clara. Aber du weißt auch, dass ich mich, wenn es um euer Verhältnis zu eurem Vater geht und um eure Angelegenheiten insgesamt, zurückhalten muss. Ihr seid dazu erzogen worden, eure Schlachten allein zu schlagen. Mir wäre es sehr viel lieber, es würde endlich wieder Ruhe einkehren im Schloss und diese alten Streitereien würden beigelegt.«

Sie sprach erregt weiter, und ich merkte, wie ich begann, mich aufzuregen und ihr gegenüber ungerecht zu werden. Doch bevor ich widersprechen konnte, kam mein Vater herein.

»Clara, was willst du hier«, sagte er eisig. Es war keine Frage, eher ein Vorwurf. Keine Begrüßung und keinerlei Freundlichkeit in seinen Augen. Er war offenkundig nicht erfreut, mich zu sehen.

»Hallo, Vater.« Meine Stimme zitterte leicht. »Ich bin wegen Antonia hier. Ihr Arzt hat mich gebeten zu kommen.«

Ich sah ihm in die Augen, trotzig. Er wich meinem Blick aus. Ich hatte ihn Jahre nicht gesehen und war erschrocken, wie müde und abgekämpft er aussah. Allerdings schien er kein bisschen nachsichtiger geworden zu sein.

Er schnaubte geringschätzig, blieb an der Tür stehen und sah mich unverwandt an. »Das geht mich nichts an. Ich möchte, dass du auf der Stelle das Haus verlässt.«

»Eduard! Sie ist doch gerade erst angekommen! Findest du in Anbetracht der Situation nicht auch, dass es besser wäre, wenn Clara …«

»Nein, das finde ich nicht, entschuldige, Mama. Du weißt, dass ich sie hier nicht sehen will, und dabei bleibe ich. Was sie mit Moser beredet, ist ihre Sache. Obwohl ich es ganz und gar nicht gerne sehe, wenn Clara sich einmischt.«

Er tat so, als wäre ich nicht im Raum. Er blickte seine Mutter an und ignorierte mich. »Jedes Mal, wenn Clara ihre Nase in Dinge steckt, die sie nichts angehen, richtet sie Unheil an. Es wäre mir bedeutend lieber, sie ginge zu ihren Musikanten zurück nach London.«

Großmutter Theresa schwieg und verdrehte verärgert die Augen. Ich stand auf und nahm meine Tasche. »Ich hatte nicht vor, hier zu wohnen. Ich werde ins Hotel gehen. Aber du kannst mir nicht verbieten, Antonia zu besuchen und dem Arzt bei seiner Behandlung zu helfen, sobald sie aufwacht.«

Mein Vater sagte nichts mehr, nickte nur finster und schloss die Tür von außen.

»Hat man je einen größeren Sturkopf gesehen! Lieber Himmel, Clara, was für eine Familie!«, rief meine Großmutter aufgebracht.

Ich machte eine wegwerfende Handbewegung und setzte mich wieder. Ich hatte kaum auf ein versöhnliches Zusammentreffen mit meinem Vater gehofft. Allein meine Anwesenheit, ganz gleich, wie gut die Absicht dahinter war, musste für ihn alte Wunden bloßlegen.

Er war einer der Menschen auf meiner Verlustliste, die ich nicht durch Tod verloren hatte. Um Stolz ging es zwischen uns, um Selbstbehauptung, Zorn, Schuld, Schuldzuweisung. Mein Vater ahnte vielleicht, dass ich nicht verantwortlich war für die Geschehnisse der Vergangenheit, ahnte, dass auch er einen Anteil daran hatte. Aber damit hatte er sich nie beschäftigen wollen. An meine Schuld zu glauben und mich dafür büßen zu lassen war einfacher für ihn.

Luise erschien mit dem Tee. Mir fiel auf, dass sie langsamer ging und ein Bein nachzog.

Ich fragte Großmutter danach, als Luise wieder in der Küche war. »Was erwartest du, Clara? Wir werden alle nicht jünger. Luise hat Gicht in den Knochen und irgendwas am Bein, ich habe vergessen, wie man es nennt. Ist auch völlig gleichgültig, was nützt es, wenn man seine Leiden genau benennen kann.«

Sie zuckte die Achseln und trank einen Schluck Tee. »Das Alter ist eigenartig. Es kommt heimlich, tückisch. Du bist noch keine dreißig Jahre, in deinem Alter fühlt man sich unsterblich. Aber ich sage dir: irgendwann besteht das Leben nur noch aus Zahnarztterminen, Magengeschwüren, Krebsvorsorge. Und wenn wir irgendwann im Sarg liegen, sind wir wieder wie Babys: ohne Haare, ohne Zähne, ohne besondere Erkenntnisse.«

Ich lachte und nahm liebevoll ihre Hand. Wie schön, dass sie ihren Humor nicht verloren hatte.

»Du bleibst sicher noch viele Jahre bei uns, Großmutter«, sagte ich. Und das meinte ich auch so, weiß Gott. Der Tag, an dem sie sterben würde, wäre das Ende einer Epoche, das Ende unserer Familie oder von dem, was von ihr übrig geblieben war.

»Was macht dein Musikgeschrammel?«, fragte sie. »Hört ihr euch immer noch an wie Roboter im Gebüsch?«

Ich lachte. »Du wirst es nicht glauben, aber ich singe neuerdings neben meinen eigenen Kompositionen auch Lieder, die Mae West, Ella Fitzgerald oder Chet Baker gesungen haben.« Leise begann ich, ihr »I'm in the Mood for Love« vorzusingen, und sie hörte einigermaßen gnädig zu. Meine Großmutter machte sich nichts aus Musik, was ich als bitteres Unglück empfand, sie aber überhaupt nicht.

Mozart? Beethoven? Schumann? Sie waren meiner Großmutter durchaus entbehrlich. Sogar singende Vögel waren ihr lästig.

Ich sagte, ich wolle ihr etwas von einem Sänger vorspielen, der mich sehr beeindruckte, zog einen Kassettenrekorder hervor und legte ein Band mit Liedern von Bob Dylan ein. Der von mir verehrte Bob sang »Like a Rolling Stone.«

Mein Großmutter lauschte mit unbewegter Miene. Als ich das Band stoppte, sagte sie kopfschüttelnd: »Klingt für mich so, als wäre der Mann in einem Tuberkulose-Sanatorium besser aufgehoben. Bemerkenswert, mit welch schaurigem Genöle man heutzutage Geld verdienen kann.«

Ich packte meinen Kassettenrekorder samt Lieblingssänger wieder weg. Meine Großmutter begann, mich nach meinem Leben zu fragen.

Es fiel mir nicht leicht, von mir zu erzählen, aber ich hatte das Gefühl, das sei ich ihr schuldig. Was ich ihr mitteilte, schockierte sie, das merkte ich. Es waren Dinge, die ich ihr in meinen Briefen bisher verschwiegen hatte, weil es mir zu schwer gefallen war, darüber zu schreiben. Ich schilderte auch jetzt nur das Notwendigste und bat sie, meinem Vater nichts davon zu sagen. Ich wollte nicht, dass er sich beunruhigte, log ich. In Wahrheit fürchtete ich seinen triumphierenden, überlegenen Blick bei unserem nächsten Treffen, das unvermeidlich stattfinden würde. Geschieht dir Recht, würde dieser Blick sagen. Es musste so kommen. Du hättest nur auf mich zu hören brauchen.

Als ich mich verabschiedete, wirkte Großmutter traurig. Sie tat mir von Herzen Leid, aber ich konnte ihr nicht helfen, ich konnte ja nicht mal mir selbst helfen. Ich versprach ihr, mich regelmäßig bei ihr zu melden. Dann ging ich, ohne meinem Vater oder Luise Adieu zu sagen.

Während ich mich von unserem Familiensitz entfernte, dachte ich an das, was Moser am Schluss unseres Gesprächs gesagt hatte. »Haben Sie gewusst, dass Ihre Schwester sich vor drei Monaten die Pulsadern aufgeschnitten hat?«

4

Onkel Guido, wie Clara und Antonia ihn nannten, war Eduards jüngerer Bruder und seine Heimkehr aus dem Krieg löste gleichermaßen Freude und Entsetzen aus. Er wirkte verändert, in jeder Hinsicht. Sein braunes Haar war schulterlang, wie bei einem Waldmenschen, und sein gebräuntes Gesicht fast gänzlich von einem Bart umwuchert, der struppig und extravagant aussah.

Er hatte durch einen Granatsplitter sein rechtes Auge verloren. Nun trug er ein Glasauge und wollte von allen »Guido der Zyklop« genannt werden, was Antonia und Clara befremdete, von Großmutter Theresa ganz zu schweigen.

Sie erlitt einen Schwächeanfall, weinte, was so gut wie nie vorkam, und haderte mit Gott. Das kam häufig vor, denn sie unterhielt mit Gott eine Art Handelsabkommen, jedenfalls glaubte sie das. Ihr Hauptgebet während des Krieges lautete: »Wenn meine beiden Söhne lebend nach Hause kommen, werde ich Pfarrer Ferdinand nicht nur einen neuen Kirchturm spenden, sondern auch jeden Tag vier Rosenkränze beten. Meinetwegen kannst du mir auch eine Krankheit schicken, wenngleich bitte keine allzu schlimme.«

Sie hielt oft und gern Zwiesprache mit Gott, das fand sie interessanter, als Gebete auswendig herunterzuschnurren, weshalb das Beten von vier Rosenkränzen pro Tag für sie ein wirkliches Opfer darstellen würde. Allerdings war sie keineswegs gewillt, damit anzufangen, bevor Gott seinen Teil der Abmachung erfüllt hätte.

Als ihr jüngster Sohn nun derart verunstaltet, aber immerhin lebend heimkam, dankte sie der himmlischen Oberinstanz, wenn auch ein wenig ungnädig. Schließlich hatte Guido ein Auge eingebüßt, wäre das nicht vermeidbar gewesen? Und er wirkte sonderbar. Seine strikte Weigerung, sich den Bart abzunehmen und die Haare schneiden zu lassen, befremdete Theresa.

Sie betete inständig für ihren anderen Sohn und schärfte Gott ein, ihn unversehrt nach Hause kommen zu lassen.

Als sie fand, nun habe sie genug gebetet, ließ sie sich Guidos Geschichte erzählen, die wirr und unzusammenhängend aus ihm herauströpfelte. Was sie verstand, war Folgendes:

Er und seine Kameraden waren in Italien in einen Hinterhalt geraten und beschossen worden. Guido traf ein Granatsplitter, er wurde ohnmächtig und blieb in einem Gebüsch liegen. Als er wieder zu sich kam, waren seine Kameraden fort. Er blutete heftig und schleppte sich mühsam bei Nacht zum nächsten Dorf. Es war ihm gleichgültig, wem er in die Hände fiele, er war müde und geschwächt, er hatte Schmerzen.

Auf einem Bauernhof am Ortsanfang ließ er sich erschöpft in einen Hühnerstall fallen. Ein Junge, er mochte acht Jahre alt sein, weckte ihn. Sie starrten einander an, der Junge mit Neugier und Angst in den Augen, Guido blutverkrustet und entstellt. »Hilf mir«, sagte er schließlich leise auf Italienisch. Der Junge lief weg, kam mit einem alten Italiener zurück und lief erneut davon.

»Er wird noch jemanden herholen«, erklärte der Alte, während er sich Guidos Wunde betrachtete. »Ich bin zu alt für den Krieg, und du bist zu jung für den Krieg.«

Der Junge kehrte mit einem anderen Mann zurück, und gemeinsam trugen sie Guido ins Haus. Sie setzten ihn in die Küche vor ein Feuer, flößten ihm Kaffee ein und fütterten ihn mit etwas Polenta. Der Junge sah ihnen zu.

»Meine körperliche Verfassung war miserabel, ich hatte viel Blut verloren«, erklärte Guido seiner Mutter.

Theresa nickte. »Erzähl weiter.«

Der Alte stellte sich als Salvatore, seinen Freund als Matheo und den Jungen, seinen Enkel, als Vicenzo vor. Nachnamen blieben unerwähnt, sie waren nicht wichtig.

»Hier kannst du nicht bleiben, Guido«, erklärte Salvatore, nachdem Guido seinen Vornamen genannt hatte. »Aber wir werden dir helfen, ich habe schließlich selbst drei Söhne im Krieg und bete, dass sie gesund wiederkehren.«

Salvatore und Matheo brachten Guido auf einem Eselkarren in eine kleine Krankenstation, die sich bei Nonnen in einem Kloster befand. Dort behandelte ein Arzt Guidos Auge, so gut er konnte, er operierte und verband ihn. Später setzte er ihm ein Glasauge ein, an das Guido sich bald gewöhnte. Die Nonnen beruhigten ihn, wenn er nachts aufschreckte, und Salvatore und Vicenzo kamen ihn regelmäßig besuchen.

Es verging fast ein Jahr, bis Guido sich erholt hatte. Inzwischen hatte er sein Glausauge lieb gewonnen, legte sich seinen Spitznamen zu und ließ sich die Haare lang und einen Bart wachsen. Er sprach gut Italienisch und unterhielt sich mit den Nonnen über den Himmel und die dort herrschenden Verhältnisse oder plauderte angeregt mit Salvatore und seinem Enkelsohn. Vicenzo erzählte Guido von seiner Mutter, die er früh verloren hatte, und von seinem Vater, von dem er nicht wusste, wo er war. »Ich weiß nur, dass er nicht tot ist«, sagte der Junge. »Das fühle ich.«

Eines Tages fand Guido, er sei gesund. Er machte seinen Rettern klar, dass er seine Einheit wiederfinden wolle.

Salvatore hielt das für keine gute Idee. Er hatte Guido jedoch ins Herz geschlossen und versprach, ihm auch diesmal zu helfen. Er befragte die Nonnen, die bedenklich den Kopf wiegten.

»Er sollte nach Hause«, sagte eine von ihnen. Salvatore nickte grimmig. »Aber er will nicht nach Hause! Er will zu seiner Einheit! Was soll ich tun?«

Zwei Tage später erschien Salvatore mit Vicenzo, der einen dunkelgrünen Stoffbeutel mit der Hand umklammert hielt. Guido saß im Garten und betrachtete mit liebevollem

Blick die umherfliegenden Vögel. Seine Besucher sahen seltsam feierlich aus. »Guido, mein Freund«, sagte der Alte, »mein Enkel Vicenzo will dir etwas schenken. Wenn du schon gehen musst, dann gehst du in der Obhut von Elisabetta. Sie ist eine Art Schutzengel für meine Familie, vor allen wichtigen Entscheidungen berate ich mich mit ihr. Stell dir vor, sie hat mir gesagt, welche Weinberge ich kaufen soll, sie hat mir verraten, welche Reben ich anbauen soll, sie hat mir eingegeben, welche Frau ich heiraten soll. Und in allen Dingen hat sie mir wohl geraten. Nicht alle in meiner Familie verlassen sich auf Elisabetta, aber mir war sie immer lieb und teuer.«

Guido hörte nicht richtig hin, er fühlte sich plötzlich müde. »Und mein Enkel hat heute Nacht einen Traum gehabt«, erklärte Salvatore abschließend. »Ich gehe jetzt den Arzt suchen.« Er ging ins Kloster und ließ Guido und seinen Enkel allein.

»Heute Nacht habe ich geträumt«, sagte der kleine Vicenzo eifrig, »dass ich dir Elisabettas Schutz mitgeben soll. Sie wird dir Glück bringen.« Er öffnete den Stoffbeutel und holte einen ovalen Holzrahmen hervor, in dem das Bild steckte.

Guido betrachtete die Frau, die Elisabetta hieß. Sie war eine dunkelhaarige, zarte Schönheit mit großen Augen, die ihn magisch anzogen. »Danke«, sagte er. »Die Frau ist ungewöhnlich schön.«

»Ja, nicht wahr? Obwohl sie immer ein bisschen traurig aussieht, finde ich«, sagte der kleine Vicenzo ernst. »Es gibt viele Bilder von ihr in unserer Familie. Elisabettas Mann war Maler und hat sie wieder und wieder gemalt. Aber dieses Gemälde gehört mir. Es ist etwas Besonderes, siehst du das?«

Guido sah Elisabetta an. Von der Frau auf dem Bild ging eine Melancholie aus, die sein Herz rührte. Gleichzeitig schien sie von einem Zauber und einer geheimnisvollen Kraft umgeben. Sie kam Guido lebendig vor, es hätte ihn nicht verwundert, wenn sie zu sprechen begonnen hätte.

»Ich kann dein Geschenk nicht annehmen«, sagte Guido. »Warum behältst du es nicht, Vicenzo? Dein Großvater braucht vielleicht weitere Eingebungen von Elisabetta. Oder dein Vater, wenn er aus dem Krieg heimkehrt. Oder du, wenn du später einmal älter bist.«

Der Junge schüttelte den Kopf. »Mein Traum war ganz klar. Elisabetta hat mir gesagt, ihr Bild gehöre zu dir. Hab keine Sorge, Elisabetta wird nicht aus unserem Haus oder unserer Familie entschwinden, nur weil du mein Bild mitnimmst. Ich habe es dir doch schon gesagt, es gibt noch andere Porträts, sie ist häufig gemalt worden.«

Guido starrte die schwarzhaarige Frau auf dem Bild weiter an.

»Aber du musst an eines denken«, sagte Vicenzo eindringlich. »Das Bild ist dazu bestimmt, weiterverschenkt zu werden an jemanden, den du liebst. Ich habe es von meiner Tante bekommen, und auch sie hat mir eingeschärft, es weiterzuverschenken, sollte ich jemanden treffen, der Hilfe braucht.«

»Aber ich brauche keine Hilfe«, stotterte Guido. »Ich bin wieder gesund. Ich werde zu meiner Einheit zurückkehren.«

Vicenzo sah ihn an und schüttelte den Kopf. »Ich spüre, dass das Bild zu dir gehört. Ich weiß nicht warum, aber mein Gefühl sagt mir, dass es so ist.«

Guido war gerührt. Er wusste nicht, was er sagen sollte. »Danke«, murmelte er schließlich, und während er das Bild weiter betrachtete, erzählte Vicenzo ihm von Elisabetta. »Sie hieß eigentlich Elisabeth und kam vor hundertfünfzig Jahren aus Deutschland«, begann er. Guido hörte nicht richtig zu, eine seltsame Trägheit hatte ihn überkommen. Erst als Vicenzo ihm einschärfte, das Bild jemandem zu schenken, der es brauche, nahm er die Worte wieder wahr. Wie er denjenigen erkennen könne, fragte er, und fühlte sich der Aufgabe nicht so recht gewachsen.

»Verlass dich auf dein Gefühl«, sagte der Junge. »Du wirst wissen, wann der richtige Zeitpunkt ist. Du wirst fühlen, für wen sich das Geschenk eignet. Die Frau auf dem Bild spricht zu den Menschen. Manche können sie hören, andere nicht. Sie hilft ihnen, ihre Bestimmung zu finden.«

Nach weiteren zehn Tagen behauptete Salvatore, er habe Guidos Einheit aufgetan und dafür gesorgt, dass er am nächsten Tag am Dorfausgang abgeholt werden würde.

Guido packte seine Habseligkeiten, verabschiedete sich von dem Arzt und den Schwestern und verließ das Kloster. Gemeinsam mit seinen Freunden begab er sich auf den Weg zum Ortsausgang. Er bedankte sich viele Tausend Male bei Salvatore, doch der alte Italiener wollte von Dank nichts wissen. Er küsste ihn zwischen die Augen, sagte ciao und winkte. Vicenzo umarmte Guido und flüsterte ihm zu, er solle das Bild nicht vergessen.

»Nun, da ich meine Bestimmung kenne«, sagte Guido an diesem Punkt seiner Geschichte, »werde ich es verschenken.«

»Was ist das für ein Bild?«, fragte Großmutter Theresa. »Ich würde es mir gern einmal ansehen.«

Noch bevor Guido das Bild herbeiholen konnte, glitt er zu Boden und begann sich in Krämpfen zu winden. Er schlug um sich, trat mit den Füßen nach seiner Mutter, die versuchte, sich ihm zu nähern, schrie Unverständliches und hatte sein eines Auge schreckhaft aufgerissen und verdreht. Schließlich gelang es Luise und Großmutter Theresa, ihn zu beruhigen und ins Bett zu bringen. Dort schlief er apathisch ein, unfähig, seine Mutter oder irgendwen sonst zu erkennen.

Großmutter Theresa dachte nicht mehr an das Bild. Sie ließ nach dem Hausarzt schicken und zog sich ermattet zurück. Als Guido am nächsten Tag aufstand, ihr Zimmer betrat, ohne anzuklopfen, und auf sie einredete wie ein Betrunkener, fand sie jedoch mit einem Schlag ihre gesamte Energie wieder. Der Sinn dessen, was er sagte, lag für sie allerdings völlig im Dunkeln.

»Ganz offensichtlich hat der arme Junge weit mehr als nur ein Auge verloren«, erklärte sie Bärchen und ihrer Schwester Hugo.

»Wie, um Himmels willen ist er denn überhaupt nach Hause gekommen?«, fragte Hugoline. Theresa gab wieder, was sie Guidos Schilderungen entnommen hatte.

Guido war zunächst, wie Salavatore es ihm gesagt hatte, am Dorfausgang abgeholt worden, wenn auch nicht von seiner Truppe. Es war eine andere deutsche Einheit, die den kriegsversehrten Unteroffizier Guido aufnahm und sich um ihn kümmerte. Er verbrachte einige Wochen mit ihnen, in denen er sich hauptsächlich von Kartoffeln ernährte. Er weigerte sich, die Haare schneiden und den Bart abnehmen zu lassen und predigte immerzu Gottes Wort, was nicht alle Soldaten als Trost empfanden.

Nach etlichen Briefen und Telefonaten wurde er schließlich von seinen energischen Vorgesetzten nach Heidelberg ins Lazarett geschickt. Dort blieb er noch eine Weile zur Beobachtung, bis man ihn schließlich für dienstunfähig erklärte und aus der Wehrmacht entließ.

»Dank dieser Bescheinigung erhält er Lebensmittelkarten,« erklärte Theresa.

Sie segnete Salvatore und seinen Enkel, den italienischen Arzt, die Nonnen im Kloster, Guidos Vorgesetzte und auch die Verantwortlichen im Heidelberger Lazarett. Sie brauchte nicht lange, um den Beschluss von Guidos Vorgesetzten zu begreifen. Nur zu deutlich offenbarte sich in den nächsten Tagen der absonderliche Geisteszustand ihres jüngsten Sohnes: Guido der Zyklop hatte im Krieg sein Auge und einiges von seinem Verstand eingebüßt, dafür aber zu Gott gefunden. Er wollte nun, wie er seiner Mutter kundtat, als himmlischer Diener auf dieser verkommenen Erde wandeln und Zeugnis von Gottes Güte ablegen.

Er äußerte sogar den Gedanken, nach dem Krieg in ein Kloster einzutreten.

»Auch du, Mama, bist ein Gedanke der Liebe im Geiste Gottes. Die Güte des Heiligen Geistes ist immer mit dir«, sagte er mit sanfter Stimme und sah sie liebevoll an.

»Ein Gedanke der Liebe im Geiste Gottes. Klingt schön, mein Sohn«, sagte sie und tätschelte seine Hand. »Dagegen kann niemand etwas haben. Es ist mehr oder weniger das, was ich immer predige: Es gibt viele Pflanzen in Gottes Garten.«

Guido runzelte die Stirn. Er war sich nicht sicher, ob sie dasselbe meinten. »Nun ja, vielleicht kann man es auch so sehen. Ich werde darüber nachdenken. Jedenfalls wird Gott dir vergeben.«

»Natürlich wird er das«, sagte Theresa. »Das ist schließlich sein Beruf.«

Sie betrachtete ihren Sohn liebevoll und seufzte. Sie war der Familientradition gemäß streng katholisch erzogen worden. Zwei ihrer Schwestern waren ins Kloster gegangen, wo sie, wie Theresa mitleidlos fand, auch hingehörten, langweilig, vertrocknet und verdrossen, wie sie waren.

Ihre Meinung über Nonnen und Mönche sollte sich erst in späteren Jahren nachhaltig ändern, vorläufig hielt sie die meisten Klosterinsassen, Männer wie Frauen, für vom Leben enttäuschte, sauertöpfische Geschöpfe. Großmütig nahm sie die italienischen Schwestern aus, die Guido gepflegt hatten.

Trotz solcher Gedanken hielt sich Großmutter Theresa für eine gute Christin. Sie besuchte die Kirche, betete zu Gott, und wandte sich regelmäßig an ihre Schutzpatronin, die heilige Therese. Ansonsten verließ sie sich auf ihren gesunden Menschenverstand, den Gott den Menschen ja wohl gegeben hatte, damit sie ihn benutzten.

Ihr Sohn Guido war erst 24 Jahre alt, er war ein hübscher, schlanker junger Mann und hatte eigentlich Rechtsanwalt werden wollen. Jetzt sieht er aus wie Rübezahl, dachte Theresa. Und die Aussicht, ihn an einen klösterlichen Orden zu verlieren, gefiel ihr gar nicht. Wie immer in solchen Situationen versuchte sie Zeit zu gewinnen.

»Wir wollen uns mit Pfarrer Ferdinand beraten und sprechen in den nächsten Wochen weiter über deine Pläne, mein Junge«, sagte sie an diesem Nachmittag und gab Guido ausnahmsweise einen Kuss. »Geh jetzt und ruh dich aus.«

Ihrem Tagebuch vertraute sie lediglich an: »Ich liebe Guido von Herzen und will ihn vorläufig hier behalten. Muss jemand, der an Gott glaubt, gleich ins Kloster gehen?«

Mit Gott wechselte sie in diesen Tagen zur Strafe kein Wort.

Antonia und Clara folgten ihrem Onkel in gebührendem Abstand, weil sein Glasauge und sein Bart ihnen Angst machte und Bärchen ihnen außerdem befohlen hatte, ihn in Ruhe zu lassen.

Sie lauschten an der Tür zum Salon. Sie verstanden nicht jedes Wort, das ihr Onkel äußerte, doch das, was sie verstanden, versetzte sie in helle Aufregung.

»Er spricht von Kartoffeln und von Gott, hörst du? Er ist die Fee«, wisperte Antonia. »Er muss es sein.«

»Was haben denn Feen mit Gott zu tun? Und hast du nicht eine richtige Fee vorhergesagt? Sind Feengeschöpfe nicht immer Frauen?«

Clara war skeptisch. Sie hatte zwar noch nie eine Fee gesehen, aber schließlich gab es Märchenbücher mit Bildern. Sie liebte ihren Onkel sehr, doch Guido der Zyklop, hatte nichts Feenhaftes an sich, er wirkte eher hässlich mit seinem neuen Auge, ob er nun von Gott sprach oder nicht.

»Feen können sich in allen möglichen Gestalten verbergen«, beharrte Antonia.

»Phhh«, maulte Clara. »Das kann jeder sagen.«

Immerhin kamen sie überein, den seltsam veränderten Onkel, der früher so hübsch ausgesehen und ausgelassen mit ihnen herumgetobt hatte, ausführlich zu befragen.

So liefen sie hinter Guido her, als dieser, erschöpft von der Unterredung mit seiner Mutter, in das hintere Turmzimmer ging, um sich auszuruhen.

Die beiden Schwestern stängelten um ihn herum und musterten ihn verstohlen, während er leise vor sich hin murmelnd in seinen Sachen herumwühlte.

Clara bewegte keineswegs nur der Gedanke, ob sie nun eine Art männliche Fee vor sich hatte oder nicht. Schließlich konnte sie sich nicht länger beherrschen und platzte mit der Frage heraus: »Hast du uns was mitgebracht, Onkel Guido?«

Onkel Guido sah sie einen Moment lang an mit seinem einen Auge. Er wirkte verwirrt, dann jedoch erhellte sich seine Miene, und er lächelte freundlich. »Oh ja, ja, natürlich habe ich meinen beiden kleinen Prinzessinnen etwas mitgebracht. Es ist, wo habe ich es denn nur …«

Die beiden Mädchen schauten mit verschränkten Armen zu, wie Guido begann, in seinem Koffer herumzusuchen.

»Hast du es vielleicht verloren auf dem Weg nach Hause?«, fragte Clara besorgt, denn was der Koffer enthielt, einen

Haufen grüngrauer Hemden und Hosen, Futterale aus Leder und anderen Plunder, fand sie enttäuschend. Es war nichts dabei, was sie geschenkt bekommen wollte.

Antonia baute sich vor dem zweiten abgeschabten Gepäckstück auf und verkündete: »Es ist da drin.«

Guido der Zyklop, beugte sich herunter, löste den Lederriemen, mit dem der Koffer notdürftig zusammengehalten wurde, und klappte ihn auf. »Mal sehen«, murmelte er. »Mal sehen. Irgendwo muss es doch sein.«

Während er herumwühlte, sagte er undeutlich: »Es ist etwas für euch beide, ihr müsst es euch teilen und dürft es nicht einfach so an andere hergeben. Es ist etwas Wertvolles, es soll Glück bringen, und ich denke, es hat mir bereits geholfen und den Weg gewiesen, und deshalb ist es an der Zeit, es weiterzuschenken, es ist, ich habe es gleich …«

Was er schließlich zutage beförderte, war in dicken, grünen Stoff gehüllt, den er nun, wie wertvolle Seide, auseinanderschob.

»Hier ist es«, sagte er mit freudigem Lächeln. »Hier ist es.« Und er reichte Antonia einen ovalen Holzrahmen.

Die Schwestern betrachteten die Frau auf dem Bild andächtig. Sie war die Schönste, die sie je gesehen hatten. Ein geheimnisvoller Zauber schien von ihr auszugehen.

»Die Fee«, sagte Antonia ehrfurchtsvoll. »Das ist unsere Fee.« Beide Mädchen wurden nicht müde, das Bild zu betrachten und bestürmten Guido mit Fragen über seine Herkunft.

»Wer ist die Frau? Warum hast du sie mitgebracht? Was weißt du über sie? Welche Nachrichten hat sie für uns?«

Doch Guido blieb eigentümlich still und zerstreut, er wollte nicht über das Bild sprechen. Er sagte, er fühle sich müde und ausgelaugt und müsse schlafen. »Die Frau auf dem Bild heißt Elisabetta. Sie soll euch Glück bringen, so wie sie mir Glück gebracht hat«, beteuerte er und gähnte.

Clara fand nicht, dass ihr Onkel einen sehr glücklichen Eindruck machte oder dass er besonderes Glück gehabt hätte im Krieg. Er hatte ein Auge verloren und war nach

Hause geschickt worden. Hätte man ihn nicht dabehalten, wenn er gesund wäre?

»Sie haben ihn nach Hause geschickt wegen seiner Anfälle«, hatte tags zuvor Bärchen versucht, ihren Töchtern zu erklären.

»Bist du denn glücklich, so ganz ohne rechtes Auge und mit all deinen Anfällen?«, fragte Clara ihren Onkel jetzt, während Antonia unentwegt das Bild anstarrte. Guido lächelte und nahm Clara auf den Arm, was ihr nicht ganz geheuer war, denn jetzt war sie ganz nah an seinem Glasauge und seinem struppigen Bart.

»Aber sicher, Clara, ich habe im Krieg Gott lieb gewonnen und mein Leben gerettet. Das verdanke ich Gottes Güte und dieser schönen Contessa. Wie habt ihr sie genannt? Eine Fee? Ja fürwahr, das ist sie, eine Fee. Man kann mit ihr in Kontakt treten, erzählt man dort, wo sie herkommt.« Mehr war aus ihm nicht herauszukriegen.

Er vertröstete sie auf später und Clara, die die Erfahrung gemacht hatte, dass Erwachsene keineswegs immer ihr Wort halten, erklärte ihrer Schwester, es sei am besten, dem Geheimnis der Fee selbst auf die Spur zu kommen. »Aber wie?«, fragte Antonia und Clara gab zu, dass sie darauf keine Antwort wusste.

In den nächsten Tagen kümmerten sich alle um Guido. Luise, entsetzt über seine Magerkeit, bereitete ihm Hühnersuppe und Gemüsepasteten, ältere Leute aus dem Dorf kamen, um sich nach seinem Zustand zu erkundigen. Paula bot sich an, ihm Haare und Bart zu schneiden. Pfarrer Ferdinand besuchte Großmutter Theresa und versicherte sie seiner Anteilnahme und Hilfe.

Bärchen und Anna saßen abwechselnd an seinem Bett und hielten seine Hand, Großmutter Theresa schickte nach den beiden einzigen Augenärzten in der Gegend und gleichzeitig nach dem Haimburgschen Hausarzt.

Guido war jedoch nicht schwer krank. Zwar hatte er erheblich an Gewicht verloren und sprach viel von Gott und Engeln, doch Doktor Eberle, der Hausarzt, fand seinen Gesundheitszustand zufriedenstellend. »Er ist nur sehr müde«, sagte er und verordnete Ruhe und ausgewogenes Essen. Für weitere Krampfanfälle ließ er kleine grüne Pillen da.

Bärchen und Theresa warfen jeweils einen kurzen Blick auf das Bild, das die Schwestern ihnen zeigten. »Sehr hübsch und apart«, sagte Theresa. »Ja, ungewöhnlich schön«, pflichtete Bärchen ihr bei.

»Wer soll das sein? Eine Italienerin namens Elisabetta? In Wahrheit aber eine Fee?« Theresa hob tadelnd die Augenbrauen. »Aber, aber, Antonia, fängst du schon wieder an?«

Damit war die Sache für beide erledigt. Bärchen ermahnte ihre beiden Töchter, Onkel Guido sanft zu behandeln, ihn so wenig wie möglich zu stören und ihn so viel wie möglich schlafen zu lassen. Die Kinder versprachen es, wenn auch widerstrebend. Schließlich wollten sie mehr über das Bild erfahren. Doch da Guido sehr viel Zeit in seinem Zimmer verbrachte oder in der hauseigenen Kappelle, hatten sie wenig Gelegenheit, ihn abzufangen.

Die Tage glitten gleichförmig dahin, die Luft war warm. Antonia und Clara gingen zum Erdbeersuchen ins Wäldchen hinter dem Schloss. Wie immer, wenn keine Erwachsenen in der Nähe waren, sprachen sie über das Bild. »Ich fühle, dass diese Frau etwas in mein Leben bringen wird«, sagte Antonia. »Etwas, was mir Glück bringt.«

»Und mir?«, fragte Clara. Sie gönnte ihrer Schwester einen ganzen Haufen Glück, einen ganzen Eimer voll, sie wäre nur froh, wenn die Fee ihr auch ein wenig Glück mitgebracht hätte, Glück aus einer anderen Welt, wo immer diese liegen mochte.

»Du brauchst kein Glück«, sagte Antonia. »Jedenfalls nicht so dringend wie ich.«

Von dieser Meinung ließ sie sich nicht abbringen. Sie beschlagnahmte das Bild mehr oder weniger für sich, was bei Clara mehrere Wutanfälle auslöste, die jedoch keinerlei Wirkung zeigten.

»Du kannst es später haben«, war alles, was Antonia sagte und sie starrte Clara dabei so böse an, dass diese schließlich aufgab.

Antonia war der festen Überzeugung, bei der schönen Fremden handele es sich um besagte Fee, die eigens für sie bestimmt sei. Nacht für Nacht legte sie das Bild unter ihr Bett, um ihre Träume inspirieren zu lassen.

Mehrere Nächte lang passierte nichts. Doch eines Morgens, als es schon dämmerte, sah Antonia im Traum das Gesicht der Fee dicht vor sich. Die schöne Fremde sah sie freundlich und forschend an, ihre dunklen Haare schimmerten. Antonia hatte das Gefühl, sie wollte ihr etwas sagen. Sie selbst wollte auch sprechen, brachte aber keinen Ton heraus. Dann verblasste das Bild, und sie wachte auf.

In der nächsten Nacht geschah dann etwas sehr Ungewöhnliches: Die träumende Antonia sah die Fee vor ihrem Bett stehen.

Sie stand aufrecht vor ihr, zwinkerte, lachte lauthals und stieß dann einen gellenden Pfiff aus.

Antonia erschrak so sehr, dass sie augenblicklich erwachte. Sie hatte noch nie eine Frau pfeifen gehört. Es kam ihr ganz und gar ungehörig vor. Eine Frau, die zwinkerte und auf zwei Fingern pfiff wie ein Kutscher?

Hatte sonst niemand im Haus diesen Pfiff gehört? Sie lauschte.

Kein Laut störte die Stille.

»Clara?«, fragte sie ängstlich. »Bist du wach?« Clara rührte sich nicht. Antonia hörte ihre ruhigen Atemzüge. Sie fürchtete sich davor, wieder einzuschlafen. Vor einer Fee, die pfiff, müsste man sich in Acht nehmen.

Tatsächlich erschien ihr noch in der gleichen Nacht die Fee ein zweites Mal. Diesmal pfiff sie nicht und zwinkerte nicht, sondern sagte in gutem Deutsch: »Ich heiße Elisabetta und komme aus Italien. Dort haben mich alle die Contessa genannt. Ich war glücklich dort.« Sie zögerte einen Moment und sah Antonia liebevoll an. »Dein Schicksal ist vorbestimmt. Auch du wirst einen Italiener heiraten, einen, den ich dir bald zeigen werde. Es wird nicht einfach werden für dich, aber du musst mir vertrauen.« Dann sagte sie noch, dass die Vergangenheit mit der Gegenwart verbunden sei durch Ereignisse, die durch die Zeit liefen. »Du wirst alles verstehen, wenn der richtige Moment dafür gekommen ist.«

Sie werde sich nun eine lange Zeit nicht melden, sagte sie noch, bevor ihr Bild verblasste. Antonia erwachte und war erfüllt von der Erwartung unbekannten, geheimnisvollen Glücks.

»Also sie pfeift. Und sie heißt Elisabetta? Was noch?«, fragte Clara missmutig am nächsten Morgen. Sie hatte nie irgendwelche Träume dieser Art, keine Erscheinungen, keine Stimmen, einfach nichts. Sie träumte immer nur von normalen Sachen. Es war zum Auswachsen!

»Elisabetta. Mehr hat sie nicht gesagt. Und dass sie aus Italien kommt.«

Clara runzelte die Stirn. »Das wussten wir auch vorher schon. Was kann man mit einem Vornamen schon anfangen? Wenn sie das nächste Mal im Traum vorbeikommt, frag sie nach ihrem Nachnamen und nach ihrer Adresse und wie alt sie ist und was ihre Botschaft an uns ist. Einfach alles, hörst du?«

Antonia nickte zerstreut. Von dem italienischen Ehemann, den die Fee ihr zeigen wollte, erzählte sie nichts. Sie konnte und wollte nicht glauben, dass ihre Fee für eine lange Zeit nicht auftauchen würde und hoffte jede Nacht auf weitere Erscheinungen.

Antonia verlor jegliches Interesse an weiteren Vorhersagen. Sie unternahm keine Zeitreisen mehr und erwähnte keine nahenden Gewitter, sie sprach nicht mehr mit Bäumen, und als Tante Hugoline sie fragte, ob sie vielleicht erkennen könne, wo sich ihr Cousin, der Oberst, befinde, schüttelte sie einmal mehr bekümmert den Kopf. Sie konnte weder den Oberst noch ihren Vater, noch andere Verwandte »sehen«, auch wenn sie sich noch so anstrengte. In all den

Kriegsjahren hatten die Frauen in der Familie gehofft, einen »Gewinn« aus Antonias visionärer Begabung ziehen zu können, doch dazu kam es nie.

Keiner der Erwachsenen dachte noch an die Fee. Antonia erwähnte sie gegenüber den Erwachsenen nicht mehr und hoffte, dass Elisabetta ihre Geheimnisse nach und nach offenbaren würde.

Clara beäugte ihre Schwester misstrauisch. Sie fühlte sich ausgeschlossen, allein gelassen, einsam, spürte, dass Antonia ihr etwas verschwieg, und das nahm sie übel. Sie ging grollend ins Bett und träumte nachts von einem Ochsen, der genüsslich Antonias rote Lackschuhe auffraß und sich anschließend über das Bild hermachte.

Es folgten Wochen, in denen man Tausende deutscher Kriegsgefangene durch die Moskauer Innenstadt führte, die Gestapo in Amsterdam ein junges Mädchen namens Anne Frank mit ihrer Familie entdeckte, Bombenzerstörungen und Personalmangel deutsche Schul- und Universitätsbetriebe fast zum Erliegen brachten. Obwohl die Welt sich täglich weiter verfinsterte, waren Land-, Dorf- und Schlossbewohner im Odenwald weniger bedroht als die Stadtbevölkerung.

Die Haimburgs saßen im Salon und sprachen über den Krieg. Niemand hatte etwas von den Männern gehört. Die Stimmung war bedrückt. Großmutter Theresa nahm sich schließlich ein Buch und machte es sich in ihrem Lieblingssessel bequem. Tante Hugoline holte ein Album hervor, zeigte Bärchen Fotos der Villa Willershof und erzählte aus ihrem Leben. Hugoline geriet derart ins Schwärmen ob ihres Daseins und ihres fabelhaften Hauses, dass Großmutter Theresa nicht umhin konnte, gelegentlich zu schnauben oder »Ha!« zu rufen.

Im Gegensatz zu Bärchen kannte sie das Heim ihrer Schwester, und ihr Entzücken darüber hielt sich in Grenzen. Die Villa, in der Tante Hugoline lebte, war ein riesiger düsterer Kasten, in dem es ständig zu kalt war, auch wenn man noch so viele Kaminfeuer entfachte. Viele Gäste betrachteten das Anwesen mit schwermütiger Ehrfurcht, was Großmutter Theresa gut nachvollziehen konnte. Es ist ziemlich schaurig da, dachte sie.

Auch Bärchen war wenig begeistert. Die eingeklebten Bilder zeigten ein Haus mit braunen Fensterläden, hohen Räumen, die mit schweren, dunklen Möbeln voll gestellt waren und in denen staubige Kronleuchter und Ahnenbilder aristokratischer Verwandter hingen.

Bärchen fragte, als sie die Aufnahmen betrachtete, wie Tante Hugo es dort aushalten könne. »Es ist riesig. Und so dunkel. Bist du nicht furchtbar einsam?«

Hugo beteuerte, sie sei nicht einsam, sie habe schließlich den Oberst. Außerdem gebe es da noch ihre beiden Möpse Otto und Karl-Heinz.

Noch während Tante Hugoline immer beredter von ihrem Heim und ihren Hunden schwärmte und die Gelegenheit nutzte, über ein wenig Heimweh zu klagen, fuhr im Schlosshof ein Pferdewagen vor.

»Geh doch bitte nachsehen, Hugo, sei so lieb, ja?« Großmutter Theresa hatte keine Lust aufzustehen.

Tante Hugo erhob sich widerwillig, aber gehorsam, ging zum Fenster und sah hinaus. »Es ist mein Hausdiener«, rief sie aufgeregt. »Es ist Saba.«

Hugo und Theresa begaben sich sofort in den Schlosshof, nur Bärchen blieb im Salon sitzen. Hugoline stieß spitze Schreie aus, als ihre Möpse Otto und Karl-Heinz vom Wagen sprangen.

»Mein Gott, was für hässliche Tölen«, sagte Großmutter Theresa nur, als sie die beiden sabbernden, dicklichen Hunde sah. Sie kannte sie bisher nur aus Erzählungen und fand sie weit scheußlicher, als sie sich das vorgestellt hatte. Sie bellten und sprangen um Tante Hugo herum. Augenblicklich beschloss Theresa, ihre Schwester mitsamt diesen Kreaturen in ein möglichst abgelegenes Zimmer zu verfrachten. Zunächst besann sie sich jedoch auf ihre Höflichkeit und sagte: »Guten Abend, Saba. Schön, dass Sie hergefunden haben.«

Sie sah Saba zum ersten Mal. Neben dem Pferdewagen stand ein kleiner Mann mit einem kugelrunden Kopf und einer spitzen Nase. Er sah sehr stark aus, war Mitte fünfzig, braun gebrannt und unrasiert. Er trug einen dreckigen, zerknitterten Leinenanzug und verbeugte sich unentwegt vor Tante Hugoline.

Verblüfft beobachtete Theresa, was für ein Theater Saba um ihre Schwester machte. Er benimmt sich wie ein verliebter Volltrottel, dachte Theresa. Aber hatte Hugo nicht davon gesprochen, dass Saba sie verehre und wie sehr sie das genieße?

Schließlich hatte die Verbeugerei, begleitet von vielen Willkommenswünschen, ein Ende. Saba trug sämtliches Gepäck ins Haus. Es war eine Menge.

Die Russen seien auf dem Vormarsch, erzählte er, und die Villa sei, mit ihm als einzigem Beschützer, nicht sicher. So hatte er Koffer und Hutschachteln vollgestopft mit Silber, Bildern, Teppichen, Schmuck, Porzellan und Kleidern.

»Saba, Sie sind dort auch nicht sicher«, stellte Theresa fest.

Der Diener nickte. »Ich fürchte, die Russen werden die Villa plündern. Auf Schloss Haimburg sind die wertvollen Sachen besser aufgehoben. Und Sie, Frau Gräfin, auch.«

Hugo war gerührt, aber auch entsetzt. Sie wollte ihr Heim nicht verlieren.

»Abwarten, Hugo«, sagte ihre Schwester. »Vielleicht wird dein Haus verschont. Auf jeden Fall bleibst du bis auf weiteres hier. Und Sie natürlich auch, Saba, wenn Sie wollen.«

Saba bedankte sich und sagte, er wolle sehen, ob er ein Auto auftreiben könne, um noch mehr Dinge aus der Villa zu holen.

»Papperlapapp«, sagte Theresa. »Das ist, mit Verlaub, eine Schnapsidee. Viel zu gefährlich. Außerdem ist es nahezu unmöglich, ein Auto aufzutreiben, die sind im Laufe des Krieges alle eingezogen und der Wehrmacht zugeteilt worden. Sie sind doch sicher mit dem Zug gekommen?«

Saba nickte. Er hatte eine lange und mühselige Zugfahrt quer durchs Land hinter sich. »Sie bombardieren Bahnhöfe und Stellwerke«, sagte er, »und manchmal auch Züge auf freier Strecke.«

»Oh, Saba! Tun sie das wirklich?«, rief Hugoline entsetzt.

»Die Züge sind alle ziemlich überfüllt«, sagte Saba. »An zwei zerstörten Brücken musste ich aussteigen, auf Notstegen den Fluss überqueren und am anderen Ufer in einen anderen Zug steigen. Deshalb hat die Reise auch so lang gedauert. Ich bin seit Wochen unterwegs.«

Theresa nickte. »Es ist erstaunlich, dass der Bahnverkehr trotz allem noch so gut funktioniert. Ich nehme an, Sie haben den Pferdewagen im Nachbarort gemietet, am Bahnhof?«

»In der Kreisstadt habe ich ihn gekauft, mit zwei Bildern und einer goldenen Uhr.« Saba sah Hugo geradeheraus an. »Anders ging es nicht, Frau Gräfin.«

»Oh Saba!«, rief Hugoline im Überschwang aus. »Hauptsache, du bist gesund und meine beiden Hunde auch.«

Luise servierte Suppe und gekochtes Fleisch und hinterher süßes Kompott. Später im Salon bestand Saba darauf, Hugo und Bärchen abwechselnd Luft zuzufächeln.

Am nächsten Tag wies Großmutter Theresa Luise an, Hugo ein neues Zimmer herzurichten.

»Du magst keine Hunde, meine Liebe. Gib es ruhig zu«, erklärte Tante Hugo beleidigt. »Du hast kein Herz für Tiere.«

»Unsinn. Es ist eine ästhetische Frage. Schau sie dir an, diese hechelnden Geschöpfe!«

Clara und Antonia hingegen zeigten sich entzückt von den kurzatmigen Neuankömmlingen, und die beiden Hunde ließen sich mehr oder weniger bereitwillig kraulen, knuffen und umhertragen.

Clara vergaß über den beiden Möpsen Otto und Karl-Heinz das Bild. Antonia natürlich nicht. Sie träumte von Elisabetta. Sie träumte von bunten Landschaften, in denen sie mit der schönen Frau umherging, Landschaften, die ihr fremd waren. Sie verstand nicht alles, was die Fee ihr sagte, hoffte aber, dass sich das bald ändern würde. Vorher wollte sie ihrer Schwester von den bisherigen spärlichen Feen-Mitteilungen nichts erzählen.

Dann kam der Tag, an dem sie sich mit Anna und Luise hinter dem Schloss im Höfle befanden, wie der von hohen Mauern umschlossene Garten genannt wurde. An einem Teetisch unter einem Baum saß Tante Hugoline, aß Marmeladenbrote und fütterte auch ihre Möpse damit.

Anna und Luise nahmen Wäsche ab, die Schwestern legten Leinen- und Batisttücher so zusammen, wie Anna es ihnen gezeigt hatte. Sie zerrten die feinen Tücher erst kräftig glatt, gingen dann kichernd aufeinander zu und legten die Enden aufeinander.

Beim achten Bezug wisperte Antonia ihrer Schwester zu: »Ich glaube, die Fee hat einen Auftrag für mich.«

»Nur für dich?«

»Nicht so laut. Tante Hugo könnte uns hören und verpetzen. Ich glaube, der Auftrag ist nur für mich, aber ich bin nicht sicher.«

»Was sollst du tun?«

»Italienisch lernen.«

Clara ließ das Laken sinken. »Warum solltest du Italienisch lernen? Die Fee spricht doch Deutsch, oder nicht? Du verstehst doch, was sie sagt.«

Antonia zuckte die Schultern. »Ich weiß nicht. Vielleicht soll ich später Prophezeiungen in italienischer Sprache machen. Oder sie will mich nach Italien mitnehmen. Oder ich werde einen italienischen Fürsten heiraten.«

Antonia war überzeugt, dass die Fee von einer Hochzeit mit einem italienischen Fürsten gesprochen hatte, wollte das aber so direkt nicht sagen. Clara aber bestand darauf, alles zu erfahren. Und als sie alles wusste, glühte sie vor Eifersucht. Sie fand ihre Schwester wichtigtuerisch und lieblos, fühlte sich einmal mehr auf erbärmliche Weise beiseite gelassen. Dabei gehörte ihr das Bild doch ebenso wie Antonia.

Sie beschloss, noch am selben Tag zu Onkel Guido zu gehen und ihn auszufragen. Und wenn er ihr nichts sagen wollte, würde sie einfach in seinem Zimmer ein wenig herumschnüffeln. Sie starrte ihre Schwester böse an. »Du bist gemein«, sagte sie leise.

Noch bevor Antonia antwortete, sagte Luise: »Hört auf, euch zu zanken. Ihr geht jetzt zu Österleins und tauscht Kartoffeln und Eier gegen Milch und Brot.«

Schweigend packten die Schwestern die Tüten mit den Kartoffeln und den Eiern und machten sich auf den Weg. Sie gingen durch den zugewachsenen Schlossgarten, vorbei an blühenden Beeten, vorbei am Teich. Ihr Weg führte leicht bergan durch ein kleines Wäldchen, von dort erreichten sie schließlich den Weg, der direkt durchs Dorf führte.

Vor dem Laden der Österleins saßen die Schrink-Geschwister. Sie waren zu viert – es gab acht von ihnen – und blinzelten gelangweilt in die Sonne. »Ach, sieh mal an, die Mädchen vom Schloss«, sagte die rotlockige Winnie. »Euch sieht man ja selten im Dorf. Wo habt ihr denn euer Kindermädchen gelassen, das immer auf euch aufpasst?« Winnie trug eine blaue Mütze, und ihre Augen glitzerten gefährlich.

»Sehen niedlich aus in ihren Kleidchen«, sagte ihr Bruder und grinste. Die beiden anderen Brüder stocherten mit Stöcken auf dem Boden herum und schauten gleichgültig. Clara und Antonia pressten ihre Tüten vor die Brust und gingen tapfer weiter.

Die Schrink-Geschwister waren gefürchtet im Dorf. Sie hatten seltsame Vornamen und wuchsen ohne Eltern auf. Ihre Mutter war eines Tages verschwunden, man sagte, sie reise über die Dörfer und lebe mit wechselnden Begleitern in den großen Städten. Gelegentlich behauptete einer, er habe sie gesehen. Ihr Mann verbot jedem bei Androhung von Prügel, ihren Namen auch nur zu erwähnen. Er suchte nicht nach ihr, sondern richtete für sich und seine Kinder einen großen Hühnerhof ein. Seinen Ältesten lehrte er, die Hühner zu füttern, zum Eierlegen zu bewegen und ihnen beizeiten den Hals umzudrehen. Er sprach wenig, mit den Jahren immer weniger und hängte sich in einer kalten Dezembernacht an einem der Bäume vor seinem Haus auf.

Peter Schrink, der Älteste, fand ihn und übernahm von da an das Kommando über seine Geschwister. Er sorgte für sie, so gut es ging, das hatte ihn davor bewahrt, eingezogen zu werden. Der Hof warf neben dem Verkauf der Eier und dem großen Gemüsegarten nicht genug ab, um alle zu ernähren, und es gab immer wieder Gerüchte, alle Schrinks seien durchtrieben und klauten wie die Raben.

Clara hatte Angst vor den Schrinks, war jedoch gleichzeitig fasziniert von ihnen. Die Mädchen waren genauso schmutzig wie die Jungen, alle hatten ein freches Mundwerk, konnten gut Fußball spielen, auf Bäume klettern, Hütten bauen, Flöße zimmern. Manche von ihnen, zu ihnen gehörte Winnie, prügelten sich gern.

An diesem Nachmittag war Winnie offenbar in ausgesprochener Prügellaune. Sie sind älter als wir, dachte Clara, viel älter. Und größer und stärker. Und sie können auf jeden Fall viel schneller laufen.

Sie kniff die Augen zusammen, nahm Antonias Hand, würdigte die Schrink-Geschwister keines Blickes und ging, ohne ein Wort zu sagen, die Treppen hinauf zur Ladentür. »He, Clara, du Ziege«, rief Winnie. »Nur nicht so eingebildet, du kleiner Rattenarsch.«

Die Österleins handelten vor dem Krieg und während der ersten Kriegsjahre mit altem Eisen, Kolonialwaren und Stoffen. Im Laden roch es meist nach Petroleum, Kaffee und Fisch. Auf der Theke standen zwei riesige Einmachgläser mit Bonbons. Inzwischen fungierte der Laden als Tauschbörse, es gab Landprodukte gegen andere Landprodukte und sehr selten auch Kaffee, Stecknadeln, Kohlen, Zigaretten.

»Ach, die Mädchen vom Schloss. Zeigt mal her, was ihr habt.« Frau Österlein nahm die Tüten entgegen und sah hinein. Sie war in den Augen der Kinder alt und freundlich. In Wahrheit war sie Mitte vierzig. Ihre Müdigkeit und Erschöpfung hielten die meisten Leute für Ausgeglichenheit.

Sie gab Clara eine Blechkanne voll Milch und sah sie forschend an. »Was ist los? Lungern die Schrinks wieder draußen rum? Ich hab da gerade jemanden gehört.«

Clara nickte stumm, und Antonia flüsterte: »Können Sie uns nicht zurück ins Schloss bringen?«

Frau Österlein schüttelte traurig den Kopf. »Ich kann den Laden nicht allein lassen, Antonia, leider. Aber sie werden euch nichts tun, das würden sie nicht wagen. Eurer Familie tut so schnell keiner was.«

Clara war da anderer Meinung, doch sie nickte, nahm die verängstigte Antonia bei der Hand und zog sie nach draußen. Winnie und ihr Bruder Lou hatten sich inzwischen vor der Mauer aufgebaut. Sie hielten aus Stöckchen und Gummibändern zusammengebaute Schleudern in der Hand und grinsten.

»Lass sie doch in Ruhe, Winnie«, sagte Ede, als Winnie einen Pfirsichstein in ihre Schleuder legte und auf Antonia zielte. Ede war älter als Winnie und Lou. »Lou, hörst du. Lasst sie in Ruhe. Sie sind noch so klein.«

»Nicht mehr lange«, sagte Lou. »Ich freu mich schon darauf, wenn die kleine Antonia mal älter wird. Sie wird ein richtiges Prachtweib abgeben, da bin ich mir sicher. Und ihre Schwester ist auch nicht übel.« Er lachte und legte auf Clara an.

Die beiden Schwestern begannen zu rennen.

Winnie und Lou kamen mit lautem Gejohle hinterher. Sie wollten sie nicht unbedingt einholen, sie wollten sie nur mit ihren Pfirsichsteinen treffen. Winnie verfiel in Laufschritt, blieb plötzlich stehen, holte eine große, blaue Murmel aus ihrer Hosentasche, legte sie in die Gummifletsche und zielte.

»Los, lauf, Antonia, lauf«, keuchte Clara. Sie erreichten gerade das Schlosswäldchen, als die Murmel Antonia am Kopf traf.

Antonia blieb abrupt stehen, ruderte mit beiden Armen und fiel um. »Haut ab, ihr Feiglinge«, schrie Clara. »Gesindel. Schert euch zum Teufel!« Sie hob einen Stein auf und warf ihn mit aller Kraft auf ihre Verfolger.

Der Stein traf nicht, doch die Schrinks traten grinsend den Rückzug an. Clara beugte sich über ihre Schwester. »Antonia, was ist denn, dich hat doch nur ein Obstkern am Kopf getroffen. Das ist nicht so schlimm.«

Doch es war schlimm. Die Murmel, die Clara weiterhin für einen Pfirsichstein hielt, verursachte eine bedrohliche Schwellung an Antonias Hinterkopf. Anna kühlte die Beule mit Eiswasser, aber Antonia fühlte sich elender und elender, erbrach sich schließlich und musste ins Bett. Sie reagierte wie immer bei Aufregung: Sie bekam über 39 Grad Fieber, und als der Arzt zwei Stunden später eintraf, phantasierte sie schon vor sich hin.

Clara wurde streng ermahnt, sich nicht wieder mit den Schrinks anzulegen. Selbst Anna tat so, als wäre sie unvorsichtig gewesen und schuld an dem, was geschehen war. Clara verteidigte sich so gut es ging, aber niemand schien ihr zuzuhören. Sie hielt Wache bei ihrer Schwester. Das Fieber dauerte an, Clara las ihrer Schwester vor und legte kalte Waschlappen auf ihre Stirn.

Nach drei Tagen ließ das Fieber bei Antonia nach. Darüber war Bärchen sehr erleichtert, denn sie fühlte sich selbst nicht wohl. Ihr Bauch schmerzte, und sie sorgte sich um die Gesundheit des Babys. Doktor Eberle kam und empfahl Bärchen, sich augenblicklich nach Heidelberg zu einem Spezialisten begeben.

»Aber ich weiß nicht«, sagte Bärchen.

»Papperlapapp«, sagte Großmutter Theresa und bereitete alles für die Reise vor. Saba, ordnete sie an, würde mitfahren und sich um Gepäck und Unterkunft kümmern.

Hugo hörte diese Verfügung zwar mit einigem Unmut, konnte Bärchen und ihrer Schwester jedoch schlecht den Pferdewagen und die Hilfe ihres Hausdieners verweigern.

»Bleiben sie länger weg?«, fragte Clara, während Saba den Wagen voll packte und Bärchen hinten Platz nahm.

»Sicher eine Woche oder mehr«, sagte Hugo missgelaunt.

Zwei Stunden nachdem der Pferdewagen den Schloßhof verlassen hatte, kam Pfarrer Ferdinand.

»Wo ist deine Großmutter?«, fragte er Clara, die gerade in der Schlosshalle mit den Möpsen spielte. »Weggefahren, zusammen mit Maman. Onkel Guido ist aber da«, sagte

Clara und versuchte, Karl-Heinz zu bewegen, über ein Seil zu springen, das sie zwischen zwei Stühle gespannt hatte.

»Was machst du denn da?«, fragte Pfarrer Ferdinand.

»Ich bringe den Hunden Kunststücke bei«, sagte Clara wichtig. »Wenn sie fleißig lernen, trete ich mit ihnen im Zirkus auf, und wir werden alle berühmt.«

»Wo ist deine Tante Hugoline?« Pfarrer Ferdinand warf einen skeptischen Blick auf die dicken Möpse.

»Sie schläft im Garten.« Clara wandte sich wieder den Hunden zu. »Spring, Karl-Heinz. Dann kriegst du auch ein Stück Wurst.«

Pfarrer Ferdinand ging direkt in die Küche, um sich mit Luise zu besprechen.

Clara sah nach einer weiteren Stunde erfolglosen Trainings ein, dass die Möpse nicht dazu geschaffen waren, über Seile zu springen. Offenbar legten sie auch keinen Wert darauf, berühmt zu werden. Sie brachte sie seufzend zurück zu Hugoline, die im Höfle saß. Die Tante lag mit einer Wolldecke zugedeckt auf einem Liegestuhl und war eingenickt.

Clara langweilte sich. Sie ging in die Küche.

»Ist er ein guter Mensch?«, fragte Luise gerade, während sie Pfarrer Ferdinand Kaffee einschenkte.

»Er ist ein verfolgter Mensch, das ist erst mal wichtiger. Und er gehört zur Familie, Luise.«

Luise seufzte und verfiel, wie meistens, wenn sie aufgeregt war, in leichten Dialekt. »Es ist mer net recht, jetzt, wo die Herrin net da ist. Aber gut. Wenn Sie und die Herrin es verabredet haben, dann solls mer recht sein.«

»Natürlich«, sagte Pfarrer Ferdinand. »Wir haben kürzlich beim Tee darüber gesprochen.«

Luise nickte und wiegte bedächtig ihren Kopf.

»Wir waren nicht sicher, ob er kommen würde«, räumte Pfarrer Ferdinand ein. »Aber es ist ihm gelungen zu fliehen.« Er zögerte. »Gräfin Haimburg hat gesagt, es gebe ein leeres Zimmer im oberen Stockwerk.« Er warf einen beunruhigten Blick auf Clara und dämpfte seine Stimme. »Sie meinte, Hugos Cousin könnte dort Quartier beziehen.«

Luise starrte den Pfarrer an. Im oberen Stockwerk? Was hatte sich die Herrin nur dabei gedacht, ein Zimmer neben ihrem und neben Annas einem fremden Mann zu versprechen. Einem, der verfolgt wurde. Selbst wenn er ein Verwandter war. Und da gab es ja lästigerweise auch noch Schnupfentrine, das Gespenst, das sicher nicht auf Verfolgte eingestellt war.

Sie seufzte tief und faltete ihre Hände energisch vor ihrer Schürze. »Ich weiß, welches Zimmer die Herrin meint. Es liegt am Ende des Flurs, in einem Winkel, sodass man es schlecht finden kann. Es ist klein und wird nur ganz selten benutzt. Da kommt er rein. Aber ich warne Sie, Herr Pfarrer! Wehe, er lässt mei Anna net in Ruh!«

»Er wird Anna in Ruhe lassen. Er sorgt sich um sein Leben, Luise.«

»Ich sorg mich auch um mein Leben, Herr Pfarrer«, sagte Luise säuerlich. »Und um das der Herrschaften. Es ist verboten, einen Deserteur zu verstecken, und sowas ist er doch, net wahr?«

Pfarrer Ferdinand nickte. Luise hatte leider recht. Es war eine äußerst gefährliche Angelegenheit, einen Deserteur zu verstecken. Würde man ihn finden, würde er erschossen, und in dem Fall, um den es sich handelte, würde man nicht zögern, die ganze Familie auszulöschen und die Bediensteten in ein Lager zu stecken.

»Ach, wieso kann er net bei Ihnen bleibe«, jammerte Luise.

Pfarrer Ferdinand blieb geduldig. »Ich habe es dir doch vorhin schon erklärt, Luise. Es ist ein Verwandter der Haimburgs. Er hat es nur nicht bis zum Schloss geschafft letzte Nacht, sonst wäre er schon hier. Er ist zu mir gekommen. Er kennt mich von einem seiner früheren Besuche. Aber er kann nicht bei mir bleiben. Es kommen zu viele Leute in mein Haus. Sie brauchen Trost, Anteilnahme, Zuspruch. Sie weinen. Sie bleiben manchmal Stunden. Er muss irgendwohin, wo weniger Betrieb ist.«

»Gut«, sagte Luise und straffte sich innerlich und äußerlich. Wenn die Herrin es so wollte, würde es schon richtig sein. Sie verfiel wieder in würdevolles Hochdeutsch. »Ich beziehe sein Bett und mache das Zimmer fertig. Er hat oben den ganzen Flur. Bringen Sie ihm nur die Sache mit Schnupfentrine bei.«

Oberst Johannes, den alle immer nur Oberst nannten, war 38 Jahre alt, hübsch, drahtig, kampferfahren. Er hasste Hitler, hatte sich den Widerständlern angeschlossen und Informationen weitergegeben, das war nicht viel, aber immerhin.

Er befand sich mit einem jungen Leutnant auf einer Besichtigungsfahrt, als sie die Nachricht bei einer Feldfunk-Einheit hörten: Das Attentat auf Hitler war fehlgeschlagen.

Jetzt haben sie mich, jetzt bin ich dran, dachte der Oberst. Sie werden mich kriegen. Sie werden mich hängen.

»Sie werden dich auch töten«, sagte er zu seinem Begleiter. »Oder du wirst in einer Strafkompanie umkommen. Denn es wird dir keiner glauben, dass du nichts gewusst hast.«

»Ich habe es ja auch gewusst«, sagte der junge Leutnant. »Ich habe von dem Attentat gewusst und ich habe es für richtig befunden.«

Sie fuhren weiter, als ein englisches Flugzeug über den Wald kam. Es zog flach und schnell hoch und warf seine Bombe auf die Militärfahrzeuge. Granatsplitter säbelten den Asphalt und das Auto und den jungen Leutnant in Stücke. Der Wagen kippte in den Graben, der Oberst flog raus. Als er wieder zu sich kam, wusste er nicht, ob er tot war oder noch lebte. Sein Kopf war wie ein Ballon, er befand sich zwischen Bewusstlosigkeit, Traum und Ohnmacht, war ganz und gar außer sich und fühlte sich nicht mehr wie ein Mensch.

Schließlich rappelte er sich auf und schleppte sich weg, starr und stier glotzend, blutend, zerrissen. Er ging immer geradeaus, irgendwann nahm ihn einer mit und brachte ihn auf einen Verbandplatz, wo er behandelt wurde. Er hatte einen schweren Schock erlitten und einen Finger verloren. Weitere Verletzungen hatte er wie durch ein Wunder nicht davongetragen.

Sein psychischer Zustand jedoch war desolat. Zwei Tage später tauchte er wenigstens für einen Moment aus Taubheit und Erstarrung auf. Er wusste, dass er sich verstecken musste. Eine freundliche ältere Ärztin bot ihm ihre Hilfe an. Sie hatte ihn erkannt, übernahm seine medizinische Behandlung und schirmte ihn ab. Nach zwei Monaten schrieb sie ihm einen Urlaubsschein für mehrere Wochen. »Ich werde vergessen, ihn einzutragen«, versprach sie ihm. »Dann sind Sie erst mal weg, und keiner weiß wo.«

Oberst Johannes dachte an Pfarrer Ferdinand und an Hugoline, die sich bei Großmutter Theresa befand, nach allem, was er wusste. Er dankte der Ärztin, nahm den Urlaubsschein, fuhr mit dem Zug in Richtung Odenwald, stieg vorher aus und lief nachts durch den Wald bis zu Pfarrer Ferdinands Haus.

Nun war er im Schloss, wo er vielleicht sicher war. Die Aussicht, einem Gespenst zu begegnen, schreckte ihn nicht. In Wahrheit glaubte er nicht an Gespenster.

»Heute Nacht ist ein fremder Mann ins Haus gekommen«, sagte Antonia am nächsten Morgen. Sie hatte immer noch leichtes Fieber, doch ihre Sensoren funktionierten ausgezeichnet.

Luise seufzte. Nichts konnte man vor diesem Kind geheim halten. Was sollte sie tun? Sie beschloss, die Schwestern einzuweihen. Hugo hatte ihren Cousin bereits überschwänglich begrüßt und Guido von dem neuen Gast unterrichtet. Anna erklärte Antonia die Situation, und Luise erzählte Clara von Oberst Johannes, während sie ihm ein Glas Milch einschenkte und zwei Honigbrote schmierte. »Er muss sich verstecken bei uns. Bis zum Ende des Krieges.«

»Kommt er direkt aus dem Krieg zu uns?«, fragte Clara. »Kämpft er auf der Seite von Papa?«

»Ja, aber im Moment kämpft er für sich allein. Er wird verfolgt. Die sperren ihn ein, wenn sie ihn hier finden. Er ist ein guter Freund und Verwandter von Tante Hugo und deiner Großmutter. Dein Papa wäre sicher auch dafür, ihm zu helfen. Er ist unser Gast, und du wirst höflich zu ihm sein.

Außerdem darf niemand außerhalb des Schlosses davon erfahren, hast du verstanden?«

Clara nickte ernst, nahm das Tablett und ging ins obere Stockwerk.

Der Oberst saß am Fenster und blickte hinaus. Er sieht müde aus, dachte sie. Aber er ist ja auch im Krieg. Ob Papa auch so müde aussieht?

»Hier ist Ihr Frühstück, mein Herr«, sagte sie. Sie stellte das Tablett ab und knickste und sah sich den müden, unrasierten Gast genauer an. Sie dachte wieder an ihren Vater. »Sie brauchen etwas, das Sie aufheitert«, sagte sie freundlich. »Damit Sie den Krieg vergessen. Ich heiße Clara und bin eins der Schlossmädchen.«

Er schaute sie verwundert an und lächelte. »Ich heiße Johannes. Du kannst Onkel Johannes sagen, wenn du willst. Und gegen eine Aufheiterung hätte ich nichts.«

Clara überlegte, ob es gegen die Regeln verstieße, wenn sie dem Gast das Schloss zeigte. Sie hatte schon erlebt, wie ihre Mutter Gäste durch die Salons führte und auf bestimmte Bilder und Möbel hinwies.

Doch Onkel Johannes lehnte ab. »Das ist sehr nett von dir Clara, aber jemand könnte mich sehen. Es ist zu gefährlich.«

Immerhin gab es noch einen weiteren Raum im oberen Stock, fiel Clara ein. Der Oberst stimmte zu, dieses Zimmer zu besichtigen. Es war während des Krieges nicht benutzt worden, ein verwaistes Spielzimmer, das so hieß, weil dort ein Billardtisch und etliche kleine Ecktische mit Spielkarten und Schachbrettern standen.

Als der neue Gast das Klavier sah, blieb er stehen und betrachtete es sehnsüchtig.

»Kannst du spielen?«, fragte Clara neugierig.

Der Oberst nickte. »Ein guter Freund hat es mir beigebracht. Ich habe zwar einen Finger verloren, aber für ein bisschen Klavierspielen reicht es sicher noch.«

Er setzte sich auf den Klavierhocker und schlug einige Töne an. Dann spielte er langsam ein Stück, das Clara nicht kannte. »Das Klavier klingt ganz gut, ein wenig verstimmt vielleicht. Wer spielt bei euch?«

»Niemand. Leider sind alle in der Familie sehr unmusikalisch.«

Tatsächlich hatte Clara noch nie jemanden Klavier spielen hören. Sie stellte sich neben den Oberst und sah seinen Fingern zu.

»Spiel doch bitte etwas für mich«, bat sie.

Der Oberst bewegte seine Finger auf den Tasten, und sie lauschte entzückt. Es war ein Stück von Mozart, das sie nicht kannte. Sie fühlte sich verwandelt, emporgehoben. »Das Stück klingt, als wäre es für mich geschrieben worden«, sagte sie feierlich.

Ohne dass Clara es wusste, war das der Moment, in dem sie ihre Bestimmung fand.

»Das würde ich auch gern können«, hauchte sie.

Der Oberst sah sie an. »Vielleicht könnte ich dir Unterricht geben«, sagte er vorsichtig.

»Pfarrer Ferdinand hat mir gesagt, dass deine Mutter und deine Großmutter nicht da sind. Aber vielleicht könnte ich Tante Hugo um Erlaubnis fragen. Es würde mir sehr viel Freude machen.«

Clara strahlte. Sie würde Klavier spielen lernen. Sie würde etwas Eigenes haben, für sich allein. Die Musik würde ihr gehören, und niemand in der Familie würde sie übertrumpfen können.

»Ich werde Tante Hugo gleich fragen«, sagte sie aufgeregt und zog den Oberst in den langen Flur zurück. Auf dem Tisch lagen nahezu keine Taschentücher mehr.

»Nanu«, sagte sie und drehte sich um. »Wo hat sich Schnupfentrine denn hin verkrochen?« Sie sah den Flur entlang. »Schnupfentrine, Schnupfentrine, ich bin's, Clara, du musst keine Angst haben.«

Der Oberst wurde ein wenig blass, als er ein Schniefen hörte und plötzlich eine Kühle spürte, die ihn wie ein feuchter Umhang einhüllte.

»Ist das euer Gespenst?«

»Ja. Du musst dich nicht fürchten. Schnupfentrine ist lieb, leider immer erkältet. Sie spricht nicht, bis jetzt jedenfalls nicht. Eigentlich tut sie nichts. Mit ihr wirst du nicht viel Unterhaltung haben. Ich gehe jetzt und hole dir ein paar Bücher und ein paar Spielsachen.«

Clara brachte Johannes eine Spieluhr zum Aufziehen und einige Bücher. Immer schon, beteuerte der Oberst, wollte er Jules Vernes »Reise um die Erde in 80 Tagen« lesen und »Der Schatz im Silbersee« von Karl May. Erleichtert sah er, dass Clara ihm auch einige Klassiker herausgesucht hatte. Außerdem baute sie ihm ein Schachspiel mit Elfenbeinfiguren auf.

Sie war begeistert von ihrem neuen Freund und entschlossen, ihn für sich zu behalten.

»Vielleicht möchte deine Schwester mit uns zusammen Klavier spielen?«, fragte er.

»Nein«, sagte Clara. »Meine Schwester ist schwerhörig und außerdem fieberkrank. Sie hat Krankheiten aller Art. Aber wir können ihr etwas vorspielen, vielleicht wird sie dann gesund.«

Onkel Guido und Tante Hugo besuchten den Oberst regelmäßig, wobei sie immer etwas ängstlich waren. Hugo liebte den Oberst, aber ihr war bewusst, dass seine Anwesenheit die ganze Haimburg-Sippe in Gefahr brachte. Guido erinnerte der Mann mit den traurigen Augen und dem fehlenden Finger an die vielen verwundeten Soldaten im Krieg, er sah Bilder, die er gerade versuchte loszuwerden. Doch keiner der beiden hatte etwas gegen Claras Unterricht, der allerdings nur am späten Nachmittag stattfinden durfte, wenn keine Besucher aus dem Dorf mehr zu erwarten waren.

Clara erhielt ihre ersten Klavierstunden.

Der Oberst, wie sie ihn bald auch nannte, liebte Musik und spielte alles – Bach, Mozart, Schubert, aber auch Volkslieder und moderne Stücke, Musik aus Amerika, die er Jazz nannte. Er hatte eine besondere Liebe zu Louis Armstrong, die sie bald teilte. Für den Oberst war es offensichtlich, dass Clara vielleicht in eine unmusikalische Familie hineingeboren war, selbst jedoch eine große Begabung mitbrachte.

Er fühlte sich wohler im Schloss, als er erwartete hatte. Aus dem Fenster sah er in den blühenden Garten oder in den Himmel, er las Tolstoi, Dickens, Jules Verne und Mark Twain und ging gelegentlich auf dem langen Flur umher. Und er spielte Schach. Das hatte er zwar schon immer gern getan, doch während seiner Gefangenschaft im Schloss wurde es zu einer Leidenschaft, die sich täglich steigerte.

Antonia war an dem Tag wieder ganz gesund, als ihre Mutter und die anderen heimkehrten. Sie waren etwas über eine Woche weg gewesen. Großmutter Theresa referierte knapp und sachlich, was sich ereignet hatte: Der Spezialist hatte erreicht, dass das Kind sich drehte, danach fand er Bärchens Zustand zufriedenstellend. Er hatte ihr Vitamine verschrieben und ihr aufgetragen, viel klares Wasser zu trinken und ruhig zu liegen. Sämtliche Freunde, Verwandte, Bekannte in Heidelberg waren wohlauf und hielten sich tapfer, die Kinder, die Alten, die Frauen. Von den Männern, die im Krieg waren, gab es schlechte Nachrichten: viele waren tot, andere verwundet, von etlichen hatte man seit langem nichts gehört.

Damit erschöpften sich Großmutter Theresas Auskünfte bis auf weiteres. Sie und Bärchen hatten eingekauft. Sie brachten Tee und zart bedruckte Baumwollstoffe mit, Clara und Antonia bekamen jeweils einen silbernen Serviettenring, in den ihr Name eingraviert war, Bärchen schenkte Hugo Kekse, und Großmutter Theresa hatte mehrere Bücher für Guido erworben. »Damit du nicht unentwegt in der Bibel liest«, sagte sie.

Vom Aussehen Ihres Sohnes war Großmutter Theresa angenehm überrascht. Er schien sich erholt zu haben, hatte sich die langen braunen Haare abgeschnitten und sah jetzt mit seinem dichten, dunklen Bart aus wie ein schneidiger Seeräuber. Er verzichtete darauf, als Zyklop angesprochen zu werden und reagierte wieder wie früher auf seinen Vornamen. Seine Anfälle, bestätigte Tante Hugo, waren weniger heftig, seine Euphorie für Gott hatte allerdings nicht nachgelassen.

Tatsächlich befand sich Guido in einer neuen Phase. Er beschäftigte sich jetzt gewissenhaft mit seinem Äußeren.

Lang und andächtig stand er vor dem Spiegel und prüfte seine Erscheinung. Er sorgte sich, wie er Bärchen anvertraute – seiner Mutter hätte er mit solch einer Lappalie nicht kommen dürfen –, um seinen Haarausfall.

»Bärchen, sieh doch, wie ich aussehe! Hätte ich nicht eine schnittigere Karosserie verdient, um durchs Leben zu gehen?«, jammerte er. »Sieh nur meine Haare, ich sehe allmählich aus wie ein Hühnchen! Wie soll sich unter diesen Umständen eine Frau für mich begeistern?«

Bärchen war so klug, Guido nicht daran zu erinnern, dass er vor kurzem noch ins Kloster gehen wollte.

Sie strich ihm übers Haar, das sich tatsächlich am Hinterkopf etwas lichtete. »Guido, warte ab«, sagte sie. »Die Welt der Frauen hat ihre eigenen Regeln.«

Es sollte längere Zeit dauern, bis Großmutter Theresa mit den neuerlichen Eigenheiten ihres Sohnes vertraut wurde. Die andere Neuigkeit erfuhr sie hingegen sofort. Gleich nach ihrer Ankunft erklärten ihr Hugo und Luise, dass das Schloss einen neuen Bewohner habe.

»Es war doch recht, Herrin, oder? Es war doch alles richtig verabredet mit dem Pfarrer Ferdinand?«, fragte Luise.

»Ja, sicher«, sagte Großmutter Theresa, »und dass du mir im Dorf zu niemandem was sagst, hörst du Luise!«

»Aber wo denken Sie denn hin, Herrin.«

»Wer weiß noch davon?«

»Anna, Guido, die Kinder, du, Bärchen und ich«, sagte Hugoline. »Clara spielt einmal am Tag mit ihm Klavier. Sie scheinen sich gut zu verstehen. Die anderen Dienstboten wissen nichts.«

Theresa ging ins obere Stockwerk, um ihren Gast zu begrüßen. Das vereinbarte Signal war ein schriller Pfiff, während der Ruf »Hallo, Luise, bist du in deinem Zimmer?« als Warnung diente.

Der Oberst erschien prompt nach dem Pfiff. Theresa sah schockiert, wie blass und hager er aussah.

»Mein Gott, Johannes! Bekommst du genug zu essen?«, fragte sie und gab ihm die Hand.

»Danke, Theresa, vielen Dank«, sagte der Oberst. »Ich habe dir überaus zu danken, nicht nur …«

»Schon gut«, unterbrach ihn Theresa unwirsch. »Wir tun, was wir können, und es ist weiß Gott nicht viel.«

Sie ließ sich seine Geschichte erzählen und segnete in Gedanken die Ärztin, die sich seiner angenommen und ihm den Urlaubsschein ausgestellt hatte.

»Noch bist du nicht überm Berg, noch ist der Krieg nicht vorbei. Sie suchen sicher nach dir, wir müssen weiterhin vorsichtig sein. Du darfst nicht vor die Tür, das ist leider unmöglich, aber du hast meine Enkelin Clara als Gesellschaft, wie ich höre.«

»Ja, sie ist ein sehr nettes Mädchen«, sagte der Oberst und lächelte. »Wir spielen zusammen Klavier. Ich versuche, sie zu unterrichten.«

Großmutter Theresa schnaubte. »Sehr liebenswürdig von dir, aber wahrscheinlich hoffnungslos. Die Haimburgs sind eine durch und durch unmusikalische Familie. Bärchen, meine Schwiegertochter, hört gern klassische Kompositionen und Tanzmusik. Ich mache mir nichts aus Musik und singe falsch wie ein Schaf. Es ist trotzdem sehr nett, dass du dich mit Clara abgibst.«

»Ich mache es sehr gern. Glaub mir, Clara ist begabt, überdurchschnittlich begabt. Sie spielt nicht wie eine Anfängerin, sie lernt bemerkenswert schnell. Sie muss unbedingt weiter Unterricht bekommen, richtigen, meine ich, wenn ich nicht mehr hier bin.«

Großmutter Theresa sah überrascht aus. »Clara, musikalisch? Sie wäre das erste musikalische Talent in dieser Familie seit Jahrhunderten. Von dir einmal abgesehen, aber du gehörst ja eher einem entlegenen Zweig der Familie an, nicht wahr? Aber, wenn du dieser Ansicht bist, werde ich mich darum kümmern. Ich werde mich selbst überzeugen von Claras Talent. Hast du auch meine andere Enkelin kennen gelernt?«

Der Oberst schüttelte den Kopf. »Nein. Clara kam in den letzen Tagen immer allein.« Er lächelte. »Ich habe mich mit eurem Hausgespenst angefreundet.«

»Tatsächlich?«, sagte Großmutter Theresa, und Missbilligung lag in ihrer Stimme. Diese Bekanntschaft, die unvermeidlich war, hatte sie nicht bedacht. Es war ihr peinlich.

Den Oberst aber schien die Begegnung mit einem Schlossgespenst nicht aus der Bahn geworfen zu haben.

»Es spricht nicht«, sagte er, »aber es kann Schach spielen. Clara war so freundlich und hat uns ein Schachspiel besorgt, und so vertreibe ich mir die Zeit damit.«

Großmutter Theresa, der jede Form von Eingesperrtsein zuwider war, nickte und versuchte, sich ihre Verlegenheit nicht zu sehr anmerken zu lassen. »Unser Spukwesen kann also Schach spielen. Spielt sie gut, unsere Schnupfentrine?«

»Ungewöhnlich gut. Mir ist es erst dreimal gelungen, sie zu schlagen.«

»Vielleicht ist das ja der Grund für ihre, nun ja, spröde Art uns gegenüber«, erwiderte Großmutter Theresa und lachte. »Wir sind ihr einfach nicht intelligent genug. Bei uns in der Familie spielen alle Schach, allerdings ziemlich erbärmlich.«

Sie lachten beide. Der Oberst erzählte von seiner ersten Partie mit dem Gespenst. Es hatte sich, nass und feucht, auf einen Stuhl ihm gegenüber gedrückt, als er die Figuren auf dem Brett gerade aufgebaut hatte. Er spürte die Anwesenheit des Gespenstes und begrüßte es freundlich. Schnupfentrine nieste einmal kurz und eröffnete mit dem Königsbauern. Jeder weitere Zug wurde von einem Niesen begleitet, Das Niesen bewegte die Figuren, wie der Oberst bald feststellte.

»Ist das nicht erstaunlich?«

»Erstaunlich«, sagte Theresa ungnädig. Sie war wenig geneigt, Schnupfentrine besondere Fähigkeiten zuzubilligen. Sie sah sich in dem langen Flur um. »Wo spielt ihr?«

»Hinten am Fenster, von dort kann ich in den Garten schauen. Wenn du es allerdings für unvorsichtig halten solltest dann …«

»Nein, überhaupt nicht. Ich denke, das ist kein Problem. Nur Dorfbesucher dürfen dich nicht sehen. Die Menschen sind unberechenbar, in ihrer Hilfsbereitschaft wie in ihrer

Bereitschaft zum Verrat. Es gibt einige üble Nazis hier, wie du dir denken kannst. Einer lebt im Nachbarort, er ist Polizist und kommt manchmal mit dem Fahrrad vorbei. Er meldet sich nie an, sondern steht einfach plötzlich in der Tür. Er schnüffelt herum und ist widerlich.«

Sie schwiegen beide einen Moment. »Deshalb ist es wichtig, dass du hier oben bleibst, die meiste Zeit des Tages. Hierher kommt niemand. Im Spielzimmer bist du auch sicher, es ist abgelegen genug. Man kann euch zwar hören, aber keiner wird einfach so reinkommen. Die meisten Besucher werden in den Salon gebeten.«

Der Oberst nickte.

»Kommt Pfarrer Ferdinand dich manchmal besuchen?«

»Ja. Er ist ein feiner Kerl. Er kommt, so oft er kann.«

»Gut. Ich werde von nun an auch öfter kommen. Oder wir treffen uns im Spielzimmer, wenn du dort mit Clara musizierst. Außerdem sehen wir uns abends. Lass es mich wissen, wenn ich etwas für dich tun kann.«

Sie sahen sich in die Augen.

»Du glaubst nicht, wie furchtbar ich diesen Krieg finde und wie sehr ich wünsche, dieses Attentat wäre gelungen«, sagte Theresa leise.

Alle im Haushalt zeigten sich begeistert von Claras Musikalität und ihrem Eifer. Die übliche Strenge ihr gegenüber wurde für kurze Zeit durch ungewohnte Herzlichkeit ersetzt. Sie wurde weniger gemaßregelt als sonst und musste in diesen Tagen kein einziges Mal vor die Schlosstür, um dort allein zu essen.

Einmal am Tag, manchmal sogar für mehrere Stunden, durften die Schwestern mit ihrer Mutter zusammen sein, die faul wie eine dicke Katze, auf ein Sofa drapiert, im Salon lag.

»Ich glaube, es ist bald soweit,« sagte sie eines Nachmittags schläfrig. »Sicher wird es wieder ein Mädchen.«

Antonia sah Bärchen an, bekam ihren seltsam starren Blick und sagte: »Es wird ein Junge, und er kommt in vier Tagen.«

Die Wehen setzen nach vier Tagen im Morgengrauen, an einem Samstag, ein, und fünf Stunden später hielt Bärchen ihren ersten Sohn in den Armen, ein zartes Baby, ein wenig zerknittert und rot im Gesicht, doch ähnlich hübsch wie Antonia, mit schwarzen Haaren und blauen Augen.

Tante Hugoline, die feierlich zur Taufpatin erklärt worden war, weinte vor Rührung, bis ihre Schwester sie deswegen schalt. Theresa schickte nach einer Amme aus dem Dorf, denn Bärchen war, wie die Hebamme entschied, zu matt, um das Baby selbst zu stillen.

Die Schwestern durften einen Blick auf ihren Bruder werfen und ihn kurz bewundern, dann befahl man ihnen, sich leise zu verhalten, damit Bärchen Ruhe habe.

»Er ist so rot im Gesicht«, sagte Clara. »Als hätte ihn jemand zu heiß gebadet.«

»Vielleicht hat Maman zu viel heißen Tee getrunken«, sagte Antonia.

»Vielleicht war es zu heiß in ihrem Bauch.« Clara beschloss, das Problem, wo die Kinder herkamen und warum sie so verschrumpelt waren und sich später glätteten, mit ihrem neuen Freund zu besprechen. Antonia begab sich in die Küche, um diese Fragen mit Luise und Anna zu erörtern. Beide Gespräche hatten zur Folge, dass Clara und Antonia am nächsten Tag nach Störchen Ausschau hielten.

Großmutter Theresa war stolz auf ihre Schwiegertochter und glücklich über ihren Enkel. Sie telegrafierte umgehend an Eduard: »Sohn Maximilian geboren. Bärchen und alle anderen wohlauf. Komm sobald du kannst. Kuss, Mutter.«

5

Ich wohnte in Heidelberg in einem Hotel, das Doktor Moser mir empfohlen hatte. Es sei vor allem für längere Aufenthalte geeignet, hatte er gesagt, denn es habe einige Apartments, in denen man selbst kochen könne. Ich koche zwar nicht gern, trotzdem gefiel mir die Idee, mich selbst versorgen zu können. Ich müsste nicht jeden Morgen in den hoteleigenen Frühstücksraum, ich bräuchte nicht unentwegt mit anderen Leuten zusammen zu sein. Ich könnte mich weiter um die Familienchronik kümmern, ich könnte nachdenken und abends in Ruhe Musik hören.

Das mittelgroße Hotel war aus rötlichem Sandstein, ein zweckmäßiges Gebäude ohne Charme. Der Service war jedoch ausgezeichnet, in einem kleinen Garten mit runden Plastiktischen konnte man angenehm im Schatten sitzen, und das Hotel lag ganz nah beim Krankenhaus. Ich konnte zu Fuß hingehen.

Ich machte mich am späten Vormittag auf den Weg, um sicher zu sein, meinem Vater nicht in die Arme zu laufen. Er würde Antonia sicher sehr früh besuchen und vielleicht nachmittags oder abends noch einmal nach ihr sehen. Den Rest des Tages musste er sich um seine Arbeit kümmern. Immobilien, Holzhandel, Bankgeschäfte.

Das nüchterne Krankenhausgebäude kam mir weniger abstoßend vor als am Tag zuvor. Ich ging direkt ins Zimmer meiner Schwester. Antonias Zustand war unverändert. Sie lag wie schlafend da, friedlich, hinreißend schön. Das Bild von Elisabetta hatte jemand in die Schublade ihres Nachtisches gelegt. Ich vermutete, dass mein Vater das getan hatte. Es überraschte mich. Das ihm verhasste Bild einfach mitzunehmen, hätte besser zu ihm gepasst.

Ich setzte mich an Antonias Bett und nahm ihre Hand, ich schloss die Augen und konzentrierte mich auf ihren Pulsschlag, den ich schwach spüren konnte. Ich versuchte, mit ihr zu sprechen, und mir fiel nicht viel ein.

»Hallo, wie geht es dir, meine Schöne?«, sagte ich leise. »Alles wird wieder gut. Ich bin bei dir, und ich bleibe so lange hier, bis du wieder auf den Beinen bist.«

Ich erzählte ihr ein bisschen von London, von meiner Wohnung, meinem wunderbaren Flügel, den ich gekauft hatte und auf dem ich täglich spielte. Ich erzählte ihr von meiner Band, von unseren Konzerten, von unserem großen Hit »Cry and laugh«, von begeisterten Fans.

Ich erinnerte sie an unsere Kindheit, an unser Dorf, an Luise und Anna. Etwas anderes konnte ich ihr nicht sagen. Trostworte erschienen mir zu billig, und meine vielen Fragen konnte sie nicht beantworten. Eigentlich gab es auch nur eine Frage: Warum hatte sie es getan? Warum war sie gesprungen? Wollte sie sich umbringen? Wusste sie, was sie tat? Was war an dem Abend passiert? Ich war entschlossen, bei ihr zu sein, wenn sie aus ihrer Umnachtung auftauchte.

»Hallo, guten Tag«, sagte Moser und lächelte freundlich. »Ich hoffe, Sie haben etwas Zeit für mich mitgebracht.«

Er wirkte entspannt und fröhlich. Ich nickte. »Ich komme gleich in Ihr Büro.«

Er verschwand, und ich saß eine weitere Viertelstunde bei Antonia. Vielleicht, dachte ich, ist ihr Inneres zu Stein erstarrt, ihre Seele in einer unheilvollen Isolation gefangen. Ich stellte mir vor, ihr Geist hätte sich vom Körper getrennt und schwebte im Zimmer umher. Diese Phantasie tröstete mich, ich hoffte, Kontakt aufnehmen zu können. Doch ich empfand nichts als tiefe Stille und Einsamkeit. Meine Schwester rührte sich nicht, ihre Regungslosigkeit machte mir Angst. Bevor ich ging, stellte ich das Bild wieder auf und bat Elisabetta, sich mit Antonia in Verbindung zu setzen. Die schöne Frau auf dem Bild sah mich aus klugen Augen an.

»Tu etwas«, sagte ich leise. »Lass ihr eine Nachricht zukommen, so wie früher.«

»Kaffee, Tee, Sprudel, Clara?«

Ich sagte, ich wolle jetzt keinen Kaffee und auch nichts anderes, setzte mich auf einen der schrecklichen Plastiksessel und warf einen kurzen Blick in meinen Handspiegel, während der Arzt sich Kaffee zubereitete. Ich hatte die Blässe meines Gesichts mit weißem Puder unterstrichen, meine Lippen dunkelrot angemalt und meine Augen grün und schwarz umrandet. Heute morgen hatte ich mich schön gefunden, aber jetzt sah ich blass und müde aus. Ich beschloss, den Puder demnächst wegzulassen.

Im Radio sangen die Beatles »She loves you«, ich summte leise mit. Mit einem knappen »Entschuldigen Sie«, stellte Moser die Musik ab, setzte sich an seinen Schreibtisch und blätterte in den Unterlagen, die ich ihm dagelassen hatte.

»Wie lange wird das so weitergehen, Doc?«, fragte ich. »Wie lange wird Antonia in diesem Zustand bleiben?«

»Ich weiß es nicht, aber ich bin nicht allzu beunruhigt. Bis jetzt jedenfalls noch nicht. Sehen Sie, es sind schließlich erst einige Tage vergangen seit dem Sprung.«

Mir ging sein Optimismus auf die Nerven.

»Und ihr Körper hält Herzschlag, Blutdruck, und Atmung aufrecht«, sagte er, als ich schwieg. »Also kein Grund zur Besorgnis.«

»Klingt ja richtig aufmunternd«, sagte ich.

Er ging nicht auf mich ein. »Die Seiten, die Sie mir gegeben haben, habe ich gelesen. Ich habe übrigens auch einige Aufzeichnungen von Ihrer Großmutter erhalten. Sie ist eine bemerkenswerte Frau. Überhaupt ist diese Familiengeschichte in einigen Punkten faszinierend für mich. Ich möchte gern mehr lesen.«

»Sie werden mehr bekommen. Ich muss es nur weiter ordnen. Ich weiß allerdings nicht, ob ich Ihnen alles zu lesen geben werde.«

Er sah überrascht auf. »Ich dachte, Sie wollten Ihrer Schwester helfen.«

Ich zuckte die Achseln. Ich war auf der Hut. Wollte er meiner Schwester helfen, fragte ich mich. Oder würde er sie mit Hilfe meines Vaters einfach für verrückt erklären und in eine Anstalt bringen? Woher wusste ich, ob ich ihm trauen konnte?

»Ich kenne Sie nicht, Doc. Ich bin kein sehr mitteilsamer Mensch. Es fällt mir schon schwer, mit Leuten, die mir nahestehen, über persönliche Angelegenheiten zu sprechen. Wir beide haben uns gerade erst kennen gelernt. Also warten wir erst mal ab. Sagen Sie mir, was Sie von meiner Schwester halten nach dem, was Sie über Sie gelesen haben bisher.«

Er sah mich nachdenklich an. »Ihre Schwester hat vielleicht einfach nur eine sehr ausgeprägte Phantasie. Vielleicht kommen paranormale Fähigkeiten dazu. Möglicherweise hat sie das, was man das Zweite Gesicht nennt, oder sie kann einfach in die Zukunft schauen auf die eine oder andere Art. Kann sein.«

»Es kann nicht nur sein, es ist so.«

»Aber womöglich leidet sie auch an Wahnvorstellungen. Antonias Geisteszustand kann sich heute anders darstellen als damals in ihrer Kindheit, bedenken Sie das, Clara. Sie haben Ihre Schwester lange nicht gesehen. Vielleicht leidet sie unter einer unerkannten Psychose und hatte einen psychotischen Schub.«

Er wartete, doch ich sagte nichts. Ich wollte, dass er weitersprach.

»Ihre Kindheit, ihre Vorhersagen, die Sache mit dem Bild. Diese Geschichten über Gespenster und so weiter. Vielleicht liegt eine gewisse Veranlagung für geistige Verwirrtheit in der Familie.«

Er sagte es sanft, freundlich. Ich regte mich trotzdem auf. Er spielte auf Onkel Guido an, und was ihn betrifft, bin ich fast so empfindlich, wie wenn es um Antonia geht.

»Geisteskrank. Na schön, da haben wir ja jetzt endlich ein nettes Etikett. Sie reden wie mein Vater! Der hielt damals auch alles, was nicht mit rechten Dingen zuging, für gefährlich. Aber wir Kinder haben diese Dinge nicht erfunden, Doc. Das Gespenst im Schloss gab es wirklich. Sonderbare Vorfahren, die als Reiter umherirrten, Antonias Ahnungen und Prophezeiungen. Die Fee. Wenn sie überhaupt etwas geistig verwirrte, dann war es der Versuch meines Vaters, ihr weismachen zu wollen, sie bilde sich das alles nur ein.«

Doktor Moser hörte aufmerksam zu. Er nippte an seiner Kaffeetasse. Seine stoische Gelassenheit ärgerte mich.

»Ich finde übrigens nicht nur die Geschichte Ihrer Schwester bemerkenswert«, sagte er. »Sie selbst, Clara, haben möglicherweise auch eine Art Schock erlitten. Schauen Sie nicht so skeptisch, es wäre immerhin möglich.«

Ich wusste, worauf er anspielte. »Ich komme ganz gut zurecht, danke«, sagte ich kühl. »Wahrscheinlich hat Ihnen meine Großmutter einiges erzählt.«

Er nickte. »Ich weiß nicht, ob ich Ihrer Schwester helfen kann«, sagte er. »Und ich bin nicht sicher, ob Sie eine Hilfe sind, wenn Sie davon ausgehen, dass Ihre Sicht der Dinge die einzig richtige ist. Schauen Sie, Ihr Vater ist verschlossen, er redet kaum mit mir. Er glaubt, psychische Probleme ließen sich behandeln wie Magenschmerzen oder Verdauungsbeschwerden.«

»Das sieht ihm ähnlich.«

»Er glaubt, ich gebe den Leuten eine Pille, und ihre Schmerzen verschwinden, ihre Absonderlichkeit, ihre Eigenheiten lösen sich in Luft auf. Er macht sich große Sorgen um Ihre Schwester, Clara, aber er kann es nicht zeigen. Er beschimpft mich lieber. Ich habe ihm erklärt, dass ich nicht weiß, warum Antonia nicht aufwacht. Er wurde ausgesprochen ungehalten. Sehr geduldig ist er nicht. Er erwartet, dass ich einen Zauberspruch aufsage, der bewirkt, dass Antonia zu sich kommt und wieder normal ist.«

Ich regte mich gleich wieder auf. »Was heißt normal? Sie war in gewisser Weise nie normal. Der Versuch, sie zu einer Person zu machen, die sie nicht ist, hat sie unglücklich gemacht. Glauben Sie mir, sie ist nicht verrückt. Sie ist nicht gerade selbstbewusst. Eher weich, ohne klar abgegrenzte Konturen. Sie weiß manchmal nicht, wo sie aufhört und die Welt anfängt, wo innen und außen ist, verstehen Sie?«

Moser hörte zu, ohne mich zu unterbrechen. Dafür war ich dankbar.

»Sie spürt mühelos viele Dinge, Emotionen anderer, ihre Gedanken, ihre Sorgen. Wie eine Radarstation konnte sie früher Signale aufnehmen. Und manchmal passierte das, obwohl sie es nicht wollte. Sie hatte Schwierigkeiten, ihre eigenen Wünsche genau wahrzunehmen. Sie war ein glückliches Kind. Später war sie einsam, traurig, vielleicht verwirrt. Aber nicht geisteskrank.« Ich dachte daran, dass Antonia später allen Grund gehabt hatte, unglücklich zu sein. Nach allem was passiert war. Ob ihr Arzt all diese Dinge wusste?

Moser fixierte mich mit seinem professionellen Blick.

»Sehen Sie, mein Vater stellte sich taub, was Antonias Besonderheiten betraf. Sie machte ihn wütend. Er konnte sehr streng sein.«

»Nach allem, was ich bisher gelesen habe, ging es in vieler Hinsicht streng zu in Ihrer Familie«, sagte Moser. »Hat Ihre Schwester jemals gegen Ihren Vater aufbegehrt?«

Ich schwieg. Es ging über meine Kräfte, ihm von den Kämpfen innerhalb meiner Familie zu erzählen. Das Gespräch strengte mich jetzt schon an. »Steht alles in den Unterlagen, ich habe Ihnen wieder einige mitgebracht. Lesen Sie einfach weiter. Wenn Sie dann noch Fragen haben, beantworte ich sie Ihnen gern.«

Er nickte. »Was Sie betrifft, haben Sie nach allem, was ich weiß, den endgültigen Bruch mit Ihrem Vater provoziert.«

Ich runzelte die Stirn. »Provoziert? Sie glauben, seinen beruflichen Neigungen zu folgen, sei eine Provokation? Was ist los mit Ihnen, Doc? Sind Sie ein verdöster Spießer? Haben Sie etwas gegen rebellische Töchter, aufbegehrende Söhne?«

»Es kann eine Provokation sein, unbewusst, selbst wenn das Aufbegehren berechtigt ist. Die Frage ist immer, wie sehr man sich von seinem Unbewussten steuern lässt. Glauben Sie mir, Clara, die menschliche Psyche ist eigentümlich organisiert, geheimnisvoll, manchmal barbarisch. Die Psyche ist eine Naturgewalt. Den meisten Menschen ist sie unheimlich. Sie ziehen es vor, sich nicht mit ihr zu beschäftigen. Selbsterkundung ist bedrohlich. Es kommen Wahrheiten dabei heraus, die einem nicht gefallen. Das ist bei allen Menschen so.«

Ich sah ihn nicht an, sondern blickte an ihm vorbei in den wolkenlosen Himmel. Ich war nicht besonders erpicht auf Selbsterkundung, da hatte er Recht. »Hier geht es nicht um mich«, sagte ich trotzig.

»Was immer zwischen Ihnen und Ihrem Vater vorgefallen ist, ich weiß, dass es seinen Preis hat, wenn man sich so endgültig von seiner Familie abwendet, wie Sie das getan haben.«

Ich wartete auf weitere Diagnosen. Er ließ sich nicht einschüchtern von meinem Schweigen, offenbar ließ er sich nicht einmal von meinem Vater einschüchtern. Das kam selten vor. Ich war wider Willen beeindruckt.

»Man gerät in einen emotionalen Ausnahmezustand«, fuhr Moser fort. »Darin kann man für lange Zeit stecken bleiben. Es ist nichts, was einem besonders gut tut. In gewisser Weise verliert man seine Heimat, sein Zuhause. Und damit ein Stück seiner Seele.«

Ich nickte vage. »Die Konflikte mit meinem Vater waren hart. Ich werde Ihnen noch davon erzählen«, sagte ich ausweichend. Ich fühlte mich in diesem Zimmer beengt, wie in einer Falle. Es war lange her, dass ich mit einem Fremden über meine Familie gesprochen hatte. Es gefiel mir nicht.

»Was hat es mit diesem Bild auf sich? Es scheint sehr wichtig zu sein für Antonia. Diese Frau scheint einen großen Einfluß auf sie auszuüben. Ist es das Bild, das Sie gestern mitgebracht haben?«

»Ja. Jemand hat es in Antonias Nachttischschublade getan. Ich habe es vorhin wieder aufgestellt.«

»Ich habe es gestern nachmittag weggelegt. Und ich habe die Krankenschwestern gebeten, es vor Ihrem Vater zu verstecken. Er kommt immer vormittags, meistens zusammen mit Baron Kloiber. Also verstecken wir es, bis beide wieder fort sind. Ihre Großmutter kommt, wie sie angekündigt hat, unregelmäßig, die anderen Verwandten und Freunde auch. Meinen Sie, wir sollten es auch vor Ihrer Großmutter oder anderen Familienmitgliedern verstecken?«

»Nein, nicht nötig. Sicher nicht vor Großmutter, vor Tante Hugo oder vor Onkel Guido, sollten sie hier auftauchen. Mein Vater allerdings könnte es mit sich nehmen, wenn er es sieht. Er verbindet nichts Gutes mit dem Bild. Mit diesem Bild hat in gewisser Weise alles angefangen, damals.«

»Was hat angefangen?«

Ich machte eine vage Handbewegung. »Antonia hielt die Frau damals für eine Fee. Wir waren Kinder. Sie trat in Kontakt mit ihr, jedenfalls behauptete sie das. Mein Vater fand die Vorstellung, eine Fee würde Einfluss auf seine Tochter nehmen, absurd.«

»Und was glauben Sie? Warum haben Sie das Bild mitgebracht?«

»Das Bild hatte großen Einfluss auf Antonia, lange Zeit. Onkel Guido hat es uns beiden geschenkt. Aber es gehörte Antonia immer mehr als mir. Es hatte eine größere Bedeutung für sie. Sie konnte mit Elisabetta, so heißt die Frau auf dem Bild, kommunizieren, ich nicht. Irgendwann wollte sie es dann nicht mehr haben, aber ich dachte, jetzt wäre es vielleicht hilfreich für sie. Ich glaube, es tut ihr gut, wenn Elisabetta in ihrer Nähe ist. Sie könnte sie dazu bewegen aufzuwachen.«

Moser nickte. »Vielleicht haben Sie Recht.«

Ich stand auf und ging im Zimmer umher. Ich war nervös. »Sie glauben doch, Antonia wäre nicht aufgrund des Sturzes noch bewusstlos, sie könnte jederzeit aufwachen und täte das aus unerfindlichen Gründen nicht.«

Der Arzt trank seinen Kaffee aus.

»So ähnlich habe ich es ausgedrückt, ja. Es gibt medizinisch keinen Grund dafür, dass sie daliegt wie im Koma. Ich habe zunächst eine Blutung im Kopf vermutet, konnte aber nichts dergleichen feststellen.«

»Sie sind sicher, dass es kein komatöser Zustand ist, in dem Sie sich befindet?«

»Ja, nach allem was ich bislang gesehen habe, handelt es sich bei Antonia um etwas anderes. Es sieht zwar aus wie ein Koma oder eine tiefe Bewusstlosigkeit, aber die Gründe dafür sind unklar. Mir kommt es so vor, als hätte Antonias Geist entschieden, nicht aufzuwachen. Vielleicht haben Sie ja Recht, vielleicht hilft diese geheimnisvolle Elisabetta Ihrer Schwester tatsächlich.«

Er stand auf. »Wir sollten uns täglich unterhalten. Wie wäre es, wenn Sie immer so gegen Mittag kommen? Ich glaube, es könnte auch für Sie nützlich sein.«

Ich zog die Augenbrauen hoch und sah ihn ein wenig spöttisch an. »Am liebsten würden Sie wohl die ganze Familie therapieren, was?«

Er zuckte die Schultern und öffnete mir die Tür. »Ich helfe Bedürftigen gern«, sagte er und lächelte. »Das kann ich am besten.« Er zögerte einen Moment. »Sie werden eine ganze Weile in Heidelberg bleiben, habe ich Recht?«

»Ja, ich werde auf jeden Fall hier bleiben, bis klar ist, was mit Antonia geschieht.«

»Keine beruflichen Verpflichtungen? Schließlich sind Sie doch eine gefragte Rockgröße.«

»Ich habe dieses Jahr keine Termine angenommen. Wenn meine Band auftreten will, tut sie das ohne mich. Ich wollte mich aufs Komponieren konzentrieren und etwas ausspannen. Mein Manager in London wird sich um alles kümmern.«

Natürlich wusste er, wer ich war. Das setzte ich voraus. Clara von Haimburg alias Clara Cinderella, Pianistin und Sängerin der Cinderella Girls. Ich komponierte die meisten unserer Lieder. Wir spielten damals in ganz Europa, hatten Angebote aus den USA, wir verkauften Schallplatten. Längst nicht so viele wie die Beatles, aber doch reichlich.

Ich war berühmt und er hoffentlich entsprechend beeindruckt. Gleich würde er mich fragen, ob ich nicht etwas für ihn spielen wollte. Das tun viele Leute, immer wieder. Sie denken, es würde mir schmeicheln. Sie denken, man könnte der Aufforderung, sich zu produzieren, nicht widerstehen. In Wahrheit ist es mir lästig.

»Ich möchte Sie um etwas bitten«, sagte Moser. »Kommen Sie doch bitte mit.« Er ging vor mir her, die drei Stockwerke hinunter. Vielleicht war seine Abneigung Fahrstühlen gegenüber ebenso groß wie meine. Vielleicht stieg er auch einfach nur gern Treppen. Pfleger und Schwestern, die an uns vorbeihasteten, klapperten mit ihren Schlüsseln und grüßten freundlich. Es roch überall nach Putzmitteln. Im Erdgeschoß öffnete Moser eine Glastür und wir erreichten einen langen Flur.

»Sie wissen vielleicht, dass viele geistig verwirrte Menschen mit Medikamenten ruhig gestellt werden. Das ist eine Art, seine Arbeit zu tun. Auch ich halte Medikamente manchmal für unerlässlich, aber insgesamt muss mehr passieren, um in Kontakt zu kommen mit psychisch Kranken, um ihr Unterbewusstsein zu erreichen, ihre Verstörungen zu verstehen. Hier haben wir einige Räume, in denen Kollegen und ich versuchen, die Kranken zunächst aus ihrer Lethargie und Starrheit zu lösen. In manchen Zimmern wird gemalt, in anderen Sport getrieben. Hier machen wir eine Art Bewegungstherapie.«

Er öffnete eine Tür. Der Raum war groß, hatte einen Holzfußboden und riesige Fenster, die den Blick auf den Garten freigaben. In einer Ecke lagen Matten und Kissen. Ich fühlte mich an eine Sporthalle erinnert.

In der Ecke stand, unscheinbar, ein Klavier. Wusste ich's doch.

»Ich bin müde, ich möchte jetzt wirklich nicht…« begann ich.

Er machte eine ungeduldige Handbewegung. »Nicht jetzt, nicht jetzt. Aber in den nächsten Tagen. Ich fände es schön, wenn Sie mit einigen unserer Patienten musizieren würden. Wenn Sie für sie spielen würden oder wenn Sie einigen von ihnen beim Spielen zuhörten. Ich dachte nicht an Unterricht. Ich dachte eher an so etwas wie eine harmonische Begleitung oder sachte Annäherung über Musik. Was halten Sie davon?«

Ich traute meinen Ohren nicht. Was bildete der Kerl sich ein? Dass er es mit einer drittklassigen Klavierlehrerin zu tun hatte? Oder mit einer Psychiatriepraktikantin, die man herumscheuchen konnte? Ich verschränkte die Arme vor der Brust und blitzte ihn zornig an. »Ich fürchte, Doktor Moser, Ihnen ist nicht ganz klar, dass ich für einige musikalische Ausdrucksformen das nötige Talent und die entsprechende Neigung mitbringe, für anderes hingegen in keiner Weise zu haben bin. Klavier spielen für einige verwirrte Personen, die ich nicht kenne und die mich nicht im mindesten etwas angehen, gehört nicht zu den Dingen, auf die ich scharf bin, verstanden? Sie haben offenbar nicht viel Erfahrung mit Solisten.«

Ich klang arrogant, ich wußte es. Es war mir egal. Ich fand ihn in seiner Forderung unsensibel und anmaßend.

Er seufzte und sah mich mit seinen blauen Augen durchdringend an. »Nicht viel, nein. Aber ich habe mir solche Typen genauso vorgestellt, wie Sie sich gerade aufführen. Arrogant, eingebildet, engstirnig, auf sich bezogen. Sie haben keine Ahnung wovon ich rede. Sie haben nicht einmal die Phantasie, sich vorzustellen, dass Sie dabei auch etwas lernen könnten. Sie denken an Ihren lächerlichen Ruhm und glauben, Ihnen fällt ein Zacken aus der Krone, wenn Sie mit ein wenig Klavierspiel einige meiner Patienten glücklich machen. Oder ruhiger. Oder einfach nur ihren Selbstausdruck fördern. Denn die, an die ich dachte, spielen selbst gern Klavier. Es sind übrigens Kinder, die meisten von ihnen. Aber bitte, wenn Ihre empfindsame Künstlerseele es nicht zulässt und Sie dazu noch Probleme haben mit dem, naja, Standesunterschied, bitte sehr.«

Er wartete meine Antwort nicht ab. Er ging einfach. Ich fühlte mich, als hätte mich jemand geschlagen. Früher hatte mein Vater so mit mir gesprochen. Es hatte mir damals schon nicht gefallen, es gefiel mir heute ebenso wenig.

Allerdings spürte ich, dass Moser, anders als ich es gewohnt war, nicht an sich selbst dachte. Es ging ihm um seine Patienten. Er wollte ihnen etwas Gutes tun. Er sorgte sich um sie.

Ich ging zu dem Klavier und schlug ein paar Tasten an. Ich war überrascht, wie gut der Klang war. Gestimmt war es außerdem. Ich dachte an Antonia. Sie war auch eine Patientin. Vielleicht würde ich dem Doktor eine andere Antwort geben, wenn er mich noch mal bitten würde, dachte ich. Gleichzeitig wusste ich, dass er dafür zu stolz war.

Es war immer noch sommerlich warm. Ich kehrte ins Hotel zurück, aß einen Salat und legte mich hin. Ich hatte Kopfschmerzen und das Gespräch mit Moser beschäftigte mich. Normalerweise ist es mir gleichgültig, was andere Menschen von mir denken, einige wenige ausgenommen.

Als Künstlerin geht man auf Distanz zu Menschen. Sie rauben einem das Wichtigste: Zeit. Und viele wollen nichts weiter als schmarotzen, sie lechzen nach ein wenig Teilhabe an Ruhm, Glanz, Bedeutung. Es ist schick, jemanden zu kennen, der berühmt ist. Es wertet einen auf, es verleiht einem eine Aura von Wichtigkeit. Ich erkenne solche Leute inzwischen sehr schnell, sie sind durchschaubar, ich dulde einige von ihnen im meinem Umkreis, aber ich brauche sie nicht.

Viele halten mich für arrogant oder egozentrisch, das macht mir nichts aus, es ist ganz praktisch. Es ermöglicht mir, mich auch so zu benehmen, wenn mir danach ist. Dieser Moser, dachte ich, soll meiner Schwester helfen. Ich unterstütze ihn dabei, doch was er über mich denkt, kümmert mich nicht. Er ist nichts weiter als der Arzt meiner Schwester.

Nachmittags hatte ich Lust, mich extravaganter anzuziehen. Vielleicht wollte ich auch nur ein bisschen auffallen in meinem Hotel. Ich zog mir ein Fransenkleid in verwaschenen Farben über und legte dicke Holzketten um meinen Hals. Auf die rote Samtkappe verzichtete ich.

Ich war mit meiner Theresa verabredet. Sie kam zu mir ins Hotel gefahren mit einem Chauffeur, den ich nicht kannte. Er heiße Ludwig, erklärte sie mir, sei von einem befreundeten Schlossherrn ausgeliehen und werde sie jetzt häufiger begleiten.

»Ich kann nicht dauernd mit dem Zug herumkutschieren, Clara«, sagte sie und ließ sich schnaufend auf einen der Gartenstühle plumpsen. Sie trug wie immer Seide, diesmal in zartem Rosa und einen pinkfarbenen Strohhut.

»Ha! Was für eine Hitze«, stöhnte sie. »Nicht zu ertragen. Bitte keine Küsse, dafür ist es zu heiß.«

Ich küsste die Luft rechts und links von ihren Wangen und bestellte Eistee für uns. Sie musterte mein Kleid mit deutlichem Befremden.

»Das ist kein Kleid, das ist ein alter Teppich, in den du oben ein Loch geschnitten hast. Es ist das Scheußlichste, was ich seit langem gesehen habe.«

»Das ist Imagepflege, Großmutter«, sagte ich gelassen. »Ich darf nicht zu bieder wirken, selbst nicht hier in der Provinz.«

»Keine Sorge, bieder wirkst du nicht.«

»Hast du Antonia besucht?«

Sie nickte. »Ja. Was soll man davon halten? Sie sieht immer noch aus wie Schneewittchen, aber davon hat niemand etwas. Wir sind alle sehr beunruhigt. Es macht mich ganz unglücklich, dass ich nichts für sie tun kann, außer beten. Guido betet auch, Pfarrer Ferdinand auch, Hugo auch. Beten, beten, immer nur beten!«

Sie schlug in gespielter Verzweiflung die Hände zusammen.

Offensichtlich ist ihr Verhältnis zum Allmächtigen derzeit wieder etwas angespannt, dachte ich und tätschelte ihre Hand.

»Du hast das Bild mitgebracht, wie ich gesehen habe. Eine gute Idee. Hast du Doktor Moser von Elisabetta erzählt? Und was sie für Antonia bedeutet hat?«

»Und auch weiterhin bedeutet, Großmama, da bin ich mir sicher. Antonia hat es nur vergessen. Elisabetta wurde ihr zu anstrengend. Meine Schwester zog es vor, so zu werden wie unsere Mutter. Widerstandslos. Still. Mürbe. Krank.«

»Sprich nicht so über deine Mutter«, sagte meine Großmutter, aber ihre Stimme klang sanft. Wir tranken unseren Eistee.

»Hast du Doktor Moser von Vicenzo erzählt?«, fragte sie.

»Nein, hast du ihm von Vicenzo erzählt?«

»Nicht alles, aber ich habe ihm gesagt, dass es eine große Liebe gab im Leben von Antonia. Dass sie sich nicht erfüllte. Dass sie tragisch endete. Und dass die Geschichte lange her ist und mit ihrem Sprung von der Terrasse nichts zu tun haben kann. Das habe ich ihm erzählt. Er schien nicht weiter interessiert, vor allem als er erfuhr, dass Vicenzo nicht mehr existiert. Mehr interessiert er sich jetzt für Baron Kloiber.«

Ich interessierte mich auch für diesen Baron. »Erzähl mir von ihm. Wie ist er so?«

Großmutter Theresa schwieg einen Moment. »Ich sollte das vielleicht nicht sagen, aber in gewisser Weise ist er wie euer Vater. Er ist allerdings deutlich dämlicher, wenn du mich fragst. Aber er ist gut erzogen, gut aussehend, wohlhabend, erfolgreich. Leider auch halsstarrig.«

»Jähzornig?«

»Nein, das nicht. Ich habe es jedenfalls noch nicht erlebt. Mich wundert es nicht, dass dein Vater diese Verbindung gutheißt. Der Mann kommt aus guter Familie, er ist berechenbar, er ist verlässlich. Er ist nicht so attraktiv wie Vicenzo, aber absolut standesgemäß. Er ist außerdem zehn Jahre älter als Antonia und unendlich geduldig mit ihr.«

Standesgemäß. Eines der Lieblingsworte meines Vaters. Vicenzo war damals alles andere als standesgemäß gewesen. Eine Katastrophe in den Augen meiner Eltern. Da war natürlich so ein schicker Baron ganz etwas anderes. »Weiß dieser Kloiber von Antonias Schlafwandeleien und ihren Visionen und den Stimmen, die sie hört?«

»Ja, er weiß es. Es amüsiert ihn, das sagt er zumindest. Er hat allerdings bisher wenig davon zu spüren bekommen. Antonia war in den letzten Monaten sehr still. Sie wirkte in sich zurückgezogen, eingekapselt. Du weißt ja, sie hatte solche Phasen früher schon.«

»Hat sie sich denn überhaupt nicht auf die bevorstehende Hochzeit gefreut?«

Großmutter seufzte. »Doch, durchaus, in ihrer zerstreuten, freundlichen Art. Sie lief umher, und wenn Luise und Anna oder Baron Kloiber mit ihr über die Gästeliste, die Menüwahl, die Tischdekoration sprechen wollten, dann lächelte sie, nickte abwesend und fand alles sehr schön und passend. Deinen Vater machte sie rasend, aber Baron Kloiber fand ihr Betragen nicht schlimm. Er hat ja recht, Entscheidungen fällen war nie ihre Stärke. Und ich glaube, es war ihr ziemlich egal, welche Gäste und wie viele kommen würden. Sie hat allerdings einen Krach mit deinem Vater riskiert, um dich dabeizuhaben. Er blieb unerbittlich, und da hat sie ihn angeschrien.«

Meine Schwester hatte unseren Vater angeschrien? Das fiel mir schwer zu glauben. »Was hat sie ihm gesagt?«

»Sie schrie: ›Wenn Clara nicht dabei ist, wird es keine Hochzeit geben‹.«

»Gab es ja dann auch nicht, aber wohl weniger meinetwegen.« Ich war gerührt und beeindruckt über den Mut meiner Schwester, selbst wenn sie sich nicht hatte durchsetzen können. Aber ich grollte ihr, weil sie mir all die Jahre nicht einmal geschrieben hatte. Sie hätte mich zu ihrer Hochzeit einladen können, wenigstens schriftlich. Ich hätte um die Schwierigkeiten gewusst, bei einem Fest dabei zu sein, das mein Vater ausrichten würde. Ich wäre nicht gekommen, aber ich wäre eingeladen gewesen von ihr. Es hätte mir viel bedeutet.

Ich bestellte mir einen Apfelkuchen und stocherte gedankenverloren darin herum. »Meinst du, sie hatte am Abend des Balls in Ehreshausen eine Vision?«, fragte ich. »Meinst du, sie hörte vielleicht eine Stimme, die ihr sagte: ›Spring von der Terrasse‹?«

Großmutter schüttelte energisch den Kopf. »Selbstzerstörerische Anweisungen hat sie bislang nie bekommen von ihren Stimmen. Es muss etwas anderes gewesen sein, was sie in Panik versetzt hat oder in Todesfurcht. Vielleicht wollte sie fliehen vor irgendeiner Gefahr. Wer weiß.«

Sie versuchte ein Stück meines Kuchens und wand sich voller Abscheu. »Was für eine Pampe! Wie kannst du das nur essen! Ach ja, ich vergaß, du lebst in England.« Sie lachte. »Wie findest du unseren Doktor?«

Ich schwieg. Sollte ich ihr von unserem kleinen Disput erzählen? »Also, ich bin in meinem Urteil noch nicht fertig«, sagte ich vorsichtig. »Er ist vielleicht ganz tüchtig, wenngleich er bei Antonia bislang nichts erreicht hat. Er kommt mir ein wenig selbstgefällig vor.«

Meine Großmutter runzelte die Stirn. »Selbstgefällig? Doktor Moser?« Sie sah mich scharf an. »Er ist alles andere als selbstgefällig. Er ist in seiner Arbeit engagiert. Das ist etwas völlig anderes. Du als Musikerin solltest das wissen. Ich dachte, du würdest ihn mögen. Aber was soll ich sagen? Was Männer angeht, war auf dein Urteil noch nie viel Verlass. Du bist zu nüchtern, zu rational, kein bisschen romantisch«.

Ich zog die Augenbrauen hoch und sah sie schräg von der Seite an. Sie hatte nie einen einzigen meiner Männer kennengelernt. Sie wusste nur von meinen Schwärmereien als Backfisch. Damals hatte ich für Filmstars geschwärmt. Dass ausgerechnet sie mir mit Romantik kam, war die Höhe.

»Nüchtern, rational, kein bisschen romantisch, ja? Und du bist Shakespeares Julia und kletterst auf Balkonen herum, was? Kein bisschen nüchtern und rational, sondern wahnsinnig romantisch und sentimental und was Männer angeht natürlich eine maßgebliche Fachkraft.«

»Ha!«, rief sie. »Worauf du dich verlassen kannst!« Wir lachten.

Meine Großmutter betrachtete Männer und Frauen eher mit Ironie. Ich erinnerte mich daran, dass sie früher gern Mark Twain zitierte mit dem Spruch: »Gott hat den Menschen erschaffen, weil er vom Affen enttäuscht war. Danach hat er auf weitere Experimente verzichtet.« Das war im Großen und Ganzen auch ihre Meinung.

Sie trommelte kurz auf den Tisch und sagte: »Natürlich hast du Recht. Ich schau mir das Treiben zwischen Männern und Frauen auf den Bällen und Empfängen an, und es kommt mir vor, als hätte sich die letzten hundert Jahre nichts geändert. Ich langweile mich.«

Sie fächelte sich mit ihrem Strohhut Luft zu. »Ich vermisse Guido mit seinen Verrücktheiten. Ich vermisse Anna, die nur noch gelegentlich ins Schloss kommt, ich vermisse sogar diese schrecklichen Köter, Otto und Karl-Heinz. Obwohl Hugo natürlich Ersatz für sie besorgt hat nach ihrem bedauernswerten Ableben. Die neuen Möpse heißen Matthias und Claudius. Aber irgendwie kommen sie mir weniger vornehm vor als die beiden von damals, verstehst du? Otto und Karl-Heinz hatten Stil und einen gewissen Unterhaltungswert. Und heute? Na ja, immerhin kann ich mich mit meiner Schwester Hugo streiten. Und mit Saba alte Abenteuer beschwören.« Sie seufzte. »Apropos. Hugo und ich geben am Samstag in vierzehn Tagen eine kleine Soirée amicale, nichts Besonderes. Ich möchte dich dabeihaben. Keine Widerrede. Dein Vater wird auswärts sein, geschäftlich. Er muss sich mit irgendwelchen wichtigen Leuten in Amsterdam treffen und wird einige Tage weg sein. Er wird natürlich erfahren, dass du da warst, aber das stört mich nicht. Wen ich zum Abendessen einlade, ist meine Sache. Ich habe auch Doktor Moser eingeladen und Baron Kloiber.«

»Irgendwelche Verwandten? Irgendwen, den ich kenne?«

»Hugoline natürlich. Aber sonst nur im kleinen Kreis, dachte ich.«

»Warum Doktor Moser?«

Meine Großmutter trank ihren Eistee und fächelte sich Luft zu. »Ganz einfach. Doktor Moser bemüht sich nicht, mir zu gefallen. Und das gefällt mir. Er ist anregend und er hat Charakter, mehr als viele dieser Himbeerbubis, von denen ich mir dauernd die Hand küssen lassen muss.«

Sie blickte amüsiert in ihr Glas Eistee. Mir ging ihre Verzückung für den smarten Doktor entschieden zu weit. »Mir scheint, du bist ganz vernarrt in ihn, was?«

»Papperlapapp! Es ist ganz einfach. Doktor Moser ist warmherzig und witzig und natürlich, Baron Kloiber ist leider nichts von alledem. Er ist ein Snob, du wirst schon sehen. Ein Mann wie Moser wäre für Antonia viel passender, finde ich. Dein Vater wäre natürlich restlos entsetzt.«

»Nicht standesgemäß, richtig?«

Sie nickte. »Richtig. Also, ich rechne mit dir. Allerdings wünsche ich dich nicht in diesem Fransenfummel oder in einem deiner Glitzerminis zu sehen. Du musst in einem langen Kleid erscheinen. Und untersteh dich zu singen. Ich verbitte mir dieses moderne Gejaule.«

Ich ging los, um mir für die Soirée amicale ein Kleid zu kaufen. Ich war nicht sicher, ob ich etwas Passendes finden würde, die Mode war derzeit wenig anmutig, und Heidelberg war Provinz. Ich schlenderte durch die Hauptstraße, durch die vielen hübschen Boutiquen, blieb stehen bei den alternativen Gesundheitsläden mit ihren kleinen Haschischpfeifen, ihren psychedelischen Postern, ihren Batikhemden und Fransentüchern, ihren Kräutermixturen und Hexenamuletten.

Vielleicht sollte ich einen kraftvollen Stein für Antonia erwerben, sie hatte solche Glücksbringer immer geliebt und an ihre Macht geglaubt.

In einem Laden namens »Hexenzauber« erkannte mich die Verkäuferin, bekannte sich als Fan meiner Band und bestand darauf, mir einen Talisman zu schenken. Er solle mir für meine nächsten Auftritte Glück bescheren. Ich dankte ihr und wünschte mir, er möge mir für mein übriges Leben Glück bringen. Dieser Teil meines Daseins konnte ein bisschen Glück gut gebrauchen.

Es war ein hellblauer Stein mit einem kleinen Loch. Die »Hexenzauber«-Verkäuferin betonte, in seiner Schlichtheit liege eine Glück bringende Kraft. Sie fädelte einen Lederriemen ein und hängte mir den Stein um den Hals. Ich trage so gut wie keinen Schmuck, habe Ohrringe, Ketten, Ringe, Armreifen zu oft verloren. Schmuck ist mir nicht wichtig genug, ich achte nicht auf ihn. Dieser Stein sah weder elegant noch wertvoll aus, dafür erdig und unprätentiös.

Man kann ihn auch an ein Fensterkreuz hängen, dachte ich herzlos und bedankte mich artig. Tatsächlich aber sollte ich ihn den ganzen Sommer über nicht einmal ablegen, und noch heute trage ich ihn oft.

Für Antonias Nachttisch erwarb ich einen kleinen Glücksbringer in Form eines flachen, blau glänzenden Steines.

Beim Weiterschlendern entdeckte ich schließlich in einer winzigen Boutique ein schmales, langes Kleid aus dunkelgrüner Wildseide. Ich fand mich darin elegant und verführerisch aussehend.

In einem Anfall von Übermut ließ ich mir in einem unscheinbaren Friseurladen die Haare schneiden. »Sie haben sehr dickes schwarzes Haar. Gefärbt, richtig? Ein gerader Pagenschnitt mit Stirnpony müsste Ihnen gut stehen«, sagte ein freundliches junges Mädchen mit vielen Sommersprossen. Sie betrachtete mich aufmerksam. »Sie werden aussehen wie eine Französin auf Besuch.«

»Das«, sagte ich und lächelte, »war schon immer mein Wunsch.«

Mit meiner neuen Frisur glich ich ein wenig der französischen Schauspielerin Anna Karina in dem Film »Eine Frau ist eine Frau«. Apart, verrucht, geheimnisvoll. Ich gefiel mir. Das war schon lange nicht mehr vorgekommen.

Es war früher Abend. Es zog mich zum Krankenhaus. Ich wollte meine Schwester noch mal sehen und hoffte, einer Begegnung mit ihrem Arzt zu entkommen. Bildete ich mir jedenfalls ein.

Ich traf Moser schon auf dem Parkplatz vor dem Gebäude. Er winkte mir zu. Es wirkte nicht unfreundlich. Ich ging auf ihn zu.

»Neue Friseur? Steht Ihnen. Sehr apart. Noch verärgert wegen heute morgen?«

Er schien in Eile. »Nein, eher hätten Sie ja Grund verärgert zu sein.«

Er grinste. »So schnell bin ich nicht zu enttäuschen. Vergessen Sie nicht, Menschen und ihre Abgründe sind mein Spezialgebiet. Ich war vielleicht ein bisschen grob heute Vormittag. Entschuldigen Sie. Mich überwältigt manchmal mein eigener Enthusiasmus. Wissen Sie, es ist einfach faszinierend, was Musik vermag, vor allem bei einem meiner Patienten.«

Er sah mich durchdringend an und sprach unaufhörlich weiter. »Es geht um einen achtjährigen Jungen, er heißt Michael. Er hat Schreianfälle gehabt. Er wirft sich auf den Boden und schreit sich die Seele aus dem Leib. Hier hat er keine Anfälle, dafür spricht er so gut wie nicht. Er isst nur sehr wenig. Aber er spielt Klavier, ganz gut, wie ich meine. An ihn dachte ich ganz besonders bei meinem Vorschlag heute morgen. Vielleicht überlegen Sie es sich ja noch. Ich muss los, ich habe eine Verabredung.«

Er winkte mir zu, stieg in seinen roten Alfa Romeo und verschwand.

Am nächsten Vormittag, nach dem wenig ergiebigen Besuch bei meiner Schwester, erklärte ich mich bereit, das Klavier zu prüfen.

»Ich verspreche nichts, ich will nur ein wenig darauf spielen, um zu sehen, wie ich damit zurechtkomme. Ich kann nicht auf jedem Instrument spielen, das verstehen Sie doch?«

Moser verstand und begleitete mich in das Klavier- vielmehr das Musikzimmer, wie es hier von allen genannt wurde. Ich setzte mich auf den Schemel, spielte ein paar Kadenzen. Es klang gut, genau wie am Tag zuvor.

»Wo haben Sie das Instrument her?«

»Oh, es ist das Geschenk einer wohlhabenden Familie, die einen Patienten hier in Behandlung hatte, eine Spende sozusagen. Es ist ganz neu und wunderbar gestimmt, finden Sie nicht? Spielen Sie.«

Ich spielte lauter, schloss die Augen, und mir wurde klar, wie sehr mir ein Instrument gefehlt hatte. Wir Musiker brauchen unsere tägliche Dosis Musik, ich hatte bereits daran gedacht, zur städtischen Musikschule zu gehen und dort um einen Übungsraum zu bitten für die Zeit meines Aufenthalts.

Ich begann einhändig ein Stück zu spielen, das ich selbst komponiert hatte. Es war ein ruhiges, melancholisches

Stück, »Lucky Loser«, es kam mir unvermittelt in den Sinn, es schien mir passend. Moser murmelte irgendetwas, aber ich beachtete ihn nicht.

Plötzlich hörte ich ein Geschrei auf dem Flur, die Tür flog auf und ein Junge stürzte herein. Hinter ihm her lief eine Krankenschwester.

»Er hat sich losgerissen, Doktor Moser,« sagte sie entschuldigend.

»Es ist wegen der Musik, glaube ich.«

Ich spielte weiter, öffnete die Augen und drehte mich kurz um. Der Junge rannte durch den großen Raum auf mich zu, blieb neben mir stehen und starrte auf meine Hand.

»Das ist er. Michael. Spielen Sie weiter«, sagte Moser. Und ich spielte weiter und weiter, einhändig, nun wieder mit geschlossenen Augen.

Michael sah unentwegt auf meine Hand, wie mir Moser später erzählte.

Als ich mit dem Stück fertig war, nahm das Kind meine rechte Hand und streichelte sie. »Schön«, sagte er leise. »Jetzt ich.«

Ich stand auf und lächelte. Der Junge wirkte ernst und feierlich. Er setzte sich und begann zweihändig und ebenfalls mit geschlossenen Augen zu spielen.

Er wiederholte exakt meine Komposition. Ich konnte es nicht glauben, doch es war das Stück, das ich gerade gespielt hatte. Er konnte es unmöglich kennen. Was immer seine Krankheit sein mochte – er spielte, wie ich nie ein Kind hatte spielen hören. Seine Interpretation klang exakt wie meine, seine Nachahmungsfähigkeit war geradezu unheimlich. Ich war fassungslos. Michael spielte weiter, jetzt leiser, genau wie ich vorher.

»Wie ist das möglich?«, fragte ich Moser.

Er sagte leise: »Verblüffend, nicht wahr? Das also ist Michael, von dem ich Ihnen erzählt habe. Er besitzt ein genialisches Talent. Er ist fähig, auf dem Klavier alles bis zur Perfektion zu imitieren und kopieren. Alles, was man ihm vorspielt, ob persönlich oder von einer Schallplatte.

Wenn er allerdings die Hände sehen kann, ist seine Imitation perfekt.«

Ich war fasziniert. Ich hatte ein solches Phänomen noch nie erlebt.

»Er kann nur keine eigenständige Interpretation finden, verstehen Sie? Musik ist für ihn außerordentlich wichtig, doch er kann immer nur nachspielen, was er hört. Er beherrscht das zwar perfekt, und es ist ungewöhnlich, wie schnell sein Geist Melodienabfolgen und die Art der Wiedergabe abspeichern kann, aber letztlich ist sein Spiel mechanisch. Ich möchte ihm dazu verhelfen, sich selbst ausdrücken zu können, nicht nur beim Klavier spielen, sondern auch beim Sprechen.«

Doktor Moser zog mich ein wenig zur Seite und fragte leise. »Werden Sie mit ihm und mir arbeiten?«

»Mit Vergnügen«, sagte ich und meinte es so.

Michael fand mich offenbar als Vorspielerin akzeptabel. Er nickte mehrmals ernst. Wir verabredeten, eine Stunde täglich zu üben, am späten Nachmittag. Doktor Moser versprach, anfangs dabei zu sein, das entlastete mich. Dieses verstörte Wunderkind war mir unheimlich.

Ich verabschiedete mich von ihm, und bevor ich nochmals sagen konnte, wie beeindruckt ich von dem Talent des Jungen war, bat der Doc mich in sein Büro. Er wollte weiter über meine Familie sprechen. »Ich habe noch gelesen gestern abend. Sie haben etwas Traumatisches erlebt, richtig?«, fragte er. Ich reagierte nicht. »Ihre Großmutter nimmt das zumindest an«, fuhr er fort, »und dieses Erlebnis quält Sie, habe ich Recht?«

»Ja, sicher Doc«, sagte ich spöttisch, »wenn es Sie glücklich macht. Schlimme Dinge passieren, und dann nimmt eine schreckliche Schicksalsdramaturgie ihren Lauf. Die Folgen des Schocks sind bei mir heute noch spürbar. Deshalb singe ich auch so gern das Lied ›Help‹ von den Beatles.«

Ich grinste, und er grinste auch. Ich musterte ihn kritisch, besah mir seine Frisur und seine Garderobe. »Wenn Sie sich die Haare ein wenig wachsen ließen und sich modisch ein wenig bemühen würden, hätten Sie sicher ein paar Verehrerinnen mehr«, sagte ich.

»Ziemlich abrupter Themenwechsel, finden Sie nicht? Aber bitte, wenn Sie wollen: Was die Anzahl meiner Verehrerinnen angeht«, sagte er und grinste wieder, »danke der Nachfrage, ich kann nicht klagen. Aber bleiben wir doch bei Ihnen.«

Er wollte einfach keine Ruhe geben.

6

Der Krieg war in die Schlussphase getreten. Die Russen waren im Osten auf dem Vormarsch und wollten den Deutschen ihren grausamen Überfall heimzahlen. Sie raubten Häuser aus, sie vergewaltigten Frauen, sie erschossen sogar Alte und Kinder.

Es war Winter. Alle auf Schloss Haimburg erwarteten Eduard. Er hatte geschrieben, er werde bald Urlaub bekommen. Man rechnete täglich mit ihm, wenngleich Bärchen seit Wochen keine Nachricht von ihm erhalten hatte und Großmutter Theresa im Zweifel war, ob ihr letzter Brief ihn erreicht hätte.

»Ich fürchte, es besteht kaum Hoffnung, dass er Ihre Post erhalten hat, meine Liebe. Zum derzeitigen Zeitpunkt kann man natürlich nichts mit Sicherheit sagen, aber ich habe so meine Ahnungen«, erklärte Wilhelm Herzog von Zittkau, der mit seiner neuen jungen Frau Maria zum Tee gekommen war.

Der Herzog war ein vierschrötiger, feister Mann, der immer wieder die Hände über seinem mächtigen Bauch faltete. Er trank ganz offensichtlich lieber Sherry als Tee. Bärchen schenkte ihm ein weiteres zierliches Glas ein. Der Herzog sah sorgenvoll auf die Sherrykaraffe und fand sich damit ab, dass im Fortgang des Nachmittags Nachschub wohl ausbleiben würde.

Antonia saß auf Onkel Guidos Schoß am Fenster, um den Schnee zu betrachten, der in dicken Flocken auf die Tannenzweige fiel.

Clara beobachtete den Herzog. Er ist schrecklich stolz darauf, seine neue Frau vorzuführen, dachte sie. Wenn nicht sogar noch glücklicher darüber, dass sie schön aussieht und so gut wie nichts Störendes von sich gibt. Sie spricht eigentlich gar nicht, fiel ihr auf, während sie die Herzogin unverhohlen anstarrte, obwohl sie dazu erzogen worden war, so etwas nicht zu tun. Sie muss sich furchtbar langweilen, dachte Clara. Warum hat sie nur diesen Dicksack geheiratet?

Die junge Herzogin schaute scheu und verlegen von Tante Hugoline, der Liebenswürdigen, zu Bärchen, der frisch Entbundenen und schließlich zu Großmutter Theresa, der Gestrengen. Sie ahnte, dass es eine Ehre war, auf Schloss Haimburg eingeladen zu werden, und sie ahnte auch, dass sie diese Einladung nicht Gräfin Theresa verdankte.

Tatsächlich war es Bärchen, die den Herzog hatte sehen wollen, in der Hoffnung, etwas von ihrem Mann oder von einem der anderen Haimburgs zu hören.

Natürlich wusste auch sie, dass Herzog Zittkau gesellschaftlich nicht unumstritten war. Großmutter Theresa hatte erzählt, dass die neue Herzogin neben ihrer Schönheit eine recht zweifelhafte bürgerliche Herkunft mitbringe – es hieß, ihr Vater sei ein betrügerischer Kaufmann, mache windige Kriegsgeschäfte und seine Tochter habe seit ihrer Jugend viele Verehrer genossen, denen sie sich auch bereitwillig hingegeben habe.

»Die Arie ihrer Liaisons hatte ungezählte Strophen«, hatte Hugoline träumerisch gesagt.

»Ja, ihre amouröse Betriebsamkeit war beeindruckend«, bestätigte Theresa. »Und sie besaß noch nicht einmal den Anstand, das zu verbergen.«

Bärchen hatte nicht die Absicht, sich mit ihrer Schwiegermutter anzulegen. »Sie kommen übermorgen, meine Liebe. Es ist schließlich nur zum Tee. Kein Grund, sich aufzuregen.«

»Ich rege mich nicht auf. Aber du musst zugeben, sie ist einfach ganz kleine Kiste«, sagte Theresa. »Einmal kleine Kiste, immer kleine Kiste.«

»Vielleicht ist diese Maria einfach eine leidenschaftliche Frau«, gab Hugoline zu bedenken.

»Ha! Leidenschaft! Bei dieser Person!«, schnaubte Großmutter Theresa. In das Wort »Person« legte sie all ihre Verachtung. »Glaubst du, sie hätte sich mit diesem Walross eingelassen, wenn er nicht so wohlhabend wäre?«

Nun saßen »das Wahlross« und »diese Person« am Tisch und nippten an ihrem Tee.

»Wir überlegen«, sagte der Herzog, »ob wir uns jetzt, da die Russen alles überrennen, ganz hier niederlassen. Doch seit die Alliierten auch von Westen immer näher kommen und alles anfängt zusammenzubrechen, treibt sich hier seltsames Gesindel herum. Ich habe furchtbare Sorge um Maria.«

»Im Krieg sorgen wir uns alle um jemanden«, sagte Großmutter Theresa trocken. Sie hatte keine Ahnung, worauf der Herzog hinauswollte. Von Eduard, ihren Brüdern und Neffen wusste er jedenfalls nichts.

»Der Krieg bringt das Schlechteste in den Menschen zum Vorschein«, sagte der Herzog und tätschelte die Hand seiner Frau. »Haben Sie davon gehört, dass in der Kreisstadt eine ganze Familie an die Gestapo verraten worden ist, von ihrem eigenen Nachbarn?«

Großmutter Theresa sah ihn überrascht an. »Nein, davon habe ich nichts gehört. Was hatten sie verbrochen?«

»Einen Juden versteckt. Auf dem Dachboden. Sie waren sehr vorsichtig, aber der Nachbar hat wohl doch etwas mitbekommen. Er ist Polizist und eingeschworener Nazi, er liefert andere gern ans Messer, heißt es, und kassiert dann eine Belohnung.«

»Ha! Dann weiß ich, wen Sie meinen. Es ist der Hubert Steiner, habe ich Recht?«

Der Herzog nickte. »Ja, so heißt er. Er ist tatsächlich ein unangenehmer Mensch. In der Stadt ist er inzwischen ziemlich verhasst, weil er einfach mit gezogener Pistole in die Häuser geht und dort herumschnüffelt.«

Hugoline und Bärchen stießen gleichzeitig einen Laut der Überraschung aus. Einige Sekunden lang sagte keiner am Tisch ein Wort. Großmutter Theresa vergaß sogar, Antonia und Clara zu Anna in die Küche zu schicken.

Bärchen war blass geworden, und Hugoline nestelte an ihren Ringen. Als nähme er das als ein Zeichen, fuhr der Herzog fort, wenn auch mit leiser Stimme: »Dieser Steiner hat erzählt, hier in der Gegend soll sich einer der Männer verstecken, der an den Vorbereitungen für das Hitlerattentat beteiligt war. Wissen Sie etwas darüber?«

»Nein. Davon höre ich zum ersten Mal.« Großmutter Theresa sah den Herzog fest an.

»Man kann sich nicht vorstellen, dass so jemand hier untertaucht«, sagte Bärchen und lächelte liebenswürdig.

Der Herzog zuckte die Achseln. »Wer weiß. Vielleicht hat er Vertraute oder Verwandte hier oder beides. Steiner will ihn jedenfalls suchen, das hat er mir selbst erzählt. Er klappert die einzelnen Dörfer und Häuser mit seinem Fahrrad ab. Offenbar inspiziert er jedes Haus.«

Wer weiß, warum er uns das erzählt, dachte Großmutter Theresa grimmig. Will er uns auf den Zahn fühlen oder will er uns warnen? Aber dieser Steiner ist wirklich ein Spitzel, hinterhältig, lauernd, gemein, einer, der sich am Unglück anderer weidet, einer, der stolz ist auf seinen Untertanengeist, einer, der auch vor Gewalt nicht zurückschreckt.

»Wir sollten das nicht vor den Kindern erörtern«, sagte sie auf Französisch. Bärchen nickte. Der Herzog warf einen kurzen Blick auf Clara, Antonia und Guido, nickte ebenfalls mehrmals zur Bekräftigung und trank seinen Sherry. Tante Hugoline seufzte und hörte auf, an ihren Ringen zu spielen. Die Herzogin betrachte andächtig das Tischtuch, die anderen plauderten.

Großmutter Theresa überlegte unterdessen angestrengt: Der Oberst war in Gefahr, sie alle waren in Gefahr. Steiner könnte jeden Tag auftauchen, unvermittelt. Er würde das ganze Haus durchsuchen, er hatte das Recht dazu. Der Oberst musste woanders untergebracht werden. Nur wo? Unglücklicherweise hatte er gerade eine schwere Grippe mit hohem Fieber. Ihn woandershin zu schaffen würde seinen Zustand sicher verschlimmern. Man trinkt eine Tasse Tee, dachte sie, und das ist nun das Ergebnis. Unruhe und Verdruss und schlechte Nachrichten.

Sie starrte nachdenklich vor sich hin und sah plötzlich, wie Herzogin Maria blitzschnell eine silberne Zuckerzange vom Tisch nahm und in ihre kleine Handtasche steckte.

Großmutter Theresa zog die Augenbrauen hoch, ließ sich aber nichts anmerken.

Als die Gäste sich erhoben, um aufzubrechen, begleitete Großmutter Theresa das Ehepaar durch die Eingangshalle bis zum Schlosshof.

Dort blieb sie stehen, nahm huldvoll den Handkuss des Herzogs entgegen, bevor er verschwand, um wegen des Schneegestöbers einen Regenschirm aus dem Auto zu holen, drehte sich um, sah der jungen Herzogin direkt in die Augen und sagte leise: »Es war reizend, dass Sie uns heute beim Tee Gesellschaft leisten konnten. Und vielen Dank auch, dass Sie beim Abräumen des Tisches geholfen haben.«

Die Herzogin wurde feuerrot, verabschiedete sich stumm mit einer Verbeugung und hastete in den Hof.

Die Zuckerzange fand sich in einem der schneebedeckten Steinguttöpfe im Schlosshof, was Hugoline und Bärchen in Erstaunen versetzte und Theresa befriedigte.

Theresa beriet sich mit Pfarrer Ferdinand. Steiner war noch nirgends im Dorf gesehen worden, auch nicht im Nachbarort. Pfarrer Ferdinand vermutete, er käme wegen des Schnees mit dem Fahrrad sicher nicht gut voran, andererseits könnte er es jederzeit stehen lassen und laufen.

Es blieb also wenig Zeit. Pfarrer Ferdinand bot an, den Oberst, der seit Tagen unter einer schweren Grippe litt, bei sich im Pfarrhaus unterzubringen. Doch Großmutter Theresa hatte sich schon einen besseren Plan zurechtgelegt. Dieser Plan war gleichermaßen einleuchtend wie Angst erregend. Guido, Bärchen, Hugo und die Kinder sollten ins Gästehaus ziehen, zusammen mit Luise und Anna. Saba würde sie bewachen.

»Das Schloss wird aussehen, als wäre es im Moment unbewohnt«, sagte sie. »Aber der Oberst und ich werden Steiner empfangen.«

Der Umzug ins Gästehaus sollte sofort erfolgen und auch Antonia und Clara begannen ihre Sachen zu packen.

»Kannst du unser Bild nicht besonders gut einpacken?«, fragte Antonia.

»Ach«, sagte Clara, »jetzt, wo es in Gefahr ist, ist es plötzlich wieder unser Bild.«

Clara war das Bild nicht so wichtig. Sie sorgte sich um den Oberst und wollte ihn nicht allein im oberen Stockwerk zurücklassen. Sie überlegte fieberhaft, wie sie ihm helfen könnte. Seufzend packte sie das Bild in einen Schuhbeutel und wickelte ihr Nachhemd drumherum.

»Hier, steck es in deine Tasche«, sagte sie gedankenverloren zu ihrer Schwester.

Großmutter Theresa plante auch für den schlimmsten Fall voraus. Sie führte Saba vor den Waffenschrank ihres Sohnes Eduard, der ein leidenschaftlicher Jäger war, und sagte: »Suchen Sie sich ein Gewehr aus. Vielleicht werden Sie es brauchen, um sich und die anderen im Gästehaus zu verteidigen.«

Sie selbst nahm sich eine Flinte, die ihr vertraut war, und lud sie mit Patronen. Sie hatte als junges Mädchen schießen gelernt, weil ihr Vater ein Waffennarr war. Doch sie war seit langem aus der Übung.

Es war dunkel. Im Gästehaus waren alle Lichter gelöscht, nur einige Kerzen brannten. Bärchen schlief mit dem Baby im Arm, Onkel Guido las halblaut in seinem Gebetbuch, Hugoline, Luise, Anna und Saba stopften sich voll mit Kuchen, den sie vorher in Rotwein stippten. Sie versorgten auch Clara und Antonia mit mehreren Stücken, so würden die Mädchen ruhiger bleiben.

Clara, der inzwischen ein bisschen flau im Magen war und schwindelig, beschloss, dem Oberst wenigstens gute Nacht zu sagen. Saba unterhielt sich gerade leise mit Hugo, und so witschte sie aus der Tür, bevor jemand sie aufhalten konnte.

Sie lief zum Haus zurück auf Beinen, die ihr seltsam weich vorkamen. Alles schien schief zu sein, auch die Tür, die sie nur mühsam öffnen konnte. Wo war nur ihre Großmutter? Es war finster hier, Clara blieb stehen und horchte. Sie meinte jemanden in einem der hinteren Zimmer zu hören.

»Großmutter, wo bist du?«, rief sie, nachdem sie sich zum zweiten Mal an einem Schrank gestoßen hatte. »Ich kann nichts sehen.«

»Herrgott Clara! Was tust du hier? Bleib, wo du bist, ich komme zu dir.«

Clara war froh, die Stimme der Großmutter zu hören, und tastete sich ihr entgegen, von Zimmer zu Zimmer. Plötzlich war ihr kalt, und sie fürchtete sich.

Sie trafen sich im Flur vor dem Herrenzimmer, die Großmutter trug eine Kerze »Was ist denn mit dir los?«, fragte sie. »Wieso bist du noch mal zurückgekommen?«

»Der Oberst«, flüsterte Clara. »Ich wollte ihm gute Nacht sagen.«

Theresa sah ihre Enkelin scharf an und atmete hörbar ein und aus.

»Hat meine törichte Schwester euch Rotwein gegeben, dir und Antonia? Lieber Himmel, sie hat wirklich nicht für fünf Pfennig Verstand. Komm, du bleibst jetzt bei mir, wir gehen ins Turmzimmer und holen noch eine Pistole für den Oberst. Ein Glück, dass Saba bei den anderen ist. Er wird schon Acht geben auf alle.«

Energisch ging sie vor Clara her in Richtung Turmzimmer, die Kerze in der einen, die Flinte in der anderen Hand. Clara hielt sich an einem Zipfel des langen Rocks fest, was ihre Großmutter sich unter anderen Umständen verbeten hätte.

Während Theresa den Schrank nach einer Pistole und nach Patronen durchsuchte, ging Clara ans Fenster, schob den Vorhang zur Seite und blickte in die finstere Nacht. Sie sah einen Schatten und war mit einem Mal stocknüchtern.

Es war ein Mensch auf einem Fahrrad. Das musste dieser Mann sein, der hinter dem Oberst her war.

»Großmutter, ein Mann stellt gerade sein Rad ab. Er sieht sich um«, wisperte Clara.

Großmutter Theresa löschte sofort ihre Kerze und trat hinter die Vorhänge, um nach draußen zu spähen. »Leise, Clara«, war alles, was sie sagte.

Der Mann lehnte sein Rad an die Schlossmauer und knipste eine Taschenlampe an. Er richtete ihren Strahl auf das Gästehaus, auf den Schlosshof, auf die Scheunen, schließlich aufs Schloss selbst.

»Steiner«, sagte Großmutter Theresa leise. »Ich bin sicher, er ist es. Dass er nachts kommt, hätte ich nicht gedacht.« Sie überlegte. Gottlob war er allein, hatte weder einen Freund noch einen Kollegen dabei. Das Schlosstor war nicht abgeschlossen, schließlich war Clara gerade hereingekommen.

Ich habe die Pistole für den Oberst noch nicht überprüft. Wenn sie nicht funktioniert, brauche ich für den Notfall noch eine zweite Waffe. Und das Kind, was tue ich mit dem Kind?

Der Mann, den sie für Steiner hielt, wandte sich dem Schloss zu, sah noch mal zurück und rief etwas in die Dunkelheit. Also ist er doch nicht allein, dachte Theresa und ihr Mut sank. Mit einem würde ich sicher fertig werden, aber wenn es mehrere sind, stehen meine Chancen nicht gut.

Sie bedeutete Clara, still zu sein, und winkte sie hinter sich her. Auf Zehenspitzen bewegten sie sich durch die dunklen Räume, in die jetzt fahles Mondlicht fiel. Theresa wollte so schnell wie möglich zum Oberst. Behutsam und leise stiegen sie die steile Treppe hinauf.

Unten knarrte das schwere Holztor. Der Mann betrat die Eingangshalle und rief »Hallo, Frau Gräfin? Ist jemand da?«

Theresa und Clara blieben stehen und verhielten sich still. Theresa hoffte, dass der Oberst den Eindringling gehört hatte und ebenfalls vollkommen still bleiben würde.

Der Mann rief ein zweites Mal, diesmal lauter und kam langsam die erste Treppe hoch. Oben angekommen, starrte er das riesige Ritterbild an, sagte halblaut etwas und lachte. An diesem Lachen erkannte Theresa, dass es Steiner war. Er lachte nach innen, es klang, als verschluckte er sich.

Sie bewegte sich nicht. Steiner rief noch einmal, er machte Licht im Flur und gab sich keine Mühe, leise zu sein. Seine Schritte entfernten sich, er ging jetzt im Wohnteil umher, wo sich Salon, Küche und die diversen Kaminzimmer befanden.

Theresa nutzte die Zeit. Sie ging die Treppe weiter hoch, zog Clara hinter sich bis zum ersten großen Absatz, wo eine große Bodenvase vor einem Erker stand. Sie wies Clara an, sich hinter der Vase zu verstecken und stellte sich mit gezückter Waffe in den Erker. Vielleicht hat er Probleme, den Lichtschalter für den Treppenaufgang zu finden, dachte sie. Von oben, vom Oberst, hörten sie keinen Laut.

Steiner hatte in der Küche eine halb offene Flasche Wein gefunden, mit der er nun weiter im Haus umherlief. Er sprach halblaut vor sich hin, war offensichtlich von der Eleganz der Zimmer ziemlich beeindruckt.

Plötzlich schien er ein Geräusch zu hören, duckte sich, stellte augenblicklich die Weinflasche ab und zog eine Pistole. Er kam über den langen Flur in das riesige Treppenhaus.

Großmutter Theresa und Clara hörten ihn näher kommen. Clara wusste nicht genau, was dieser Mann von ihrem neuen Freund, dem Oberst, wollte, aber sie fühlte, dass er gefährlich war. Er würde Johannes wehtun, ihrer Großmutter wehtun, er würde ihr wehtun.

Vor Angst begann sie mit den Zähnen zu klappern. Sie starrte ihre Großmutter an, und als die entschieden den Kopf schüttelte, steckte sich Clara einen Zipfel ihres Rocks in den Mund und biss darauf.

Sie hörten den Mann näher kommen. Er hatte einen schweren Schritt, öffnete die Tür zum Treppenaufgang und kam die Stufen hinauf. Das Licht hatte er nicht angemacht, was er auf halbem Weg bemerkte. Er zischte etwas, was wie ein Fluch klang und kam langsam, eine Stufe nach der anderen nehmend, näher.

Gleich wird er uns sehen, dachte Clara verzweifelt. Oder riechen. Sie vergaß für einen Moment die Waffe in der Hand ihrer Großmutter und warf sich mit aller Kraft gegen die Bodenvase. Sie hoffte, das schwere Ding würde den Mann einfach umrollen.

Die Vase fiel mit großem Getöse an Steiner vorbei die Treppe herunter. Er stieß einen Laut des Erschreckens aus. »Also doch, Frau Gräfin«, zischte er dann. »Ihr habt ihn also doch hier.« Er hob seine Pistole, stieg einige Treppenstufen höher und zielte auf Clara. In dem Moment trat Großmutter Theresa mit einem Schritt nach vorne, hob ihre Flinte und schoss.

Das Gewehr ging mit einem gewaltigen Knall los. Der Mann verlor das Gleichgewicht, ruderte mit den Armen, schrie und krachte hinterrücks die Treppe hinunter. Auf den beiden untersten Stufen blieb er, seltsam verrenkt, bewegungslos liegen.

Einen Moment lang sagte keiner ein Wort. Dann begann Clara leise zu wimmern. Großmutter Theresas Hand zitterte. »Pssst, Clara, ganz still«, versuchte sie ihre Enkelin zu beruhigen.

Sie fühlte sich benommen, ihr Kopf hämmerte. Sie konnte nicht fassen, was sie gerade getan hatte. War Steiner nicht durch den Sturz zu Tode gekommen? War er überhaupt tot? War er nicht vielmehr nur verletzt und würde gleich von seinem Kameraden gerächt werden? In ihrem Kopf schwirrten die Gedanken. Schließlich riss sie sich zusammen. »Du bleibst hier«, sagte sie zu Clara. »Ich werde nachsehen, ob er tot ist.«

Clara wimmerte weiter, aber Großmutter Theresa achtete nicht auf sie. Sie stieg behutsam die Treppenstufen hinab, den Blick und ihr Gewehr fest auf den Körper des Mannes gerichtet. Sollte er sich rühren, das schwor sie sich, würde sie noch mal abdrücken.

Als sie neben ihm stand, sah sie, dass der Mann tot war. Aus einer Wunde am Hinterkopf sickerte Blut. Offenbar war er mit dem Kopf aufgeschlagen. Und ihre Kugel hatte ihn geradewegs in die Brust getroffen.

Bevor Theresa sich überlegen konnte, was als Nächstes zu tun wäre, hörten sie und Clara von oben die Stimme des Oberst. »Theresa, bist du das?«, rief er.

»Ja. Ich habe ihn erwischt«, sagte Theresa halblaut. »Bleib wo du bist. Wir wissen nicht, ob er allein gekommen ist.«

In der Schlosshalle unten ging das Licht an, ein Mann rief ihren Namen und Theresa war erleichtert, die Stimme von Saba zu erkennen.

Steiner war offenbar allein gekommen. Davon war Saba jedenfalls überzeugt, nachdem er sich überall umgesehen hatte. »Gut gemacht, Saba«, sagte Theresa. »Das erleichtert die Sache.«

Von den fieberhaften Aktivitäten der nächsten zwei Stunden bekam Clara kaum etwas mit. Nach einem weiteren Blick auf den toten Mann und das Blut, das aus seiner Brust quoll, hatte sie ein paar Mal geschluckt, dann geschrien, unaufhörlich geschrien, wie eine festgeklemmte Klingel.

Großmutter Theresa hatte ihr eine Ohrfeige verabreicht und sie Tante Hugoline übergeben. »Bring sie ins Gästehaus zu Bärchen und den anderen.«

In leisem und knappem Ton gab Theresa ihre Befehle. Luise und Anna sollten Steiners Fahrrad im Wald in einer Fichtenschonung verstecken.

»Was machen wir mit dem Toten, Frau Gräfin?«, fragte Saba.

»Wir müssen ihn so bald wie möglich begraben«, erklärte Theresa entschieden. Sie hätte es gern gleich getan, aber sie wusste, dass weder sie noch Saba die Energie dazu hatten.

Sie seufzte. Am liebsten würde sie Steiner mit allem was dazu gehört, bestatten lassen, auch mit dem Segen von Pfarrer Ferdinand. Jemanden umzubringen, in Notwehr, war eine Sache. Ihn unbestattet herumliegen zu lassen eine andere.

»Wo ist wohl das beste Versteck, Saba?«

»In einem der Keller. Es sollte einer mit Lehmboden sein.« Großmutter Theresa nahm eine Kerze. »Los«, sagte sie.

Saba und der fieberkranke Oberst schleppten Steiner in den Kartoffelkeller und lehnten ihn an die Wand. Die Männer prüften den Boden und waren zufrieden. Es würde nicht schwierig sein, ihn aufzugraben, den Toten hineinzulegen und den Boden wieder zuzustampfen. »Danach müssen wir Kartoffeln darüber schütten«, sagte der Oberst.

Großmutter Theresa suchte in Steiners Jacke nach Papieren, fand jedoch nichts außer einem Messer, mehreren Schlüsseln, etwas Geld. Sie schloss Steiner die Augen, sprach ein kurzes Gebet und verriegelte die Kellertür.

Saba begab sich wieder ins Gästehaus.

»Ich werde im Schloss übernachten, mit einer Waffe neben meinem Bett«, sagte Theresa. »Und du solltest auch eine nehmen, Johannes.«

»Ein Toter in eurem Haus und das meinetwegen«, sagte der Oberst und seine Stimme bebte.

»Nein«, sagte Theresa. »Auch meinetwegen und wegen Clara. Steiner hat auf Clara gezielt.«

Der Oberst schüttelte den Kopf. »Ihr riskiert Kopf und Kragen meinetwegen. Ich muss verschwinden. Ich bringe euch in Gefahr. Was ist, wenn sie nach Steiner suchen?«

Theresa nickte. »Wenn sie ihn suchen, werden sie ihn hier nicht finden. Morgen müssen wir ihn begraben. Aber ich bin nicht sicher, ob er überhaupt gesucht wird. Steiner war ein scharfer Nazi und hat sich bei den meisten Leuten in der Gegend unbeliebt gemacht. Es würde mich wundern, wenn ihn viele vermissen. Er wollte eine Weile über die Dörfer ziehen, hat er verkündet. Das weiß ich vom Herzog von Zittkau. Vielleicht könnten wir für seine Nazifreunde, falls die ihn suchen, das Gerücht streuen, er hätte sich abgesetzt, er sei untergetaucht.«

Eine andere Überlegung machte Theresa viel mehr Sorgen. Was, wenn Steiner einen Tipp von jemandem erhalten hätte? Wenn der Oberst aufgeflogen wäre, ohne das sie es wussten? Sie sah Johannes an und fühlte seine Stirn. »Immer noch heiß«, sagte sie. »Sieh zu, dass du gesund wirst.«

Theresa konnte nicht schlafen in dieser Nacht. Sie dachte an vieles in diesen Stunden, während sie auf die Stille horchte und sich im Schein der Nachttischlampe herumwälzte. Wir haben in Notwehr gehandelt, sagte sie sich. Es gab keinen anderen Ausweg.

»Clara war todesmutig, vielleicht leichtsinnig, auf jeden Fall bin ich sehr stolz auf sie«, schrieb sie später in ihr Tagebuch. Und auch: »Es ist schrecklich, einen Menschen zu töten. Es erfüllt einen nicht mit Stolz, sondern mit Entsetzen und Trauer. Vielleicht war dieser Steiner, den ich umgebracht habe, um mich und Clara und den Oberst zu schützen, kein guter Mensch. Vielleicht hätte er uns Böses angetan. Sehr wahrscheinlich hätte er uns alle an die Gestapo verraten. Aber ein Leben auszulöschen ist furchtbar und kommt einem so sinnlos vor. Es ist wie Gott spielen – und das sollte allein Gott vorbehalten sein.«

Nach dem Krieg fasste Großmutter Theresa nie wieder eine Waffe an, und es gab eine Menge Standesgenossen, die sich ihretwegen das Maul zerrissen, als sie Schnürstiefel anzog und gegen die Wiederaufrüstung demonstrierte.

7

Bernhard Moser schwieg, als ich ihm von jener Nacht erzählte. Er schien bereits einiges darüber zu wissen.

»Glauben Sie wirklich, dass ich eine traumatisierte Frau bin?«, fragte ich lässig. Ich fand seine Einschätzung ganz und gar falsch. Er beobachtete mich aufmerksam und sagte dann: »Vielleicht sind Sie es, vielleicht nicht. Es ist schwierig, das genau zu beurteilen. Ich halte Sie jedenfalls, ob traumatisiert oder nicht, für eine außergewöhnliche Person.«

Das nahm ich als Kompliment, aber ich widersprach. »Außergewöhnlich bin ich sicher nicht. Ella Fitzgerald ist außergewöhnlich, Chet Baker und Bob Dylan sind es, jedenfalls was ihre musikalische Begabung angeht. Michael ist es ebenfalls. Ich versuche, mich so durchzuwurschteln mit meiner Musik.«

»Ich meine nicht die Musik. Ich meine, Sie sind außergewöhnlich als Mensch.«

Ich lachte. »Na ja, es gibt sicher edlere Gemüter als mich, Doc. Meine Lebensphilosophie war früher, dass einem Gutes nur widerfährt, wenn man selbst gut ist. Heute bin ich nicht mehr so sicher, ob das stimmt, aber Menschen, die keinen Funken Anstand im Leib haben, verachte ich. Angeber, Drückeberger, rührselige Heuchler, verstehen Sie, Doc?«

Er lächelte. »Aber sicher. Wie wäre es mit einem Spaziergang am Neckar? Wir könnten uns ein wenig über Michael unterhalten.«

Mir war das recht. Es wäre zur Abwechslung mal ganz schön, nicht dauernd über meine stumme Schwester und die anderen eigenwilligen Familienmitglieder plaudern zu müssen. Also gingen wir spazieren, und mich freute es, dass es dem Doc nicht peinlich war, mit mir gesehen zu werden. Die Leute blieben nämlich stehen und starrten uns hinterher. Ich trug ein weißes Minikleid mit roten Punkten und hatte wieder meine rote Samtkappe auf.

Ich erfuhr, dass Michaels Vater unbekannt war. »Jedenfalls behauptet seine Mutter, nicht zu wissen, wer der Vater ist. Sie hat sich wohl mit einem amerikanischen Besatzungssoldaten eingelassen und gleichzeitig noch mit einigen anderen Herren. Kann gut sein, dass sie lügt, es ist aber ebenso gut möglich, dass sie tatsächlich nicht weiß, wer der Vater des Jungen ist.«

»Michael wirkt ausgeglichen, wenn er Klavier spielt, finde ich. Bekommt er Unterricht?«

Moser lachte kurz. »Ich glaube, Klavierunterricht ist nichts, was seine Mutter sinnvoll findet. Es wäre das Letzte, wofür sie Geld ausgeben würde. Sie kommt übrigens in den nächsten Tagen. Haben Sie Lust, sie kennen zu lernen? Es wäre vielleicht ganz hilfreich. Vielleicht haben Sie Einfluss auf sie, so von Frau zu Frau. Sicher machen Sie Eindruck, weil Sie berühmt sind.«

»So wie auf Sie, was?«

Er lachte und nahm meine Hand. »Mich beeindrucken Sie mächtig, allerdings mehr durch Ihre störrische Art. Ihre Fähigkeit, nichts zu sagen, nichts preiszugeben, auf der Hut zu sein, Ihrer Familie gegenüber loyal zu sein.«

»Loyalität ist eine große Sache in meiner Familie.«

»Ja, ich weiß. Loyalität um jeden Preis. Loyal sein zu wollen hat bei Ihnen und Ihrer Schwester womöglich tiefe Verletzungen hinterlassen.«

Er sah mich mit ernsten Augen durchdringend an.

»Hören Sie schon auf. Tragen Sie nicht zu dick auf, Doc.«

»Wollen Sie mir nicht ein wenig von London erzählen?«

»Ja, gern«, sagte ich erleichtert. Ich schwärmte ihm von den schönen Geschäften vor, von den Musikkneipen, von Musikern, die ich kannte. Manche von ihnen begannen ihren Tag mit Whiskey zum Frühstück und verkonsumierten abwechselnd Hasch, Aufputschmittel, Beruhigungspillen, manche experimentierten mit LSD und sahen Monster aus den Schränken fallen. Der Doc fand diese Art der Daseinsbewältigung weniger amüsant als ich. Ich erzählte ihm von den Blumenkindern, von den Hippies, die in den Straßen und Parks saßen und sangen.

»Sie müssen mich mal besuchen kommen, Doc. Teenager quietschen und kreischen und singen Yeah, Yeah, Yeah, und die Beatles dröhnen aus jedem Pub, aus jedem Treppenhaus.«

Er lachte. »Und Sie? Singen Sie manchmal auch in den Straßen oder in Parks?«

»Manchmal. Früher häufig, jetzt haben ich und meine Band zu viele Verpflichtungen. Wie Sie ja wissen. Wir treten in Clubs auf und auf Bühnen, in ganz Europa.«

»Es ist schon seltsam. Sie machen diese fröhliche Musik, diesen dynamischen Beat. Gleichzeitig sind Sie sehr ernst, für meinen Geschmack ein wenig zu ernst, zu angespannt. Ein bisschen mehr mit verruchten Hippies in Kneipen zu gehen täte Ihnen bestimmt gut.«

Ich antwortete nicht. Warum glaubten immer alle Männer zu wissen, was gut für mich wäre?

»Viele meiner Lieder sind eher wie Balladen, mit durchaus anspruchsvollen Texten«, sagte ich schließlich trotzig.

»Erzählen Sie mir von Ihrem Privatleben«, bat er.

Obwohl ich nicht die geringste Lust dazu hatte, murmelte ich etwas von einem großen Freundeskreis, viel disziplinierter Arbeit, von fehlender Zeit für ein intensives Privatleben.

»Familie? Haben Sie Mann und Kinder?«

Einen Moment lang antwortete ich nicht. »Nein«, sagte ich dann kühl. »Bis jetzt noch nicht.«

»Warum nicht?«, fragte er direkt.

»Was für eine Frage! Ich bin noch jung.«

»Der Richtige ist wohl noch nicht aufgetaucht. Und was ist mit denen, die bislang aufgetaucht sind?«

Ich blieb stehen und verschränkte die Hände vor meiner Brust. »Ich finde Sie extrem aufdringlich.«

»Oh«, sagte er amüsiert. »Für eine Rocklady sind Sie ganz schön zugeknöpft. Ich interessiere mich für Sie, ganz einfach. Ich finde mich überhaupt nicht aufdringlich. Und Sie dürfen mich Ihrerseits alles fragen, alles, was Sie von mir wissen wollen.«

Wahrscheinlich erwartete er, dass ich ihn nach seinem Privatleben fragen würde. Den Gefallen tat ich ihm nicht. Ich war verärgert.

»Glauben Sie, Frauen sind dazu verpflichtet, mit Männern zu leben?«, fragte ich giftig. »Glauben Sie, Frauen können sich nicht etwas Amüsanteres vorstellen? Sicher, die Welt ist kalt, überall nur Geldgier, Gleichgültigkeit, Konkurrenz und Kommerz. Sie denken wahrscheinlich, dass Frauen zarte Wesen sind und sich nach einem Ort sehnen, wo niemand sie angreift, wo sie zu Hause sind und keine Angst haben müssen.«

»Männer sehnen sich auch nach solch einem Ort«, sagte er und schien sich über meinen ironischen Unterton zu amüsieren.

»Männer«, sagte ich, blieb stehen und sah ihn hochmütig an »Männer halten sich für die überlegene Volksgruppe, auch heute noch. Selbst wenn sie sich jetzt tarnen, indem sie lange Haare tragen, eine Klampfe traktieren und sanfte Liedchen trällern. Und die Kreise, aus denen ich stamme, sind noch schlimmer. Wissen Sie, was man von einer Tochter aus höherem Hause erwartet? Sie soll ein bisschen Kunstgeschichte studieren, aber nur ein bisschen und sich dann schnell einen Verlobten suchen, der sieben Kinder will. Dann wird geheiratet, und sie kann den Rest ihres Lebens damit zubringen, Gastgeberin zu spielen und sich an einen Tisch zu setzen, der mit edlem Porzellan gedeckt ist. Klingt das nicht aufregend?«

Er lächelte. »Aber Sie haben es doch allen gründlich gezeigt. Sie haben keineswegs Kunstgeschichte studiert, sondern Musik, und jetzt lärmen Sie mit einigen zerzausten Engländerinnen auf Bühnen herum und singen. Und Sie verstören unsere braven Heidelberger mit Ihren schrillen Kleidern und Ihrem Samthut. Den ich übrigens hübsch finde, auch wenn er an einen Nachttopf erinnert.«

Ich lachte. Er hatte Recht. Es gab keinen Grund, in Selbstmitleid zu zerfließen. »Ja«, rief ich. »Die Cinderella Girls, sie leben hoch! Wissen Sie was, ich werde ein Lied schreiben mit dem Titel: ›Nieder mit dem Adel‹, es wird bestimmt ein Hit.«

Jetzt lachte er auch. »Sie sollten vielleicht nicht so weit gehen, Ihre Herkunft zu verleugnen, Clara. Das halte ich für übertrieben.«

»Weil Sie ein alter Bourgeois sind, Doc. Weil mein Vater doch Eindruck auf Sie macht. Sie wollen es nur mir gegenüber nicht zugeben.«

Er sagte nichts. Er ließ sich nicht provozieren. Das hatte er wahrscheinlich im Studium gelernt.

Ich blieb stehen und warf die Arme in die Luft. »Ich will nicht mehr über meine Familie sprechen. Das vertagen wir. Sprechen wir über die Zukunft, was sie uns bringen wird. Sie werden es sicher albern finden, aber ich habe eine Schwäche für Horoskope. Ich war schon dreimal bei einer Wahrsagerin. Wissen Sie was ich von der Zukunft will, Doc? Alles. Liebe, Geld, Erfolg, Kinder, alles eben.«

»Und was hat die Wahrsagerin gesagt?«

»›Eins nach dem anderen‹, hat sie gesagt. Geld hätte ich schon genug, demnächst käme auch ein Mann und dann die Kinder. Aber ich fürchte, sie sagt alles, was ich hören will, ich bin eine gute Kundin.«

Wir lachten wieder und gingen weiter, vorbei an Bürogebäuden, an Blumenständen, Buchläden, Reformhäusern.

»Doktor, welches Instrument spielen Sie?«

»Was? Welches Musikinstrument? Keines, genau genommen.«

»Schade«, sagte ich tadelnd, »sehr schade. Die Leute vertrauen musizierenden Menschen, wussten Sie das nicht? Musiker können ihre Gefühle ohne Worte ausdrücken. Sie sind kreativ und spontan und emotional. Ein Seelenarzt wie Sie sollte Klavier spielen, Violine, Klarinette. Irgendwas.

Sonst fällt es mir schwer zu glauben, dass Sie ein sensibler, feinfühliger Mensch sind.« Ich hob bedauernd die Schultern.

»Ich habe als Kind ein bisschen Blockflöte gespielt, aber das gilt wohl nicht, was?«

»Nein, keine Chance. Ich kann nur hoffen, dass Sie andere künstlerische Talente haben.«

»Eigentlich nicht, genau genommen.« Eine Weile gingen wir nebeneinanderher, ohne etwas zu sagen.

»Ich kann kochen«, sagte er plötzlich. »Auch exotische Sachen, Lamm mit Safranreis in Karamelsoße. Eine Delikatesse, Clara, glauben Sie mir.«

»Klingt nach einer zweifelhaften kulinarischen Neuerung.« Ich schüttelte mich.

»Nein, im Ernst. Wenn Sie wollen, werde ich Sie bekochen.«

Ich nickte. »Irgendwann, sicher«, sagte ich vage und begann ihn wieder nach Antonias Zustand auszufragen, und wieder hatte ich den Eindruck, dass er mir etwas verschwieg.

»Sie haben Sie doch nie behandelt, oder?«, fragte ich misstrauisch. »Ich meine, früher einmal.«

»Nein, bislang nicht. Sie wollte es nicht. Aber ich nehme an, dass sie einwilligen wird, sich behandeln zu lassen, sobald sie aufwacht.«

Er wechselte das Thema, und wir sprachen nur noch über Michael, meinen genialen, wenn auch gestörten Klavierschüler. Ich spielte inzwischen sämtliche Beatleslieder mit ihm, weil er die mochte und mitsingen konnte. Kein Wunder, sie wurden unentwegt im Radio gedudelt. »Eight Days A Week« mochte Michael am liebsten. Doktor Moser meinte, er taue allmählich auf, spreche mehr, esse mehr, vertraue sich ihm langsam an. Er sei sehr zuversichtlich.

Als ich mich vor dem Krankenhaus verabschiedete, war er wieder ganz der Arzt: »Ich habe in den Aufzeichnungen weitergelesen. Ich möchte mit Ihnen über die Rückkehr Ihres Vaters sprechen. Wie es damals war für die Familie, als er aus dem Krieg nach Hause kam. Bitte erzählen Sie mir vor dem Abendessen bei Ihrer Großmutter von der Heimkehr Ihres Vaters.«

8

Gräfin Theresa Haimburg saß an ihrem Schreibtisch und sortierte die Post. Jetzt kamen wieder sehr viel mehr Briefe, der Krieg war seit Monaten vorbei.

Es war ein stiller, freundlicher Herbsttag. »Draußen vor der Tür fällt der Sommer blätterweise aus den Bäumen«, schrieb Theresa in ihr Tagebuch. Sie war in jenen Tagen nicht frei von sentimentalen Anwandlungen.

Sie sah aus dem Fenster und lauschte den Geräuschen im Schloss. Sie fühlte sich geborgen. Der Krieg war aus, die Verluste waren unermesslich, die Fotos aus Bergen-Belsen lösten Entsetzen aus. Deutschland war ein Trümmerfeld, Teile von Europa ebenfalls, Millionen von Toten und Verletzten waren zu beklagen, Zwangsarbeiter, Kriegsgefangene und Überlebende der Konzentrationslager irrten durch Europa, entlassene Soldaten, Flüchtlinge und Heimatvertriebene suchten ein neues Zuhause.

Die Verluste der Familie Haimburg, fand Großmutter Theresa, hielten sich in Grenzen. In der entfernteren Verwandtschaft waren etliche Tote zu beklagen, doch Eduard war unverletzt und würde bald nach Hause kommen, ihre Brüder waren in Gefangenschaft geraten, aber auch sie lebten.

Hugos Villa in Königsberg war geplündert und in Brand gesetzt worden, der gesamte Besitz war verloren. Hugo weinte um ihr Heim, bis ihre Schwester ihr die Heulerei verbot. Theresa war der Meinung, dass Frauen zu viel Zeit damit verbrachten, zu heulen, zu wimmern und zu klagen. Wozu sollte das gut sein? »Schließlich haben du, Saba, der Oberst und deine beiden Hunde überlebt. Ist das etwa kein Grund, dankbar zu sein?«

Hugo riss sich zusammen und beschloss, auf Einladung ihrer Schwester, gemeinsam mit Saba im Schloss zu bleiben. Der Oberst wollte auf einem Gut in Westfalen unterkommen, das Bekannten gehörte. Er müsse neu anfangen, sagte er, und Theresa verstand das.

Die Reichsmark war nichts mehr wert. In den umliegenden Ortschaften verteilten amerikanische Soldaten Kaugummi und tauschten Eipulver, Benzin, Nescafé und Zigaretten gegen Gläser mit Eingemachtem, Äpfel, Hühner. In einen Seitenflügel des Schlosses, im Gästehaus und in den Scheunen brachten sie Flüchtlinge unter, die scheu und erschöpft unter sich blieben.

Lebensmittel waren knapp, aber keiner litt wirkliche Not. Saba fuhr täglich mit seinem Pferdegespann umher und tauschte unermüdlich: Kartoffeln gegen Seife, Eier gegen Schokolade, Bohnen gegen Kaffee.

Der Oberst, Johannes von Aalen, reiste ab. Er sagte Adieu und versprach zu schreiben. Alle drückten ihm ernst die Hand, als er verlegen im Schlosshof stand. Antonia knickste, Clara umarmte ihn stürmisch und weinte. Luise und Anna, praktisch wie immer, überreichten dem Abreisenden ein Paket mit belegten Broten und Kuchen und ermahnten ihn, immer gut zu essen. Alle winkten dem Pferdegespann hinterher, das ihren Gast zum Bahnhof fuhr. Clara weinte drei Tage lang, aber das kümmerte niemanden.

Einige Tage später sagte Luise verwundert: »Herrin, ich habe Schnupfentrine schon länger nicht mehr gesehen. Sie scheint verschwunden zu sein.«

Es begann ein langes, eingehendes Suchen im Haus, im Keller, in den Geräteschuppen und Scheunen, im Garten. Schnupfentrine blieb verschwunden.

Großmutter Theresa hatte, wie mit Gott vereinbart, Pfarrer Ferdinand bereits eine stattliche Spende übergeben und betete, wie sie es versprochen hatte, täglich vier Rosenkränze. Die endlosen Litaneien langweilten sie.

»Sie machen dem, dem sie gewidmet sind, sicher kein großes Vergnügen«, erklärte sie.

Pfarrer Ferdinand wies sie sanft darauf hin, dass Gott nicht auf Vergnügungen aus sei, und trug ihr noch ein weiteres Gebet auf.

Mit dem mühte sie sich nun auch noch ab. Es diene dem Zweck, so hatte der Pfarrer ihr gesagt, Geduld, Demut und Gelassenheit zu lernen. Theresa hatte nicht den Eindruck, dass man mit diesen Tugenden sehr weit kommen könne. Trotzdem sprach sie das Gebet jeden Tag, weil sie Pfarrer Ferdinand ihr Wort gegeben hatte.

Geduld, Demut und Gelassenheit wollten sich jedoch nicht einstellen. Pfarrer Ferdinand sah ein, dass seine Freundin Theresa Gräfin Haimburg diese Eigenschaften vielleicht nie lernen würde. Sie entsprachen nicht ihrem Naturell. An dem Tag, an dem sie geduldig, demütig und gelassen auf die Welt blicken würde, wäre sie eine andere.

In ihrem Innern war Großmutter Theresa voller Dankbarkeit. Ein Mann war im Kartoffelkeller verscharrt, das schon, aber er war doch zu Recht gestorben. Niemand hatte ihn vermisst, jedenfalls suchte niemand nach ihm. Nur ein amerikanischer Captain kam eines Tages unangemeldet ins Schloss und fragte nach Herrn Steiner.

»Wir haben erfahren, dass er hierher ins Schloss wollte. War er da?«

»Nein, mein Herr. Er war nicht da«, sagte Großmutter Theresa. Sie log, ohne mit der getuschten Wimper zu zucken. Ihr Herz schlug heftig, doch sie bot dem Captain, mit der Miene einer völlig Unschuldigen an, ihn durch alle Räume zu begleiten, die er sehen wollte. Die Keller waren ihm zu feucht und dunkel, der Dachboden zu zugig. So führte Theresa ihn durch die Salons und lud ihn danach zum Tee ein. Der amerikanische Besatzungssoldat war nach der Schlossbesichtigung bedeutend freundlicher.

»How old is this castle?«, fragte er.

»Achthundert Jahre«, sagte Theresa stolz.

»Much older than Amerika«, sagte der Captain. Er bedankte sich höflich und fragte, ob er wiederkommen dürfe. »You are welcome. Jederzeit«, sagte Großmutter Theresa.

Zwei Tage später kündigte Eduard mit einem Brief seine Heimkehr an. Alle rannten glücklich und aufgeregt durchs Haus, obwohl er über den Tag seiner Ankunft keine genauen Angaben gemacht hatte. Bärchen verfügte, dass ihre beiden Töchter sich ab sofort schön ausstaffiert vors Schlosstor setzten. Sohn Maximilian wurde in weiße Spitze gehüllt, was er sich anstandslos gefallen ließ. Bärchen ließ sich von der Österlein-Tochter die Haare machen. Luise backte Kuchen und Pasteten. Guido besorgte sich ein Fernglas und stieg auf eine der hohen Tannen in der Hoffnung, seinen Bruder zu sehen. Großmutter Theresa zog ein geblümtes Seidenkleid an und setzte sich ans Fenster.

»Ich weiß schon nicht mal mehr, wie er aussieht«, sagte Clara düster. Sie fühlte sich unwohl in ihrem kratzigen Wollkleid und den dicken Strümpfen.

»Er hat schwarze Haare«, sagte Antonia. »So wie ich. Er riecht nach Tabak. Er kann Geschichten erzählen. Er kann böse gucken. Er kann brüllen. Ich weiß noch alles.«

Clara seufzte. Warum nur musste sich ihre Schwester immer so wichtig vorkommen?

»Hoffentlich kommt er bald und wir müssen hier nicht zu lange rumhocken.«

Antonia starrte in die Luft. »Er kommt heute nicht«, sagte sie.

Clara sprang auf. »Aber dann brauchen wir hier nicht herumzusitzen! Kannst du nicht Maman davon überzeugen, dass er heute nicht kommt?«

»Nein«, sagte Antonia, »denn dann ist sie traurig. Und das will ich nicht. Wir bleiben lieber hier.«

Das leuchtete Clara ein. Also blieben sie sitzen und langweilten sich mit Anstand. »Sich mit Anstand langweilen zu können ist wichtig für euer späteres Leben«, pflegte Großmutter Theresa zu sagen.

Es wurde kühler und kühler, und nach vier Tagen kam es Bärchen herzlos vor, ihre Töchter zu zwingen, stundenlang wie ein Empfangskomitee vor dem Schlosstor zu hocken. Sie durften zu Luise und Anna in die Küche.

Abends flüsterte Antonia ihrer Mutter ins Ohr: »Er kommt in sieben Tagen.«

Es war eine Woche später. Graf Eduard Haimburg kam am späten Vormittag mit anderen Soldaten an. Er schritt langsam durchs Dorf, das unbeschädigt geblieben war. Im Schlosshof blieb er stehen, erleichtert, alles so vorzufinden, wie er es in Erinnerung hatte. Überall waren Flüchtlinge, die ihn neugierig ansahen, aber damit hatte er gerechnet. Die drei großen Tannen wiegten sich leicht im Wind, das rote Scheunendach glitzerte in der Herbstsonne, plötzlich fühlte er sich unerwartet befangen. Wie würde er angesichts dieser Idylle seiner Familie jemals vom Krieg erzählen können, von den Schützengräben, den Handgranaten, den Verwundungen, den vielen Arten des Sterbens?

Er wischte den Gedanken beiseite. Noch hatte er keine Gewissheit, ob alle wohlauf waren und gesund. Er betrat mit schwerem Schritt die Schlosshalle. Unten begann er zu rufen. »Bärchen, Mama, Clara, Antonia, seid ihr da?« Es blieb alles still, denn niemand konnte ihn in den oberen Zimmern hören. Er hastete die Treppe hinauf und brüllte aus Leibeskräften nach seiner Frau.

»Bärchen, wo bist du?«

Großmutter Theresa hörte ihn als Erste und schrie zurück. »Eduard!« Sie sprang von ihrem Sessel auf, lief ihm den langen Gang entgegen. Sie trafen sich vor der Küche und umarmten sich heftig.

»Ist Bärchen wohlauf? Ist mit dem Baby alles in Ordnung?«, stammelte Eduard. Theresa schob ihren Sohn energisch ins Herrenzimmer. Und noch ehe sie antworten konnte, riss Bärchen die Tür auf und stürzte auf ihren Mann zu. Hinter ihr hergelaufen kamen Antonia, Clara und Anna mit dem kleinen Maximilian.

Bärchen lächelte selig, umklammerte ihren Mann und flüsterte: »Eduard, mein Eduard«. Schließlich löste sie sich von ihm und nahm, während Eduard Clara und Antonia nacheinander hochhob, Anna das Baby aus dem Arm.

Als sie es Eduard überreichen wollte, schüttelte er nur den Kopf, fiel auf die Knie, schlug die Hände vors Gesicht und begann hemmungslos zu weinen.

»Raus mit euch«, sagte Bärchen sanft zu ihren Töchtern. Sie sollten ihren Vater nicht derart fassungslos sehen.

Die Schwestern verließen den Raum, ebenso Anna und Theresa. Bärchen legte Maximilian behutsam in einen der großen Sessel.

»Es ist alles gut, alle sind gesund, Liebster. Willst du nicht einen Blick auf deinen Sohn werfen?«

Eduard schüttelte den Kopf, vor Freude darüber, sie alle unversehrt wiederzusehen, vor Scham, weil er sich derart gehen ließ und keine Kontrolle mehr hatte über seine Gefühle. Er war im wahrsten Sinne des Wortes außer sich.

So kniete er eine Weile auf dem Parkett, das Gesicht in seinen Händen verborgen, an seine Frau gelehnt, die ihm übers Haar strich wie einem kleinen Jungen und beruhigend auf ihn einsprach.

Er war wieder zu Hause. Seiner Familie war nichts passiert. Bärchen hatte ihm einen Sohn geboren. Er war so dankbar, er wusste nicht, was er sagen sollte, er konnte sein Glück kaum fassen.

Es war für lange Zeit das letzte Mal, dass seine Familie ihn weinen sah.

9

»Was haben Sie empfunden, als Sie Ihren Vater weinen sahen?«

»Ich erinnere mich nicht. Es ist zu lange her.«

»Das glaube ich Ihnen nicht. Sie erinnern sich im Gegenteil ganz ausgezeichnet. Es ist Ihnen nur peinlich, darüber zu sprechen. Sie sind einfach verdammt rational und wollen sich keine Blöße geben.«

Wir saßen in Docs Zimmer, und zum ersten Mal hatte ich das Gefühl, dass er ärgerlich war. Natürlich erinnerte ich mich, aber das wollte ich ihm gegenüber nicht zugeben. Er hatte Recht, ich war rational. Die sicherste Haltung in einer unsicheren Welt. Wäre Antonia ihren Gefühlen etwas weniger ausgesetzt, dachte ich trotzig, wäre ihr Leben zweifelsfrei einfacher.

»Warum interessieren Sie sich überhaupt für meine Empfindungen? Es geht doch um meine Schwester, oder nicht?«

Moser nickte. Er sah erschöpft und resigniert aus. Bei Antonia hatte sich in den letzten Tagen keine Änderung ergeben, und ich merkte, dass seine Zuversicht schwand. Dazu kam die Ungeduld meines Vaters. Es war ein Wunder, dass er nicht im ganzen Land nach Psychiatern suchen ließ, um ihnen Antonia als Herausforderung für ihren Berufsstand vorzuführen.

»Ich will Sie nicht ausfragen, Clara. Mich interessieren Ihre Aufzeichnungen und das, was Sie mir von Ihrer Kindheit und Jugend erzählen können«, sagte Moser. »Denn das betrifft Antonia auch. Sobald sie wieder zu sich kommt, werde ich mich liebend gern mit ihr unterhalten. Es wäre sicher ergiebiger. Bei Ihnen beiße ich auf Granit.«

Die Stimmung zwischen uns war schlecht. Ich wusste nicht genau, warum. Sicher, ich war es nicht gewohnt, meine Gefühle zu offenbaren – dafür hatte ich meine Kompositionen, meinen Gesang, mein Klavierspiel. Außerdem kannte ich Moser kaum, und heute erschien er mir schroff und ungeduldig. Ich fühlte mich von ihm beobachtet und beurteilt. Und ich hatte den Eindruck, dass sein Urteil nicht allzu gut ausfallen würde.

»Erzählen Sie mir von Antonias Selbstmordversuch«, sagte ich. Wir hatten das Thema bisher immer vermieden. Er nickte und setzte sich hinter seinen Schreibtisch.

»Es war vor drei Monaten. Sie hat sich nachts die Pulsadern aufgeschnitten. Das ist alles.«

»Was soll das heißen, das ist alles? Wer hat sie hergebracht? Wie kommt es, dass weder mein Vater noch meine Großmutter davon wissen?«

Er erzählte mir von jener Nacht.

Antonia war nachts im Schloss herumgewandelt und hatte sich schließlich im oberen Stockwerk die Pulsadern aufgeschnitten. Anna, die gerade zu Besuch bei Luise war, fand sie. Sie und Luise verbanden Antonia und fuhren sie in die Klinik. In dieser Nacht hatte Moser Dienst.

»Ich habe sie die Nacht über hier behalten«, sagte er. »Ihr Vater war nicht im Schloss, Gott sei Dank. Ihre Großmutter hat geschlafen. Antonia wollte mit niemandem in der Familie darüber sprechen, sie wohnte dann für einige Tage bei Anna. Ihre Großmutter fragte nicht, sie wurde auch nicht misstrauisch. Ich glaube, sie weiß bis heute von nichts. Luise hat versprochen, den Mund zu halten, möglicherweise hat sie es aber Ihrer Großmutter inzwischen erzählt. Sie ist ihr sehr ergeben.«

»Warum wollen Sie es unbedingt geheim halten?«, fragte ich. »Wäre es für meinen Vater und auch für Baron Kloiber nicht besser, wenn sie es wüssten?«

Moser blickte mich unablässig an. »Vielleicht. Ich habe mit dem Gedanken gespielt, es ihnen zu sagen. Aber Ihre Schwester wirkte verzweifelt und bat mich inständig, es nicht zu tun.«

Ich stand auf und begann nervös im Zimmer auf und ab zu gehen. Ich glaubte ihm nicht. »Ging es vielleicht um irgendwelche Rücksichtnahmen? Mein Gott, wie viele Suizidversuche muss sie denn noch unternehmen, bevor irgendwer sich mehr für ihre Gründe interessiert als dafür, ob es einen Skandal gibt?«

»Ihre Schwester wollte weder Ihren Vater noch ihren Verlobten damit behelligen. Sie meinte, sie sei schlafgewandelt. Sie meinte, sie habe Vicenzo gesehen in jener Nacht.«

Ich verschränkte die Arme vor der Brust und blieb stehen. »Vicenzo? Sie hat gesagt, sie habe Vicenzo in jener Nacht gesehen? Sind Sie sicher?«

»Ja«, sagte Moser. »Ich bin sicher. Hören Sie bitte auf, hier so hektisch auf und ab zu gehen, das macht mich nervös. Ihre Schwester sagte, sie habe phantasiert. Sie sagte, sie sei nicht mehr bei sich gewesen. Es sei eine Kurzschlusshandlung gewesen, die sich aus einer Phantasterei ergeben habe, die ihr sehr real vorkam. Sie kam dann öfter zu mir, denn sie war sehr durcheinander in diesen Wochen.«

»Sie haben also doch mit ihr gesprochen. Sie behandelt. Obwohl Sie mir weismachen wollten, sie gar nicht zu kennen.«

Jetzt war ich an der Reihe, wütend zu sein. Ich ging zur Tür, wollte gehen. Er machte mich rasend. Die ganze Situation ging mir inzwischen gehörig auf die Nerven.

»Warten Sie, Clara.« Er kam hinter mir her und legte seine Hand auf meine Schulter. »Bitte warten Sie. Von behandeln kann keine Rede sein, wir haben uns ein wenig unterhalten. Antonia hat mich gebeten, niemandem von ihren Besuchen bei mir zu erzählen. Ich bin an meine Schweigepflicht gebunden. Nur eine Sache betonte sie immer wieder. Sie sagte: ›Ich kann nicht darüber sprechen, aber Clara weiß, wie es war, als Vater nach Hause kam. Wie sich unser Leben im Schloss änderte. Clara weiß alles‹.«

10

Graf Eduard war wieder bei seiner Familie. Die Erleichterung war groß. Noch hatte niemand entdeckt, dass er ein Mensch geworden war, vor dem man Angst haben musste. Er wusste es selbst noch nicht.

Bärchen beobachtete ihren Mann. Er schien ihr verändert. Er war mager geworden, hatte dunkle Ringe unter den Augen, wirkte unruhig und verstört. Früher hatte ihn Bärchen ausgelassen erlebt, er konnte charmant plaudern, hatte sich an Jagdgesellschaften, Romanen, schönen Bildern oder der Natur gefreut. Damit war es nun vorbei.

Er hatte Albträume, die sich um Kriegsgräuel drehten, wie er Bärchen gestand, wenn er nachts stöhnend und schwitzend aufwachte.

Sie erklärte stockend, dass sie ihm bei der Bewältigung schrecklicher Erlebnisse keine große Hilfe würde sein können. Gespräche über den Krieg deprimierten sie. Sie hatte eine diffuse Vorstellung davon, dass es im Krieg grausam zuging, auf präzise Beschreibungen legte sie keinen Wert. Was hätte es geändert? Männer kämpften gegeneinander, es gab Opfer, immer abwechselnd auf allen Seiten, soviel war ihr klar. Genauer wollte sie es nicht wissen.

Umso schockierter war sie, als ihr Mann eines Tages vom Rückzug seiner Kompanie aus Russland erzählte. »Die

Männer waren verroht. Sie waren müde vom Krieg und spürten die Niederlage. Auf Befehl von oben mussten sie Dörfer niederbrennen und die Menschen vertreiben. Manche plünderten und mordeten. Sie wollten sich rächen an ihren Feinden. Es kam immer wieder zu Vergeltungsüberfällen, zu denen wir gemeinsam aufbrachen. Ich hasste es, an solchen Aktionen teilzunehmen, und war deshalb vielen suspekt. Man galt als politisch unzuverlässig, wenn man diese Barbarei nicht mitmachte. Die Russen ihrerseits übten bittere Rache für die verbrannte Erde, die wir ihnen hinterließen.«

Es war spät am Abend, als Eduard dies im Salon erzählte. Großmutter Theresa und Bärchen hörten schweigend zu.

Theresa betrachtete ihren Ältesten aufmerksam und hatte das Gefühl, er verschweige etwas, das ihn quälte.

Jetzt war sie froh darüber, dass sie mit den anderen vor Eduards Rückkehr verabredet hatte, die Leiche im Keller nicht zu erwähnen. Vorläufig jedenfalls nicht. Irgendwann würde es unvermeidlich sein, das wusste sie. Sie hasste Geheimniskrämerei innerhalb der eigenen Familie, doch noch bedurfte Eduard der Schonung.

Es war kalt. Brennholz war knapp und Saba schleppte es in Körben aus dem Holzstall ins Schloss und füllte die neben jedem Kachelofen stehenden Kisten auf. Luise und Anna heizten nur in wenigen Räumen. Clara und Antonia bekamen jeden Morgen kaltes Wasser in einer Porzellanschüssel an ihren Waschtisch gebracht. Sie schlotterten, wenn sie sich wuschen, bedauerten, dass der milde Herbst vorbei war und nun die ungemütliche, beschwerliche Zeit im Schloss begann. »Beklagt euch nicht, denkt an die vielen Flüchtlinge, die ihr Zuhause verloren haben«, sagte Anna.

Die Schwestern sollten beide eingeschult werden, mit einiger Verspätung, denn das Schuljahr hatte bereits begonnen. Eduard hatte mit dem Schulleiter gesprochen und verfügt, beide Mädchen in eine Klasse zu stecken. Sie seien nur ein Jahr auseinander und könnten einander helfen, war sein Argument, dem der Direktor folgte, denn Eduards Ansehen als Landverpächter war beträchtlich und die Freude der Odenwälder, ihn wiederzuhaben, ebenfalls. Er hatte sich um das Dorf und seine Bewohner verdient gemacht, genau wie seine Mutter und sein Vater, und niemand wäre auf die Idee gekommen, ihm etwas abzuschlagen.

Die Schwestern beobachteten ihren Vater und fanden ihn seltsam. Er wirkte oft abwesend und zog sich immer wieder in finsteres Schweigen zurück. Manchmal schlief er in einem eigens für ihn hergerichteten Schlafzimmer, um Bärchen und den kleinen Maximilian nicht zu stören. Seine Albträume dauerten an, sie weckten ihn, und er streifte nachts ruhelos an den Bücherregalen der Bibliothek entlang, stand manchmal reglos im Zimmer seiner Töchter und ging danach ins Herrenzimmer. Dort starrte er zum Fenster hinaus oder trank sich mit Whiskey einen tosenden, seligen Rausch an.

»Ich will nicht darüber reden«, war seine gleich bleibende, störrische Antwort, wenn seine Mutter oder Bärchen ihn auf seine schlimmen Träume und seine Schlaflosigkeit ansprachen. In Wahrheit wünschte er nichts sehnlicher, als sein Gewissen zu erleichtern.

Er empfand Unbehagen in der ungewohnten Stille des Hauses, er fühlte sich willkommen geheißen und geborgen, doch gleichzeitig schutzlos und ausgeliefert. Manchmal, in nächtlichen Umarmungen mit seiner Frau, wenn sie einander festhielten und fürchteten, etwas Wertvolles unwiederbringlich verloren zu haben, war er nah dran, sich ihr anzuvertrauen. Doch Wut, Scham und Trauer schnürten ihm die Brust zu, er klammerte sich nur an sie und flüsterte leise ihren Namen.

So blieb er ein Gefangener seiner Dämonen, die Nacht für Nacht kamen, ihm sein Unvermögen und seine Schmach zeigten, seine Feigheit, seine Verzweiflung.

Er träumte vom Rückzug seiner Kompanie, von Vergeltungsaktionen, von der Mordlust der Männer.

Ein Traum aber kehrte immer wieder, so plastisch und anschaulich, dass er die Bilder auch bei Tage vor sich sah.

Es war während des Rückzugs aus Russland. Seine Kompanie sollte ein Dorf kontrollieren, das als Partisanenversteck galt. Partisanen waren verhasst, sie hausten in den Wäldern und manchmal in den Dörfern. Sie sprengten Brücken, überfielen Konvois, legten Bomben.

Das Dorf lag in Weißrussland. Der Befehl, es zu kontrollieren, kam spät abends.

Im Morgengrauen überfielen die Deutschen befehlsgetreu schlafende Frauen, Kinder, Greise. Partisanen waren keine unter den verängstigten Männern, die auf dem Marktplatz zusammengetrieben wurden.

Dennoch befahl der Oberleutnant und Kompaniechef, Eduards direkter Vorgesetzter, das Dorf niederzumachen, als Abschreckung. Die Partisanen seien zwar weg, doch die Dorfbewohner hätten sie sicher unterstützt, lautete seine Begründung. Die Soldaten taten sich in Gruppen zusammen.

Eduard zog mit seinem Kameraden Richard los. Richard war ihm untergeordnet, doch sie waren Freunde und nicht zum ersten Mal in einer Situation wie dieser. Sie bemühten sich zusammenzubleiben, wie sonst auch. Einige der Soldaten sollten die Häuser durchkämmen, Frauen und Kinder zusammentreiben und Feuer legen, andere begannen, die Alten auf dem Marktplatz zu erschießen.

Schweigend gingen die beiden Männer die engen Dorfstraßen entlang. Unvermittelt blieb Richard vor einem Haus stehen und schlug mit dem Kolben seines Gewehrs an die schwere, ebenerdige Holztür. Es war der Stall, vermutete Eduard.

Das Tor gab nicht nach, und Richard ging die gemauerte Treppe zur Eingangstür hinauf und zerschoss das Schloss. Eduard bemerkte, dass Richards Augen flackerten. Er schien, anders als sonst, vom Jagdeifer und von der Mordlust der anderen angesteckt.

Eduard folgte ihm. Das Haus schien verlassen, die Räume unberührt, staubig. Eduard schlug vor zu gehen, doch Richard bestand darauf, im Stall nachzusehen.

Vom Wohnteil des Hauses führte eine Treppe nach unten. Im Stall war es dunkel, die einzelnen Viehverschläge waren dreckig und leer. In einigen lag Stroh. Durch die Holztür drang Morgenlicht.

Eduard drängte erneut darauf zu gehen. Richard beachtete ihn nicht und begann, die einzelnen Verschläge zu inspizieren. Er befahl Eduard, sich die hinteren vorzunehmen. »Wenn hier einer Befehle gibt, bin ich das«, sagte Eduard halblaut. Doch er ging zu den engen Verschlägen im hinteren Teil des Stalls. Sie lagen einander gegenüber und waren dunkel und leer.

Bis auf einen.

In ihm saß eine Frau mit drei Jungen. Sie kauerte in der Ecke, eine Mistgabel in der Hand, die Kinder hinter sich drängend. Als sie Eduard sah, machte sie eine heftige Bewegung nach vorne. Eduard legte den Finger an die Lippen und schüttelte ganz leicht den Kopf. Die Frau starrte ihn an.

Eduard wandte sich ab. In diesem Augenblick begann eines der Kinder zu wimmern. Einige schnelle Schritte und Richard stand neben seinem Freund.

Ob er das Pack etwa schonen wolle, schrie er Eduard an. »Wir haben Frauen und Kinder immer geschont, Richard«, sagte Eduard scharf.

Richard beachtete ihn nicht. Er legte auf die Frau an, die die Mistgabel fest umklammerte und ihnen mit bebender Stimme etwas zurief.

»Ich befehle dir, Richard, das Gewehr niederzulegen und sie in Ruhe zu lassen«, beschwor Eduard seinen Freund. »Sie ist eine hilflose Frau mit drei kleinen Kindern. Lass sie gehen.«

»Nein, diesmal nicht. Denk an unsere Frauen und Kinder.«

»Deutsche Soldaten schießen auf Bewaffnete, nicht auf Frauen und Kinder«, sagte Eduard. »Ich befehle es dir. Zum letzten Mal!«

Sein Freund hörte nicht zu. Er zielte und drückte ab. Die Mistgabel fiel zu Boden, die Frau stürzte mit einem kurzen Schrei nach hinten. Eduard begann zu zittern. Er hob sein Gewehr, legte auf Richard an, befahl ihm, die Kinder leben zu lassen.

Der Freund beschimpfte ihn als Schlappschwanz, sprach von Rache und Vergeltung, hob sein Gewehr und zielte auf den größten Jungen der seine beiden Brüder an der Hand hielt und die beiden Deutschen hasserfüllt anstarrte.

Sie schossen gleichzeitig. Der Junge fiel ohne einen Laut um und riss seine Geschwister mit sich. Richard stolperte zur Seite und stützte sich an der Wand des Viehverschlags ab.

Eduard hatte ihn nur leicht am Bein verletzt, doch Richard fluchte und schwor, das werde er bitter bereuen. Er lehnte sein Gewehr an die Holzwand, holte ein Taschentuch heraus und drückte es auf das Blut, das aus seiner Wade sickerte. Eduard trat auf den Freund zu, um ihm zu helfen. Doch Richard stieß ihn weg, während er die Wunde notdürftig umwickelte. Beide bemerkten nicht, wie einer der beiden Jungen die Mistgabel nahm.

Er weinte und schrie, als er sie Richard in den Leib stieß, wieder und wieder. Dann ließ er die Gabel fallen, packte seinen Bruder und lief davon.

Eduard brachte seinen bewusstlosen, sterbenden Freund zurück zu den anderen. Richard blutete und war tödlich verletzt. Eduard konnte nichts mehr für ihn tun. Die beiden Jungen, so hoffte er damals und so hoffte er immer noch, waren entkommen. Es musste so sein.

Im Stall, den die Soldaten dann stürmten, lagen eine Frau und ein älterer Junge neben einer Mistgabel, tot. Sie galten als Richards Mörder.

Richard starb eine Stunde nach dem Massaker.

Eduard gab sich die Schuld am Tod dreier Menschen.

Es verging kaum eine Nacht, in der er nicht von ihnen träumte.

Richards Tod löste die größten Schuldgefühle bei ihm aus. Schuldgefühle, aber auch Selbstmitleid und Verbitterung. Wieso hatte er seine Befehlsgewalt über Richard verloren, wie war das möglich geworden? Diese Frage beschäftigte ihn ununterbrochen. Er fand darauf keine Antwort. Dass jemand jemals seine Autorität in Frage stellen würde, hatte er für ausgeschlossen gehalten.

Abwechselnd geriet er in teilnahmslose Starre oder in hilflose Wut.

Es war, als könnte er durch Befehle und harsche Anordnungen an andere die Welt wieder erstehen lassen, die ihm so viel bedeutet hatte. Die Welt, wie sie war vor dem Krieg, eine Welt, in der er ein anderer war, in der alles anders war, bevor es in Auflösung geriet.

Seinen Angehörigen machte er deutlich, dass er entschlossen sei, zu einem angemessenen Schlossalltag zurückzukehren, so schnell wie möglich. Er wollte ein glückliches Leben führen, er glaubte, er habe ein Recht darauf, nach allem, was er im Krieg erlebt hatte. Er wollte die Erinnerungen an Richard, an Handgranaten, Bomben, Sperrfeuer und Schützengräben aus seinem Kopf verbannen, tagsüber wenigstens, sie hatten keinen Platz in der häuslichen Harmonie.

Er fühlte sich verantwortlich für seine Familie und erklärte seiner Mutter, er werde sie ab jetzt von ihrer Pflicht, von ihrer Verantwortung für das Leben im Schloss entbinden.

»Ich habe nichts gegen Verantwortung, Eduard«, sagte Theresa und hob die Augenbrauen. Sie fand ihren Sohn reichlich herrisch, war aber bereit, ihm das zunächst nachzusehen. Sie hoffte, er würde nicht zu weit gehen.

Eduard, das bemerkten auch Bärchen, Hugoline und sämtliche Bediensteten, reagierte außerordentlich empfindlich auf Widerworte oder Ungehorsam. Er habe klare Vorstellungen, wie seine Familie wieder auf Vordermann zu bringen sei, erklärte er.

Zunächst bestellte er Ärzte aus der näheren und weiteren Umgebung, die seinen Bruder untersuchen sollten. Mochte sein Auge verloren sein, sein Verstand, da war Eduard sicher, war es nicht.

Es erschienen immer neue Mediziner, die kopfschüttelnd und bedauernd das Schloss wieder verließen, nachdem sie sich mit Guidos Geisteszustand befasst, mit Luises Pasteten vollgestopft und sämtliche Räume und Gemälde besichtigt hatten.

Guido sah zwar seltsam aus nach Ansicht der Fachleute – wer trug schon einen solchen Bart und redete immerzu von Gott und Engeln? –, doch er war freundlich zu seinen Mitmenschen. Allerdings hatte er überhaupt kein Interesse daran, Jura zu studieren, gesellschaftliche Verpflichtungen wahrzunehmen, nach einer Frau Ausschau zu halten, eine Familie zu gründen.

Die anhaltende Ratlosigkeit der Ärzte angesichts von Guidos Seelenverfassung wollte Graf Eduard nicht dulden, ebensowenig wie Guidos schwache Proteste, sich mit diesen fremden Herren zu unterhalten.

»Ich langweile mich, Eduard«, sagte er. »Diese Männer fragen immer das Gleiche und wollen das Wort Gottes nicht hören.«

Schließlich ging Guido seinem Bruder aus dem Weg, wo er konnte, und sprach ein »Jesus Christus erbarme sich deiner«, sobald er seiner ansichtig wurde. Gern sagte er auch: »Gott wird abwischen alle Tränen von ihren Augen.« Aber Eduard hatte kein Ohr für die Offenbarung des Johannes. Er versuchte das merkwürdige Verhalten seines Bruders zu ignorieren, doch es gelang ihm nicht immer, und gelegentlich warf er silberne Zigarrettendosen an die Wand und schrie. Er ließ nicht locker und suchte weiter nach Ärzten. Ein Nachgeben kam für ihn nicht in Frage, es wäre einem Scheitern gleichgekommen. Nachgeben und scheitern aber wollte er nach diesem Krieg nie wieder.

Eduard stritt immer häufiger mit seiner Mutter, und es verging kaum ein Tag, an dem er sich nicht über sie oder seine Töchter, die ihm fremd geworden waren, ärgerte. Er fand Clara und Antonia verzogen und führte das auf fehlende Disziplinierungsmaßnahmen durch seine strenge Hand zurück.

Einzig der Anblick Maximilians konnte ihn besänftigen. Er verbrachte viel Zeit mit seinem kleinen Sohn, den er vergötterte und auf den er all seine Hoffnungen setzte. In mancher dieser Stunden fand er zu seiner früheren Unbekümmertheit zurück, plauderte und las Bärchen aus Büchern vor, die er schätzte, sprach über seine Zukunftspläne und erklärte ihr wieder und wieder seine Liebe.

Doch Bärchen merkte bald, dass sein lebhafter Charme und sein Optimismus, die sich in solchen Augenblicken zeigten, schnell wieder verschwanden. Er war innerlich zerrissen und würde es vielleicht für immer bleiben. Sie reagierte, wie sie es häufig tat, mit Scheu und Rückzug. Sie blieb auf ihrem Zimmer und betrachtete sich ratlos und trübsinnig in ihrem Handspiegel.

Eduard spürte, wie ihm seine Frau entglitt, wie teilnahmslos sie auf seine beruflichen Pläne, auf seine erzieherischen Vorschläge für die beiden Töchter reagierte. Es wird vorübergehend sein, sagte er sich.

Saba wurde für Eduard ein unentbehrlicher Begleiter. Mit ihm fuhr er auf den schlosseigenen Ländereien herum. Er dachte sogar daran, Saba als seinen neuen Gutsverwalter einzusetzen, er brauchte dringend einen fähigen Mitarbeiter, denn der alte war im Krieg gefallen. Oft ging er ins Dorf, um mit dem provisorisch gewählten Bürgermeister über Pacht und Bauprojekte zu sprechen.

Mit seinen Töchtern gab er sich zunächst wenig ab, sie machten ihn nervös, wenngleich er sich das nur ungern eingestand. Clara und Antonia behandelten den schweigsamen Mann mit dem hageren, verdunkelten Gesicht, den großen Augen und dem nervösen Zucken um den Mund höflich, aber nicht herzlich. Sie rührten beim Tee in ihren Tassen und betrachteten ihn verstohlen aus den Augenwinkeln, wie einen exotischen Vogel.

Eines Tages wurde ihm ihr argwöhnisches Anstarren zuviel. Noch während der Teestunde entschuldigte er sich bei den anderen und nahm seine beiden Töchter mit ins Herrenzimmer. Als Erstes nahm er ein Lineal von seinem Schreibtisch, stellte Antonia an die Tür und legte es auf ihren Scheitel. Dann machte er mit einem Bleistift einen scharfen Strich in den Holzrahmen.

»Du musst wachsen, mein Kind, du musst wachsen«,

sagte er. »Mit so einem Gesicht muss man mindestens einsfünfundsiebzig sein, verstanden?«

Antonia nickte gleichmütig, es sah nicht so aus, als hätte sie zugehört.

Clara stellte sich erwartungsvoll ebenfalls an den Türrahmen, aber ihr Vater winkte ab. Er setzte sich in einen Sessel und unterzog sie einer eingehenden Befragung. Was sie gelernt hätten in den letzten Jahren, wie weit ihr Französisch sei, ob sie malen würden? Ob sie sich, wie von ihm angeordnet, von der Dorfjugend ferngehalten hätten?

»Haben wir«, sagte Clara leise, »aber manchmal hält sich die Dorfjugend nicht von uns fern.«

»Was? Sprich lauter, wenn du mit deinem Vater redest!«, herrschte Eduard sie an. »Das werden wir sehen, ob diese Dorftrampel sich von euch fernhalten oder nicht. Ich kümmere mich darum. Weiter.«

»Ich habe angefangen Klavier zu spielen«, sagte Clara schüchtern.

Das missfiel ihrem Vater. »Schnapsidee«, sagte er. »Noch nie war in dieser Familie jemand musikalisch. Wer hat dich bis jetzt unterrichtet?«

»Der Oberst«, sagte Clara leise und schlug die Augen nieder. »Aber er ist ja abgereist.«

Ihr Vater sah sie finster an. Der Oberst, richtig. Seine Mutter hatte ihm die Geschichte erzählt. Oberst Johannes interessierte ihn nicht besonders. Man hatte ihn versteckt. Er hatte überlebt. Das musste genügen.

»Vielleicht könnte ich Unterricht bekommen bei der älteren Frau Kremer«, sagte Clara mit fester Stimme. Sie vermisste Johannes und sein wunderbares Klavierspiel. Mit jemand anderem zu musizieren würde die Erinnerung an ihn lebendig halten. Außerdem konnte sie sich ein Leben ohne Musik nicht mehr vorstellen. Aber ihr Vater hatte nichts gemein mit ihrem Freund, dem Oberst, er löste nur Beklemmungen bei ihr aus.

»Wenn du schon Klavier spielen musst, werde ich sicher eine bessere Lehrerin finden als die alte Kremerin, diese Tranfunzel«, sagte er. »Und was ist mir dir, Antonia?«

»Ich spiele kein Klavier«, sagte Antonia versonnen. »Es macht mir keinen Spaß. Ich unterhalte mich lieber mit meiner Fee.«

Auf das, was der Graf jetzt zu hören bekam, hatte ihn Bärchen unglücklicherweise nicht vorbereitet. Antonia wollte sich, wie sie ihrem Vater mitteilte, nicht länger mit Malen, Französisch und anderen unnützen Betätigungen abgeben. »Ich will abwarten, welche Aufgabe meine Fee für mich bereithält. Es ist eine Fee, die Guido aus Italien mitgebracht hat. Sie kommt aus der Vergangenheit und...«

Antonia sprach nicht weiter, denn ihr Vater fuhr aus seinem Sessel hoch, packte und schüttelte sie heftig. »Was soll dieses Gefasel von einer Fee?«, fragte er leise und drohend. »Du wirst mir jetzt sofort alles erzählen!« Er schüttelte sie wieder, doch Antonia sah ihn nur mit schreckgeweiteten Augen an, klappte den Mund zu und sagte kein Wort mehr.

»Clara! Kannst du mir bitte erklären, was dieser Unsinn soll!« Er setzte Antonia ab und kam auf Clara zu.

Clara sah zu Boden und sagte leise: »Ich weiß es nicht.« Sie wollte nichts von dem Bild preisgeben. Ihr Vater würde es ihnen sicher wegnehmen.

Tatsächlich ließ Eduard Anna das Bild unverzüglich herbeiholen. Er sah es kurz an, suchte nach einer Signatur und schleuderte es schließlich achtlos auf den Boden.

»Ich sehe eine schwarzhaarige Frau, nichts weiter«, höhnte er. »Aber du, Antonia, siehst eine Fee, die Aufgaben für dich bereithält, was? Schau mich an, wenn ich mit dir rede!« Antonia blieb stumm, gleichgültig, wie sehr ihr Vater auf sie einredete, brüllte und sie schüttelte. Clara begann zu weinen und schlug die Hände vors Gesicht.

Bärchen und Theresa kamen herbeigestürzt. Eduard war so wütend, dass er kurz davor war, seiner Tochter hart ins Gesicht zu schlagen.

»Eduard, reiß dich zusammen!«, rief Theresa erschrocken. Ihr Sohn atmete schwer und sah Antonia böse an. »Geh bitte und lass uns allein, Mama«, sagte er leise. Theresa warf Bärchen einen Blick zu, schüttelte unwillig den Kopf und verließ das Zimmer.

Bärchen und ihr Mann wechselten einige erregte Sätze auf Französisch. Schließlich sagte Graf Eduard auf Deutsch zu seiner Frau und zu seinen Kindern: »Ich bin wieder zu Hause, ich bin das Oberhaupt der Familie, und hier wird getan, was ich erwarte. Ich bin kein Unmensch, aber ich dulde keine Verrücktheiten in diesem Haus und keinen Ungehorsam. Eine Offizierstochter weiß sich zu benehmen, und wenn sie es vergessen sollte, wird es ihr wieder einfallen.«

Gegen den Protest von Bärchen sperrte er Antonia in den großen Wandschrank in einem der Schlafzimmer. Clara, erschrocken über die Heftigkeit ihres Vaters, hob das Bild vom Boden auf, setzte sich vor die niedrige Schranktür des Wandschranks und redete ihrer Schwester gut zu. Antonia tat ihr furchtbar Leid, wie sie dort allein im Dunkeln zwischen Mottenkugeln und alten Pelzen saß.

»Ich habe das Bild gerettet. Du musst dich nicht fürchten«, wisperte sie durch eine Holzritze. Ihre Stimme zitterte leicht, und sie bemühte sich, nicht zu weinen. »Es ist nur ein Schrank. Nichts Böses ist in dem Schrank. Denk einfach, du sitzt in einer Mondnacht draußen.«

»Ich habe keine Angst im Dunkeln«, flüsterte Antonia. »Ich habe Angst vor ihm. Was wird er als Nächstes tun?«

Als Bärchen Antonia nach einer Stunde aus dem Wandschrank befreien wollte, geriet sie erneut in Streit mit ihrem Mann. »Eine Offizierstochter kennt keine Angst«, wiederholte er halsstarrig. »Sie ist von mir immer dazu erzogen worden, im Dunklen keine Angst zu haben.«

Bärchen starrte ihren Mann hilflos an. Sie wusste dass er böse werden konnte, aber so unerbittlich hatte sie ihn noch nie erlebt. Was war nur in ihn gefahren?

Warum nur hatte sie ihn nicht darauf vorbereitet, dass Antonias Spinnereien, wie er es immer genannt hatte, nicht abgenommen, sondern noch zugenommen hatten? Warum hatte sie sich nicht mehr um diese ominöse Fee gekümmert, die Antonia im Sommer beim Tee erwähnt hatte? Aber es war doch nur ein harmloses Bild! Sie war schwanger gewesen und hatte sich um ihren Mann gesorgt! Wieso hätte sie sich um die Frau auf einem Bild kümmern sollen?

Graf Eduard ging unterdessen mit auf dem Rücken verschränkten Händen im Zimmer umher. Er meinte, eine weitere Stunde im Schrank sei unvermeidbar, um Antonia ein für allemal klarzumachen, dass sie sich nicht zu widersetzen und ihn nicht mit unsinnigem Geschwätz zu beleidigen habe. »Es reicht, dass mein bedauernswerter Bruder ein solcher Wirrkopf geworden ist. Willst du den Schwachsinn deiner eigenen Tochter etwa befördern, indem du ihr alles durchgehen läßt?«

Eduard befahl seiner Frau, sich bis auf weiteres um den kleinen Maximilian zu kümmern, er würde die Erziehung seiner Töchter nun in die Hand nehmen. »Sie werden eine Weile hier in die Dorfschule gehen. Doch eigentlich will ich sie in ein Internat geben. Sobald ich ein gutes Klosterinternat für Mädchen finde, das seinen Betrieb wieder aufgenommen hat.«

Bärchen widersprach. »Sie sind zu jung für ein Internat. Ich möchte sie noch eine Weile hier behalten. Sie müssen sich doch erst langsam wieder an dich gewöhnen. Sie kennen dich doch gar nicht«, sagte sie leise und dachte: Ich kenne dich ja selbst kaum noch. Ihr Mann kam ihr vor wie ein Fremder. Kalt, abweisend, grob.

Eduard hörte seiner Frau nicht zu. »Ich werde für einige Tage nach Heidelberg fahren und Penicillin, Wolldecken und einige andere Dinge einkaufen. Außerdem werde ich mich um einen geeigneten Hauslehrer für die Mädchen kümmern. Er wird sie zusätzlich zum Dorfschullehrer unterrichten, bis wir das mit dem Internat geklärt haben. Er kann im Gästehaus drüben wohnen und die Mädchen täglich unterweisen. Clara kann weiter Klavierunterricht nehmen, wenn sie unbedingt will, aber nur vorläufig. Beide sollen Griechisch lernen. Antonia auch Malen und Zeichnen.«

Ohne ein weiteres Wort seiner Frau abzuwarten, ging Eduard ins Herrenzimmer. Einen Tag später reiste er ab.

Bärchen blieb verstört zurück. Ihr Mann führte sich auf wie ein gereizter Löwe. Was sollte sie tun?

Sie liebte ihn mit sanfter Hingabe. Sie hatte ihn sich nicht ausgesucht, trotzdem war sie ihm inzwischen in Liebe verbunden, in die sich jetzt jedoch auch leise Furcht mischte. Ihr Ehemann war trotz seiner untadeligen Erziehung immer ein wenig jähzornig gewesen, er war es nach den Kriegsjahren mehr denn je.

Doch sie beschwerte sich nicht, auch jetzt nicht. Sie hatte die Art von Liebe gewählt, die in ihren Kreisen üblich war und haderte nicht mit ihrem Schicksal.

Sie entstammte der Grafensippe Kronenstein, einer vornehmen, aber nicht gerade wohlhabenden Familie aus Kärnten. Ihre Mutter war eine blendende Schönheit, die ihr Leben mit theatralischen Auftritten als Gastgeberin und mit hysterischen Zusammenbrüchen verbrachte. Sie war albern, zur Albernheit erzogen, hielt fest an ihrem süßlichen Jungmädchenenthusiasmus, weigerte sich, erwachsen zu werden. Bärchens Vater, der zur Schwermut neigte, sah seiner Frau vieles nach, sie amüsierte ihn. Manchmal jedenfalls. Er bedauerte zutiefst, dass die beiden Söhne, die sie ihm geboren hatte, bereits als Säuglinge gestorben waren. So konzentrierte sich ihr gemeinsamer Ehrgeiz auf eine angemessene Partie für die einzige Tochter.

Bärchen erinnerte sich noch genau, wann sie Eduard kennengelernt hatte. Es war auf einem Ball gewesen, lang vor dem Krieg. Damals strahlte er den Optimismus und die unbezwingbare Kraft eines Mannes aus, der sicher ist, dass ihm alles im Leben gelingen wird. Er war quer durch den Ballsaal auf sie zugesteuert und hatte sie um den nächsten Walzer gebeten. Er tanzte den ganzen Abend mit ihr und sprach viel von den Verpflichtungen des Adels, von Konventionen und Werten, die es zu bewahren gilt, und er sagte ihr, er sei stolz auf seine Familie, stolz darauf, ein Haimburg zu sein.

Noch während sie ihren ersten Walzer tanzten, so erzählte er später, hatte er beschlossen, dieses wundervolle Wesen zu heiraten. Keine Sekunde war ihm damals der

Gedanke gekommen, dass sie ihn womöglich abweisen könnte.

Gleich am Morgen nach dem Ball ging er zu ihren Eltern und hielt um ihre Hand an, die Bärchens Vater ihm umgehend zusagte, denn eine bessere Partie war seiner Ansicht nach weit und breit nicht in Sicht.

»Ich finde ihn sehr charmant«, sagte Bärchens Mutter. »Außerdem hat er Vermögen und gehört einer vornehmen Familie an. Natürlich wirst du ihn heiraten.«

»Er ist ein ehrenwerter Mann aus einer anständigen und hoch angesehenen Familie. Natürlich wirst du ihn heiraten«, sagte Bärchens Vater.

Damit war Bärchens zarte Hand vergeben. Bärchen fügte sich, wie sie sich immer gefügt hatte. Graf Eduard Haimburg und sie verlobten sich und gingen von nun an regelmäßig miteinander aus. Bärchen erinnerte sich an die vielen Tanztees, Abendessen, Bälle, an schüchterne Umarmungen, Handküsse, Mondscheinlieder.

Sie waren ein schönes Paar und zogen viele Blicke auf sich, wenn sie tanzten. Eduard war von seiner Verlobten hingerissen, Bärchen beeindruckt von seinem Schwung und seiner Leidenschaft.

Überhaupt schienen alle Haimburgs voller Elan und Temperament zu sein. Eduards Bruder Guido verehrte Bärchen sehr, machte ihr Komplimente und zog beim Tanzen die Schuhe aus, um ihr nicht auf die Füße zu treten. Das stieß zwar bei umstehenden Beobachtern und auch bei Eduard auf Befremden, doch Bärchen fand Guido amüsant und zuvorkommend.

Theresa Gräfin Haimburg, Eduards Mutter, taxierte ihre zukünftige Schwiegertochter bei der ersten Begegnung wie ein Rennpferd. Bärchen hatte das bange Gefühl, dass sie nicht zufrieden wäre mit der Wahl ihres Sohnes. Sie konnte nicht wissen, dass Theresa sie sofort ins Herz geschlossen und ihre fragile Konstitution mit einem Blick erfasst hatte. Bärchen, so kam es Theresa vor, war eine Erscheinung ohne Erdenschwere mit der Grazie eines Windspiels. Sie fürchtete um dieses zarte Geschöpf.

»Sie ist so ganz anders als Eduard. Sie ist ihm offensichtlich nicht gewachsen. Und früher oder später könnte er sie in einem seiner Wutanfälle verletzen, auf die eine oder andere Art«, notierte sie in ihr Tagebuch.

Das Paar heiratete in der Schlosskapelle der Haimburgs. Zum Hochzeitsfest wollte Eduard dreihundert Gäste einladen, was ihm seine kluge Mutter ausredete.

»Dreihundert Adlige auf einem Haufen hält keiner aus«, sagte sie.

Es erschienen rund hundert Gäste, das Fest dauerte drei Tage und Bärchen lernte die wichtigsten Familienmitglieder der Haimburgs kennen.

Ihre Eltern weinten und nahmen klagend Abschied. Bärchen wusste, dass sie die beiden nicht mehr allzu oft sehen würde. Sie waren nicht mehr jung, ihr Zuhause war Kilometer weit entfernt, und ihre Mutter verabscheute Reisen. Da ihr Verhältnis zu ihren Eltern aber eher distanziert war, hielt sich Bärchens Bedauern über die räumliche Entfernung in Grenzen.

Eduard fuhr mit seiner Frau nach Venedig, wie es Tradition war. Sie blieben dort zwei Wochen, danach begann für die neue Gräfin Haimburg der Alltag auf dem Schloss.

Sie war häufig allein in den ersten Jahren ihrer Ehe, denn Eduard ging seinen Geschäften nach, und Theresa gegenüber fühlte Bärchen sich befangen. Die Einsamkeit machte ihr zu schaffen, und immer öfter dachte sie voller Wehmut daran, dass sie die Liebe zu einem anderen Mann hatte aufgeben müssen. Es war ein einfacher, liebenswürdiger Mann gewesen, den sie von Herzen geliebt hatte. Doch er war nicht standesgemäß, und Bärchen hatte sich nie Illusionen darüber gemacht, dass ihre Eltern mit einer Heirat einverstanden wären. Einen winzigen Moment hatte sie erwogen, mit ihrem Liebsten davonzulaufen, doch es hatte ihr an Mut und Entschlossenheit gefehlt. Schließlich hatte sie Gehorsam versprochen und sich von dem geliebten Mann verabschiedet, auch wenn sie dabei das Gefühl hatte, mit seinem Fortgehen wären Freude und Glanz für immer aus ihrem Leben verschwunden.

Sie hatte Eduard geheiratet, ob nun aus Feigheit, Bequemlichkeit, Vernunftgründen oder aus Gehorsam ihrer Familie gegenüber. Sie hatte sich daran gewöhnt, dass sie eine standesgemäße Partie gemacht hatte. War es nicht besser so?

Gelegentlich dachte sie darüber nach, auf welch vielfältige Weise an der Liebe Verrat geübt wurde in ihren Kreisen, und sie fragte sich, ob spätere Generationen ihren Eltern mutiger, entschiedener und eigenwilliger entgegentreten würden. Üblich war es bislang nicht, weder in ihrer Verwandtschaft noch bei den Haimburgs, und Bärchen fürchtete sich vor entsprechenden Auseinandersetzungen.

Sie hatte sich vorgenommen, den anderen Mann zu vergessen und hielt sich so gut es ging an diesen Vorsatz. Inzwischen glaubte sie so selbstverständlich an Gehorsam und Fügsamkeit, dass sie sich etwas anderes als eine standesgemäße Verbindung kaum vorstellen konnte. Auch nicht für ihre Töchter.

Während Bärchen über die Vergangenheit sinniert hatte, war es dämmerig geworden. Anna hatte Antonia aus dem Wandschrank befreit, beide Mädchen durften den Rest des Abends in der Küche sitzen, wo Luise sie mit Essen versorgte. Die beiden Schwestern beruhigten sich allmählich. Sie aßen und betrachteten den schlafenden Maximilian, dessen Holzwiege abends in die Küche geschoben wurde, weil es dort warm war.

»Ist nicht in unseren Kreisen die Situation für Frauen gänzlich anders als für Männer?«, fragte Bärchen ihre Schwiegermutter abends im Salon, nachdem sie ihr stockend von dem Streit mit Eduard erzählt hatte. Zu ihrer Überraschung gab ihr Theresa Recht.

»Überall wo Traditionen gepflegt werden, ist die Situation von Frauen schwierig«, sagte sie. »Wir sind altehrwürdige Familien. Wir haben einen Namen und einen guten Ruf zu verlieren. Vor allem für Männer ist das wichtig. Sie haben ziemlich genaue Vorstellungen davon, wie das Leben ihrer Frauen und Kinder auszusehen hat.«

Bärchen nickte unglücklich.

»Wir müssen Eduard Zeit geben, Bärchen«, sagte Theresa. »Ich meine, wir alle.«

Hugo nahm Eduard sofort in Schutz. »Er will doch nur das Beste für die Kinder«, sagte sie. »Und sie müssen sich doch später auf gesellschaftlichem Parkett bewegen können.«

»Keine Sorge, das werden sie«, sagte Theresa.

Bärchen ließ ihre Gedanken in die Vergangenheit schweifen und beschloss, nicht länger an ihren Mann zu denken.

»Wir waren junge Dinger, meine Cousinen und ich«, sagte sie versonnen. »Wir dachten, uns gelänge die Ausnahme und warteten kuhäugig und naiv und mit romantischem Herzen auf die Liebe, während unsere Eltern mit kühlem Kopf die Verehrer taxierten und sie entweder akzeptierten oder nicht.«

»Ach«, sagte Hugo, die mit ganzem Herzen an die Liebe glaubte. »Du und Eduard, ihr seid ein so schönes Paar!«

Theresa seufzte. Hugo tat ihr leid. Sie hatte nie geheiratet und war jetzt in einem Alter, in dem die Aussicht auf geeignete Kandidaten denkbar schlecht war.

In jungen Jahren hatte sie sich in einen entfernten Verwandten verliebt, einen Mann, der ihr schöne Augen und Versprechungen machte, plötzlich jedoch nach Ungarn übersiedelte und dort eine reiche Fürstin zur Frau nahm.

»Er war ein Hallodri und ein lästiger Pinsel. Du bist ohne ihn viel besser dran«, hatte Theresa sie rüde getröstet. Doch Hugoline war anderer Ansicht gewesen und hatte geweint und geweint und sich ganz in ihren Kummer ergeben.

Bis sie sich von ihrem Trübsinn erholt hatte, waren Jahre vergangen, und als sie wieder zu sich kam, waren zwei ihrer Schwestern ins Kloster gegangen, alle anderen Geschwister verheiratet, und sie hatte ihre besten Jahre hinter sich.

Sie klagte zwar gern, war indes keineswegs unglücklich gewesen mit ihrem Dasein und dem Leben in ihrer Villa mit dem Oberst.

Mehr noch als ihn schätzte sie aber ihre Möpse Otto und Karl-Heinz. »Bei genauerer Betrachtung«, sagte Hugo jetzt, »sind Hunde doch sehr viel angenehmer als Männer. Vor allem gehorchen sie besser.«

Großmutter Theresa beschäftigte sich gerade mit Otto, der begonnen hatte, an der Lederschnalle ihres Schuhs zu nagen, Guido las in der Bibel.

Bärchen hörte Hugo aufmerksam zu, die ihr Weinglas hob. »Auf die Liebe, darauf möchte ich trinken«, rief sie. Sie stießen an.

Den Rest des Abends brachten sie damit zu, über die Heimkehrer im Dorf zu reden, über die, die vermisst wurden oder in Gefangenschaft waren, über die Dorfschule, die bereits begonnen hatte, über die Dinge, die Eduard auf dem Schwarzmarkt besorgen wollte.

»Leider weigert er sich, mir Strümpfe und Parfüm mitzubringen«, sagte Bärchen. »Er hält es für unmoralisch, Luxusartikel auf dem Schwarzmarkt einzukaufen.«

Großmutter Theresa nickte, betrachtete liebevoll ihren Zweitgeborenen und dachte besorgt an Eduard.

Sie konnte sich vorstellen, worunter er litt. Unter dem verlorenen Krieg, unter der politischen Bedeutungslosigkeit der Aristokraten, unter dem Niedergang von Tradition und Werten. Alles, worauf Eduard immer so stolz gewesen war, hatte an Wichtigkeit verloren. Er wollte es nicht wahrhaben, doch es war so. Und der Krieg hatte ihn, wie so viele andere, zu einem anderen Menschen gemacht.

Er war schlechter dran als Guido, fand Theresa und war froh, dass ihr Ältester für einige Tage weggefahren war. Er war noch leichter in Rage zu bringen als früher und in seinen Maßnahmen drastisch. Irgendetwas peinigte ihren Sohn, und was immer es war, es machte ihn für seine Töchter gefährlich. Denn sie war überzeugt davon, dass Antonia ihre spirituellen Neigungen nicht würde aufgeben können, sie gehörten zu ihr wie der Widerspruchsgeist zu Clara.

Sie seufzte und dachte an ihre eigene Kindheit. Sie war 1886 geboren worden als Tochter eines Freiherrn zu Hohenlieden. Sie war ein ungestümes Kind, was niemanden interessierte außer einer sauertöpfischen Gouvernante, die ihre liebe Not hatte mit dem Wildfang. Ihre Schwestern unterschieden sich auffallend von Theresa. Von klein auf fügten sie sich in Gehorsam, Fleiß und Gottesfurcht.

Sie wurde, wie es üblich war, mit 18 Jahren in die Gesellschaft eingeführt und mit zwanzig Jahren verheiratet, mit Friedrich Graf von Haimburg. Sie fand ihren Mann freundlich und wohlerzogen und machte sich keine Illusionen darüber, was die Ehe ihr bringen würde. Eine endlose Reihe von Tee- und Abendgesellschaften, Bällen und Wohltätigkeitsveranstaltungen, dazu etliche Schwangerschaften und ein Schloss voller Dienstboten.

Sie sah dem gefasst entgegen, begegnete ihrem Mann mit Respekt bei gleichzeitiger kühler Zurückhaltung. Sie gab die vorbildliche Gesellschafterin und führte mit ihrem Gatten ein großes, offenes Haus. Sie mochte Exzentriker und Künstler, wenn sie unterhaltsam waren, sie besuchte das Theater in Heidelberg und las viele Bücher, um, wie sie sagte, nicht immer mit den eigenen Gedanken allein zu sein.

Die Empfängnis ihrer Kinder fand sie nicht weiter erwähnenswert, ihre Geburt dagegen war begleitet von einem überwältigenden Gefühl von Schmerz mit anschließender Freude. Trotzdem blieb sie ihren beiden Söhnen gegenüber immer distanziert.

Bis Theresa heiratete, hatte sie nur wenige Küsse und Umarmungen kennengelernt, Geburtstage und Taufen waren Gelegenheiten für solche Gefühlsäußerungen, dann, als sie ihr erstes Pferd bekam, und später, als ihr Vater lebend aus dem Krieg wiederkehrte.

Ihr ganzes Leben lang sollte Theresa das Herzen und Küssen von Kindern für modischen Firlefanz halten, für gänzlich überflüssig.

Entsprechend ungeküsst blieben Eduard und Guido, die im Abstand von acht Jahren geboren wurden. Erst die kleine Josefa, die zu früh kam und zart war, löste in Theresa ungewohnte Zärtlichkeit aus. Als das Mädchen mit zwei Jahren starb, war ihre Mutter untröstlich, aber ohne eine Träne. Sie weinte auch bei der Beerdigung nicht, sondern warf starren Blicks eine Handvoll Erde auf den kleinen Sarg.

Sie entschied, kein weiteres Kind zu bekommen. Das Risiko, es zu verlieren, war ihr zu groß. Sie wollte sich diesem Schmerz nie wieder aussetzen.

Das teilte sie in dürren Worten ihrem Mann mit. Sie bestand auf getrennten Schlafzimmern und empfahl ihrem Ehemann kühl, sich auf diskrete Weise eine ebenso diskrete Geliebte zu suchen.

Während Theresa noch ihren Gedanken nachhing, hob Hugo erneut ihr Glas, um wieder auf die Liebe anzustoßen. Theresa warf ihr einen missbilligenden Blick zu. Aber noch bevor sie etwas einwenden konnte, sagte Guido liebevoll: »Auf Bärchens Gesundheit und auf dass mein Bruder vom heiligen Geist erleuchtet werde, baldmöglichst.«

Die Schwestern atmeten auf, nachdem Eduard nach Heidelberg aufgebrochen war.

»Ich bin froh, wenn er so bald nicht wiederkommt«, sagte Clara. »Er ist ein fremder, wilder Mann.«

»Ja«, sagte Antonia. »Fast wie einer von den Schrinks. Wir müssen unsere Fee fragen, was zu tun ist.«

Clara wusste längst, wenn Antonia »wir« sagte, meinte sie doch immer nur »ich«. Sie beschloss, Molche im Schlossteich zu fangen und sie Onkel Guido zu schenken. Vielleicht würde er ihr aus Dankbarkeit ein wenig von der Fee erzählen.

Als sie zu ihm kam, saß er in seinem Turmzimmer und sah mit dem Fernglas aus dem Fenster. »Ich müßte natürlich auf Bäume steigen«, murmelte er. »Dann könnte ich sie besser beobachten.«

»Hier sind Teichmolche für dich, Onkel Guido«, sagte Clara und goss die fünf zappelnden Tiere aus ihrer Tasse in eine geblümte Pozellanschüssel. »Du darfst sie behalten.«

»Sehr schön, vielen Dank, Clara. Sie sind bei mir gut aufgehoben. Willst du durch dieses Fernrohr schauen? Man kann bis zu den Häusern am Dorfrand sehen, sogar bis an den Rand des Waldes.«

Clara nahm das Fernglas und sah hindurch. Alles schien auf seltsame Weise näher gerückt.

»Es sieht verändert aus«, sagte sie erstaunt.

»Nicht wahr?« Onkel Guido schien erfreut. »Sieh nur, man kann sogar das Haus der schrecklichen Schrinks sehen.«

Das brachte Clara wieder zurück zu ihrem ursprünglichem Wunsch. »Die Schrinks sind hinter uns her«, sagte sie düster. »Papa ist hinter uns her. Was kann die Fee uns raten?«

Sie zog an Onkel Guidos Tweedjackett. Er ließ das Fernglas sinken.

»Eure Fee? Meinst du Elisabetta? Die schöne Frau auf dem Bild? Warum sollte sie euch was raten?«

Clara klagte ihr Leid. »Vielleicht kann sie uns helfen.«

Zu ihrer Überraschung ließ Guido sich dazu herab, einige Sätze über Elisabetta zu sagen. »Es geht mir viel im Kopf herum, und ich kann mich nicht mehr so genau erinnern. Doch der Junge, der mir das Bild geschenkt hat, sagte, Elisabetta habe den Menschen Glück gebracht. Sein Großvater hat sie um Rat gefragt bei wichtigen Entscheidungen, und Elisabetta hat ihm offenbar das Richtige eingeflüstert.«

»Vielleicht könnte sie Papa raten«, sagte Clara traurig. »Er scheint verwirrt zu sein.«

»Ich würde sie an eurer Stelle eurem Vater gegenüber nicht erwähnen die nächste Zeit. Es sieht so aus, als wäre er allergisch gegen Feen.«

Sie schwiegen eine Weile. Als Guido wieder durch sein Fernglas schauen wollte, zupfte Clara ihn noch mal am Ärmel. »War Elisabetta schon immer eine Fee oder ist sie es erst im Laufe ihres Lebens geworden?«

Guido überlegte und versuchte sich an das zu erinnern, was Vicenzo im erzählt hatte. »Ich glaube«, sagte er langsam, »Elisabetta wurde erst nach ihrem Tod zu einer Fee. Um anderen Menschen zu helfen. In ihrer normalen Erdenzeit lebte sie wie viele Frauen. Verheiratet war sie mit einem Italiener, es muss wohl so hundertfünfzig Jahre her sein.« Er runzelte die Stirn. »Oder waren es zweihundert oder dreihundert? Ich komme mit Jahrzehnten und Jahrhunderten immer durcheinander. Aber das ist letztlich auch nicht wesentlich. Sub spezie aeternitatis«, fügte er feierlich hinzu.

»Was bedeutet das?« Guido erklärte Clara, das bedeute, angesichts der Ewigkeit sei das kleine dumme Leben eines Menschen unbedeutend und ein Jahrhundert eigentlich auch.

Clara fand, ihr Onkel wäre einmal mehr keine große Hilfe. »Sub spezie aeternitatis« gab es da schließlich noch ihr eigenes junges Leben. Was war damit?

»Schade, dass du Elisabettas Gedanken nicht empfangen kannst«, sagte Guido bedauernd. »So müssen wir uns ganz allein auf Antonia verlassen.«

Clara nickte. »Ich glaube, Antonia versteht nicht alles, was die Fee sagt. Liegt das vielleicht daran, dass Elisabetta nur Italienisch spricht?«

Onkel Guido blickte überrascht auf. »Aber nein, sie spricht auch Deutsch. Sie kam doch schließlich aus Deutschland, habe ich dir das noch nicht erzählt? Sie war Deutsche und hat einen Italiener geheiratet.«

Das fand Clara aufregend, aber Guidos Geduld war erschöpft. »Elisabettas Geschichte ist etwas kompliziert. Ich habe mir nicht alles merken können, was der italienische Junge erzählt hat. Wenn du mehr darüber wissen willst, musst du deine Mutter fragen.«

Clara berichtete ihrer Schwester Antonia alles, was sie von Guido erfahren hatte. Sie gingen gleich, um Bärchen nach dem Bild auszufragen, doch ihre Mutter wusste nicht, was Guido meinte. Sie wirkte abwesend und bedrückt. »Es gibt nur eine Frau in meiner Familie, die einen Italiener geheiratet hat«, sagte sie düster. »Aber sie war weder glücklich, noch war sie eine Fee. Ich will nicht darüber sprechen. Und nun lasst mich allein.«

In der nächsten Nacht erschien Antonias Fee. Sie pfiff nicht und führte sich in keiner Weise frivol auf. Sie sprach in klarem Deutsch und schlug Antonia vor, zum großen

Herbstfest nach Schloss Waldesruh zu fahren. Sie würde dort jemanden kennenlernen. »Alles Weitere wirst du dann schon sehen«, war alles, was sie sagte. Sie lächelte, doch Antonia sah Traurigkeit und Wehmut in ihren Augen.

Das Herbstfest auf Schloss Waldesruh hatten die Haimburgs in früheren Jahren gewissenhaft absolviert, die Einladung für das diesjährige Fest hatte Bärchen über Eduards Rückkehr schlicht vergessen. Als Antonia und Clara erst ihre Mutter und schließlich Großmutter Theresa darauf ansprachen, ernteten sie überraschenderweise wohlwollende Zustimmung.

»Es wäre eine hübsche Abwechslung für die Kinder«, sagte Theresa.

»Sie könnten einige ihrer zukünftigen Tanzpartner kennen lernen«, sagte Bärchen.

»Ich kann Tante Edel und Tante Luipolda wiedersehen«, sagte Theresa.

Telefonisch informierten sie Eduard, der ihrer Reise gnädig zustimmte.

Hugoline, froh, Saba und ihre Möpse für einige Tage ganz für sich zu haben, schützte eine Grippe vor, die sie zur Lungenentzündung aufbauschte.

Onkel Guido erklärte, er wolle sein neues Hobby nicht im Stich lassen: er beobachtete Vögel.

»Natürlich sind es keine normalen Vögel«, vertraute er seiner Mutter an. »Es sind Engel, die sich als Vögel tarnen. Ich werde versuchen, einen für mich einzufangen.«

Sohn Maximilian blieb bei Anna und Luise, Onkel Guido wurde der Obhut Pfarrer Ferdinands übergeben, der sich hocherfreut zeigte über den an theologischen Fragen interessierten Gesprächspartner.

Schloss Waldesruh war mit einem roten Bimmelbähnchen, genannt der »Rote Rüttler«, in drei Stunden zu erreichen. Auf dem kleinen Landbahnhof nahe Haimburg herrschte furchtbares Gedränge. Die Bahnbeamten hatten mehr Billetts verkauft, als der Zug Plätze hatte, das war unübersehbar. Während Bärchen ihren Kindern auf dem Bahnsteig einschärfte, sich anständig zu betragen und Hugoline nach einem Gepäckträger rief, stand Großmutter Theresa starr wie ein Betonpfeiler in einem grünen Lodenmantel inmitten des Durcheinanders von Koffern, Dienstboten, Verwandten, Kindern.

Sie litt sichtlich unter dem Tumult. Es war kühl, aber wie immer in solchen Situationen fühlte sie sich überhitzt, als habe jemand ihrem Körper kochendes Wasser eingeflößt.

Jedem, der mit erhobenen Armen erwartungsfroh und sentimental auf sie zukam, machte sie unmissverständlich klar, dass sie keine Umarmungen wünsche.

»Bitte keine Küsse! Dafür ist es zu heiß!«, sagte sie in gewohnter Manier mit großer Entschiedenheit. »Ich weiß eure guten Wünsche und die Anteilnahme zu schätzen. Danke schön. Wenn du die Güte hättest, jetzt endlich einzusteigen, Bärchen, hör jetzt auf mit der Küsserei. Antonia, Clara, hierher.«

Sie tätschelte Guido flüchtig die Wange. »Auf Wiedersehen, mein Guter. Hugo, mach nicht soviel Gewese nur wegen einer Reise. Deine Lungenentzündung ist offenbar viel besser, nicht wahr? Schön, dass du uns zum Bahnhof begleitet hast. Natürlich wird alles gut gehen. Nein, bitte keine Küsse, ich sagte es bereits. Meine Lieben, wir sind bald wieder da. Ich verlass mich auf euch in der Zwischenzeit.«

Der Zug fuhr pfeifend ein.

»Achtet auf mich und kommt mit den Koffern hinterher«, rief Theresa, nahm Clara und Antonia an der Hand und kämpfte sich energisch zu einer der Türen vor. Sie klopfte einem dicken Herren, der sich an ihr vorbeidrängen wollte, mit ihrem Regenschirm kräftig auf den Rücken und schrie empört: »Was erlauben Sie sich! Sie werden mich kennen lernen!«

Es gelang ihr, als eine der Ersten den Zug zu besteigen. Schnell betrat sie ein leeres Coupé und riss das Fenster auf. »Diese Hitze«, stöhnte sie. Dann packte sie Clara, hob sie hoch und schrie quer über den Bahnsteig. »Keuchhusten,

Keuchhusten, das Kind ist ansteckend, es hat Keuchhusten. Und die anderen vier Kinder haben ebenfalls Keuchhusten. Ich warne Sie!«

Dabei schüttelte sie Clara und zischte ihr ins Ohr, »Los, husten! Laut husten, es muss krank und schlimm klingen.« Clara hustete so überzeugend sie es vermochte, und als sie nicht mehr konnte, löste Antonia sie ab. Ihre Großmutter hustete auch, um glaubhaft zu machen, dass weitere vier Kinder dem Leiden anheim gefallen wären, sie ebenfalls erbärmlich dran wäre, und dieses Abteil unter Quarantäne stünde.

Bärchen drängte sich hinein, und Guido reichte durchs Fenster die Koffer und winkte. Saba, Anna und Tante Hugo wedelten mit Taschentüchern. Otto und Karl-Heinz kläfften.

Theresa zog die Vorhänge zum Gang hin zu, hob ihre behandschuhte Hand und winkte huldvoll zurück. Sie war, wie sie es beabsichtigt hatte, mit ihrer Schwiegertochter und ihren Enkelinnen allein. Niemand hatte es gewagt, das Hustenabteil zu betreten.

Auf Schloss Waldesruh waren schrecklich viele Menschen versammelt. Großmutter Theresa musste 108 Handküsse und fast ebenso viele Knickse über sich ergehen lassen. Bärchen lachte zum ersten Mal seit längerer Zeit wieder ausgelassen, tauschte sich mit einer belgischen Gräfin über Handleserei aus, bekannte ihre Zuneigung zu Möpsen und wetterte gegen die neumodische Verzückung für Pinscher.

Clara hörte sich einen langen, umständlichen Vortrag von einem rothaarigen Jungen an. Es ging um ein Experiment mit einem Dampfkessel, das er im Keller gemacht hatte. Clara interessierte sich nicht für Dampfkessel. Sie hörte nur zu, weil der Junge sich damit gebrüstet hatte, Klavier spielen zu können. Vielleicht würde er ihr etwas vorspielen, später.

Antonia ging im Saal herum, als suchte sie jemanden. Plötzlich blieb sie stehen und starrte einen Jungen an, der mit anderen abseits stand. Er war wenige Jahre älter, aber um einiges größer als sie. Er hatte schwarze Haare und die schönsten dunklen Augen, die sie je gesehen hatte. Er bemerkte nicht, dass sie ihn durchdringend musterte. Schließlich ging Antonia zu ihm und zupfte an seiner Anzugjacke.

»Wie heißt du?«

»Vicenzo«, sagte der Junge und lächelte. »Vicenzo Marasini. Kann ich dir irgendwie helfen?«

»Ich heiße Antonia«, sagte Antonia. »Antonia Comtesse Haimburg. Du und ich, wir werden heiraten.«

Alle lachten. Der Junge, der Vicenzo hieß, auch. Nur Antonia lachte nicht.

11

Meine Tage in Heidelberg gefielen mir trotz der anhaltenden Bewusstlosigkeit meiner Schwester. Vormittags ging ich sie besuchen, danach plauderte ich mit dem Arzt, wenn er keine anderen Termine hatte. Ich freute mich auf die Gespräche mit ihm, ich freute mich darauf, ihn zu sehen. Oft gingen wir einfach nur spazieren, und ich war hingerissen von der Neckarpromenade, den alten Häusern, den guten Restaurants, den Weinstuben. Ich war als Kind hier gewesen, aber nur selten als Erwachsene. Heidelberg war wunderschön.

Meine Arbeit mit Michael machte mir ebenfalls Freude, auch wenn ich bis jetzt noch nicht erreicht hatte, dass er Lieder und Klavierstücke in verschiedenen Interpretationen spielte. Er gab es so wieder, wie er es von mir gehört hatte. Er weigerte sich auch zu improvisieren, obwohl er es durchaus gekonnt hätte. Er sprach wenig, fasste jedoch langsam Vertrauen zu mir.

Der Doktor erzählte mir, er sei nicht mehr so scheu gegenüber den anderen Kindern in der Klinik. Seine Mutter hatte sich für die nächste Woche angesagt und ich hatte mich arglos bereit erklärt, mit ihr über Michael zu sprechen.

Doch zunächst stand die Einladung meiner Großmutter an. Das Abendessen im Schloss fand im großen Esszimmer statt, wie ich erwartet hatte. Großmutter Theresa hatte den

Tisch mit Blumen dekorieren und englisches Porzellan und Silber auflegen lassen. Ich trug mein langes, grünes Kleid und begrüßte mit meiner Großmutter, die in hellblauer Seide zerbrechlich und schön aussah, die Gäste. Luise und einige Mädchen aus dem Dorf in weißen Schürzen und schwarzen Röcken servierten Cocktails.

Tante Hugoline, mit der ich einige Male telefoniert hatte, freute sich überschwänglich, mich zu sehen. Sie lebte inzwischen im Gästehaus mit Saba und ihren Hunden, war im Dorf heimisch geworden, organisierte Bridgeabende und fühlte sich offenbar sehr wohl. Sie war noch fülliger geworden und noch sentimentaler als früher, soweit das möglich war, aber ich fand ihre Verfassung fabelhaft. Sie trug ein dunkelrotes Taftkleid, das bei jedem Schritt raschelte, als würde jemand eine Zeitung umblättern. Ihr graues Haar hatte sie wie üblich zum Dutt zusammengesteckt, und mit strahlender Miene machte sie Honneurs. Ihre Möpse, die Nachfolger von Otto und Karl-Heinz, hatte sie für diesen Abend im Gästehaus gelassen.

Doktor Moser, der mich begleitete, gab meiner Großmutter die Hand, küsste sie aber nicht, wie mir auffiel. Er sah fremd aus in seinem schwarzen Anzug, dem weißen Hemd und der Fliege, kein bisschen wie ein Arzt.

»Sie sehen aus wie ein vornehmer Pinguin«, sagte ich und lächelte ihn an.

»Danke, sehr schmeichelhaft. Ihr grünes Kleid ist auch nicht übel. Passt zu Ihrer neuen Frisur. Überhaupt tut Ihnen das Leben in einer hübschen Stadt wie Heidelberg offenbar gut. Sie werden täglich schöner.«

Ich wurde rot und sagte brüsk: »Noch mehr Komplimente, Doc?«

»Oh, noch zwei Dutzend«, sagte er.

Ich sah ihn an, als hätte er mir lauwarmen Kaffee angeboten, zog die Augenbrauen hoch und wandte mich meiner Großmutter zu. Moser grinste und nahm sich einen Cocktail.

»Guten Abend, Baron und Baronin Sahlpfluck«, sagte meine Großmutter gerade herzlich und reichte einer Dame die Hand. Baronin Sahlpfluck sah aus wie eine beleidigte alte Eule.

»Darf ich Ihnen meine Enkelin Clara vorstellen?«

Die Baronin hatte etwas um sich drapiert, was wie eine riesige Pferdedecke aussah. Offenbar fror sie. Sie hielt mir ihre mit zahllosen Ringen geschmückte Hand hin und musterte mich missvergnügt.

»Guten Abend. Sie sind Eduards Tochter und schon lange aus dem Haus, nicht wahr? Ich kenne Sie nicht. Und wer weiß, ob Sie mir gefallen würden, sollte ich Sie kennen lernen. Immerhin, Sie spielen Klavier, nicht wahr? Und singen Sie nicht völlig unziemlich mit irgendwelchen englischen Musikanten?«

Ihr Mann murmelte irgendetwas und zog sie zu einem der Cocktailtabletts. Ich wusste nicht, ob ich amüsiert oder verärgert sein sollte über ihre Direktheit.

»Wer sind die beiden?«, fragte ich meine Großmutter.

»Alte Bekannte deines Großvaters. Mach dir nichts aus dem Gerede. Ich kenne sie selbst nicht sehr gut, weil sie lange im Ausland gelebt haben. Doch sie haben mir nach Großvaters Tod immer sehr liebevoll geschrieben.«

Insgesamt würden wir zu zwölft sein beim Essen. Moser sprach mit einem Mann mittleren Alters, der ohne Begleitung gekommen war. Ich hielt ihn mit seinem ansehnlichen Bauch und seinen roten Wangen für einen wohlgenährten Gutsbesitzer. Manchmal lachte er dröhnend und wippte auf seinen Zehenspitzen vor und zurück.

»Unser Bürgermeister, ohne seine Frau. Sie ist krank«, sagte Großmutter Theresa. »Sein Name ist Gottlieb Häfner. Er ist herzensgut und schlauer, als er aussieht. Ist der beste Mann, den wir finden konnten für unser Dorf.«

Ich nickte, trank meinen Gin Tonic und genoss es, nach so langer Zeit wieder im Schloss zu sein.

Meine Großmutter stellte mir gerade das Fürstenpaar Locmont vor – französischer Hochadel, wie immer furchtbar höflich und vornehm –, als eine große, schöne Dame auftrat, die in meinem Alter war. Sie tänzelte auf meine Großmutter zu wie eine Tigerin.

»Theresa, Liebste«, rief sie und klapperte dabei mit ihren Augen, als wollte sie meine Großmutter verführen. »Ich danke dir ja so sehr für deine Einladung! Ist es nicht zu schade, dass Philipp heute verhindert ist? Tut mir Leid, dass wir erst so kurzfristig Bescheid gesagt haben. Du siehst gut aus, meine Liebe.«

»Danke«, sagte meine Großmutter ungerührt. »Es gibt auch keinen Grund, schlecht auszusehen.«

»Philipp bedauert wirklich außerordentlich, meine Teuerste. Ich hoffe, ich bekomme als Tischherrn eine anständige Entschädigung.«

Meine Großmutter lächelte. »Aber sicher, Caroline. Keine Sorge. Das ist Clara, meine Enkelin.«

Wir gaben uns die Hand. Sie musterte mich einen Moment, und ich spürte, dass sie mich nicht ausstehen konnte. »Guten Abend«, sagte sie und lächelte kühl. »Ich bin Caroline von Schelden und arbeite als Malerin in Heidelberg. Ich kenne Ihre Schwester Antonia ganz gut. Tragische Geschichte, vor allem so kurz vor der Hochzeit.«

Ich nickte und sagte nichts. Wie konnte meine Großmutter nur eine derart taktlose Person einladen? Sie wandte sich ab und wurde lautstark von einem großen attraktiven Mann begrüßt, der sie heftig drückte.

»Baron Kloiber«, sagte Großmutter Theresa leise. »Er und Caroline kennen sich schon seit ihrer Kindheit. Ich habe sie heute abend nebeneinander gesetzt, weil Philipp, ihr Verlobter, abgesagt hat.«

»Und wer ist diese grässliche Caroline?«, fragte ich leise.

»Heute Abend unser Gast. Du wirst sie entsprechend behandeln«, sagte meine Großmutter.

Baron Kloiber sah ein bisschen aus wie der ältere Gary Cooper, nur nicht ganz so magenkrank und ernst. Er küsste sämtliche anwesenden Damenhände, natürlich nur die rechten, stellte sich mir vor und bestand darauf, mich an einem der nächsten Tage im Krankenhaus zu treffen.

»Damit wir uns kennen lernen«, sagte er und lächelte gewinnend. Die Aussicht, ihn zusammen mit meinem Vater zu erleben, verlockte mich wenig. Aber vielleicht würde ich mehr über den tragischen Abend erfahren können. Ich versprach, ihn an einem der nächsten Tage im Zimmer von Antonia zu treffen.

Er drehte sich wieder Caroline zu, die gerade Moser und den Bürgermeister angurrte.

Meine Großmutter klatschte in die Hände und sagte. »Zu Tisch, meine Herrschaften, zu Tisch.«

Moser saß neben mir, war aufmerksam, machte mir weitere Komplimente und besah sich die übrige Tischgesellschaft mit amüsiertem Staunen.

Tante Hugo erzählte der lauschenden Runde von einem Ehepaar, das gerade eine Reise durch Deutschland gemacht und dabei auch die entferntesten Verwandten besucht hatte. »Unglückseligerweise ist die Frau krank geworden, sehr krank und hat die Frechheit besessen, fernab von zu Hause im Gemäuer einer händeringenden Tante abzuleben«, sagte Hugo.

»Natürlich hätte es von mehr Anstand gezeugt, wenn sie am Leben geblieben wäre«, sagte Großmutter Theresa trocken. »Sie wird das im Himmel mit ihren Verwandten erörtern können.« Fast alle lachten.

Die französischen Locmonts und das Ehepaar Sahlpfluck begannen sich über die Unbequemlichkeit des Reisens auszutauschen.

»Man kann sich mit dem Zug ja nirgends mehr hinbegeben«, seufzte Baronin Sahlpfluck. »Man sitzt ja heute mit Krethi und Plethi in der ersten Klasse. Alle Welt fährt mit dem Zug, schauderhaft!«

Ihr Mann Heinrich nickte zu allem, was seine Frau sagte. Sie waren sicher eine beträchtliche Anzahl von Jahren verheiratet, und er hatte längst begriffen, dass Widerspruch zwecklos war. Er sah aus wie ein erschöpftes Pferd.

»Wissen Sie, mein Mann hat Asthma, und so begaben wir uns letzten Winter ans Meer nach Italien, nach Bordighera, um genau zu sein. Aber das Hotel dort! Die Suite klein, die Terrasse voller Blätter. Schlechter Service, kein Flair, keine Allure. Wir waren sehr enttäuscht, nicht wahr, Heinrich?

Und die Südländer scheinen so gut wie nie zu arbeiten, immerzu sitzen sie herum und schauen in die Sonne.«

»Horrible!«, sagte Fürstin Locmont und schauderte empfindsam. »Vraiment horrible! Wir fahren im Winter nur noch nach Italien, wenn wir bei guten Freunden unterkommen können. In Häusern mit allem Komfort. Italienische Hotels sind häufig doch recht schlampig geführt.«

»Ich liebe Italien«, widersprach Tante Hugo verträumt. »Man denke nur, all diese Seen in Oberitalien. Und das viele Meer. Der köstliche Fisch, den man dort essen kann. Und Fisch ist so gesund.«

Sahlpflucks und Locmonts sahen sie indigniert an. Offenbar hatte Hugo sie nicht richtig verstanden. War nicht gerade die Rede davon, wie grässlich Italien sein konnte?

Tante Hugo, und dafür liebte ich sie, beachtete die indignierten Mienen nicht und fuhr fort: »Die Italiener sind so fröhlich, finde ich. Und auch die älteren Menschen haben ihren Platz in der Gesellschaft. Man gibt den alten Leuten dort anständig zu essen, und abends werden sie zum Lüften vor die Tür gesetzt. Gibt es ein schöneres Land?«

»Nun, also ...«, räusperte sich Baron Kloiber, aber Hugo unterbrach ihn.

»All diese Künstler, die Italien hervorgebracht hat. Vivaldi, Caruso, Verdi, Puccini. Und natürlich die Maler, Michelangelo und Leonardo, weiß Gott, dieses Land ist gesegnet mit wundervollen Menschen.«

»Mussolini allerdings war kein so wundervoller Mensch, Hugo«, bremste Großmutter Theresa die Schwärmerei ihrer Schwester.

»Gewiss nicht«, rief Caroline von Schelden. »Er war ein schrecklicher Rohling!«

»Absolument!«, sagte Fürst Locmont, und seine Frau nickte.

»Ich möchte meinen Lebensabend in Italien verbringen«, sagte Hugo ungerührt. »Mit meinen Möpsen. Ich werde sie dann umtaufen in Matheo und Claudio.«

»Ha!«, rief meine Großmutter. »Welchen Lebensabend? Unser Lebensabend hat bereits begonnen, Hugo. Wie lange er dauert, weiß keiner. Wenn du dich also in irgendeinem italienischen Kaff abends zum Lüften vor die Tür setzen willst, wird es langsam Zeit.«

Alle lachten. Hugo sah ihre Schwester an, als hätte sie sie nicht verstanden. »Ich ziehe in eine kleine Villa in ein schönes Dorf. Sechs Zimmer, mehr brauche ich nicht, einen kleinen Garten, meine Hunde. Ein paar Bedienstete. Alles sehr bescheiden.«

Hugos Italienpläne wurden unterbrochen durch Luise, die den Hauptgang servierte. Eigentlich war das Essen für die Jahreszeit zu schwer. Wir aßen Rehrücken mit Pfifferlingen, dazu gab es Rotkraut, Rosenkohl und Kartoffelklöße.

»Köstlich«, sagte Baron Kloiber. »Ihr Vater ist ein hervorragender Schütze, Clara. Wir gehen oft gemeinsam auf die Jagd.«

»Aha«, sagte ich. Alle verfielen in Schweigen, als der Name meines Vaters erwähnt wurde.

»Werden Sie uns gleich etwas vorspielen?«, fragte Caroline von Schelden und lächelte mich zuckersüß an. »Es heißt, Sie spielen gut Klavier und sind mit Ihrer Gruppe in London ganz erfolgreich.«

Wir sind in ganz Europa erfolgreich, du Mistbiene, dachte ich. Bevor ich antworten konnte, sagte meine Großmutter: »Nein, Klavier spielen wird sie nicht. Meine Enkelin ist selten hier und soll ihre Zeit darauf verwenden, sich mit mir und anderen zu unterhalten. Sie können sich ja später zu Hause eine ihrer Schallplatten anhören.«

Ich tat genau das, was meine Großmutter sagte. Ich unterhielt mich den ganzen Abend über und ich genoss es, ohne dass mich die Frage losließ, was Caroline von Schelden wohl gegen mich haben mochte.

Spät nachts fuhren wir nach Heidelberg zurück. Der Doc steuerte den Wagen und war schweigsam. Ich fragte mich gerade, ob ihn wohl etwas verstimmt haben könnte, als er sagte: »Baron Kloiber wirkte heute abend wesentlich gelöster als bei seinen Besuchen im Krankenhaus.«

»Ja, seltsam«, sagte ich, »wenn man bedenkt, dass er diese grässliche Caroline ertragen musste.«

»Ach, sie ist ein bisschen überkandidelt und inszeniert sich gern. Aber eigentlich ist sie gar nicht so übel. Außerdem sieht sie wirklich umwerfend aus.«

Dem konnte ich nichts entgegensetzen. Caroline von Schelden ist eine Schönheit, dachte ich. Und kalt wie eine Hundeschnauze.

Für den nächsten Tag, es war ein Sonntag, hatte sich Michaels Mutter angekündigt. Sie hieß Waltraut Reiser, wie mir Moser mitteilte. »Sie ist ein wenig gewöhnungsbedürftig«, sagte er. Mehr nicht. Ich war nicht vorbereitet auf die aufgedonnerte, große Frau, die mit lauter Stimme ins Büro stürmte.

»Wo ist mein Junge, Doktor? Ich möchte ihn auf der Stelle sehen. Ich bin nicht den weiten Weg hergekommen, um hier meine Zeit zu vertrödeln. Wer um alles in der Welt ist das?«

Die Frau, die mich jetzt mit zusammengekniffenen Augen musterte, trug ein grünes Kostüm und einen unpassenden Hut dazu. Einige rote Haarsträhnen umrahmten ihr stark geschminktes Gesicht. Sie hatte Schuhe an mit hohen Absätzen, auf denen sie schwankte wie eine chinesische Dschunke im Taifun. Dabei strahlte sie eine vibrierende Sinnlichkeit aus, gepaart mit Aggressivität.

Sie kam mir bekannt vor, aber ich konnte mich nicht erinnern.

Sie hingegen hatte nicht die geringste Mühe, mich wiederzuerkennen.

»Clara Gräfin Haimburg, sieh an«, sagte sie und ging um mich herum, als wollte sie sich vergewissern, ob ich es auch wirklich wäre. »Heute macht sie Musik, nicht wahr? Die Cinderella Girls, stimmt's? Früher rannte sie durchs Gebüsch wie ein verschrecktes Huhn und versteckte sich. Hab ich Recht? Dich hätte ich nicht hier erwartet, Clara. Kannst dich wohl nicht mehr auf eine alte Spielgefährtin besinnen, was?« Sie grinste und genoss meine Unsicherheit.

»Winnie? Bist du das, Winnie?«

Konnte diese stämmige Erscheinung mit den hochgesteckten Haaren das Mädchen sein, das Antonia und mir samt ihren Brüdern früher aufgelauert hatte? Winnie, eins der Schrink-Mädchen?

Sie warf den Kopf in den Nacken, lachte und plumpste mit einem Seufzer in einen der Sessel. »Endlich fällt der Groschen. Na, die Schnellste warst du ja noch nie, was? Wer hätte gedacht, dass wir uns mal in einem Krankenhaus wiedersehen. Hab die Geschichte von deiner Schwester gehört, tut mir wirklich Leid. Aber das wird schon wieder.«

Sie zündete sich eine Zigarette an und zog gierig den Rauch ein.

»Es tut mir auch Leid wegen deines Sohnes, wegen Michael«, begann ich.

Sofort fuhr sie auf. »Was weißt du von meinem Michael? Doktor, das geht niemanden etwas an. Wie kommen Sie dazu, Clara etwas von meinem Sohn zu erzählen? Schweigepflicht haben Sie. Schon mal davon gehört? Ich will genauso behandelt werden wie diese piekfeine Dame hier, verstanden? Was hat sie also mit meinem Jungen zu schaffen?«

»Clara spielt Klavier mit Ihrem Sohn«, sagte der Doc. »Das war meine Idee. Wir machen seither Fortschritte. Clara hält ihn für außergewöhnlich begabt.«

»Ich bin begeistert von seinem Talent, Winnie«, sagte ich schnell. Sie schoss vom Sessel hoch, stemmte die Hände in die Seiten und baute sich vor mir auf.

»Halt die Klappe oder ich scheiß dir in den Hals!«, schrie sie. Sie kam ganz nah, zog mich an den Knöpfen meiner Jacke an sich heran, ich spürte ihren Atem in meinem Gesicht. Sie roch nach Zigaretten und Bier.

»Leg dich nicht mit mir an, du kleine Schlosstrulla, verstanden? Das ist schon damals immer schlecht ausgegangen für dich. Ob du vom Talent meines Sohnes begeistert bist oder nicht, interessiert mich nicht. Ich werde ihn nicht weggeben, basta! Und keiner wird ihn mir wegnehmen.«

»Lass mich los, Winnie«, sagte ich. Ich hoffte, dass meine Stimme ruhig klang. »Keiner will dir Michael wegnehmen.«

»Was sich allerdings ändern kann, wenn Sie sich weiter so aufführen, Frau Reiser«, sagte Moser ungewöhnlich scharf.

Winnie ließ mich los und strich um meinen Sessel, wachsam wie eine Katze. Sie hatte sich noch nicht beruhigt.

»Hören Sie schon auf, Doktor, ich weiß doch Bescheid. Was hat euch mein Bruder Peter erzählt? Na los, spucken Sie's aus. Was werdet ihr mir anhängen? Ich vernachlässige mein Kind? Weil ich ein Geschäft zu führen habe? Das er später übernehmen soll? Oder werdet ihr sagen, ich schlag ihn, weil ich ihm manchmal einen Klaps gebe? Er schreit manchmal und wirft sich auf den Boden, na und? Also, was wollt ihr gegen mich vorbringen, was, Clara, was?«

Ich verstand nicht, was hier vor sich ging. Was hatte Peter Schrink damit zu tun? Warum hatte der Doc mir verschwiegen, dass Michael offenbar gegen den Willen seiner Mutter hier war? Gab es juristische Gründe? Ich fühlte mich unbehaglich. Moser wurde von einer Krankenschwester herausgebeten und verschwand, eine Entschuldigung murmelnd.

»Winnie, sei vernünftig«, sagte ich.

»Wer ist hier nicht vernünftig?«, fauchte sie angriffslustig und ging weiter auf und ab. »Ich werde ihn mitnehmen, heute.« Sie schrie wieder. »Er gehört zu seiner Mutter. Er ist bei mir besser aufgehoben. Ich weiß, was er braucht.«

Sie kreischte weiter und weiter und umkreiste meinen Sessel dabei wie eine Hyäne ihre Beute. »Du hast kein Kind, was? Schaff dir selbst eins an, wenn du so dringend jemanden brauchst mit dem du herumklimpern kannst auf dem Klavier.«

Ihre Bemerkung traf mich wie eine Ohrfeige. Ich schloss kurz die Augen, schluckte und atmete tief durch.

»Winnie, wie kommt es, dass Michael so fabelhaft Klavier spielt? Beantworte mir nur diese Frage. Es interessiert mich rein professionell.«

Sie stutzte einen Moment, hörte immerhin auf herumzulaufen, ließ sich wieder in den Sessel fallen.

»Weiß nicht«, sagte sie mürrisch.

Ich wartete.

»Er war ein eigenartiges Kind, von Anfang an. Schlief wenig, aß wenig, was weiß ich. Ich konnte mich nicht kümmern um ihn, hatte mein Geschäft, hab ihn damals flott abgestillt und jemanden für ihn angestellt. Jaja, dieses Mädchen, die hatte es mit klassischer Musik. Hat sie ihm den ganzen Tag über vorgedudelt. Wie er drei ist, nehme ich ihn mit in meine Bar. Wir haben dort einen Klavierspieler, für die Gäste und so. Es gibt Erdnüsse, Drinks, Klaviermusik. Die Gäste mögen das. Na ja, anderes mögen sie noch lieber, die Unterhaltung im oberen Stock …«

»Winnie«, unterbrach ich sie. »Wer hat ihn unterrichtet?«

»Hm, lass mich überlegen«, sagte sie und wurde wieder ernst. »Er muss jeden gottverfluchten Tag da gewesen sein, in der Bar, meine ich. Hörte zu und so weiter. Unsere Klavierfritzen wechseln ziemlich häufig. Manchmal kletterte Michael auf einen Stuhl und spielte ein wenig. Die Gäste fanden's toll. Er war ja noch so klein.«

Sie lächelte. Offensichtlich gefiel es ihr, wenn Michael gut ankam.

»Er wollte Unterricht haben, lag mir damit in den Ohren. Richtigen Unterricht habe ich ihm nie bezahlt, halte nichts davon, klar? Er soll später das Geschäft übernehmen. Aber, gut, es gab einen älteren Mann, er hieß Billy oder Willy, er war Klavierspieler. War ne trübe Tasse. Aber er sagte, er wolle Michael unterrichten. Ich habe ja gesagt. Michael wollte es unbedingt. Er konnte zu der Zeit schon besser Klavier spielen als sprechen. Bitte sag Ja, hat er immer gebettelt, also habe ich Ja gesagt, klar? Also hat ihm dieser Billy oder wie er hieß vormittags in der Bar Unterricht gegeben.«

Sie blickte düster auf die Sessellehne. »War keine gute Idee, klar? Damals fingen seine Anfälle an.«

»Was genau fing an, Winnie?«

»Hm.« Sie beäugte mich wieder misstrauisch. »Ich weiß nicht, ob ich das erzählen soll, ohne dass ich weiß, was ihr vorhabt, klar? Ihr habt doch was vor, oder? Dieser Arzt und du, ihr habt doch …«

»Winnie, jetzt hältst *du* mal die Klappe«, sagte ich laut und stand auf.

»Ich weiß nicht, was hier läuft, ich habe keine Ahnung, was Doktor Moser vorhat. Ich jedenfalls will dir ganz sicher nicht dein Kind wegnehmen. Aber, hör zu: Michael ist musikalisch hoch begabt. Er hat ein bemerkenswertes Gehör und eine bewundernswerte Merkfähigkeit was Melodien und Musikstücke angeht. Aber er kann nur kopieren, verstehst du?«

»Was hat das damit zu tun, dass er sich manchmal auf den Boden wirft und schreit wie ein abgestochenes Schwein?«, fragte Winnie ärgerlich und zündete sich eine Zigarette an.

In diesem Moment kam Doktor Moser wieder herein.

»Nun?«, fragte er.

Ich beachtete ihn nicht.

»Mir liegt dein Sohn sehr am Herzen, Winnie. Warum erzählst du uns nicht einfach, wann diese Schreianfälle angefangen haben?«

Sie erzählte es uns schließlich.

Es war in den Sommerferien gewesen, vor einigen Wochen. Michael tat eigentlich kaum etwas anderes als Klavier spielen. Sein Lehrer – Billy oder Willy – erschien vormittags nicht zum Unterricht. Michael wartete auf ihn in der Bar wie jeden Morgen. Als der Klavierlehrer nicht kam, durchstreifte er die umliegenden Straßen, um ihn zu suchen. Er fand ihn in einer Gasse, nicht weit von der Bar entfernt.

Er lag auf dem Rücken und war tot. Michael warf sich über ihn und weinte, warf sich anschließend neben ihn ebenfalls auf den Rücken und schrie. Leute blieben stehen, versuchten ihn aufzuheben, er schlug um sich und schrie weiter. Ein Krankenwagen kam, die Sanitäter stellten fest, dass sie für den Klavierlehrer nichts mehr tun konnten und brachten das schreiende Kind nach Hause.

»Was war geschehen mit dem Klavierlehrer?«, fragte Doktor Moser.

»Er hatte einen Herzanfall. Er war nicht mehr der Jüngste.« Winnie blies Rauch in die Luft. »Tja, Doktorchen, so kann es gehen. Wer weiß, wann wir dereinst den Sargnagel auf die Nase kriegen, stimmt's?«

»Ich werde mit Michael über diesen Vorfall reden«, sagte der Doc. »Vielleicht bringt uns das weiter.«

»Und ich würde gern weiter mit ihm Klavier spielen, solange ich in Heidelberg bin.«

Winnie stand auf. »Meinetwegen. Aber vergesst nicht, er ist freiwillig hier, noch bin ich mit seiner Behandlung einverstanden. Aber nur solange Sommerferien sind. Er soll nichts in der Schule verpassen.«

»Winnie, wer ist eigentlich sein Vater?«, fragte ich unvermittelt. Ich suchte immer noch nach Erklärungen für seine ungewöhnliche Begabung.

»Keine Ahnung. Einer von den Amis, einer von den Besatzungsjungs, nehm ich an.« Winnie zuckte mit der Schulter. »Vielleicht jemand aus dem Dorf. Es gab so einige, Clara. Na und? Was dagegen? Wollte immer ein Kind und wollte es immer allein regeln, ohne Mann, klar? Spielt also keine Rolle, wer es war.«

Sie sah mich scharf an. Dann ging sie.

»Wieso haben Sie mich auf diese Naturgewalt nicht vorbereitet?«, fragte ich Moser.

»Ich hatte keine Ahnung, dass sich hinter Waltraud Reiser die Winnie Schrink aus Ihrer Jugend verbirgt«, verteidigte er sich. Sie muss sich irgendwann mal mit einem Reiser verheiratet und ihren amtlichen Vornamen wieder angenommen haben.«

Er erzählte mir, dass Winnie Angst hätte, man könnte ihr das Kind wegnehmen, weil diese Bar, die sie besaß, als anrüchig gelte.

»Eigentlich spielen die Leute nur Karten, hören ein wenig Jazz oder andere Musik, trinken. Aber es treiben sich eben auch einige Huren da herum. Oben im ersten Stock gibt es ein paar Zimmer. Alle drücken natürlich ein Auge zu, Winnie hat beste Beziehungen, wie man sich denken kann. Aber eine geeignete Umgebung für das Kind ist die Bar sicher nicht.«

Nachdem Michaels Lehrer so plötzlich verstorben war, hatte Winnie ihrem Sohn verboten, sich in der Bar aufzuhalten, erklärte mir Moser, gleichzeitig aber abgelehnt, ein Klavier in ihre Wohnung zu stellen.

»Für den Jungen muss das ein Albtraum sein«, sagte ich und dachte daran, wie wichtig für mich als kleines Mädchen die Musik war. Ich fragte, was Winnies Bruder damit zu tun hätte.

»Peter hat Michael hergebracht und mit mir gesprochen. Er hat sich allerdings nicht mit seinem Nachnamen vorgestellt, sondern nur gesagt, er sei Michaels Onkel. Ich dachte erst, er sei der Vater. Er war sehr ruhig und verständnisvoll.«

»Ich weiß, ich kenne ihn. Es gibt kaum jemandem aus der Schrink-Familie, den wir nicht kennen gelernt haben. Peter Schrink, Winnies Bruder, ist wohl der Beste von allen. Antonia und ich verdanken ihm viel.«

Doktor Moser setzte sich. »Erzählen Sie.«

12

Die Flüchtlinge waren fort. Die Haimburgs hatten ihr Anwesen wieder für sich.

»Überfüllte Züge, kleine Fett- und Brotrationen, unterernährte Säuglinge, Kohlenklau. Außerdem: internationale Konferenzen, viel Gerede von Menschenwürde, von Kollektivschuld, vom schwarzen Markt und von einer Währungsreform«, notierte Theresa in ihrem Tagebuch. »Viel Ärger mit Eduard«, stand da auch.

Sie und ihr Ältester hatten sich über die Erziehung seiner Kinder so heftig gestritten, dass er es ablehnte, die Mahlzeiten mit ihr gemeinsam einzunehmen. »Du kannst Clara und Antonia nicht behandeln wie Leibeigene«, hatte Theresa gesagt. »Du führst dich auf wie ein wild gewordener Ochse.«

Bärchens Widerstand war halbherzig, und schließlich gab sie ganz auf. Die Debatten zwischen Theresa und Eduard aber nahmen an Heftigkeit zu. »Einen bornierten, autoritären Kretin«, nannte sie ihren Sohn schließlich.

Das war mehr, als Eduard ertragen konnte.

Er wies Luise an, ab sofort im hinteren kleinen Esszimmer zu decken, weil er dort mit seiner Familie die Mahlzeiten einnehmen wollte. Theresa, Guido und Hugoline aßen im vorderen Esszimmer und sahen Bärchen und die Kinder nur, wenn Eduard geschäftlich unterwegs war. Alle litten unter der bitteren Stimmung, doch Eduard teilte seiner Frau und seiner Mutter mit, dass er einen gewissen Abstand für das Beste halte.

Wenn Eduard auf Reisen war, entspannte sich die Atmosphäre im Haus. Er fuhr regelmäßig nach Frankfurt, Hamburg oder Berlin, wo er Geschäfte tätigte, über die niemand Genaueres erfuhr. Außerdem hatte er ein Grundstück erworben, auf dem eine alte Fabrik stand, die er zu einer Druckerei umbauen ließ.

Aus Heidelberg hatte er einen schlecht gelaunten Hauslehrer mitgebracht, Georg Reitmüller. Eduard übertrug ihm die Aufsicht über seine Töchter. Gesang- und Tanzunterricht, entschied er, könnten warten. Reitmüller würde die Schwestern dafür in klarem Denken unterweisen.

Reitmüller war vor dem Krieg Lehrer für Griechisch und Latein gewesen. Jetzt hätte er sich gern zur Ruhe gesetzt, doch er brauchte Geld. Bärchen brachte er eine verdrießliche Höflichkeit entgegen, ihre zerbrechliche Schönheit schüchterte ihn ein. Die kleinen Mädchen aber behandelte er mit gezielter Boshaftigkeit. Er hielt sie für schlecht erzogen, für aufmüpfig und faul. Auch neidete er ihnen ihr privilegiertes Leben, fand es ungerecht, dass sie, im Gegensatz zu ihm, nicht nur eine Zukunft hatten, sondern dass sie begütert waren und in erlauchten Kreisen verkehrten. Diese Vorstellung verärgerte ihn, er würgte täglich an der Ungerechtigkeit der Welt und hatte eine Ader für Gemeinheiten. Die beiden Mädchen zu traktieren befriedigte ihn.

Nach Absprache mit dem Grafen übernahm er dessen Strafen und übertrieb sie je nach Laune. Die Schwestern verbrachten Stunden und Stunden im dunklen Wandschrank, Clara aß ihre Mahlzeiten regelmäßig vor dem Schlosstor. Manchmal steckte er sie auch in den Kartoffelkeller, wo sie sich entsetzlich fürchtete, weil sie glaubte, erstickte Schreie zu hören, ein fernes Heulen und leise Klagerufe. Reitmüller schlug die Kinder mit dem Rohrstock auf die ausgestreckten Hände, manchmal zog er ihnen auch mit der Reitpeitsche Eduards eins über. Er ließ sie in der Ecke stehen und Gedichte auswendig lernen, die sie ihrem Vater, so er zu Hause war, abends aufsagen mussten.

Theresa kannte nicht alle brachialen Maßnahmen des neuen Hauslehrers, doch sie hatte eine herzliche Abneigung gegen ihn gefasst und nannte Reitmüller verächtlich »einen üblen Mädchenzwirbler«. Sie hoffte, ihr Sohn möge zur Vernunft kommen. Auch Guido, Hugo, Anna und Luise mochten den Hauslehrer nicht, doch sie wussten, dass eine Einmischung Eduards Wut nur aufstacheln würde.

Lediglich Saba drohte Reitmüller Prügel an.

»Ich warne dich. Wenn du die Mädchen zu sehr rannimmst, kriegst du es mit mir zu tun«, sagte er. Wann immer er dazu Gelegenheit hatte, beobachtete er den Hauslehrer scharf. Bis dieser sich bei Eduard beschwerte und Saba Aufgaben außerhalb des Schlosses übertragen wurden.

Bärchen bot ihren Kindern keinen Schutz. Selbst wenn die Mädchen ihr stockend von Reitmüllers Wutanfällen berichteten oder weinten, wehrte sie sie mit den Worten ab: »Aber so böse wird er doch nicht sein, ihr müsst euch mehr Mühe geben, tut mir den Gefallen. Und eurem Vater auch.« Wenn es ganz schlimm war, versprach sie, mit dem Hauslehrer zu sprechen, doch sie tat es nie.

Bärchen konnte nicht anders. Sie wusste, dass ihr Mann keinen Widerspruch dulden würde, und so schien es ihr das Beste, sich zu fügen. Die Appelle von Großmutter Theresa, Guido und Tante Hugoline, sie müsse sich gegen Eduard behaupten, lösten bei ihr Schwindelanfälle und Schlaflosigkeit aus. Ihre hilfsbedürftigen Töchter machten ihr Angst, sie konnte nicht ertragen, wie sie nach Liebe suchten, ihren Beistand erflehten, nach ihr griffen.

So warf sie sich mit ihrer ganzen Liebe auf den kleinen Maximilian, dann wieder kränkelte sie und zog sich in lange, tiefe Erschöpfungszustände zurück.

Großmutter Theresa betete ob ihres verstockten Sohnes etliche Rosenkränze, nachdem Gott auf die verschiedensten Angebote, die sie ihm unterbreitet hatte, nicht eingegangen war.

Guido wollte mit Eduard nichts mehr zu tun haben. Er verbarrikadierte sich im Turmzimmer und weigerte sich, weitere von seinem Bruder eingeladene Mediziner zu empfangen.

Er hatte sich mit seinen Anfällen abgefunden und fügte sich mit bewundernswerter Gelassenheit und Freundlichkeit in sein Schicksal. Er ließ sich eine lange schmale Kiste zimmern, einem Sarg nicht unähnlich, die er wahlweise als Vorratskammer für Brot, Käse und Getränke nutzte sowie als Ablage für die Bibel und andere gottesfürchtige Werke. Einen guten Teil seiner Zeit verbrachte er damit, sich zu kämmen, sich vor einem großen Spiegel zu drehen, zu beten und guter Laune zu sein. Den Rest der Zeit füllte er damit aus, behende wie ein Affe in Baumwipfeln herumzuklettern, um als Vögel getarnte Engel zu beobachten.

Die Schwestern waren unglücklich. Sie litten unter den Spannungen der Erwachsenen und der Einsamkeit, in die ihr Vater sie gestoßen hatte. Zu den Dingen, die ihnen untersagt waren, gehörten auch die gemeinsamen, zwanglosen Teestunden mit den anderen.

Sie vermissten Annas liebevolle Art, aber auch Großmutter Theresa und ihre schroffe Strenge, Hugolines Aufgeregtheit sowie ihre dicken Hunde und Guidos Versponnenheiten.

Ihren tyrannischen Hauslehrer verabscheuten sie, jede auf ihre Weise. Antonia sprach wenig, ihr Interesse an der äußeren Welt ließ noch mehr nach, es erschien ihr verschwendet. Sie saß häufig mit ihrem Bild allein im Zimmer, summte vor sich hin, sah Elisabetta an und sprach leise mit ihr. Etwas geschah dann mit ihr, das sie der Zeit entriss und sie mal in die Vergangenheit, mal in die Zukunft versetzte.

Clara hasste ihren Hauslehrer, und es verging kaum ein Tag, an dem sie nicht ihre Wut herausschrie, ihn ein stinkendes Borstentier nannte, auch wenn sie dann in den Keller gesperrt wurde. Doch sie war entschlossen, sich von ihrem Vater und seinem grässlichen Angestellten nicht unterkriegen zu lassen.

Clara weigerte sich auch, mit dem Hauslehrer Klavier zu spielen, weil sie der festen Überzeugung war, ein böser Mensch könne keine Liebe zur Musik empfinden. Sie vermisste den Oberst glühend, rief in Gedanken nach ihm und diktierte Großmutter Theresa lange Passagen für ihre regelmäßigen Briefe an ihn.

Doch das Klavierspiel aufzugeben erschien Clara undenkbar. Sie schlich regelmäßig aus dem Haus, um die alte Kremerin zu besuchen, die nach der Abreise des Oberst den Unterricht heimlich übernommen hatte. Ungefährlich war das nicht.

Seit die Schwestern vormittags die Dorfschule besuchten, lauerten ihnen einige der Schrink-Geschwister regelmäßig auf. Meistens waren es Winnie und Lou, die sich mit Gejohle auf die Schlossmädchen warfen. Gleichgültig, welchen Weg die Schwestern wählten, die Schrinks standen mit Stöcken in engen Gassen, hinter Hecken und Mauern. Clara und Antonia sollten Geld herausrücken oder Kuchen, sie sollten ihre Pullover oder ihre Schuhe hergeben.

Jeder Versuch, die Erwachsenen um Hilfe zu bitten, misslang, da Eduard kaum gewillt war, mit Anna, Luise oder Saba über die Sorgen und Nöte seiner Kinder zu sprechen. Die waren aber die Einzigen, die den Kindern zuhörten und sie ernst nahmen.

Großmutter Theresa versuchte auf ihre Art, ihren Enkelinnen beizustehen. An einem regnerischen Tag machte sie sich, mit einem Schirm bewaffnet, zur Hühnerfarm der Schrinks auf, um mit Peter Schrink, dem Oberhaupt der Familie zu sprechen. Kaum war sie in die Nähe des Hauses gekommen, bewarfen die Schrinks sie mit Eiern. Theresa verdrosch die, die sie erwischte, mit ihrem Regenschirm. Peter Schrink, stellte sie fest, war nicht zu Hause.

»Oh Herrin, was ist nur passiert?«, jammerte Luise, als sie ins Schloss zurückgekehrt war.

»Ich fühle mich wie eine Fledermaus in Eierpunsch«, sagte Großmutter Theresa grimmig und zog ihr schwarzes Cape aus. »Und habe mehr oder weniger den Tag damit zugebracht, mich vom Regen in den Sumpf zu strampeln.«

Doch sie gab nicht auf. Sie versuchte, Peter Schrink abends in einem der Wirtshäuser aufzustöbern. Das Dorf besaß drei davon, und in einem, da war Großmutter Theresa sicher, musste er sitzen.

Sie fand ihn jedoch nicht, und die in den Gasthäusern anwesenden Bauern und Arbeiter erklärten ihrer Gräfin, dass Peter Schrink nie in Wirtshäuser gehe. Was er tue und wo er sich aufhalte, konnte ihr niemand sagen. Großmutter Theresa knirschte mit den Zähnen und ging unverrichteter Dinge nach Hause.

Antonia hatte solche Angst vor den Schrinks, dass sie, einen bittenden Ausdruck in den Augen, widerspruchslos alles hergab, was von ihr gefordert wurde. Clara jedoch versteckte Frösche in einer Schachtel, die sie Winnie oder Lou entgegenschleuderte, sie lernte, den beiden schnell und geschickt vors Schienbein zu treten und mit ihrer Schwester wegzurennen, lernte, sich einen Stock zu schnitzen und zurückzuhauen.

»So kann es nicht weitergehen«, sagte sie eines Nachmittags zu Antonia. Sie saßen am Schlossteich und betrachteten ihr Spiegelbild. »Die Schrinks verfolgen uns, der Hauslehrer piesackt uns. Maman ist krank oder mit Maximilian beschäftigt. Vater scheint unentwegt böse auf uns zu sein. Niemand kann uns helfen.«

»Niemand«, bestätigte Antonia. »Elisabetta weiß auch keinen Rat. Außer, dass wir uns wehren sollen. Nur wie, das sagt sie nicht.«

Clara nickte trübsinnig. Sie griff mit einer Hand ins Wasser und fing einen Molch. Er wand sich zwischen ihren Fingern, und sie ließ ihn in den Teich zurückgleiten. »Komm, wir suchen einen Schatz«, sagte sie zu ihrer Schwester, um sie auf andere Gedanken zu bringen. Antonia nickte.

Saba hatte ihnen ein kleines Floß gezimmert, mit dem sie in die Mitte des Schlossteichs rudern konnten, wo sich ein Springbrunnen befand und eine winzige Insel, die eigentlich nur aus einem großen, bemoosten Stein bestand. Es war ein guter Platz zum Nachdenken, fand Clara. Sie lenkte das Floß mit einer Holzstange wie eine Gondel auf die Insel zu und band es mit einem Seil an einem Steinvorsprung fest. Das Moos war kalt und glitschig, doch die Schwestern hatten immer ein paar trockene, grob gewebte Säcke auf dem Floß. Sie breiteten die Säcke auf dem Stein aus, setzten sich darauf und warfen Steine und Holzäste ins Wasser.

»Wenn Reitmüller nur mal krank würde«, seufzte Antonia.

Clara fischte mit einem Stock eine rostige Blechdose aus dem See. »Ja«, sagte sie. »Dann hätten wir eine Weile Ruhe. Vielleicht könnte er sich ein Bein brechen.«

Während sie weiter über verschiedene Krankheiten für ihren Lehrer nachdachten, füllte Clara Teichwasser, Moos, Gräser, Salamander und Kaulquappen in die Dose. Antonia schlug gerade vor, Reitmüller mit Hilfe von Bärchens Pillen in einen längeren Schlaf zu versetzen, als Clara heftig die Dose schüttelte. »Ich hab's. Wir mischen unser eigenes Gift«, sagte sie begeistert.

»Gift? Woraus? Und was willst du damit tun?«

»Kein richtig schlimmes Gift, nur so ein bisschen giftiges Zeug, als Mittel zur Verteidigung«, sagte Clara entschlossen. »Wenn es nicht mehr anders geht, mischen wir es Reitmüller ins Essen.«

Sie kamen überein, etwas herzustellen, das eine Magenverstimmung oder einen kräftigen Durchfall verursachen könnte.

»Wir verabreichen es ihm immer dann, wenn wir eine Verschnaufpause brauchen«, sagte Clara.

Antonia fand die Idee ausgezeichnet. Die beiden schnappten sich Molche und Frösche, weil Clara der Ansicht war, das Innere dieser Tiere enthalte giftigen Schleim, sie sammelten Äste, rote Beeren, wilden Kerbel, legten die zappelnden Tiere dazu und verschlossen die Büchse mit einem dicken Papier, das sie mit Gummi befestigten. Clara entschied, noch etwas Froschlaich hinzuzufügen und Pferde- und Hühnermist.

»So«, sagte Clara zufrieden, rührte mit einem Stock in der Dose und fühlte sich mächtig. Sie schlug einen Selbstversuch vor, selbstverständlich nur mit einer winzigen Menge, doch davon wollte ihre Schwester nichts wissen.

»Nicht solange noch lebende Tiere in der Brühe schwimmen«, sagte Antonia schaudernd. Clara erklärte sich einverstanden, mit dem Experimentieren zu warten, bis die Tiere gestorben und zerkleinert wären.

Ihr grauste allerdings davor, und gegen Abend begab sie sich zu Onkel Guido, in der Hoffnung, er wüsste Rat.

Guido hatte sein Kistenbüfett aufgeklappt, eine Flasche Sherry herausgeholt und sich ein Wasserglas voll eingegossen. »Hallo, Clara, meine Liebe, komm herein, heute ist ein Freudentag.«

»Ach ja? Warum?«

»Ich bin endlich am Ziel«, sagte Onkel Guido geheimnisvoll. »Der fleißige Vogelfänger wurde von Gott belohnt.«

»Gut«, sagte Clara und schwenkte ihre Dose, »wir haben ein kleines Getränk zusammengestellt. Gott wird uns dafür auch belohnen, vielleicht, ich hoffe es jedenfalls.«

»Willst du es mir zeigen?«

Clara öffnete wichtig ihre Dose, an deren Wand ein kleiner Frosch versuchte herauszukrabbeln.

»Ihr habt den Teich in die Dose gefüllt«, stellte Guido fest. »Raffiniert. Aber wozu soll das gut sein?«

»Gift«, flüsterte Clara. »Es ist Gift drin.«

»Tatsächlich?« Guido schien beeindruckt und war es vielleicht auch infolge des Sherrys. »Ist es Gift für Mäuse oder für Ratten? Willst du es in den Keller stellen?«

»Weißt du, es ist noch nicht so ganz richtig fertig. Erst, wenn die Frösche und Salamander tot sind.«

»Oh«, sagte Onkel Guido. »Sie werden nicht sterben, fürchte ich, warum sollten sie auch. Sie fühlen sich in dem Gebräu außerordentlich wohl. Offenbar habt ihr genug zu fressen reingepackt für sie. Warum sollten sie also sterben?«

»Könntest du sie nicht herausholen und mit einem Messer zerhacken, vielleicht auf einem Holzbrett?« Clara hielt Guido die Dose hin. »Wir würden dir von unserem Gift dann auch ein bisschen abgeben.«

»Auf einem Holzbrett, was für eine Sauerei«, sagte Guido abwehrend. Er stellte die Dose auf sein Büfett und betrachtete sie gedankenverloren. »Bist du sicher, dass ihr die toten Tiere überhaupt braucht?«

»Unbedingt«, sagte Clara. »Ohne Tierblut ist das Gift nicht wirksam.«

Onkel Guido wiegte seinen Kopf. »Schwierige Sache. Es liegt kein Segen darauf, Tiere sinnlos zu töten. Wenn man die Molche und Frösche wie kleine Fische behandeln würde, wäre es vielleicht etwas anders. Luise könnte die Tiere vielleicht zu einer kulinarischen Köstlichkeit verarbeiten und dann dem Gift unterrühren. Das wäre sicher die eleganteste und schmackhafteste Lösung.«

Clara war begeistert und wollte gleich in die Küche laufen.

»Warte, ich muss dir was zeigen«. Onkel Guido hielt sie zurück, legte den Finger auf die Lippen und flüsterte: »Psssst!«

Clara legte sich ebenfalls den Finger auf die Lippen.

Onkel Guido holte eine Zigarrenschachtel aus seinem Büffett hervor.

»Da ist er drin«, flüsterte er. »Aber er schläft. Er kommt nur nachts heraus. Um seine Offenbarungen zu machen. Ich habe ihn vor zwei Tagen gefangen, in einer der Tannen. Noch habe ich ihn niemandem gezeigt.«

Er klappte den Deckel auf. In der Schachtel lag, auf frisches Stroh gebettet, ein kleiner Vogel.

»Aber er ist ja tot«, sagte Clara leise und wollte das Gefieder des armen Tieres streicheln.

»Nein, er ist nicht tot. Er schläft. Er muss Kräfte sammeln für seine großen Aufgaben.«

»Welche Aufgaben hat er?« Clara sah nichts weiter als einen toten oder mindestens sehr müden Vogel. Welche Aufgaben konnte er schon haben?

»Erkennst du ihn denn nicht?«, fragte Onkel Guido feierlich. Behutsam klappte er die Schachtel wieder zu. »Das ist der Erzengel Gabriel. Er ist mir zugeflogen. Und jetzt lebt er hier bei mir.«

Clara ging in die Küche, Fleischdüfte kamen ihr entgegen. Anna sei einkaufen, erklärte Luise. Clara öffnete ihre Blechdose und ließ Luise einen Blick hineintun. Sie rührte einmal um, so dass Luise den lebenden Inhalt zu sehen bekam und bat sie, die Molche und kleinen Frösche zu kochen oder zu backen oder zu frittieren wie Fische.

»Herr Jesses!«, kreischte Luise. »Du willst das doch nicht etwa essen!«

»Es ist für unsere Feinde«, sagte Clara. »Wir wollen uns mit Gift wehren. Wir dachten an Reitmüller, dieses stinkende Borstenvieh.«

Luise ermahnte Clara pflichtschuldig, nicht solche Worte zu gebrauchen, selbst wenn sie angebracht seien, und erkundigte sich gleich, was Clara und Antonia alles gesammelt hätten. Soweit sie sich noch daran erinnerte, zählte Clara alles gewissenhaft auf. Keine Sekunde lang hielt Luise die Brühe für giftig. Außer einer Magenverstimmung würde sie wohl nichts bewirken, aber das wäre immerhin etwas.

Luise konnte Hühner und Gänse schlachten, also würde sie wohl auch einen Frosch umbringen können, dachte sie. Nur wie? In kochendes Wasser werfen? Durch den Fleischwolf drehen? Im Backofen backen? In der Pfanne? Sie konnte sich zu keiner dieser Methoden entschließen und trug die Dose schließlich mit spitzen Fingern zu Saba. Er versprach, sich um die Sache zu kümmern, als er hörte, dass sie einem guten Zweck dienen sollte.

Eine Viertelstunde später waren die Tiere tot, wenngleich sich Saba nicht dazu äußerte, wie er es angestellt hatte. »Sie sind tot, Luise, zufrieden? Das war es doch, was du wolltest.«

Das Gebräu glich jetzt tatsächlich in Aussehen und Geruch einem Gifttrank.

»Dass jemand freiwillig etwas davon trinkt, ist ziemlich unwahrscheinlich«, sagte Luise.

Clara nickte. »Macht nichts«, sagte sie. »Das ist das Konzentrat. Wir nehmen immer nur ein Schnapsglas voll und mischen es unter Tee oder Suppe oder Whiskey. Jetzt, wo es fertig ist, müssen Antonia und ich damit ein wenig experimentieren.«

»Jesses«, sagte Luise und hoffte inständig, sie müsse nicht für Experimente herhalten.

Clara krönte ihre Giftmischung noch mit einigen Spinnen und beschloss gemeinsam mit Antonia zunächst ein Versteck zu finden.

Viele Stellen kamen dafür nicht in Frage, und so entschieden sie sich für den Dachboden, weil da eine Menge Gerümpel stand und die Erwachsenen nur selten hinaufstiegen.

So fand das Giftgetränk seinen Platz in einem alten, rostroten Schränkchen neben einem kaputten Puppenwagen und einer Kiste mit zerbrochenem Porzellan. Die Blechdose umgab eine Aura von Macht und Verruchtheit, und die beiden Mädchen ließen sie mit einem Hochgefühl zurück.

Ungeduldig wartete Clara darauf, das Getränk an Reitmüller ausprobieren zu können. An einem Nachmittag, als er sie und Antonia damit beschäftigte, einen langen, griechischen Text abzuschreiben, fand sie die Gelegenheit günstig. »Mir ist kalt«, sagte sie. »Ich möchte mir einen Pullover holen.«

»Gut, aber beeil dich«, knurrte Reitmüller, der mit einem Buch am Fenster saß. Clara lief in die Küche. »Schnell, macht ein bisschen Tee für ihn und legt einige Kekse dazu. Und einen Portwein. Er muss glauben, dass heute ein besonderer Tag ist.«

Ehe Luise und Anna etwas sagen konnten, hatte sich Clara eine Tasse gegriffen und rannte so schnell sie konnte auf den Dachboden. Sie füllte etwas von der Brühe ab, roch daran und schüttelte sich. Vorsichtig trug sie die Tasse in die Küche. »Es muss Zucker rein und ordentlich Alkohol«, sagte sie. »Anna, kannst du das vorbereiten? Es muss bitter schmecken, aber doch irgendwie gut. Ich gehe jetzt wieder zurück. Gebt euch Mühe.«

Über all der Aufregung vergaß sie, sich einen Pullover zu holen.

Aber Reitmüller schien kaum zu bemerken, dass sie zurückkam. Antonia schaute ängstlich von ihrem Blatt Papier auf.

»Keine Sorge«, flüsterte Clara. »Anna kommt gleich und serviert einige Leckereien.« Antonia nickte unmerklich und wandte sich wieder dem griechischen Text zu.

Anna erschien eine Viertel Stunde später mit einem Tablett. »Einen wunderschönen guten Nachmittag, Herr Reitmüller«, sagte sie liebenswürdig. »Wir dachten, Sie könnten eine kleine Stärkung gebrauchen, wo Sie doch heute Namenstag haben.« Reitmüller sah erfreut auf. »Tatsächlich? Ich habe mich nie um meinen Namenstag gekümmert, wissen Sie. Was haben Sie mir denn da Schönes gebracht?«

»Starken Tee, dazu Portwein, einen Sandkuchen, Zucker und Sahne«, sagte Anna und goss eine Tasse Tee ein. »Natürlich wäre es nett von Ihnen, wenn Sie den Kindern etwas von dem Kuchen abgeben würden.« Sie nickte den beiden Schwestern freundlich zu und wandte sich zum Gehen.

»Anna, leisten Sie mir doch ein wenig Gesellschaft«, bat Reitmüller. »Ein Portwein trinkt sich doch viel besser in Gesellschaft.«

»Danke, sehr freundlich«, sagte Anna und versteckte ihre Hände auf dem Rücken. Sie zögerte einen Augenblick, dann sagte sie mit einem strahlenden Lächeln: »Es wäre mir ein Vergnügen, Ihnen Gesellschaft zu leisten, aber nur ganz kurz, ich kann Luise in der Küche nicht so lange allein lassen.« Sie verschwand, um ein weiteres Glas zu holen, während sich Reitmüller gierig über ein Stück Sandkuchen hermachte.

»Euch etwas abgeben, das fehlte noch«, knurrte er.

Anna kam zurück, öffnete die Weinkaraffe und goss dem Hauslehrer großzügig ein. Sich selbst schüttete sie nur einen kleinen Schluck in ihr Glas.

»Auf Ihr Wohl«, sagte sie und zwinkerte Reitmüller verschwörerisch zu.

»Auf uns, Anna«, sagte Reitmüller kühn. Er leerte sein Glas in einem Schluck und schüttelte sich. »Ah, trockener Port, was? Ich bevorzuge den halbsüßen, wenn ich ehrlich bin. Puuh, dieser geht mir durch und durch. Aber Sie haben ja gar nicht ausgetrunken.«

Er goss sich ein zweites Mal ein und prostete Anna zu.

Anna ekelte sich, doch sie hatte keine Wahl, wollte sie Reitmüller nicht verärgern oder sein Misstrauen erwecken.

»Auf Ihr Wohl«, sagte sie und trank mit Todesverachtung einen Schluck. Sie wurde blass. »Er ist wirklich sehr bitter. Ich glaube, ich brauche einen Schluck Wasser. Entschuldigen Sie mich.«

Sie hastete aus dem Zimmer in die Küche, wo sie sich in den Spülstein erbrach.

Die Wirkung des Getränks beeindruckte Anna, Luise und die Schwestern gleichermaßen. Reitmüller wurde krank, sehr krank. Er wand sich zwei Stunden in Krämpfen, übergab sich fortwährend und bekam Durchfall. Bärchen bat Luise, den Kranken zu versorgen und schickte nach dem Hausarzt.

»Haben Sie etwas Ungewöhnliches gegessen?«, fragte Doktor Eberle.

»Nein«, stöhnte Reitmüller, dem der Schweiß auf der Stirn stand.

»Ich habe gegessen, was die anderen auch gegessen haben, wie immer. Und sonst ist ja niemandem schlecht.«

Doktor Eberle flößte ihm Tropfen ein, die den Magen und Darm besänftigen sollten. Doch Reitmüllers Innereien wollten sich nicht beruhigen. Tagelang wand er sich im Bett, er glaubte, er müsse sterben.

Clara und Antonia brachten ihm zweimal am Tag einen Krug mit Wasser und legten ihm ein nasses Tuch auf die Stirn. Sie hatten ein schlechtes Gewissen.

Auch Clara fürchtete, der Lehrer würde sterben oder für immer krank bleiben. Voller Angst lief sie auf den Speicher, holte die Blechdose und schüttete den Rest des Gebräus in den Teich zurück. Danach erzählte sie ihrer Großmutter reuevoll von dem Giftanschlag. Zu ihrer Erleichterung lächelte Theresa.

»Er kommt schon wieder auf die Beine, Clara, keine Sorge. Geschieht ihm recht, dem üblen Mädchenzwirbler«, sagte sie mit einem Gefühl der Befriedigung und hörte sich schweigend Claras Klagen an.

Dass Bärchen sich so gut wie nicht um ihre Töchter kümmerte, war nicht zu ändern. Dass Reitmüller ihre Enkelinnen schlug, war empörend. Dass sie von den Schrinks verfolgt wurden, hatte sie nicht ändern können. Aber dass Clara heimlich zur Kremerin ging, um Klavierunterricht zu nehmen, war ihr neu.

»Weiß dein Vater davon?«

Clara schüttelte den Kopf.

»Der Oberst fehlt mir so und Schnupfentrine auch«, sagte sie, ging zu ihrer Großmutter und streckte ihre Arme aus.

»Ach, Clara«, sagte Theresa bekümmert und hob ihre Enkelin ausnahmsweise auf ihren Schoß.

Reitmüller erholte sich nur langsam. Er lag im Bett, schlief, und wenn er nicht schlief, dachte er nach. Je mehr sich seine Gedanken klärten, desto überzeugter war er, dass man ihm Böses angetan hätte. Seine Gedanken kreisten um das Glas Port, und als er wieder einigermaßen beieinander war und aufstehen konnte, beschloss er, die Portweinflasche einer genaueren Untersuchung zu unterziehen. Spät nachts, als alle schliefen, nahm er sie sich vor.

Aber er konnte nichts feststellen, außer, dass der Port anders roch und anders schmeckte als am Tag seiner Magenturbulenz. Er schmeckte weniger bitter, war weniger stechend im Geruch. Reitmüller verdächtigte Anna, wenn auch schweren Herzens, denn er hatte ein Auge auf sie geworfen und wäre ihr gern näher gekommen. Und war sie nicht immer freundlich und liebenswürdig zu ihm gewesen?

Schließlich, nach vielen Grübeleien war er überzeugt, dass für diese frevlerische Tat nur eine in Frage käme: Clara.

Als Eduard von seiner Reise zurück kehrte – er hatte Lammkeulen mitgebracht –, fühlte Bärchen sich ausnahmsweise wohl, und der kleine Maximilian strahlte seinen Vater an. Der Graf war gerührt, nahm ihn auf den Arm und trug ihn im Zimmer herum. Aus Freude, wieder bei seiner Familie zu sein, bat er Luise, für alle im großen Eßzimmer zu decken.

»Wir essen zusammen, sag meiner Mutter Bescheid«, ordnete er großmütig an.

Theresa begrüßte den Sinneswandel ihres Sohnes. Sie beendete einen langen Brief an den Oberst und ermahnte Hugo und Guido, pünktlich zum Abendessen zu erscheinen.

Clara knickste ungelenk, als sie ihrem Vater im Flur begegnete. »Guten Tag, Papa«, sagte sie.

»Clara, mein Kind, guten Tag«, sagte Eduard aufgeräumt. »Was höre ich, euer Hauslehrer ist krank? Ich hoffe, ihr habt trotzdem fleißig Griechisch gelernt. Wir werden das später überprüfen. Wir essen heute alle zusammen. Geh und sag Antonia Bescheid.« Clara knickste wieder. »Ich habe heute in der Bibliothek etwas gelesen«, sagte sie stolz. »Über unsere Vorfahren.«

»Sehr gut, mein Kind. Wenn man nicht weiß, woher man kommt, weiß man nicht, wohin man geht. Wir sprechen beim Essen darüber.«

Bis zum Abendessen hatte sich die Stimmung des Grafen bereits wieder erheblich eingetrübt. Ein erregter, blasser Reitmüller hatte mit sofortiger Aufgabe seiner Stellung gedroht, sollte man weiterhin versuchen, ihm verdorbene Speisen oder Getränke unterzujubeln. Er habe Clara im Verdacht, sagte er unverblümt, sie sei renitent und nicht zu bändigen. Eduard fand zwar insgeheim, dass der Hauslehrer zuviel Aufhebens machte wegen einer Magenverstimmung, denn mehr war es ja wohl nicht gewesen – hatte jedoch gleichwohl das Gefühl, seine Töchter und seine Frau ermahnen zu müssen. Und Anna und Luise gleich mit dazu.

Sein Unmut legte sich sofort wieder, als er die strahlenden Gesichter seiner Familie sah, die sich um den Tisch versammelten. Alle hatten sich umgezogen, seine Frau sah wunderschön aus in einem blassrosa Kleid. Die Suppe wurde aufgetragen und die Tischgesellschaft plauderte unbefangen. Die Mädchen hatten eigentlich zu schweigen, man war jedoch übereingekommen, ihnen heute etwas Redezeit zuzubilligen während des Hauptgangs. Beide Mädchen wussten, was sie erzählen wollten. Clara hatte während der Abwesenheit ihres Vaters in der Bibliothek Familienanekdoten aufgestöbert. Antonia hatte ihre Geschichte direkt von Elisabetta empfangen.

Hugo erkundigte sich nach Eduards Geschäften, auch wenn sie davon nicht das Geringste verstand. Großmutter Theresa erzählte Bärchen mit einem Seitenblick auf Eduard, Saba habe Parfüm und Seidenstrümpfe und Fliegerseide auf dem Schwarzmarkt erworben, Luxusartikel, die Eduard sich weiterhin hartnäckig weigerte einzukaufen. Eduard lächelte seine Mutter an. Er wollte sich heute nicht über den Schwarzmarkt streiten. Theresa hatte den Eindruck, ihr Sohn Eduard sei wieder zur Vernunft gekommen.

Die Lammkeulen wurden aufgetragen, dazu Bohnen und Reis und Wein. Nachdem die Erwachsenen sich zugeprostet hatten, forderte Eduard Clara auf, von ihren Entdeckungen in der Bibliothek zu erzählen.

»Ich habe eine Geschichte gelesen über unsere Ururgroßmutter«, sagte sie. Bärchen zog fragend die Augenbrauen hoch. Es wurde still am Tisch.

»Sie hieß Lisa, kam aus Österreich und heiratete einen Haimburg.«

»Ja, die Lisa«, sagte Großmutter Theresa fröhlich. Clara erzählte mit leuchtenden Augen, begeistert davon, dass alle ihr zuhörten. »Lisa war eine schöne Frau und heiratete jung, wie es damals üblich war. Sie hatte dreizehn Kinder, von denen nur drei starben. Eines Tages reiste sie nach Österreich mit der Kutsche durchs Waldgebirge über schlechte Wege, begleitet von einem Kutscher, ihrer Zofe und einem Jäger. In einem Gasthaus übernachtete die Gesellschaft. Die beiden Frauen teilten sich ein Zimmer. Es war dunkel und kalt.«

Clara machte eine kleine Pause, holte Luft und fuhr fort: »Ururgroßmutter Lisa sah unter dem Bett einen Männerstiefel und reagierte prompt und richtig. Sie kniete nieder, befahl der Zofe, es ihr gleichzutun und fing an, den Rosenkranz zu beten. Mit lauter Stimme. Als das ›Gegrüßet seist du, Maria‹ kam, sagte sie sotto voce ›Schrei nicht, sonst kriegst du Prügel‹. Weiter ging es im Gebet. Beim nächsten lauten ›Gegrüßet seist du, Maria‹ sagte sie wieder leise ›Unterm Bett liegt ein Kerl. Bete weiter‹. Sie beteten mit lauter Stimme weiter, und auch die Zofe betete lauter und lauter, bis Lisa ihr durch ein Handzeichen bedeutete, nach unten zu gehen und die Männer zu holen. Und tatsächlich war der Kerl unter dem Bett ein Räuber, sehr gesucht und gefürchtet. Er wurde hervorgezogen, gefesselt und weggeschafft. Lisa setzte ihre Reise am nächsten Tag fort.«

Clara sah sich um in der Runde und beendete ihren Vortrag mit den Worten: »Ich bin froh, mit einer so tapferen Frau verwandt zu sein.«

Alle lachten und lobten ihre Geschichte.

»Ich möchte auch etwas erzählen«, sagte Antonia eifrig. Auch in ihrer Geschichte ging es um einen Vorfahr. Sie wählte die Worte, die sie von Elisabetta gelernt hatte: »Er hieß Karl-Friedrich von Haimburg und lebte vor über hundert Jahren. Er war rührig und aufmüpfig. Er konnte reiten, schießen, tanzen, Karten spielen und Leute tribulieren. Auch war er gut mit dem Säbel.«

Einen Moment sagte niemand etwas am Tisch. Bärchen lauschte ihrer Tochter neugierig, doch Eduards Miene verfinsterte sich zusehends. Woher kennt sie diese skandalöse Geschichte? fragte er sich. Das gleiche fragte sich Großmutter Theresa. Wer mochte sie ihr erzählt haben? Wo doch nie darüber gesprochen wurde.

Sie musterte Guido und versuchte sich zu erinnern, ob er vom Betragen dieses Vorfahren wusste. Sie überlegte, ob sie Antonia unterbrechen sollte, entschied sich jedoch dagegen. Offenbar wollte Eduard genauso wie sie wissen, wie weit das Mädchen den Fall kannte und ob es ihn richtig wiedergeben würde.

»Er heiratete eine ungarische Baronin und lebte auf einem Gut in Ungarn«, fuhr Antonia fort. Sie hatte die Geschichte mehrfach mit ihrer Fee durchgesprochen und wusste jedes Wort. »Eines Tages fuhr er nach Budapest und sah dort ein junges Mädchen. Sie war 18 Jahre alt und saß bei einem berühmten Maler in der Klasse. Die Malstudenten machten Skizzen in einem Park. Das Mädchen hieß Julietta di Francisio, sie entstammte einer adligen Triester Familie. Karl-Friedrich kaufte Rosen, legte sie Julietta in den Schoß und sagte ›Rosen für meine schöne Rose‹. Er verliebte sich in das junge Mädchen, obwohl er schon so alt und verheiratet war.«

»Wie alt, mein Engel?«, fragte Hugo, der die Geschichte zunehmend gefiel.

Eduard starrte auf seinen Teller. Woher kannte seine Tochter diese Geschichte, die sie bis jetzt wahrheitsgetreu schilderte? Er regte sich auf, doch er riss sich zusammen. »Und weiter?«

Antonia ließ sich nicht drängen. »Unser Verwandter aus dem anderen Jahrhundert war damals zweiundfünfzig Jahre alt. Er verschwieg Julietta, dass er verheiratet war, freundete sich mit ihrer Familie an und machte ihr den Hof. Doch ohne eine Trauung mitsamt kirchlichem Segen wollten Juliettas Eltern nichts wissen von einer Verbindung. Da inszenierte er eine Entführung aus dem elterlichen Haus und arrangierte eine nächtliche Trauung in einer abgelegenen Kapelle.

»Nein!«, entfuhr es Tante Hugoline. »Ungeheuerlich!«

»Diese Geschichte ist degoutant und nichts für kleine Mädchen«, sagte Bärchen mit ängstlichem Blick auf ihren Mann.

»Antonia, ich glaube, das reicht jetzt«, sagte Eduard eisig.

»Irgendwelche Freunde des Grafen traten als Trauzeugen auf, einer spielte den Priester«, sagte Antonia ungerührt. »Danach lebten sie wie ein Ehepaar.«

Hugoline stieß einen Schrei aus. »Das hat der Graf getan? Wirklich und wahrhaftig! Und so was in der Haimburg-Familie!«

Großmutter Theresa sah sie scharf an. War es möglich, dass Hugo von diesem Familienskandal nichts wusste?

»Schluss jetzt, Antonia, ich weiß nicht, woher du diese Geschichte hast, aber sie gefällt mir nicht. Von solchen Schweinereien will ich nichts hören!« Eduard war aufgestanden und hatte seinen Stuhl heftig zurückgestoßen.

»Ich bin noch nicht fertig«, sagte Antonia mit bebender Stimme.

»Eduard, sie weiß doch nicht, wovon sie spricht«, sagte Bärchen beschwichtigend.

»Das will ich stark hoffen«, sagte Eduard drohend.

»Clara, Antonia, ihr könnt beide draußen weiteressen. Außerdem möchte ich heute abend wissen, Antonia, wer dir diesen Unsinn erzählt hat, verstanden?«

Clara und Antonia nahmen schweigend ihre Teller und verließen den Raum.

»Eduard, ich verstehe nicht«, sagte Bärchen verzweifelt.

»Musst du auch nicht, meine Liebe, aber es wäre schön, wenn du dich auch dafür interessieren würdest, woher sie solche Dinge weiß.

»Schämst du dich für Antonia oder für deine Familie?«, fragte Theresa. »Es ist nicht ganz einzusehen, warum du dich derart aufregst.«

»Misch du dich nicht ein, Mama«, sagte Eduard und ging mit raschen Schritten hinaus.

An diesem Abend stahlen sich Clara und Antonia aus dem Schloss, bevor Eduard sie einer strengen Befragung unterziehen konnte. Ihre Flucht war planlos, unvernünftig, aber unvermeidlich. Sie zogen zwei dicke Wollpullover an und machten sich auf den Weg in den Wald, der hinter dem Dorf begann.

Es war eine schöne, kühle Mondnacht, und sie empfanden keine Angst außer der, dass ihr Verschwinden zu früh bemerkt werden könnte.

Sie verbrachten die Nacht in einer Holzhütte, die ihnen vertraut war. Ihr Vater hatte sie mit hierher genommen, wenn er sich mit Forstarbeitern traf, sie hatten gespielt oder Holz für ein Feuer gesammelt. In der Hütte standen Bänke um einen Tisch herum, in einem wackeligen Eckschrank lagen schimmelige Decken.

Am nächsten Morgen wachte Clara früh auf. Sie fror und sprang mehrmals auf und ab, um sich zu wärmen. »Antonia, aufstehen, wach auf«, rief sie. »Wir müssen weiter. Sie werden nach uns suchen.«

Hoffentlich, dachte sie verzagt. Hoffentlich suchen sie uns wirklich und hoffentlich finden sie uns. Doch um nichts in der Welt hätte sie das zugegeben.

Es dauerte einen Moment, bis Antonia zu sich kam. Sie streifte ihre Decke ab und begann, wie Clara auf und ab zu springen.

»Wo sollen wir hin?«, fragte sie außer Atem. Die beiden Schwestern sahen sich an. Am Abend vorher hatten sie ihre Panik für Entschlossenheit und Mut gehalten, heute Morgen fühlten sie sich elend, ängstlich und allein.

Clara wusste keine Antwort auf die Frage ihrer Schwester, wollte sich ihre Ratlosigkeit jedoch nicht anmerken lassen.

»Wir gehen nicht zurück. Das wäre feige«, sagte sie entschlossen. »Lass uns eine Richtung ausprobieren, mal sehen, wohin wir kommen.«

Sie schlugen einen schmalen Weg ein, der leicht bergauf führte. Es war still, fahles Sonnenlicht schien durch die Zweige. Sie sprachen nicht, sondern gingen einfach immer nur weiter.

»Ob sie schon nach uns suchen?«, fragte Antonia.

Clara nickte. »Bestimmt tun sie das, wenn sie uns nicht in unseren Betten finden. Vielleicht suchen sie uns schon seit gestern Abend.«

Sie gingen weiter, und Clara sah mit Unbehagen, dass der Pfad enger und unwegsamer wurde. Er war fast zugewachsen, sie streiften dichtes Gestrüpp, das sie fast überragte.

»Ich glaube, hier kommen wir nicht weiter«, sagte sie. »Lass uns umdrehen und einen anderen Weg versuchen.«

»Ich muss mal«, sagte Antonia.

Clara nickte und schaute diskret zur Seite. Antonia ging ein Stück weiter hinter einen Busch. Sie trat auf etwas Hartes, Metallenes, das sich im selben Moment um ihren rechten Fuß schloss.

»Ah!«, schrie sie. »Ich bin auf etwas draufgetreten.« Antonia wusste nicht, ob ihr Knochen zertrümmert war oder ihr halber Fuß abgerissen. Aber es blutete und tat sehr weh.

Clara rannte zu ihrer Schwester und sah sich den Fuß an. »Es sieht aus wie ein Fangeisen«, sagte sie.

Sie wusste, wie Fangeisen aussehen. Saba hatte welche aufgestellt, um Füchse zu fangen. Verflixt, warum hatten sie daran nicht gedacht! Im Wald waren jede Menge Fallen aufgestellt.

»Versuch deinen Fuß zu bewegen«, sagte sie. Antonia biss sich auf die Lippen und schüttelte den Kopf. »Es tut zu weh.« Clara begriff, dass es unmöglich sein würde, den Schnürschuh herauszudrehen. Er war von einem Eisenring umklammert. Antonia wimmerte.

»Ich habe Angst, Clara«, sagte sie und begann zu weinen.

Clara hatte selbst Angst. Vor der Kälte, die in ihren Pullover drang, jetzt, wo sie nicht mehr kräftig ausschritt, vor Tieren, die es im Wald gab, wilden Tieren, die jeden Augenblick auftauchen konnten. Sie waren umgeben von Unterholz, taunassem Laub, Dickicht. Sie hörten das Hämmern eines Spechts und das Rufen eines Vogels. Dann war es wieder still.

Clara dachte an das Taschenmesser, das sie eingesteckt hatte. Aber es war nur ein kleines Messer. Sie beschloss, sich als Erstes mit einem Stock zu bewaffnen. »Lass mich nicht allein«, rief Antonia und weinte noch heftiger.

»Ich lass dich nicht allein, ich hole nur einen Stock.« Der Ast, den sie fand, sah eher aus wie ein kleiner, dicker Knüppel.

»Glaubst du, sie finden uns bald?«, fragte Antonia und zog die Nase hoch.

»Vielleicht«, sagte Clara. »Vielleicht suchen sie uns, Saba und die anderen. Vielleicht findet uns auch jemand, der hier vorbeikommt, ein Waldarbeiter, ein Förster, ein Jäger vielleicht.«

Sie legte die Hände an den Mund, wie sie es bei ihrem Vater gesehen hatte und rief so laut sie konnte: »Hallo! Ist da wer? Wir brauchen Hilfe.«

»Iiiiilfe« kam als schwaches Echo aus der Ferne zurück. Dann waren wieder nur die Geräusche des Waldes zu hören.

»Ich könnte zum Schloss zurücklaufen«, sagte Clara halbherzig. Ihr war klar, dass sie Antonia nicht so lange allein lassen konnte. Es wäre einfach zu gefährlich. Aber was sollte sie tun?

Sie gab Antonia ihr sauberes Taschentuch und dachte nach. In der Hütte könnte jemand anzutreffen sein, jemand, der sein Werkzeug dort trocken unterstellen wollte. Oder eine Pause einlegen, um etwas zu essen.

»Ich werde zur Hütte ...«, sagte sie gerade, als sie ein Rascheln hörte, im Gebüsch. Schritte kamen näher.

»Es kommt jemand«, sagte sie.

»Hilfe!«, schrie Antonia. »Hierher! Hier sind wir!« Sie schneuzte sich und lächelte Clara an. »Jemand kommt, um uns zu retten.«

Von den drei Jungen, die plötzlich durchs Gebüsch brachen, kannten die Schwestern nur einen. Es war Lou, einer der Schrink-Brüder. Clara fand nicht, dass er und seine grinsenden Freunde so aussahen, als würden sie irgendwen retten wollen.

»Verflixt«, sagte sie leise und nahm den Knüppel in die Hand.

»Wen haben wir denn hier«, sagte Lou, baute sich breitbeinig vor ihnen auf und verschränkte die Arme vor der Brust.

Er kam Clara noch größer vor als sonst.

»Die Schlossmädchen, so ganz allein, am frühen Morgen. So ganz ohne Begleitung und Schutz!« Er trat vor, um sich Antonias Fuß im Fangeisen anzusehen.

»Nanu, das ist ja eine wirklich dumme Sache, wie ist das denn passiert?« Er grinste und wandte sich um. »Das müsst ihr sehen, die Kleine ist in eine Fuchsfalle gelaufen. Schön blöd.« Die beiden anderen traten vor, nickten und grinsten.

»Kannst du sie rausholen, kannst du die Falle öffnen?« Clara bemühte sich freundlich zu sein. Ihre Stimme klang leiser als sonst.

»Sicher, wenn ich will, kann ich. Aber ob ich das will, ist die Frage, Kleine. Selten haben wir euch so nett beieinander. Ihr könnt nicht weglaufen und keiner ist in der Nähe, der uns beobachten könnte. Ein echter Glücksfall, würde ich sagen. Meint ihr nicht auch Jungs?«

Die anderen nickten zustimmend und grinsten höhnisch auf Clara herab. Antonias Augen waren vor Angst und Entsetzen geweitet. Sie gab keinen Ton von sich.

»Wie alt bist du jetzt, Antonia, sag schon, acht? Oder schon neun?« Lou sah Antonia unverwandt an und schob dabei einen Holzzweig in seinem Mund hin und her. »Alt genug, auf jeden Fall, alt genug für mich.«

»Du rührst sie nicht an«, sagte Clara und hob ihren Knüppel. Die Jungen lachten und schlugen sich auf die Schenkel. »Sie will uns drohen, die kleine Schlosstrulla droht uns mit einem Stock«, schrie Lou. »Da bekomme ich es ja richtig mit der Angst.« Sie schlugen sich gegenseitig auf die Schulter, lachten und umkreisten die Mädchen dabei. Es sah aus, als würden sie einen Tanz aufführen.

Lou beugte sich zu Clara hinunter und lachte ihr ins Gesicht. »Du bist richtig niedlich, weißt du das?«

Clara haute zu. Der Knüppel krachte auf Lous Kopf und brach auseinander. Er war morsch. Trotzdem verfehlte er seine Wirkung nicht. Lou wurde blass, schwankte, sackte nach vorne und ließ sich auf seine Knie fallen. Er schüttelte den Kopf, als wollte er eine lästige Fliege loswerden, dann stieß er einen wütenden Laut aus. Die beiden anderen Jungen hatten aufgehört zu lachen.

»Steh wieder auf, Lou«, sagte der eine. »Das war doch nur ein altes Stück Holz. Kann deiner Birne doch nichts anhaben.«

Clara griff nach ihrem Taschenmesser, legte die Hände hinter dem Rücken zusammen und öffnete es. Lou hatte sich inzwischen wieder aufgerappelt. »Du kleine Mistbiene! Was glaubst du, wer du bist? Auf mich losgehen, he? Wir werden uns ein bisschen mit deiner Schwester amüsieren, und danach werden wir uns dich vornehmen, klar?«

Er zog seine Jacke aus und die anderen Jungen auch. Clara wusste nur diffus, was das bedeuten sollte. Auf jeden Fall nichts Gutes, dachte sie und zitterte. »Ihr werdet stillhalten, alle beide«, zischte Lou. »Los, haltet die Kleine für mich fest.«

Der eine Junge packte nach Antonias Armen und drückte sie brutal auf den Boden, der andere zog an ihrem Wollrock. Antonia begann zu schreien. Lou löste den Gürtel seiner Hose.

Der andere Junge ließ von Antonia ab und griff nach Clara. Er hielt sie fest, während Lou sich über Antonia beugte.

»Nein«, schrie Clara. »Nein!« Sie riss sich los, rannte auf Lous nackten Hintern los und stieß ihr kleines scharfes Messer in sein weißes Fleisch.

Einen Moment lang schien der Wald nur von Geschrei erfüllt. Lou schrie und versuchte, das Messer herauszuziehen. Antonia schrie, obwohl sie nicht mehr festgehalten wurde, Clara schrie, um Hilfe herbeizuholen.

Und plötzlich war Hilfe da. Wie eine Erscheinung stand Peter Schrink vor ihnen. »Lou, was zum Teufel ist hier los?«, zischte er.

Lou blutete heftig, er hatte das Messer herausgezogen und hielt ein Taschentuch auf die Wunde. Seine Hose hing merkwürdig um ihn herum.

»Nichts«, sagte er mürrisch und zog seine Hosen hoch. Sein Bruder hatte die Situation mit einem Blick erfasst. Er trat einen Schritt vor. »Verschwindet, macht das ihr wegkommt«, schrie er. »Ich kann eure Gesichter nicht mehr ertragen.« Er war sehr wütend. Die drei Jungen traten zögernd und muffig den Rückzug an.

»Komm her«, herrschte Peter Schrink Clara an. »Was habt ihr hier im Wald zu suchen?«

Clara atmete heftig und begann zu weinen.

»Nicht doch, ist schon gut«, sagte Peter Schrink erschrocken und legte unsicher den Arm um sie. »Ich bin doch jetzt bei euch. Nichts wird passieren. Ich bringe euch nach Hause.«

Er löste Antonias Fuß aus dem Eisen, brachte die beiden Mädchen ins Schloss und übergab sie der Obhut Annas. Anna war so froh, ihre beiden Schützlinge wiederzusehen, dass sie zu ihrer Überraschung Ja sagte, als Peter Schrink sie um ein Rendezvous bat.

Bärchen bedankte sich ebenfalls und bat den Retter, im Herrenzimmer zu warten. Kurz darauf kam Graf Eduard herein. »Wie kann ich das wieder gutmachen?«, fragte er.

Peter Schrink sah ihn geradeheraus an. »Geben Sie mir eine Chance«, sagte er. »Ich möchte für Sie arbeiten.«

Peter Schrink fing bei den Haimburgs an, gleich am nächsten Tag. Bereits nach wenigen Monaten wurde er dem Grafen unentbehrlich, und er machte ihn zu seinem Vorarbeiter. Peter Schrink umwarb Anna, bis sie nachgab. Schließlich hatte er die beiden Mädchen gerettet. Das rechnete sie ihm hoch an. Außerdem sah er gut aus und schien ernste Absichten zu haben.

Anna und Peter gingen aus, immer häufiger, es dauerte kein halbes Jahr, und sie verlobten sich. Luise weinte vor Freude und auch vor Trauer. Sie wollte Anna nicht verlieren. Doch gegen ihren Zukünftigen, das gab sie zu, war nichts einzuwenden.

Lou verschwand aus dem Dorf, es hieß, er arbeite als Bauarbeiter im Norden des Landes. Die anderen Schrinks belästigten die Schlossmädchen nie wieder.

13

»Meine Güte, Sie haben wirklich Glück gehabt«, sagte Moser.

Ich nickte. »Aber ich war auch mutig damals, viel mutiger als heute.«

Er hatte mich zum Essen eingeladen, wieder einmal. Ich hatte mehrmals abgelehnt, bis er mir von einem neuen Restaurant in der Altstadt vorschwärmte. »Ich möchte es ausprobieren. Wollen Sie mich nicht begleiten?«

»Sicher, warum nicht«, sagte ich lässig. »Man ist ja froh über jede warme Mahlzeit.«

Wir aßen Kalbsschnitzel mit Kartoffelsalat. Es schmeckte köstlich.

»Hat Antonia einen Schock erlitten? Oder Sie?«, fragte Moser.

»Ich glaube nicht, nein. Wir sprachen selten über das, was passiert war. Wir nannten es unser kleines Waldabenteuer, später, als wir älter waren. Doch damals erzählten wir es niemandem. Wir sagten einfach, wir hätten uns verlaufen und dann sei Antonia in das Fangeisen getreten. Wir hielten es für besser und Peter Schrink wohl auch.«

Doc ließ seine Gabel sinken. »Bedeutet das etwa, niemand in ihrer Familie weiß, dass Sie und Antonia damals im Wald beinahe von drei Halbstarken vergewaltigt worden wären?«

Ich nickte. Es kam mir noch immer ganz plausibel vor. »Wem hätten wir es erzählen sollen? Luise? Unserem Hauslehrer? Meinem Vater? Anna?«

Doc konnte es nicht glauben. »Was war mit Ihrer Mutter? Hat sie nicht Todesängste ausgestanden wegen Ihres Verschwindens?«

»Nein«, sagte ich. »Sie haben es überhaupt erst mittags gemerkt.« Das wusste ich von Großmutter. Sie hatte mir erzählt, mein Vater sei in seiner Wut abends weggefahren und habe völlig vergessen, dass er Antonia fragen wollte, woher sie die Geschichte kannte. »Am nächsten Morgen suchte Anna zwar nach uns, aber nur kurz. Wir waren schon öfter allein aufgestanden. Alle dachten, wir seien in der Schule.«

Moser schüttelte den Kopf. »Ich weiß, dass Ihre Mutter krank war, sehr krank. Aber sie kommt mir trotz ihrer Krankheit seltsam uninteressiert, ja herzlos vor.«

Natürlich war mir dieser Gedanke auch schon gekommen. Trotzdem verteidigte ich Bärchen. »Meine Mutter war tatsächlich sehr krank. Damals gaben sich alle Mühe, sie zu schonen. Sie war schwach, sie litt unter meinem Vater, sie klammerte sich an meinen Bruder, wir Mädchen waren ihr zu anstrengend.«

»Warum haben Sie es Ihrer Großmutter nie erzählt?«

Ich zuckte die Schultern. »Vielleicht aus Scham, vielleicht fühlten wir uns irgendwie mitschuldig, schließlich waren wir weggelaufen. Vielleicht wollten wir den Vorfall nicht mit Worten neu beschwören, wo wir doch davongekommen waren. Vielleicht versprachen wir uns einfach nichts davon.«

Er nickte. »Das verstehe ich. Haben Sie mal an Rache gedacht?«

»Nein. Die Schrinks machten alle einen Bogen, wenn sie uns sahen. Ich glaube, sie hatten Angst vor Peter. Lou verließ das Dorf, und Antonia und ich erwähnten ihn nie wieder.

Wir aßen eine Weile schweigend.

»War es immer so, dass Sie Ihre Geschwister beschützt haben?«, fragte er.

»Nein«, sagte ich. Ich dachte an meinen Bruder Maximilian. »Das ist mir leider nicht immer gelungen.«

Er nickte. Ich überlegte, ob er wusste, was damals mit Maximilian passiert war. Ich hatte nicht die geringste Lust, es ihm zu erzählen. Nicht jetzt. Er schien das zu spüren und sagte einfach: »Lassen Sie uns ein anderes Mal über Ihren Bruder sprechen.«

Ja, ein anderes Mal. Möglichst nie.

Wir tranken Bier zum Essen, kaltes deutsches Bier. »Ich werde Michael nächste Woche nach Hause bringen«, sagte er. »Seine Therapie ist keineswegs beendet, und er will auch nicht weg. Aber seine Mutter besteht darauf.«

Das wusste ich bereits. Michael hatte mir erzählt, dass er nur noch sieben Tage Zeit hätte, mit mir Klavier zu spielen. Ich brachte ihm gerade Volkslieder bei. Sie gefielen ihm und er sang die Texte mit krächzender Stimme mit. Er war jetzt so selbstbewusst, dass er manchmal älteren Patienten etwas vorspielte.

Ich erzählte Doc, ich hätte für Michael ein eigenes Lied komponiert, eine Ballade. Ich nannte sie »Michael in the Moon« und schrieb einen englischen Text dazu. Es ging um einen Jungen und seine Ausflüge zum Mond, die er antrat, um der Welt zu entwischen. In englischer Sprache klang es weniger pathetisch als auf Deutsch. Michael mochte sein Lied und spielte und sang es unbefangen vor, als Onkel Guido Antonia im Krankenhaus besuchte und danach in unsere Klavierstunden platzte.

Guido zeigte sich beeindruckt von dem begabten Kind. »Nicht zu glauben, dass Winnie seine Mutter ist«, sagte er. »Aber da sieht man wieder Gottes wundersame Wege. Manchmal bringen die dümmsten Leute prachtvolle Genies hervor.«

»Winnie ist nicht dumm«, widersprach ich. »Sie ist nur aggressiv.«

»Das ist oft dasselbe«, sagte Onkel Guido.

Die Aussicht, nach Hause fahren zu müssen, ängstigte Michael. »Ich werde nicht mehr Klavier spielen können«, sagte er. »Ich werde einsam sein, ich habe keine Freunde.«

»Vielleicht könnte ich mit Winnie sprechen«, schlug ich Moser vor. Der lachte. »Oh, sicher, Sie mit Ihrem diplomatischem Geschick und Ihrer frechen Klappe könnten sie sicher umstimmen.«

»Es wäre vielleicht tatsächlich möglich«, sagte ich. »Wissen Sie, dass Winnie bei uns im Schloss gearbeitet hat? Sie hat Luise in der Küche geholfen und mit der Wäsche.«

»Lieber Himmel, es werden ja immer mehr Bedienstete.«

»Nicht, dass wir Winnie wirklich gebraucht hätten. Aber Peter Schrink hat sich für sie eingesetzt. Er fand wohl, dass sie einer anständigen Arbeit nachgehen sollte. Er hatte Recht. Aber das passierte alles später, in der Zeit, als Antonia und ich im Internat waren.«

Antonia. »Sprechen wir von Antonia«, sagte ich, und Moser nickte.

»Ich bin jetzt schon so lange hier und fürchte fast, dass sie überhaupt nicht mehr aufwacht.«

»Sie wird aufwachen, keine Sorge«, sagte Doc. »Ich bin vollkommen sicher. Zwischendurch war ich mal mutlos, aber ich denke, sie wird bald aufwachen. Viel mehr kann ich Ihnen allerdings nicht sagen.«

Er wirkte wieder zuversichtlich, und das tat mir gut. Er lächelte mich an. »Wollen Sie mich nicht endlich Bernhard nennen?«

Er hatte es mir schon oft angeboten, doch Bernhard erschien mir zu vertraulich. »Lieber nicht, Doc klingt seriöser und erinnert mich daran, dass Sie Arzt sind und meiner Schwester helfen wollen.«

Er lachte. »Schade, es wäre sicher reizvoll, wenn Sie mit ihrer rauchigen Stimme meinen Vornamen sagen würden.« Er rollte mit den Augen und sang: »Bernhard, Bernhard.« Er sprach seinen Vornamen englisch aus und imitierte dabei den dramatischen Ton, in dem ich manche meiner Lieder intonierte.

»Bewundern Sie meine allgemeine Beliebtheit oder sind Sie einfach ein Fan meiner Musik?«

»Oh, beides selbstverständlich, und zwar nicht erst, seit ich Sie kenne.«

»Gut«, sagte ich hoheitsvoll und hob meine Augenbrauen. »Ich werde gern à la distance bewundert. Aber genug davon. Über Antonia wollen Sie nicht sprechen, worüber wollen wir uns dann unterhalten?«

»Wie ist eigentlich die Geschichte ausgegangen, die Antonia nicht zu Ende erzählen durfte?«

Ich gab ihm eine knappe Zusammenfassung, während er mich zum Hotel begleitete. Ich tat es gern, es war eine meiner liebsten Familienanekdoten.

Karl-Friedrich Haimburg, der wenig tugendhafte Graf, der die junge Julietta di Francisio mit seiner schändlichen List in die Ehe gezwungen hatte, bereute zutiefst. Er liebte Julietta wirklich. Er betrieb seine Scheidung, doch es war natürlich zu spät. Der Schwindel flog auf, und sie verließ ihn, hochschwanger. Keiner wusste, wo sie war. Er suchte sie in ganz Europa und fand sie schließlich in Paris, wo sie sich mit ihrem Sohn als Malerin recht und schlecht durchschlug. Er erbat ihre Vergebung, und sie erhörte ihn. Sie heirateten, diesmal richtig und lebten lange und glücklich.

»Erstaunlich, wunderbar!«, rief der Doktor. »Was hat Ihr Vater nur gegen diese Geschichte.«

»Nun ja, Moral, sittlicher Anstand, bleiben doch ziemlich auf der Strecke. Wenn das schon so war bei einem seiner Vorfahren, sollte man zumindest nicht darüber sprechen. Tabu. In meiner Familie gibt es jede Menge Tabus. Und jede Menge Doppelmoral. Auch fand mein Vater die Geschichte zu frivol für uns Mädchen. Die Zeiten waren um einiges verklemmter als heute.«

Wir lachten und schlenderten weiter. Ich hatte mich bei ihm eingehängt.

»Verraten Sie mir, wie es mit der Fee weiterging«, bat Moser.

»Elisabetta, unsere Fee, versorgte uns weiter mit Geschichten aus unserer Familie. Nie wieder erzählten wir eine beim Abendessen. Wir wagten es nicht. Aber mir gefielen ihre Anekdoten. Die Frauen, von denen sie erzählte, waren stark, schön und selbstbewusst. Sie wurden für Antonia und mich zu Vorbildern. Auch wenn wir bis heute nicht an sie heranreichen.«

»Sie sind stark, schön und selbstbewusst, und Ihre Schwester ist es auch.«

Ich machte mich los, blieb stehen und lachte kurz. Es klang bitter.

»Selbstbewusst! Meine Schwester! Schneidet sich die Pulsadern auf, springt von einer Terrasse. Soll man ihr dafür vielleicht eine Medaille anstecken?«

Ich ging weiter, schneller jetzt, die Hände vor der Brust verschränkt. Es war spät, aber immer noch saßen Menschen vor den Cafés und schwatzten. Moser nahm meinen Arm. »Clara, Sie sind einfach zu streng mit sich und anderen. Ihre Familie ist nicht ohne, da würden auch robustere Gemüter ganz schön schlucken. Das Leben ist für Antonia sicher ziemlich kompliziert gewesen in den letzten Jahren.«

»Wo haben Sie denn diese Weisheit her?«, fauchte ich. Er hatte mich an meinem wunden Punkt erwischt, ich wusste es. Antonia hätte meine Unterstützung gebraucht, ich war nicht da gewesen.

Ich war in mancher Hinsicht nicht besonders stolz auf mich. Auch wenn ich vitale Musik machte und auf der Bühne herumsprang wie ein Känguru, bei den privaten Dingen meines Lebens, in den Beziehungen zu meiner Familie hatte ich versagt.

Ich verabschiedete mich ziemlich rasch von Moser, ging in mein kleines Hotel-Apartment, ließ das Licht aus, setzte mich auf mein Bett und starrte in die Dunkelheit.

Als ich am nächsten Tag in Antonias Zimmer ging, wo meine tägliche Krankenhausroutine begann, saßen dort Baron Kloiber und mein Vater. Mein Vater stand sofort auf, nickte mir kurz zu und verließ den Raum. Er sagte kein einziges Wort.

Baron Kloiber seufzte und wandte sich wieder seiner Verlobten zu.

Antonia schien mir verändert. Wacher, ohne wach zu sein. Vielleicht war sie aus einer tiefen Schicht der

Umnachtung in eine höhere aufgetaucht. War so etwas möglich?

»Ist es nicht tragisch?«, sagte Baron Kloiber.

»Ja, vor allem für Antonia.« Er hatte offenbar keine Veränderung bemerkt.

Er berührte zärtlich ihre Wange und erhob sich. »Auf Wiedersehen mein Schatz. Bis morgen.«

Als er sich zu mir umwandte, sagte er: »Trinken Sie noch eine Tasse Kaffee mit mir?«

Ich hatte nicht die geringste Lust dazu, wusste aber, dass ich nicht ablehnen konnte. »Sicher.«

Wir gingen in eine der Schwesternküchen auf dem Flur, baten um einen Kaffee und setzten uns mit unseren Plastikbechern auf eine der Bänke im Krankenhausgarten.

»Ich liebe Ihre Schwester«, sagte Baron Kloiber. Es hörte sich an wie ein feierliches Bekenntnis, von dem er selbst ganz ergriffen war. Seine Stimme klang, als hätte er mit Öl gegurgelt.

»Davon habe ich gehört«, sagte ich trocken. »Was haben Sie an besagtem Abend bemerkt?«

»Nichts, betrüblicherweise nichts.« Baron Kloiber schüttelte traurig den Kopf. »Ich war nicht an ihrer Seite, als es geschah.«

Was glaubte dieser Schwachkopf? Dass ich annahm, er hätte neben ihr gestanden und ihr Glas gehalten, während sie sprang?

»Natürlich nicht«, sagte ich ungeduldig.

»Ich habe gerade Caroline von Schelden begrüßt«, sagte er.

»Aha«, sagte ich. Sie war also auch da an jenem unheilvollen Abend. Aber sie hatte Antonia kaum zu ihrer Verzweiflungstat veranlasst. Auch wenn sie Gift verspritzen konnte wie eine ganze Armee von Taranteln.

»Was haben Sie vorher gemacht? Und was hat meine Schwester gemacht?«

»Wir waren nur am Anfang kurz zusammen. Wie Sie wissen, ist das ja auch so üblich«, sagte er entschuldigend. »Antonia hatte sich mit den jüngeren Damen unterhalten, während ich und Ihr Vater verschiedene Leute begrüßten.«

»Wurde getanzt?«

»Oh, ja, selbstverständlich. Ich darf in aller Bescheidenheit sagen, dass ich ein guter Tänzer bin. Doch nach dem dritten Walzer wollte Antonia sich hinsetzen, ihr war schwindelig.«

Schwindelig. Seltsam. Antonia tanzte für ihr Leben gern Walzer. Vielleicht war ihr schwindlig geworden von den Schwurbeleien des Barons. Vielleicht tanzte er doch nicht so gut, wie er vorgab.

»Und dann?«

»Sie setzte sich auf einen Stuhl, dann ging sie auf die Terrasse, um frische Luft zu schnappen. Dann kam sie wieder rein und verließ den Tanzsaal. Ich nahm an, um sich frisch zu machen.«

»Wie lange blieb sie weg?«

»Ich weiß es nicht, offen gestanden. Ich habe über einem sehr interessanten Gespräch mit Ihrem Vater und einem englischen Gast die Zeit vergessen. Natürlich ist das unverzeihlich.«

»Heißt das, Sie haben sie nicht mehr gesehen bis zu dem Moment, als sie in den Saal zurückkam und sprang?«

Er nickte. »Ja, das heißt es. Leider. Ihrem Vater ging es ebenso. Und alle, die wir gefragt haben, sagten, sie hätten Antonia nur gesehen, als sie rausging.

»Und als sie wieder reinkam, nehme ich an?«

»Ja, selbstverständlich. Sie ist ja auch kaum zu übersehen, eine Schönheit wie sie.«

Er sagte es mit einem gewissen Besitzerstolz.

Ich konnte es kaum glauben. Irgendwer musste Antonia doch beobachtet haben, müsste gesehen haben, wohin sie ging, mit wem sie sprach. Es sei denn, schoss es mir durch den Kopf, sie hätte das Fest verlassen.

»Sagen Sie, Schloss Ehreshausen erreicht man doch nur mit dem Wagen, oder?«

Ihm war klar, worauf ich hinauswollte. »Antonia ist nicht weggefahren, wenn Sie das glauben. Sie kam mit mir und Ihrem Vater. Wir hatten die Wagenschlüssel. Außerdem fährt sie nicht gern Auto, wie Sie wissen.«

Ich nickte. Sicher, Antonia fuhr nicht gern Auto. Aber sie überwand sich durchaus, wenn es darauf ankam.

War sie an jenem Abend zu jemandem in den Wagen gestiegen?

Ich begann nachzudenken, ohne Baron Kloiber in meine Überlegungen einzuweihen.

»Wissen Sie, Antonia war glücklich mit mir, davon bin ich überzeugt«, sagte der Baron. »Ich hätte alles für sie getan.«

»Die Gelegenheit ergibt sich ja vielleicht noch«, sagte ich so freundlich ich konnte.

»Ihre Schwester berührte meine Seele, mein innerstes Wesen, meine Essenz, verstehen Sie?«

Ich nickte. Was wollte er damit sagen? Ich hatte keine Ahnung.

»Antonia gab meinem Leben Glanz und Wärme«, sagte Baron Kloiber.

Ich nickte wieder und begann zu begreifen, warum meine Großmutter ihn nicht schätzte. Er war ein pathetischer Schwätzer, er warf mit dramatischen Floskeln um sich und hielt sich für bedeutend. Ich fand ihn langweilig wie einen alten Hundehintern.

»Ich sah in ihre Augen und war zu Hause. Verstehen Sie, was ich meine? Haben Sie jemals so für einen Menschen empfunden? Sehen Sie, die Liebe ist das Wichtigste im Leben«, sagte Baron Kloiber gerade.

Ich sah ihn irritiert an. Glaubte er, ich käme aus dem Busch und hielte Liebe für Reibekuchen?

»Verglichen mit der aufrichtigen Liebe zu einem Menschen ist Geld einfach uninteressant.« Wieder schien der Baron ganz ergriffen von seinen trivialen Weisheiten.

»Geld hat letztlich mit den wesentlichen Dingen unseres Daseins nichts zu tun.«

Er hörte sich an wie ein Prediger. Ich wusste nicht, was ich sagen sollte. Geld hatte mit einigen wesentlichen Dingen unseres Daseins sehr wohl zu tun. Was stellte er sich vor, wie es zuging auf der Welt?

Es würde bestimmt Spaß machen, mit ihm über Musik, Mode und Politik zu plaudern. Doch ich vertagte diesen

Genuss und verabschiedete mich hastig. Wäre ich länger mit ihm zusammen geblieben, hätte ich mich vielleicht auch vom nächsten Balkon gestürzt.

»Ja, er ist eigenartig«, sagte meine Großmutter, die mich nachmittags besuchte. »Er redet geschwollen daher. Dabei ist er in seinem Beruf sehr tüchtig. Er ist Rechtsanwalt.« Sie hatte immer eine Schwäche für Rechtsanwälte gehabt, wohl, weil Guido mal einer hatte werden wollen.

Wir saßen in einem kleinen Café und löffelten Eis. Ich bin immer gerührt, wenn ich ältere Menschen Eis essen sehe. Meine Großmutter widmete sich konzentriert und mit sichtlichem Vergnügen ihrem Erdbeerbecher.

»Warum, glaubst du, will Antonia ihn heiraten?«, fragte ich. Es interessierte mich wirklich. Ich konnte für diesen Mann kaum Sympathie aufbringen, geschweige denn mir vorstellen, ihn zum Schwager zu haben.

»Schwer zu sagen. Vielleicht sieht sie in der Heirat mit ihm die Möglichkeit, sich von ihrem Vater zu befreien«, sagte meine kluge Großmutter. »Baron Kloiber bietet ihr Sicherheit, er betet sie an, und sie hätte ein eigenes Zuhause, in dem sie sich wahrscheinlich wohler fühlen würde als in ihrem jetzigen.«

Ich nickte. Antonia wollte endlich einen Ort finden, wo sie vor sich selber und vor der Vergangenheit sicher war. Das klang einleuchtend. Nicht einleuchtend war, dass sie sich unter einer Reihe von attraktiven Bewerbern, die es zweifellos gab, gerade ihn ausgesucht hatte.

»Ich hatte immer angenommen, Antonia würde sich für einen amüsanten, temperamentvollen Mann begeistern, einen, der etwas Jungenhaftes hat, etwas leicht Verrücktes vielleicht.«

Ich vermied es, seinen Namen auszusprechen, aber meine Großmutter wußte auch so Bescheid. Sie schüttelte den Kopf. »Du meinst, einer wie Vicenzo? Ich glaube, dass sie gerade einen will, der sie auf keinen Fall an Vicenzo erinnert. Baron Kloiber ist eher deinem Vater ähnlich. Du weißt, dass Antonia sehr an eurem Vater hängt, trotz seiner

Strenge. Auf eine gewisse Weise war sie immer gehorsam, unbewusst jedenfalls. Sie hat sich immer bemüht, das Mädchen zu sein, das er sich wünschte.«

»Bis zur Selbstverleugnung«, sagte ich bitter. Aber meine Großmutter hatte Recht: Antonia hing an unserem Vater, sie liebte auch unsere Mutter sehr, mehr als ich. Darin unterschieden wir uns.

»Kannst du dich noch an den grässlichen Reitmüller erinnern?«, fragte ich. Ich musste neuerdings unentwegt an die Vergangenheit denken.

»Sicher. Der, der euch mit der Peitsche geschlagen hat«, sagte meine Großmutter. »Bis ich es deinem Vater erzählt habe und er ihn rausschmiss.«

Ich nickte. Meine Großmutter hatte sich damals keine Illusionen über meinen Vater gemacht. Sie wusste, dass er grundsätzlich nichts einzuwenden hatte gegen die Züchtigungen unseres Hauslehrers, aber sie wusste auch, dass er der Ansicht war, der Gebrauch seiner Reitpeitsche sei ihm vorbehalten.

»Immerhin wurdet ihr auf diese Weise wenigstens ihn los«, sagte sie. »Weißt du noch, wann das war?«

Ich wusste noch genau, wann Reitmüller uns verließ. Es war kurz nach der Geschichte mit seiner »Vergiftung«, es war das Jahr, in dem ich meinen elften Geburtstag feierte. Es war das Jahr, in dem Schnupfentrine zurückkam. Es war unser letztes Jahr im Schloss, bevor wir ins Internat kamen.

Zurück im Hotel, las ich in meinen Aufzeichnungen, legte mich aufs Bett und ließ meine Gedanken in die Vergangenheit wandern.

Die Rückkehr von Schnupfentrine war das schönste Geschenk für mich. Sie kam drei Tage vor meinem Geburtstag. Als ich nachmittags im Spielzimmer Klavier übte, schlug plötzlich ein stumpfer Gegenstand an mein rechtes Ohr. Es fühlte sich an, als würde jemand mit einem in Stoff gewickelten Löffel anklopfen. Ich sah, wie einige Tasten sich bewegten, die ich nicht anschlug, ich spürte ein Sausen in den Ohren und merkte, wie mehr und mehr Tasten sich bewegten, wie sie auf geheimnisvolle Weise die zweite Stimme spielten zu meinem Lied.

Heute würde ich mich fürchten, doch damals war ich nur neugierig. Ich hörte ein Niesen und ein Schnaufen, glaubte, am hellen Tage zu träumen, und dann wurde mir mit leisem Schauder und großer Freude bewusst, dass unser vermisstes Gespenst zurückgekehrt war. Wie ich später erfuhr, hatte meine Großmutter kurz vorher einen Brief vom Oberst erhalten. Darin schrieb er, dass Schnupfentrine plötzlich bei ihm aufgetaucht sei. Sie verhielt sich unauffällig, bestand jedoch darauf, Klavier spielen zu lernen. »Liebste Theresa, was du mir über Clara geschrieben hast, bekümmert mich«, schrieb der Oberst. »Ich halte es für das Beste, Schnupfentrine zurückzuschicken. Sie hat mich noch viele Male im Schach geschlagen. Jetzt ist sie bereit, ins Schloss zurückzugehen. Sie kann Clara unterrichten, sie hat einiges gelernt.«

Offenbar hatte das Gespenst dem Plan zugestimmt, denn von nun an lehrte es mich neue Stücke, beschwingte Melodien, die ich noch nie gehört hatte, Musik, nach der man tanzen konnte und die in den USA schon lange als Swing und als Jazz bekannt war. Auch das erfuhr ich erst später. Ich hielt meine neue Lehrerin vor allen geheim, außer vor meiner Großmutter und Antonia. Und Schnupfentrine verhielt sich diskret.

Die Rückkehr unseres Gespenstes war nicht das Einzige, woran ich mich erinnerte. Ebenso tauchten Geschichten mit meinem Vater in meinen Gedanken auf, wie er uns dreien – Maximilian war vier oder fünf Jahre alt – abends Erzählungen vorlas oder Märchen, wie er uns das Reiten beibrachte, uns im Auto nach Heidelberg fuhr und uns Kleider kaufte. Er konnte auch ein liebevoller Vater sein.

Aber er hatte ein zügelloses Temperament und war unberechenbar in seinen Stimmungen. Wie oft hatte unser Vater uns in den Schrank gesteckt? Wie oft hatte er uns geschlagen? Seine Töchter wollte er sich, wenn er schon ihre Sympathie nicht erringen konnte, gefügig machen.

Antonia verstellte sich schließlich, spielte ihm etwas vor, passte sich an. Ihr gelang es, meinen Vater zu umgarnen, er verfiel ihrer Lieblichkeit, sie stimmte ihn milder. Ich hingegen hatte mich in ein abweisendes, trotziges Mädchen verwandelt, das misstrauisch in die Welt blickte und immer auf der Hut war.

Ich fühlte mich allein gelassen. Antonias listige Liebenswürdigkeit, mit der sie ihn um den Finger wickelte, ihr folgsames Betragen, die Art, wie sie ihre übernatürlichen Talente vor ihm verbarg und verleugnete, all das nahm ich ihr übel.

Doch wir Kinder standen einander bei, so gut wir konnten. Als Maximilian älter wurde, richtete sich das erzieherische Interesse mehr auf ihn, er war der einzige Sohn. Mein Vater begann meinen Bruder im Alter von vier Jahren mit auf die Jagd zu nehmen. Ganze Abende lang las er ihm vor. Meine Mutter wurde in dem Maße kränker, in dem mein Vater ihr Maximilian entzog. Doch davon merkte er nichts.

Damals, als ich jung war, war mein Herz voll mitleidiger Sorge um meine Mutter und voller Wut gegen meinen Vater.

14

Kartoffeln. Wenn man Clara und Antonia nach ihren ersten Jahren im Internat fragte, sagten sie übereinstimmend: »Kartoffeln. Immerzu gab es Kartoffeln.« Acht eigens dafür abkommandierte Mädchen saßen nachmittags im Küchengewölbe des Klosters und schälten gemeinsam mit schweigenden Nonnen Berge von Kartoffeln.

»Manchmal bekommen wir Bratkartoffeln und Hühnchen«, schrieb Antonia ihrer Mutter.

»Manchmal bekommen wir Kartoffelbrei und Hühnchen«, schrieb Clara ihrer Großmutter.

Vor allem Kartoffelaufläufe waren beliebt. Wer keine Kartoffeln mochte, wie Estrelita, war schlecht dran.

Estrelita gehörte zu den Neuen und zu den Jüngsten, wie Clara und Antonia. Sie war lebhaft, freundlich und dunkelhaarig. Ihre Eltern waren Spanier, lebten in Sevilla und hatten einen Nachnamen, den sich keiner merken konnte.

Zu den Neuankömmlingen gehörten außerdem Paola, Margret und ein blondes, sehr großes Mädchen, das sich mit einem Knicks vorstellte. »Ich heiße Johanna von Boalla. Aber alle nennen mich Jonny.«

Paola stellte sich nicht vor, sie erwartete, dass jeder wusste, wie sie hieß. Sie war ein kokettes Mädchen, das darauf achtete, sich gewählt auszudrücken und sich gerade zu halten. Sie prahlte mit ihrem Vater, der ein reicher Fürst war, wie sie jedem erzählte. Ihre Familie lebte abwechselnd in München und in der Schweiz.

»Ich mag Paola nicht«, sagte Clara. »Sie ist so eingebildet.«

Die kleine, lustige Margret war die Einzige ohne aristokratische Abstammung. Sie kam aus einer Bäckerfamilie, las ihren Eltern mit drei Jahren die Zeitung vor und hatte wegen besonderer Begabungen den Freiplatz erhalten, den das St.-Armgard-Kloster jährlich vergab.

Sie freundete sich mit den Schwestern bereits in den ersten Tagen ihres Internatsaufenthalts an. Margret erkannte mit einem raschen Blick auf die Unmenge der älteren Mädchen, dass es sinnvoll war, sich zusammenzutun.

Die kleineren Mädchen wurden den größeren zugeteilt, um kleine Aufgaben für sie zu erledigen.

»Wieso müssen wir ihre Schuhe putzen?«, fragte Margret empört. »Weil sie euch dafür bei den Schularbeiten helfen«, sagte Schwester Happmann, die von allen nur Schwester Happy genannt wurde.

»Ich brauche keine Hilfe bei den Hausaufgaben«, sagte Margret. Das stimmte, aber es half ihr nichts.

Paola, Estrelita und Jonny hegten eine Leidenschaft für Reitsport und Pferde und brachten Stunden damit zu, sich darüber auszutauschen. Jonnys Eltern besaßen nicht weniger als fünfzig Pferde, von denen eins ihr gehörte. Es dauerte nicht lange, da wurde die große blonde Johanna wegen ihrer ungelenken Bewegungen von allen nur »Jonny das Pferd«, genannt.

»Aber sie ist ein gutmütiges Pferd«, sagte Clara und das fanden alle anderen auch.

Das St.-Armgard-Klosterinternat bestand aus einem riesigen alten Haupthaus und vier Nebengebäuden. Breite Treppen und lange Gänge verbanden die einzelnen Trakte. Die hohen Räume sahen mit ihren Parkettböden, Stuckdecken, samtenen Vorhängen und dunklen Holzmöbeln edel und würdig aus. Das Kloster lag in einem Park voller alter Nussbäume und war von hohen Mauern umgeben. Von weitem sah es aus wie eine Festung.

»Wie eine verwunschene Festung«, schrieb Clara an Anna. Es dauerte keine zwei Tage, da hatte sie das Kloster lieb gewonnen. Antonia ging es ähnlich, obwohl sie sich hütete, ihre Begeisterung in Briefen zu sehr zum Ausdruck zu bringen.

Auch wenn es den Mädchen streng untersagt war, das Gelände zu verlassen, fühlten sich Clara und Antonia doch viel freier als zu Hause. Sie durften bei den Mahlzeiten mit den anderen sprechen, sie wurden nicht geschlagen und nicht in Schränke eingesperrt. Sie tobten im Winter draußen herum, bewarfen sich mit Schneebällen und liefen kreischend davon, sie rannten im Park um die Wette, sie fingen im Sommer Schmetterlinge.

Wenn es regnete, setzten sie sich mit ihrer neuen Freundin Margret in die Bibliothek vor das knisternde Feuer im Kamin und lasen einander mit verteilten Rollen Geschichten aus Büchern vor. Sie erzählten Margret von Schnupfentrine und von Heinrich, dem Todesreiter, sie taten, als wären sie selbst Gespenster und besäßen geheime Zauberkräfte.

Clara atmete auf. Sie fühlte sich nicht mehr unter Beobachtung, sie hatte nicht mehr den Eindruck, jemandem entkommen zu müssen.

Dafür hatten sie und Antonia nun andere Verpflichtungen. Gebetet wurde dreimal am Tag, frühmorgens in der Kappelle, mittags und abends im großen Refektorium vor den Mahlzeiten.

»Doch vergesst nicht, Mädchen, euer ganzer Tag sollte ein Gebet sein«, mahnte die Mutter Oberin. Sie war 63 Jahre alt und führte ein energisches Regiment. Sie hatte das Gesicht einer Asketin und sah ihre Aufgabe auf Erden darin, den Allmächtigen möglichst vielen Mädchen nahe zu bringen. Deshalb verordnete sie den Klosterschülerinnen Momente des Innehaltens. Begegneten sie, während sie Flure entlang- und Treppen hinunterhasteten, einer Nonne, die ins Gebet vertieft schien, sollten sie ebenfalls die Hände falten und ein Gebet zu Gott schicken.

Es war nicht einfach, auf diese Weise irgendwohin zu gelangen in der riesigen Klosteranlage, denn nahezu überall standen Nonnen mit gefalteten Händen, mehr dösend als betend, wie Clara meinte, aber das konnte man nicht genau wissen, und deshalb war es besser, nicht einfach vorbeizulaufen, sondern eine kleine Gebetspause einzulegen.

»Bitte, lieber Gott, mach, dass um die nächste Ecke nicht schon wieder eine Nonne steht und betet.« Diese Art Stoßgebete fand Clara angemessen, wenn sie mit Antonia und Margret durchs Kloster rannte. »Sonst kommen wir zu spät zum Silentium.«

Sie kamen oft zu spät, wie die anderen auch. Wer zu spät kam, wurde mit Aufgaben in der Küche oder in der Krankenstation betraut, beides Arbeiten, die unbeliebt waren.

Die katholischen Nonnen verwiesen zwar häufig auf die Güte Gottes sowie auf ihre eigene, doch in Wahrheit waren sie streng. Strenge entsprach der Tradition des Klosters, in das überwiegend adlige Töchter kamen. Das Gymnasium war dem Kloster angegliedert, aber nur einige Bürgertöchter aus den umliegenden Ortschaften wurden aufgenommen.

Zu viele Externe, davon war Mutter Oberin überzeugt, würden ein Übermaß an weltlichen Versuchungen in die Klostermauern einschleusen.

Schwester Happy war anders als die anderen Nonnen. Sie war mittelgroß und zierlich und, obwohl weit über fünfzig Jahre alt, für die Kleinen zuständig, was gut war. Schwester Happy strahlte Güte, Humor und Geduld aus, selbst schüchterne Mädchen fühlten sich sicher bei ihr, sie war Tag und Nacht für ihre Schützlinge zu sprechen. Sie war es denn auch, der Clara anvertraute, dass sie unbedingt Klavier spielen müsse.

»Es drängt mich einfach dazu«, sagte sie.

»Aber sicher, mein Kind«, sagte Schwester Happy und kramte Notenblätter hervor. Im Keller standen einzelne Klaviere in kahlen Zellen, sie waren verstimmt, aber immerhin bespielbar, und wenn Clara zunächst Schnupfentrines Unterweisungen fehlten – das Gespenst ins Internat einzuschleusen, hatte ihr Großmutter Theresa untersagt –, so dauerte es doch nicht lange, bis sie spielte und dazu sang, wann immer sie Zeit und eine freie Klavierzelle fand. Sie spielte Beethoven, Chopin, Schubert am offenen Kellerfenster, sie spielte die Stücke, die sie von Schnupfentrine gelernt hatte. Nicht selten tauchte sie mit träumerischen Augen aus ihrer musikalischen Trance auf und erschien später als alle andern im Speisesaal.

Die Musik war eine Erholung vom Benimmunterricht bei Schwester Veronika, der Clara besonders anödete, und von den schrecklichen Samstagen, an denen sie baden mussten.

Diese Prozedur fand im Keller statt, in einem riesigen Gewölbe, in dem alte Metallbadewannen auf zierlichen Füßen in einer Reihe standen. Aus Schamhaftigkeit – sich selbst und anderen gegenüber, wie die Nonnen erklärten – hatten alle Mädchen Badehemden anzuziehen, bevor sie in die Wanne stiegen. Viele waren es von zu Hause her nicht anders gewöhnt und fügten sich ohne Murren. Doch obwohl auf Haimburg andere Waschsitten herrschten, verstand auch Antonia nicht, warum Clara sich so anstellte. »Man sitzt in einem Badehemd im Wasser«, sagte sie kopfschüttelnd. »Was ist schon dabei?«

Clara hasste das Gefühl von nassem, klebrigen Stoff auf ihrer Haut und das umständliche Waschen. Danach hielten die Nonnen kratzige Handtücher bereit und bibbernd, mit hastigen, ungelenken Bewegungen entledigten sich die Mädchen ihrer durchnässten Hemden, trockneten sich ab und schlüpften in trockene Kleidung.

Die vielen Regeln einzuhalten war Clara einfach nur lästig. Sorgen hingegen bereitete ihr, dass Antonia wieder begonnen hatte, nachts schlafzuwandeln. Was im heimischen Schloss zwar die Wut ihres Vaters weckte, aber nicht weiter tragisch war, weil Antonia sich in den Fluren, Zimmern und Turmstuben auskannte, könnte hier gefährlich werden.

Clara wachte nachts auf, wenn Antonia sich – wenigstens einmal im Monat bei Vollmond – erhob. Sie hatte sich darauf trainiert, aufzuwachen, denn sie empfand es als ihre Pflicht, die Schwester vor Unfällen zu bewahren.

Antonia tat jede Gefahr mit einem Schulterzucken ab. Sie hatte keine Erinnerung an ihre nächtlichen Streifzüge und wollte auch nichts davon wissen. Sie wurde von Monat zu Monat phlegmatischer, schweifte tagsüber ab mit ihren Gedanken, passte im Unterricht nicht auf, versäumte es, Schuhe zu putzen für die älteren Mädchen oder ihnen Knöpfe anzunähen.

»Was ist mit dir?«, fragte Clara besorgt.

»Ich muss immerzu an den Jungen denken, den ich heiraten werde«, sagte Antonia. »Ich habe das Gefühl, er entfernt sich von mir.«

Clara nahm das Gerede ihrer Schwester nicht ernst.

»Du bist zu jung, um jetzt schon ans Heiraten zu denken«, mahnte sie.

»Man kann nicht früh genug daran denken«, widersprach Antonia. »Es ist besser, sich frühzeitig bereit zu machen für seinen Ehemann.«

Bei den älteren Mädchen konnten Clara, Antonia und Margret beobachten, wie es ist, sich für einen Ehemann bereit zu machen. Alle Klosterschülerinnen über 14 Jahre trafen sich jeden Sonntag nachmittag im großen Tanzsaal, um Walzer, Foxtrott und Tango zu üben. »Eins, zwei, drei und eins, zwei, drei«, sagte Schwester Ingeborg, eine dickliche Nonne, die sich zum fröhlichen Dreivierteltakt erstaunlich behende bewegte. Sie übernahm den männlichen Part, führte die Mädchen nacheinander und wirbelte sie herum, bis alle Schritte saßen. Dann tanzten die Mädchen miteinander und wechselten sich beim Führen ab.

Die Musik knackte und dröhnte aus einem großen Grammofon, das mit einer Kurbel betrieben wurde, manchmal tönte sie auch aus einem riesigen Radio aus Holz.

Die kleineren Internatsschülerinnen fungierten als Publikum. Sie würden die Tänze bald auch lernen müssen, also durften sie zusehen, mitwippen, mitsummen, klatschen.

»Ich werde sicher nie gut tanzen können«, sagte Margret zu Clara, »und ich habe nichts anzuziehen.« Margret besaß keine schönen Kleider, sie trug auch sonntags ihre Schuluniform, die aus einem langen, dunkelblauen Rock, einer hellblauen Bluse oder einem gleichfarbigen Pullover bestand. Dazu kamen je nach Jahreszeit Wollstrümpfe oder Söckchen und flache Schuhe.

Es war den Mädchen nur am Sonntag gestattet, eigene Garderobe zu tragen, zum Tanzen beispielsweise oder zum Tee am Nachmittag.

»Ich leih dir ein Kleid«, versprach Clara Margret. »Wenn wir so weit sind, dass wir üben dürfen. Doch vorläufig gehören wir noch zu den Kleinen.«

Clara und Antonia taugten nicht als Gesprächspartnerinnen für die mittleren und älteren Schülerinnen, sie wurden von ihnen links liegen gelassen. Es dauerte eine Weile, bis die Mädchen begriffen, warum. Sie kamen aus der Provinz und wussten wenig von der Welt.

Das Internatsleben machte sie in dieser Hinsicht nicht klüger. Sie durften weder Radio hören noch an einer der monatlichen Filmvorführungen teilnehmen, in die die älteren Mädchen voller Erwartung Hand in Hand in Viererreihen liefen.

Jonny, Paola, Estrelita waren zwar im Internat ebenfalls von diesen Vergnügungen ausgeschlossen, aber sie konnten trotzdem besser mitreden.

»Ihr wart noch nie in einem Kino?«, fragte Paola verächtlich. »Wahrscheinlich wisst ihr noch nicht einmal, wie Männer und Frauen sich küssen.«

»Natürlich wissen wir, wie Mann und Frau sich küssen«, sagte Clara hoheitsvoll, zog Antonia und Margret mit sich und ließ Paola, Johnny und Estrelita stehen.

Als sie außer Reichweite waren, wandte sie sich an Margret. »Wenn Mann und Frau sich küssen, was machen sie genau?« Margret sah sie erstaunt an. »Das wisst ihr nicht?«

»Wir wissen es natürlich, irgendwie. Aber wir haben noch nie einen Filmkuss gesehen. Vielleicht ist Küssen im Kino ja anders«, sagte Antonia. »Vielleicht gibt es ja verschiedene Arten des Küssens. Und wir kennen nur eine.«

Margret überlegte. So viele Arten kannte sie auch nicht. Genau genommen wusste sie es auch nicht so genau, sie hatte nur einmal ihren ältesten Bruder im Hausflur beobachtet. Was er tat, sah ziemlich nach Küssen aus und hörte sich an, als ob jemand bei Tisch schmatzte. Doch die Nachteile des Küssens wollte sie vorläufig nicht erwähnen.

»Also«, sagte sie wichtig, »Küssen ist wild, gefährlich und eigentlich verboten. Deswegen sind alle so dahinterher. Aber Mädchen müssen sich genau überlegen, wen sie küssen, denn sonst können sie in Schwierigkeiten kommen, sagt meine Mutter.«

»Aha«, sagte Clara. Da, wo sie herkam, konnte ein Mädchen schon in Schwierigkeiten kommen, wenn es beim Essen ein falsches Wort sagte. Sie überlegte, ob damals im Wald die drei Jungen vielleicht wild und gefährlich küssen wollten. Nur warum hatte Lou dann seine Hose ausgezogen? Es ergab keinen Sinn.

»Wie läuft es denn nun genau ab?«, fragte sie ungeduldig. Margret holte tief Luft. »Der Mann und die Frau legen ihre Wangen aneinander, ihre Arme umeinander und dann drückt der Mann seinen Mund so lange auf den Mund der Frau, bis sie keine Luft mehr bekommt.«

»Ach«, sagte Antonia. »Das soll Spaß machen? Es klingt grässlich,« und Clara fragte verblüfft: »Das ist alles?«

»Sie holen Luft, und dann machen sie das Gleiche noch mal. Und dann eben immer so weiter«, sagte Margret. Sie war ein bisschen enttäuscht, dass ihre Kenntnisse vom Küssen keinerlei Begeisterung auslösten. »Möglicherweise gibt es noch einige Tricks, aber die lernt man sicher nur im Kino. Da war ich auch erst einmal und da wurde nicht geküsst.«

Antonia und Clara fragten sich nach diesem Gespräch, warum sie noch nie im Kino waren.

»Es liegt daran, dass wir so abgelegen wohnen«, sagte Clara. »Es gibt kein Kino bei uns.«

»Vielleicht habe ich deshalb das Gefühl, dass mir Vicenzo entgleitet«, sagte Antonia. »Ich sehe ihn innerlich. Er lebt in einer Stadt, er weiß, was ein Kino ist. Er ist für mich bestimmt. Aber was, wenn er eine andere kennen lernt, die sich mit Küssen auskennt und allem anderen? Wer will schon ein kleines, dummes Häschen vom Land? Elisabetta sagt, ich müsse Schwierigkeiten überwinden, wenn ich Vicenzo heiraten wolle. Wir müssen mehr von der Welt lernen.«

Die Schwestern nahmen sich vor, ab sofort den Arbeiten der älteren Mädchen genau zuzusehen und zuzuhören, alles in sich aufzunehmen, was mit der schillernden Welt zu tun hatte, die sie nicht kannten.

Sie spähten abends durch die halb geöffnete Tür des Schlafsaals. Clara kam es vor, als wären die älteren Mädchen ausschließlich damit beschäftigt, über Filme, Musik, Mode und Männer zu sprechen. Sie plauderten über Kleider aus grauem Flanell oder über elegante, blumenbedruckte Ballroben aus Crêpe de Chine, die sie sich nähen lassen wollten. Sie schwärmten für lange, schwarze oder weiße Handschuhe, sie begeisterten sich für Ohrringe und Perlenketten. Vor dem Schlafengehen nahmen sie sich manchmal an den Händen, tanzten aufeinander zu und voneinander weg, sangen »I am in the Mood for Love« und lachten. Sie beklagten sich darüber, dass die pickeligen Jungs, die sie kennen lernten, ihrer nicht würdig waren. Sie seufzten viel und teilten ihren Schmerz darüber, dass die Liebe auf sich warten ließe.

Mehr als die Hälfte von ihnen war in einen gewissen Gene Kelly verliebt, einen Amerikaner in Paris, wie Clara und Antonia auf schüchternes Nachfragen erfuhren. »Er kann singen und auf den Absätzen tanzen«, sagte Erika, die den Film schon fünfmal gesehen hatte, obwohl die Nonnen seine alberne Banalität bemängelten. »Er verliebt sich in ein Mädchen, das nicht frei ist.«

Erika und Annette hießen die Mädchen, denen die Schwestern zugeteilt waren. Sie standen kurz vor dem Abitur und konnten das Ende ihres Klosterdaseins kaum erwarten.

Eines Nachmittags war Annette allein im Schlafraum. »Räumt das Regal auf«, befahl sie und legte sich aufs Bett. Sie las einen Brief und begann danach, mit einem Buch als Unterlage selbst einen Briefbogen voll zu schreiben. Zwischendurch seufzte sie, starrte gedankenverloren vor sich hin, raschelte mit dem Papier.

In einem der Papierkästen fand Clara dann zwei Briefe, die Annette unterschrieben, aber nicht abgeschickt hatte. Viele Briefe wurden im St.-Armgards-Kloster geschrieben und nie abgeschickt. Denn die Nonnen kontrollierten die Post, vor allem die, die nicht nach Hause adressiert war.

Der Empfänger von Annettes Post war in beiden Fällen eine gewisse Paula, wahrscheinlich eine Freundin. Antonia flüsterte ihrer Schwester zu, dass sie die Briefe studieren sollten in aller Ruhe, um sie dann zurückzulegen. »In Briefen stehen häufig interessante Dinge«, sagte sie. »Wir legen sie wieder zurück. Gleich morgen!«

Clara willigte ein. Sie war genauso neugierig wie ihre Schwester. Sie murmelten Annette ein paar Abschiedsworte zu und verzogen sich nach draußen, unter einen Nussbaum. Der erste Brief war eigentümlich. Annette schrieb an Paula viel von Liebe, von Schicksal und von Sehnsucht. Verwirrend viele Namen tauchten auf, Hans und Friedrich und Peter und Pariser und Knaus Ogino und vergangene Bälle und zukünftige Bälle. An einer Stelle stand, dass sie mit sich ringen müsse, Hans eine Sache zu geben. »Ich weiß nicht, ob ich schon so weit bin, ach Paula, dein Rat und Beistand fehlen mir sehr«, schrieb sie.

»Sie will nicht küssen«, erklärte Clara ihrer Schwester.

»Wen küssen?«, fragte Antonia.

»Hans nicht und keinen von allen.«

»Ach so«, sagte Antonia. »Lies weiter.«

Annette schrieb von Liebesschwüren und Briefen, die ins Kloster geschmuggelt würden und dass sie demnächst nachts Besuch bekäme. Sie würde K. an der Klostermauer erwarten, vielleicht könnte er sogar über die Mauer klettern und sie könnten sich endlich wiedersehen.

»Lieber Himmel«, sagte Clara. »Sie will diesen Knaus Ogino hier treffen. Nachts, hier im Park. Um ihn zu küssen.«

Im zweiten Brief war wieder von Liebe und Sehnsucht die Rede. »Es könnte so wundervoll sein, Paula«, schrieb Annette. »Mit K. und mir. Dass er mich heiraten will, macht mich sehr glücklich. Ich sehne mich nach ihm. Ich kann kaum erwarten, ihn zu treffen.«

Andererseits, schrieb sie einige Zeilen weiter unten, »... vertraue ich Knaus Ogino nicht.«

»Wer ist dieser Knaus Ogino, dem sie nicht traut?«, fragte Antonia.

»Der, den sie treffen will«, sagte Clara und runzelte die Stirn.

»Wahrscheinlich ist er ein Freund von Hans. Einer, von dem ihre Eltern nicht wollen, dass sie ihn trifft.«

»Vielleicht wäre es ja am besten«, sagte Antonia, »sie kämen sie beide hier besuchen. Heimlich, nachts.«

Clara seufzte. »Es ist schwierig, über die Mauer zu klettern. Sie ist hoch.«

»Es ist nicht unmöglich«, widersprach Antonia. Sie erwärmte sich für die romantische Seite der Angelegenheit. »Sie könnte sich beide Männer in Ruhe ansehen. Hans und diesen Knaus. Vielleicht würden wir auch einen Blick auf sie werfen und Annette später beraten.« Clara bezweifelte, dass Annette sich von ihnen raten lassen würde.

Am nächsten Tag schmuggelten sie die Briefe zurück in das Kästchen. Zwei Tage später hatten sie fast alle Namen in den Briefen vergessen. Nur Knaus Ogino war seltsamerweise haften geblieben.

Wochen später verschlief Clara den Aufbruch ihrer Schwester zu einer nächtlichen Exkursion. Sie träumte gerade von einem Klavier, an dem sie mit dem Oberst saß und vierhändig spielte. Es war ein so schöner Traum, dass ihre Ohren nur der Traummusik lauschten und nicht vernahmen, wie Antonia aufstand, in ihre Hausschuhe schlüpfte und leise den Raum verließ.

Es war eine mondhelle Nacht im September. Antonia ging zielstrebig durch die Tür, die in den Garten führte, wandte sich langsam nach rechts, huschte an Büschen und Nussbäumen vorbei, verließ den gekiesten Weg und betrat das Rasenstück, das bis zur Klostermauer reichte.

Vor der Mauer stand unter einem Baum ein Mann. In der einen Hand hielt er einen Schraubenzieher, in der anderen seine Hose. Er trug nichts außer einem dreckigen Unterhemd und Socken. Als er Antonia in seine Richtung kommen sah, warf er seine Hose hinter sich. Antonia ging langsam auf ihn zu, und er machte eine Bewegung mit dem Schraubenzieher. Es sah so aus, als winkte er ihr.

Antonia öffnete die Augen, ohne vollständig zu erwachen. Was ihr gerade widerfuhr, hielt sie für einen Traum. Sie hatte schon einmal einen halb nackten Mann gesehen. Es war Lou, damals im Wald. Allerdings hatte Lou doch noch mehr angehabt im Vergleich zu der Gestalt an der Mauer.

Sie starrte den Mann weiter an. Was sie sah, gefiel ihr nicht. Die Beine des Mannes waren bleich und mit langen schwarzen Haaren bewachsen. Aus seiner Körpermitte baumelte etwas, das sie in Farbe und Form an Hühncheninnereien erinnerte. Sie fand die ganze Sache ästhetisch nicht passend, jedenfalls nicht für den Klostergarten von St. Armgard. Irgendetwas in ihr zog es vor aufzuwachen. Sie kam mit einem Ruck zu sich, öffnete die Augen und blieb stehen.

»Hallo«, sagte der Mann. »Ich tue dir nichts. Ich will hier nur ein bisschen ausruhen.«

»Du willst sicher Annette besuchen«, sagte Antonia und ging einen Schritt zurück. Sie war neugierig und vorsichtig zugleich. »Bist du Knaus Ogino?«

»Was?«, fragte der Mann, der ihr offensichtlich nicht zuhörte. Mit der einen Hand umklammerte er seinen Schraubenzieher, mit der anderen zog er an seinen Innereien, die seltsam größer wurden. Er sagte wieder: »Ich tue dir nichts, ich will nur ein bisschen ausruhen.« Seine Stimme klang gepresst.

Antonia fand, dass er nicht aussah, als wollte er sich ausruhen. Sie fühlte sich plötzlich so unwohl wie damals im Wald. Sie schrie einmal kurz und gellend um Hilfe. Dann wurde sie ohnmächtig. Sie kippte um, ihr Kopf fiel weich auf den Rasen.

Das Licht ging an, und bevor der Mann seine Hosen anziehen konnte, die hinter ihm lagen, erschienen fünf Nonnen, unter ihnen Mutter Oberin.

»Heilige Maria, Mutter Gottes!«, schrie eine Schwester.

»Er soll sich bedecken!«, schrie eine andere.

»Das arme Kind!«, jammerte eine dritte.

»Holt Schwester Marietta von der Krankenstation«, rief Mutter Oberin, während sie mit energischen Schritten auf den Mann zuging, der mit hängenden Armen schreckensstarr dastand.

»Wagen Sie es nicht!«, herrschte sie den verdutzten Mann an. »Was haben Sie hier verloren?« Ihre Stimme klang drohend, und der Mann wedelte wie zur Verteidigung mit seinem Schraubenzieher.

Antonia kam kurz zu sich, hob den Kopf und sagte: »Er heißt Knaus Ogino. Er will hier jemanden besuchen.« Dann dämmerte sie wieder weg.

»Ziehen Sie sich an. Auf der Stelle!«, fauchte die Mutter Oberin. »Ich werde Sie von der Polizei abholen lassen, Sie Unhold!«

Schwester Happy berichtete Clara die ganze Geschichte, auch dass Antonia den Mann als Knaus Ogino bezeichnet hatte. »Weißt du, was es damit auf sich hat?«

Zu ihrer Überraschung nickte Clara. »Wir haben den Namen in einem Brief gelesen«, flüsterte sie. Sie schämte sich und begann in Sorge um ihre Schwester zu weinen.

Schließlich gestand sie Schwester Happy alles. Sie erzählte, dass sie und Antonia noch nie im Kino gewesen waren, dass sie von den anderen gehänselt wurden, sie erzählte, ohne Annettes Namen zu nennen, von den Briefen, sie erzählte von den Namen, die in den Schreiben auftauchten.

Schwester Happy hätte gelacht, wenn die Sache nicht so ernst gewesen wäre. Als Clara ihr schließlich auch noch beichtete, dass Antonia schon seit längerer Zeit schlafwandelte, beschloss sie, sofort zu handeln. Sie ging zur Mutter Oberin.

Mutter Oberin war für niemanden zu sprechen. Sie saß in ihrem Büro hinter dem vollbepackten Schreibtisch unter einem schlichten Holzkreuz und erbat in einem Blitzgebet himmlischen Beistand. Sie musste gerade ein höchst unerfreuliches Gespräch mit einem Polizeibeamten führen, den man in den frühen Morgenstunden aus der Stadt geschickt hatte. Er hatte den Unhold, den die Nonnen in der Zwischenzeit in einer der Vorratskammern eingesperrt hatten, in Gewahrsam genommen, das ja. Doch ließ der Wachtmeister es, fand die Mutter Oberin, in der ganzen Art, wie er den Fall anging, am nötigen Respekt fehlen. »Ich kann mir keinen Skandal leisten«, sagte sie wohl schon zum fünften Mal. »Ein nackter Mann nachts im Klostergarten! Was werden die Eltern meiner Schützlinge dazu sagen?«

»Die Sache ist natürlich ausgesprochen unangenehm«, sagte der Polizist auch zum fünften Mal. »Aber die Eltern der Mädchen werden es vielleicht verstehen. Schließlich kann niemand etwas dafür. Er ist ausgebrochen aus seiner Heilanstalt, das ist bedauerlich, aber so etwas kann passieren.«

»Indiskutabel«, sagte Mutter Oberin. »So etwas darf nicht passieren!«

»Nun beruhigen Sie sich doch bitte«, bat der Polizist, der sich seinerseits sichtlich unwohl fühlte. »Jetzt, wo wir ihn wieder eingefangen haben, ist doch erst mal alles in Ordnung. Allerdings müssen wir seinen Freund finden.«

An dieser Stelle spürte Mutter Oberin, dass irgendetwas ganz und gar nicht in Ordnung war. Sie sah den Polizisten scharf an. Er verschwieg ihr ganz offensichtlich etwas. »Welchen Freund?«

Der Polizist seufzte, setzte sich, ohne zu fragen, und faltete verlegen die Hände. Und er erzählte, ohne der Mutter Oberin in die Augen zu sehen, die ganze schreckliche Geschichte.

Der Mann, den alle im Kloster nur Unhold nannten, war Insasse einer Heilanstalt, unweit von St. Armgard. Er und sein Freund waren ausgebrochen und trieben sich seit einigen Tagen in der Gegend herum. Der Polizist vermied es, sie als gefährlich zu beschreiben, kam jedoch nicht umhin zu erwähnen, warum man sie in die Heilanstalt gesteckt hätte. Beide Männer hätten die unselige Angewohnheit vor Mädchen, Frauen und Kindern ihr Geschlecht zu entblößen, ungeheuerlich, sagte der Polizist, und ganz und gar unanständig und deshalb eben auch strafbar.

»Man nennt solche Menschen Exhibitionisten«, sagte er erklärend. »Und leider treibt sich einer der beiden noch irgendwo da draußen herum.«

»Vielleicht hätten Sie die Güte, ihn baldmöglichst einzufangen,« sagte Mutter Oberin eisig.

»Gern, wenn Sie uns auf dem Gelände hier freie Hand lassen«, sagte der Polizist und stand auf.

»Sie glauben doch nicht etwa, dass sich der zweite Mann hier in der Klosteranlage herumtreibt?«, protestierte sie.

»Doch, allerdings glaube ich das. Entschuldigen Sie, Mutter Oberin, aber für einen Exhibitionisten gibt es wohl keinen schöneren Platz als ein Kloster voller Mädchen.«

Der zweite Unhold wurde noch am selben Tag gefasst, ohne sich zur Schau gestellt zu haben, was viele Mädchen bedauerten. Einen nackten Mann zu betrachten, aus sicherer Distanz, am Fenster stehend, war vielen der älteren Klosterschülerinnen verlockend erschienen.

Nackte Männer waren sonst nur im Museum zu besichtigen, als Statue oder Bild. Natürlich war gegen Michelangelos David nichts zu sagen, doch ein lebender nackter Mann war ganz etwas anderes.

Die nächste Gelegenheit, einen lebenden Mann nackt zu sehen – da machten sich die Mädchen keine Illusionen –, war die Hochzeitsnacht. Doch wäre es nicht besser, sich zu informieren, bevor es zum Äußersten käme?

Das Kloster lag eine Tagesreise vom Haimburg'schen Schloss entfernt. Es war Großmutter Theresa, die sich sofort in einen Zug gesetzt hatte nach einem längeren Telefonat mit Schwester Happy. Bärchen, die mit Fieber zu Bett lag, erzählte sie vorläufig nichts von den Vorkommnissen, Eduard war gottlob nicht zu Hause. Theresa wollte unter allen Umständen verhindern, dass Antonia rausgeworfen wurde. Das Kind, dachte sie, wird ohne ihre Schwester kreuzunglücklich werden. Auch war wenig wahrscheinlich, dass ein anderes Internat sie aufnehmen würde, denn der Vorfall war kaum geheim zu halten.

Im Kloster angekommen, meldete sich Großmutter Theresa bei Schwester Happy. Zu ihrer Überraschung saß ihre Enkelin Clara im Büro der Nonne.

»Mein Kind«, sagte Theresa und reichte Clara die Hand. »Wie groß du geworden bist.« Sie strich Clara übers Haar, begrüßte Schwester Happy und setzte sich. »Eine entsetzliche Geschichte«, kam sie umstandslos zur Sache. »Wie geht es Antonia?«

»Gut«, sagte Schwester Happy. »Sie ist allerdings noch auf der Krankenstation. Die Mutter Oberin will sie vorläufig nicht zu den anderen Mädchen lassen. Sie fürchtet, Antonia könnte die anderen aufstacheln.«

Großmutter Theresa seufzte. »Sie denkt, sie hätte es absichtlich getan, nicht wahr?«

»Ja, das ist das Problem.« Schwester Happy nickte.

Clara sah sie ängstlich an. »Warum können wir der Mutter Oberin nicht einfach die Wahrheit sagen?«, fragte sie.

Großmutter Theresa nickte. Das Kind hat Recht, dachte sie. Trotzdem stecken wir in einem Dilemma. Sagen wir der Mutter Oberin, dass Antonia schlafwandelt, würde zwar der Vorwurf entkräftet, sie sei absichtlich nachts in den Garten gegangen. Doch ihr Schlafwandeln könnte ebenso Grund für einen Rausschmiss sein. Sie ist eine Gefährdung für sich selbst, würde es heißen. Ein Wunder, dachte Großmutter Theresa, dass ihre anderen Talente noch nicht aufgefallen sind.

Sie sah Schwester Happy an, die ruhig und gütig blickend abwartete, und beschloss, der Nonne die Wahrheit über Antonia zu sagen. Vielleicht wüsste sie Rat.

Theresa erzählte von der spirituellen Veranlagung mancher Haimburgs, von den Absonderlichkeiten auf dem Schloss, von Antonias Vorhersagen und Visionen, vom heftigen Widerstand des Vaters gegen die Eigenheiten seiner Tochter.

»Und seit einiger Zeit kommt nun noch die Schlafwandelei dazu«, sagte sie. »Daran hatte ihr Vater sich einigermaßen gewöhnt, als Antonia noch im Schloss lebte. Er hatte vor allem die Hoffnung, es würde sich rauswachsen, früher oder später. Die Hoffnung hegt er auch bei ihren anderen Begabungen. Die er nicht für Begabungen, sondern für Verrücktheiten hält.«

Schwester Happy hatte unbewegt zugehört. »Es gibt etliche eigentümliche Neigungen und Vererbungen bei unseren Mädchen«, sagte sie ruhig. »Auch Schlafwandlerinnen hatten wir schon. Was Schwester Oberin angeht, fällt ihr sicher ein Stein vom Herzen, wenn sie erfährt, dass Antonia schlafgewandelt ist. Das kann sie viel eher verzeihen als Ungehorsam.«

Die Nonne war überzeugt, es würde ihr gelingen, Antonias nächtliches Herumstreunen zu unterbinden. In früheren Fällen, erklärte sie Großmutter Theresa, hätten sich heiße Milch mit Honig und Holunderbeertee als Therapie bewährt.

»Außerdem werden sich viele Eigenschaften von selbst erledigen, wenn Antonia älter wird«, sagte sie. »Ich und Clara werden das im Auge behalten.« Sie zwinkerte Clara zu, die inzwischen wieder Hoffnung schöpfte.

»Ich danke Ihnen außerordentlich für Ihr Verständnis«, sagte Großmutter Theresa. Was für eine kluge Person, dachte sie. Kein Vergleich mit meinen beiden dusseligen Schwestern, die ins Kloster gegangen sind. Denen würde in einer brenzligen Situation nichts anderes einfallen als beten.

»Was Antonias Vater angeht und ihre Mutter«, sagte Schwester Happy, »dürfen wir natürlich nichts verschweigen. Sie müssen Ihnen die ganze Geschichte beibringen, Gräfin Haimburg. Geheim halten lässt sie sich sowieso nicht. Die Mädchen werden es in ihren Familien erzählen.«

Großmutter Theresa nickte. Natürlich würden die Mädchen zu Hause alles erzählen. Antonia und der Unhold würden für eine Weile das Klatschthema jeder Tee- und Abendgesellschaft sein. Das würde Eduard nicht begeistern. Die Aussicht, es ihm berichten zu müssen, missfiel ihr. Doch in ein paar Jahren würde niemand mehr davon sprechen.

»Erzählt Antonia noch von ihrer Fee?«, fragte sie Schwester Happy. Als sie merkte, dass die Nonne nichts wusste von einer Fee, hielt sie zumindest dieses Problem für gelöst.

Clara ging, nachdem sie sich von ihrer Großmutter verabschiedet hatte, in den Schlafsaal und nahm das Bild von Elisabetta ab. Sie sah die Frau lange an und sprach lautlos ihre Bitte. Sie erbat nichts für sich, auf diese Idee kam sie nicht. Längst war die Musik das Wichtigste in ihrem Leben geworden. Der Oberst und Schnupfentrine hatten ihr die Musik zum Geschenk gemacht, und vielleicht hatte die Fee dabei auch ihre Hand im Spiel gehabt. Doch jetzt ging es um Antonia.

Sie sollte das Internat nicht verlassen. Sie sollte nicht allein zurück aufs Schloss. »Sieh zu, dass du das Herz der Mutter Oberin erweichen kannst«, flüsterte Clara. »Sieh zu, dass du Antonia hilfst in der Welt. Denn dafür ist eine Fee doch da, oder nicht?«

15

»Halten Sie doch bitte mal«, sagte Bernhard Moser und übergab mir zwei Einkaufstüten. Er steckte den Schlüssel ins Schloss und öffnete. »Kommen Sie herein, kommen Sie.« Er hatte vorgeschlagen, in seine Wohnung zu fahren und dort auf der Terrasse Kaffee zu trinken, statt in seinem Büro. »Es ist ein so schöner Tag«, hatte er mit leuchtenden Augen gesagt. Gut gelaunt erzählte er beiläufig, dass er seit fünf Uhr morgens schon auf den Beinen sei. Ein Notfall, sagte er vage, und ich spürte, dass er nicht darüber sprechen wollte. Seine Energie beeindruckte mich.

Seine Wohnung war ein typischer Neubau: quadratische, nahezu gleich große Räume, eine kleine Küche, ein Bad. Ich setzte mich auf den Balkon. Von dort sah man in einen Hinterhof, in dem kleine Kinder spielten. Während der Doc Kaffee machte, betrachtete ich einige Jungen, die einen Ball hin- und herkickten, und Mädchen, die mit einem Springseil umherhüpften. Es versetzte mir wie immer, wenn ich Kinder sorglos spielen sah, einen schmerzhaften Stich. Moser stellte eine Kanne Kaffee mit zwei Tassen auf den runden kleinen Plastiktisch. »Sie haben einen schönen Ausblick hier«, sagte ich. »So friedlich.«

»Ja, nicht wahr? Wenn mein gepeinigtes Doktorherz zur Ruhe kommen soll, setze ich mich hierher und schaue in die

Bäume. Das wirkt, meistens jedenfalls. Das und Beethovens Klavierkonzerte.«

Ich lächelte. Moser hatte mir bereits bei anderer Gelegenheit erzählt, dass die Klavierkonzerte von Beethoven ihn besänftigen, wenn er nervös oder niedergeschlagen ist. Der gute alte Ludwig van. Ich verehrte ihn ebenfalls, hatte seine Musik bisher allerdings nicht als Antidepressivum verstanden.

Der Doc sah mich gespannt an. »Also«, sagte er und lachte leise. »Halten Sie mich für neugierig, das ist mir egal. Wie ist die Sache mit Knaus Ogino ausgegangen? Ich meine, wann haben Sie herausgefunden, dass es eine Methode zur Empfängnisverhütung ist?«

»Ist es das?«, fragte ich in aller Unschuld und zog erstaunt die Augenbrauen hoch. »Ist es vielleicht diese unsichere Methode, mit Hilfe der Körpertemperatur die fruchtbaren und unfruchtbaren Tage zu bestimmen? Und gab es deswegen in den Fünfzigerjahren nicht jede Menge unerwünschter Schwangerschaften?«

Bernhard Moser warf den Kopf in den Nacken und lachte. »Ja, Knaus Ogino war vor der Pille. Die Geschichte gefällt mir«, sagte er. »Auch wenn es für Sie und Ihre Schwester damals sicher nicht lustig war. Aber es hat komische, ja fast groteske Züge, das müssen Sie zugeben.«

»Ich würde Ihnen nie widersprechen, Doc«, sagte ich und lächelte ihn gewinnend an. Ich hatte begonnen ihn zu mögen, seine klare, aufrichtige Art. Er war ehrlich, er gab sich unverstellt, er machte weder mir noch sich selbst etwas vor, er konnte sogar über seine Sorgen wegen Antonias Zustand sprechen.

Ich kannte nicht sehr viele Männer, die ihre Gefühle äußern oder Schwäche und Unsicherheit zeigen konnten. In meiner Familie galt das keinesfalls als Tugend.

Sicher, seit Krieg und Nachkriegselend waren zwanzig Jahre vergangen, die Mode war lässig, wir kleideten uns sexy, küssten uns auf der Straße und zeigten unbekümmert unsere Gefühle. Trotzdem hatte ich oft den Eindruck, eine Show zu erleben, die mit Ehrlichkeit wenig zu tun hatte.

Die meisten von uns kultivieren zwar eine mürrische Aggressivität, eine rotzige Laissez-faire-Haltung, aber ich glaube, das war weniger Ausdruck unserer wahren Empfindungen, sondern eher eine einstudierte, aufgesetzte Pose. Andererseits war ich vielleicht einfach nur spießig, wie viele meine Freunde fanden. »Kein Wunder, bei deinem Elternhaus«.

Bernhard Moser fragte mich weiter aus, wollte wissen, wie die Geschichte mit Antonia im Internat weitergegangen war. Aber da gab es nicht viel zu berichten. »Das Gespräch zwischen meiner Großmutter und Mutter Oberin hat geholfen«, erklärte ich. »Außerdem setzte sich Schwester Happy für Antonia ein. Es wurde beschlossen, Antonia nicht vom Internat zu werfen. Ich war sehr erleichtert.«

Der Doc nickte und hörte zu.

»Sie war ein kleiner Star, als sie von der Krankenstation zurück in den Schlafsaal kam. Wegen ihres Erlebnisses im Garten, aber auch, weil sich das mit ihrem Schlafwandeln herumgesprochen hatte.« Ich rührte in meiner Tasse. »Erstaunlicherweise ist sie seit dieser Nacht kein einziges Mal mehr schlafgewandelt. Sie hielt sich auch mit anderen Dingen zurück, blickte nicht in die Zukunft, sagte keine Ereignisse voraus, erwähnte die Fee nicht, erwähnte Vicenzo nicht. Sie verhielt sich unauffällig.«

»Das war schlau von ihr«, sagte Moser. »Weitere Auffälligkeiten hätten die Nonnen sicher nicht akzeptiert. Wie hat Ihr Vater auf den Vorfall reagiert?«

»Mein Vater«, sagte ich und verdrehte die Augen, »hat getobt, als er von der Sache erfuhr. Eine Zeit lang rief er Mutter Oberin einmal pro Woche an, um sich nach Antonia zu erkundigen. Er bestand darauf, dass die Nonnen sie im Auge behielten. Das taten sie auch, wenn auch weniger streng, als er es sich vorstellte.«

»Vielleicht hat die Fee wieder eingegriffen«, sagte Moser und lächelte. Er glaubte nicht an Antonias Fee, das vermutete ich jedenfalls. Für ihn war auf dem Bild einfach nur eine schöne Frau. Ich hatte mir bisher nicht die Mühe gemacht, ihn von Elisabettas Einfluss zu überzeugen.

Natürlich war ich damals im Internat sicher gewesen, dass die Fee hinter Antonias verändertem Verhalten steckte. Schließlich hatte ich sie ja um Hilfe gebeten. Aber ich hatte keine Lust, jetzt näher darauf einzugehen. »Jedenfalls legte sich die Aufregung mit der Zeit und dann beschloss Antonia, wie sie mir sagte, sich auf die Begegnung mit ihrem zukünftigen Mann vorzubereiten.«

»Diesen Vicenzo«, sagte Moser und nickte.

»Wissen Sie, Doc, ich habe damals nicht so recht hingehört. Sonst wäre mir klar gewesen, dass Vicenzo nicht, wie ich vermutete, der Sohn eines italienischen Grafen war. Ich hätte die Komplikationen, die auf Antonia zukommen würden, früher erkannt. Aber ich beschäftigte mich mit anderen Dingen. Meistens mit Musik. Bis wir dann in die Pubertät kamen.« Ich dachte an diese Zeit und schüttelte ungläubig den Kopf. »Meine Güte, wie altertümlich das damals war. Das Thema Sex, die Geheimnisse der Erotik, Aufklärung, all diese Dinge waren in den Fünfzigerjahren für junge Mädchen schon kompliziert genug. Aber wie diese heiklen Themen in einem Klosterinternat mit adligen Töchtern behandelt wurden…, lieber Himmel! Für die Nonnen war allein die Vorstellung, Teenager könnten ein Triebleben haben, Sünde. Wir Mädchen waren allesamt schiefe Romantikerinnen, die keine Ahnung hatten.« Ich lachte. »Bei höheren Töchtern war Aufklärung nicht vorgesehen, weder zu Hause noch im Internat. Keiner fand Worte für das Unaussprechliche, alles Körperliche war tabuisiert. Auf rührende Weise waren wir wohl alle verklemmt.«

Bernhard Moser lächelte. »Ich glaube es Ihnen. Gott sei Dank haben Sie keinen Schaden an Ihrer Seele davongetragen. Sie wirken heute kein bisschen verklemmt.«

»Ich bin siebenundzwanzig Jahre alt, Doc«, sagte ich würdevoll. »Da hat ein Mädchen wie ich schon ein bisschen was erlebt.«

»Hoffentlich«, sagte Moser und wurde plötzlich ernst. »Ich wüsste gern, was Sie erlebt haben. Ich wüsste gern, warum Sie so traurig sind. Wen oder was Sie verloren haben.«

Ich antwortete nicht, aber ich wusste die Antwort: Mehr oder weniger jeden Menschen, den ich liebte, hatte ich verloren. Ich sah starr auf die spielenden Kinder im Hof.

»Sie haben ein Kind verloren, Clara, nicht wahr?«, Mosers Stimme klang behutsam, und er legte seine Hand auf meine und drückte sie. Er hatte es von meiner Großmutter erfahren, das ahnte ich schon lange. Meine Augen füllten sich mit Tränen. Ich konnte nicht daran denken, ohne zu weinen, immer noch nicht.

Der Tod meiner Tochter lag zwei Jahre zurück. Sie war das Kind eines Musikers, eines Gitarristen. Er spielte in einer anderen Band, aber wir musizierten auch häufig gemeinsam. Die Musik verband uns, wir lachten viel, ich konnte mich entspannen, ja fallen lassen bei ihm, anders als bei den meisten Leuten. Er war Engländer, neun Jahre älter als ich und hieß Mark.

Wir liebten uns und wollten heiraten, gleich nach der Geburt des Kindes, wenn ich wieder in ein schickes Kleid passen würde. Vielleicht würden wir die Heirat sogar mit der Taufe unserer Tochter verbinden. Mark allerdings legte auf beides keinen Wert, weder auf die Trauung noch auf die Taufe. In dieser Zeit wurden solche Dinge mit einem Achselzucken abgetan, wurden sozusagen auf dem Müll der Weltgeschichte entsorgt. Zum Gesang der Stones. Mir aber war die Heirat wichtig, ich war in dieser Hinsicht konservativ, »unsere konservative Comtesse« nannten sie mich, halb liebevoll, halb spöttisch in den Musikerkreisen. Ich wollte eine Familie haben und ich glaubte daran, dass es einen Unterschied machte, wenn man es vor Gott und der Welt bezeugte oder nicht.

Es kam nie dazu. Laura, unsere Tochter, starb sechs Wochen nach der Geburt. Sie bekam eines Tages hohes Fieber, eine Infektion, nichts Besonderes, doch das Fieber sank nicht. Die Ärzte wussten nicht, was los war und wie sie sie behandeln sollten. Mark und ich konnten nichts weiter tun, als mit Entsetzen zuzusehen, wie sie jeden Tag schwächer wurde und schließlich, glühend vor Fieber, aufhörte zu atmen.

Wir waren unfähig einander zu trösten. Mark reiste nach Griechenland und kam mit einer neuen, jungen Freundin zurück, sagte, es tue ihm Leid, aber er könne nicht anders. Diese Freundin bekam neun Monate später ein gesundes Kind von ihm, sie zogen aufs Land und wir sahen einander nicht mehr.

Ich fühlte mich schrecklich. Der Schmerz füllte mich ganz und gar aus. Ich sehnte mich nach Beistand und wehrte ihn gleichzeitig ab. Wer es wagte mir zu helfen, bekam meine ganze Wut und Bitterkeit zu spüren. Trost. Konnte es Trost geben für den sinnlosen Tod eines Kindes?

Ich war aufgestanden, um vom Balkon ins Zimmer zu gehen, ich wollte mich den Nachbarn nicht als Doktor Mosers Heulsuse präsentieren. Doc versperrte mir den Weg. Er reichte mir ein Taschentuch und nahm mich in den Arm. Wir standen auf dem Balkon, und ich weinte an seinem schwarzen Rollkragenpullover. Der Doc wiegte mich, wie man ein Kind wiegt.

Irgendwann dachte ich, nun wäre es genug. Ich wollte mich ihm nicht länger zumuten, mich und meine Heulerei und machte mich los.

»Ich dachte, es wäre besser inzwischen«, murmelte ich und putzte mir die Nase. »Nach all der Zeit dachte ich, ich hätte mich besser im Griff.«

»Die Dinge im Griff zu haben, Clara, sie unter dem Deckel zu halten, das machen Sie gern, nicht wahr? Aber es ist ungesund. Es tut Ihnen nicht gut.«

Verlegen setzte ich mich wieder. Bernhard Moser blickte mich freundlich an. »Danke, dass Sie mir von Ihrer Tochter erzählt haben. Ich weiß, wie schwer Ihnen das fällt. Aber Trauer ist nichts Schlechtes, Clara, nichts, wofür man sich schämen muss. Was könnte schlimmer sein, als ein Kind zu verlieren?«

Ich sagte nichts, drehte an seinem Taschentuch und dachte idiotischerweise daran, dass ich sicher ganz verquollene Augen hätte und eine rote Nase.

»Wissen Sie, wie sehr Sie Ihrem Vater ähneln, wenn Sie Ihre Traurigkeit verschließen wie in einer Plastikdose? Vielleicht können Sie nur in Ihrer Musik emotional sein. Sie versäumen nur auf diese Weise, anderen Menschen zu begegnen. Ich meine, ihnen wirklich ernsthaft zu begegnen.«

»Hören Sie schon auf, Doc«, sagte ich. »Mich mit meinem Vater zu vergleichen ist wirklich das Letzte.«

Aber ich lächelte und ich war nicht böse. Er hatte mich entwaffnet mit dem, was er sagte, mit seiner spontanen Umarmung. Er war liebevoll wie ein Freund. So gütig hatte ich bisher nur Schwester Happy erlebt. Der Doktor sagte noch ein paar Dinge über mich und meinen Vater. Es ging ihm wohl um Versöhnung, Vergebung, jedenfalls schaltete ich irgendwann ab. Er merkte es und lächelte traurig.

Bevor ich ging, sagte er: »Ihr Vater leidet sehr unter der Trennung von Ihnen. Genauso sehr wie Sie. Er verschanzt sich hinter Härte und Ablehnung, das ist sein Versuch, sich zu schützen. Und sein Versuch, die Welt für sich zu ordnen.«

Nach diesem Besuch fühlte ich mich besser. Erleichtert, als hätte ich Kummer und Schmerz aus mir herausgeweint. Der Verlust meiner Tochter würde mich immer schmerzen, das wusste ich, aber den Schmerz zu spüren war besser, als ihn zu verdrängen. Ich hatte mich nie viel mit Psychologie beschäftigt. Ich dachte zwar häufig an meine Kindheit, fand aber lediglich, dass sie Spuren hinterlassen hatte in meinem Leben wie jede Kindheit.

Als ich wieder in meinem Hotel war, grübelte ich darüber nach, was Moser über meinen Vater gesagt hatte und fühlte mich ungerecht beurteilt. Ich habe doch die Trennung nicht gewollt, dachte ich, ich wollte mich doch mit ihm einigen.

Aber ich wusste natürlich, dass das nicht ganz richtig war. Auch die Dinge, die wir unterlassen, spielen eine Rolle, manchmal sogar eine größere, als die Dinge, die wir tun. Ich hatte keinen Versuch gemacht, mich mit ihm zu versöhnen.

Gelegentlich hatte sich ein Unbehagen in mir gerührt, doch Trotz setzt eine Menge Energie frei, nährt sich sozusagen selbst. Ich habe meine Trauer erfolgreich verdrängt und mir eingeredet, meinen Vater nicht zu vermissen.

Dass Antonia mir nicht schrieb und mich nicht besuchte, obwohl ich sie regelmäßig einlud, traf mich schwerer. Aber sie schien mit sich beschäftigt, sie war die gehorsame und die reuevolle Tochter. Damals, nachdem die Tragödie passiert war. Sie fühlte sich verantwortlich. Mit Schuldzuweisung und Schuldgefühlen kann man einen Menschen fabelhaft manipulieren. Mein Vater, fand ich, beherrschte diese Methode ausgezeichnet.

Jetzt saß ich hier und starrte vor mich hin. Ich las in den Aufzeichnungen, um zu entscheiden, was ich Moser geben wollte und was nicht. Ich vertraute ihm auch jetzt noch keineswegs blindlings.

Er gefiel mir. Er war warmherzig und attraktiv, eine unwiderstehliche Mischung bei Männern, wie ich finde. Aber er war der Arzt meiner Schwester, und wir würden vielleicht schon bald darüber streiten, was das Beste für sie wäre.

Sicher wäre es einfacher für mich, ihn einzuschätzen, wenn Antonia zu sich kommen würde. Wenn ich sehen könnte, wie er mit ihr arbeitet, ob er sich von meinem Vater beeinflussen lässt. Darauf war ich neugierig. Aber jedes Mal, wenn ich Moser ungeduldig fragte, wie lange das so weitergehen würde, sagte er: »Sie will nicht, sie ist einfach noch nicht so weit. Vier Wochen sind noch keine sehr lange Zeit.« Allerdings räumte er ein, dass er und seine Kollegen vor einem Phänomen stünden, das alle ratlos machte. Sie wachte nicht auf, obwohl es dafür keine vernünftige Begründung gab.

Andererseits, dachte ich insgeheim, war Antonias Benehmen noch nie von ihrer Vernunft bestimmt worden. Ein Teil ihres Wesens war einer anderen Welt verhaftet, zu der kaum einer Zugang hatte. Nur ich war an sie herangekommen, als ich klein war, als ich sie liebte und bewunderte. Sie vertraute mir. Später legte sie keinen Wert mehr auf mich, ich wusste nicht mal, ob sie meine Hilfe jetzt annehmen würde, ob sie überhaupt gewollt hätte, dass man mich angerufen hatte.

Wenn ich bei ihr saß, erzählte ich ihr von uns, erzählte ihr ihre eigene Lebensgeschichte. Das Dumme war, dass ich nicht wusste, wie ich mit den dramatischen Ereignissen umgehen sollte, nicht mal mit den vergleichsweise harmlosen, die wir als Kinder zu bewältigen hatten. Mit dem stundenlangen Sitzen im Wandschrank, mit Vaters Gebrüll, dem Schweigen meiner Mutter und ihrer anhaltenden Hilflosigkeit, mit den Schlägen auf die Hände, unserem Giftanschlag auf den gehassten Hauslehrer, unserem Weglaufen in den Wald und dem Überfall von Lou und seinen Freunden.

Aber das war nichts im Vergleich zu dem, was wir einige Jahre später erleben sollten. Als uns die Schicksalsschläge im Minutentakt trafen, wie es mir vorkam.

»Es ist so unfair«, hatte ich zu meiner Großmutter gesagt, als ich sie zuletzt traf.

»Sei nicht albern«, hatte sie geantwortet. »Es ist sinnlos, nach Fairness zu suchen bei dem, was in unserer Familie passiert ist. Das gilt für andere Familien genauso. Das Leben ist nicht fair oder unfair.«

Ich wusste, sie hatte Recht, aber ich wünschte mir, es wäre anders.

16

Die Ferien im Schloss verliefen für die Schwestern in den ersten Jahren immer ähnlich: Bei Tisch schwiegen sie meist und beobachteten besorgt ihre in Schönheit erstarrte Mutter und ihren dozierenden Vater. Sie sollten ihn jetzt »Vater« nennen, »Papa« zu sagen, gestand er nur Maximilian zu. Inzwischen aß die Familie wieder gemeinsam, und es verging kaum eine Mahlzeit, bei der Eduard nicht mit den anderen stritt – über Adenauer, Wiederbewaffnung, über amerikanische Radiosender und Rock 'n' Roll, über Tanzclubs, wo die Leute begeistert hinströmten.

»Ich finde Twist eigentlich sehr hübsch anzuhören«, sagte Bärchen einmal.

»Chubby Checker schwenkt die Arme wie ein Affe«, sagte Eduard. »Das gefällt dir?«

Da dachte Clara, dass es eine Menge Dinge gab, die ihr Vater nicht mochte. Sie und Antonia schätzte er nicht besonders, da war sie sich ziemlich sicher. Ihre Freundin Margret hatte erzählt, sie sei noch nie in einen Schrank gesteckt worden, und ihre Eltern freuten sich, wenn sie beim Essen etwas erzählte.

Immerhin, dachte Clara, liebt Vater seine Frau und seinen Sohn. Maximilian betete er regelrecht an. Das war nicht weiter erstaunlich, alle beteten Maximilian an. »Was für ein Sonnenkind!«, sagten die Leute, wo immer er auftauchte.

Und das war er auch und er blieb es, als er älter wurde, und Clara liebte ihn ebenfalls von Herzen. Ihr jüngerer Bruder strahlte immerzu und verbreitete eine Stimmung von Heiterkeit und Zuversicht.

Auch Weimaraner Vorstehhunde schätzte ihr Vater und ging gern mit ihnen und Peter Schrink auf die Jagd. Aber mehr Dinge, die er mochte, fielen Clara nicht ein. Für ein großes, langes Leben, dachte sie, war das nicht viel.

Bärchen kam den Schwestern dünn und durchsichtig vor, sie sprach noch weniger als früher, hatte Schmerzen, die sie tapfer ertrug, wurde von Luise liebevoll umsorgt und ging manchmal mit Guido spazieren, in dessen Gesellschaft sie sich wohler fühlte als in der ihres Mannes.

Außerdem saß sie regelmäßig bei Hugo, die mit Saba und ihren Hunden jetzt im Gästehaus lebte. Ebenso regelmäßig bekam Bärchen Besuch von Anna, die nach ihrer Hochzeit mit Peter Schrink in ein kleines Haus am Dorfrand gezogen war und ihr erstes Kind erwartete.

Als die Schlossmädchen im Sommer 1955 heimkehrten – da war Clara 16 –, erlebten sie als erste Überraschung, dass ihre Eltern Winnie eingestellt hatten. Sie war auf Wunsch ihres Bruders genommen worden, es hieß, sie habe im Dorf gegen Geld das Böse getan, und zwar jeden Tag und mehrfach, unten, auf den Wiesen am Fluss.

Das erzählte Luise den Schwestern, zusammenhanglos und mit aufgeregter Stimme. Clara und Antonia, immer noch ziemlich ahnungslos, aber deutlich interessierter an »verbotenen Dingen«, hätten Winnie gern dabei beobachtet, wie sie mit anderen und mehrmals hintereinander das Böse tat. Clara interessierte vor allem, ob sie wirklich nach einer Weile anfangen würde zu glühen. »Erst wird dir warm und dann wird dir heiß, dann glühst du von innen nach außen und dann entsteht eine Art Explosion«, hatte Paola ihnen im Internat erzählt.

Nun bestand keine Gelegenheit mehr, der Sache auf den Grund zu gehen. Denn nun drückte sich Winnie nicht mehr auf den Wiesen am Fluss, sondern im Schloss herum, ging stämmig und mit zusammengekniffenem Mund in ein enges Hemdschürzenkleid gewickelt von Zimmer zu Zimmer, wischte Staub, putzte Silber, half Luise in der Küche und beaufsichtigte Maximilian.

»Dass sie das Böse hier tut, ist kaum zu erwarten«, sagte Clara. »Mit wem auch?«

Winnie war oft unverschämt und behandelte die Schwestern mit Herablassung, Scheu hatte sie nur vor Bärchen, deren Krankheit sie erschreckte und der sie mit einer Art besorgter Zurückhaltung begegnete.

Graf Haimburg hatte für seine Töchter zahlreiche Einladungen erhalten und die angenommen, die ihm gesellschaftlich viel versprechend erschienen. Er war gerade dabei sie zu ordnen, als er das Klavier hörte. Clara spielte mit Schnupfentrine einen Piano-Boogie, schnell und fröhlich und virtuos, doch ihrem Vater erschien die Musik plötzlich wie der Inbegriff all dessen, was er verabscheute. Er stand auf und machte sich auf den Weg ins Musikzimmer.

»Clara, hör sofort auf mit dem Lärm«, sagte er. »Hör auf der Stelle auf mit dieser Krawallmusik.« Clara unterbrach ihr Spiel, Schnupfentrine, die gleich darauf wie ein feuchter Fleck an der Seitenwand des Klaviers klebte, ebenso. Clara drehte sich um, sah ihren Vater an und sagte ruhig: »Das Stück heißt ›Boogin A Plenty‹, Vater. Es ist so unbeschwert und vital. Es gefällt mir. Es ist genau die Art von Musik, die ich machen will.«

»Dann warte damit, bis du verheiratet bist und in deinem eigenen Zuhause spielen kannst. Mir geht es auf die Nerven.«

Clara schwieg einen Moment. Sie ärgerte sich über den missbilligenden Ton ihres Vaters. »Vielleicht solltest du etwas wissen«, sagte sie. »Du und Maman auch. Ich wollte es euch eigentlich erst kurz vor meinem Abitur sagen. Aber ich kann es genauso gut jetzt tun. Ich habe nicht vor zu heiraten, ich meine, nicht sofort. Ich will Musikerin werden.«

Ihr Vater stand mit verschlossenem Gesicht an der Tür und kam keinen Schritt näher. Er sah sie an, als hätte sie den Verstand verloren, und konnte nur mühsam seine Fassung wahren. »Musikerin? Wie stellst du dir das vor? Wenn du nicht heiratest, wirst du hier in der Nähe studieren oder in irgendeiner Universitätsstadt bei Verwandten unterkommen. Was schwebt dir vor? Willst du Musikwissenschaften studieren und Pianistin werden? Darüber können wir uns unterhalten.«

Clara sah auf die Tasten und schlug ein paar Töne von »On the Sunny Side of the Street« an. »Ich will nach London gehen und moderne Musik machen. Jazz, Rock 'n' Roll, Blues. Und ich will eine Ausbildung als Sängerin.«

Sie sprach gleichmütig, als ginge es um den Wetterbericht, als glaubte sie, durch ihren Tonfall die Ungeheuerlichkeit ihrer Worte abmildern zu können.

Eduard, das Gesicht wie eine Gewitterwolke, starrte seine Älteste an. Er holte tief Luft. »Halt den Mund, Clara. Das wirst du ganz bestimmt nicht«, sagte er scharf. »Verstehst du mich? Eine Haimburg wird keine Musikantin. London! Das werde ich niemals erlauben. Ich werde nicht dulden, dass du unsere Familie ins Gerede bringst.«

Mit ein, zwei Schritten war er bei Clara und klappte den Deckel des Klaviers heftig zu. »Ich denke doch, wir haben uns verstanden«, sagte er drohend.

Clara sprang auf und sah ihren Vater an. »Nein«, sagte sie und atmete heftig. »Du verstehst nicht, du wolltest noch nie verstehen. Es ist mein Leben und mein Berufswunsch, nicht deiner! Du willst immer nur, dass alle nach deiner Pfeife tanzen, du erwartest, dass wir Kinder genau das tun, was du dir vorgestellt hast für uns.«

»Clara, dein Ton gefällt mir nicht. Im Übrigen ist es die Pflicht eines Vaters, sich um seine Kinder zu kümmern. Oft sind die Berufspläne von Backfischen ebenso unvernünftig wie ihre Heiratswünsche. Dann greifen wir als Eltern ein. Wir sind für euch und für unsere Familie verantwortlich.«

Clara funkelte ihn an. »Du schiebst immer die Familie vor, wenn du deine eigenen Ansichten durchsetzen willst. Alles, was Antonia und ich zu hören bekommen, ist immer nur: es ist nicht standesgemäß, entspricht nicht der Familientradition, es schickt sich nicht für eine Comtesse. Wenn man bedenkt, was sich alles nicht schickt, Vater, dann bleibt nicht viel übrig für Antonia und mich!«

Clara hatte sich in Rage geredet. Sie hatte oft mit ihrem Vater gestritten, doch nie hatte sie ihm so offen ihre Meinung gesagt. »Standesgemäß«, zischte sie verächtlich. »Wenn ich das Wort nur höre, wird mir ganz schlecht.«

Bei diesen Worten schlug ihr Vater sie hart ins Gesicht. »Untersteh dich«, sagte er mit vor Zorn bebender Stimme. »Untersteh dich noch ein Wort zu sagen.«

Clara hielt sich ihre rot glühende Wange und versuchte, die Tränen zurückzuhalten. »Schlagen, das ist alles, was dir einfällt!«, sagte sie mit aller Verachtung, zu der sie fähig war. Dann lief sie hinaus.

Eduard ordnete an, Clara die Mahlzeiten aufs Zimmer zu bringen, und verschloss das Spielzimmer, in dem das Klavier stand. Er unterrichtete Bärchen und die anderen von Claras Unverschämtheit, verbat sich jede Einmischung und betrachtete die Sache damit als erledigt.

Großmutter Theresa war überzeugt, dass er sich irrte.

Eine Woche später waren die Haimburg-Comtessen in Begleitung von Großmutter Theresa und Tante Hugo bei Herzog Zittkau und seiner Frau eingeladen. Beide hatte Clara noch lebhaft in Erinnerung, sie sahen nur grauer und älter aus, selbst die schöne Herzogin.

Die Haimburg-Damen begrüßten ihre Gastgeber und begaben sich dann in die Festsäle. Die Schwestern trugen hellblaue, lange Seidenkleider, oben eng und dekolletiert, unten weit und schwingend.

»Wir könnten den Boden damit wischen«, sagte Clara, während sie an ihren weißen Handschuhen zupfte.

Beide hatten die Haare hochgesteckt, damit die Perlen an ihren schlanken Hälsen zur Geltung kamen. Beide lösten bewundernde Blicke und ehrfurchtsvolles Tuscheln aus, Antonia jedoch weit mehr als ihre Schwester, denn sie schien umgeben von einem zarten Glanz, der nicht von dieser Welt war.

»In zwei, drei Jahren wird sie genauso überirdisch schön sein wie ihre Mutter«, flüsterte eine ältere Ballbesucherin.

Hoffentlich nicht auch genauso krank, dachte Großmutter Theresa, die sich Luft zufächelte, weil ihr heiß war. Sie und Hugoline setzten sich zu den anderen älteren Damen an den Rand des Saals und betrachteten das Treiben der jungen Menschen. »Der Drachenfelsen« wurde diese Formation älterer Aristokratinnen genannt, eine Bezeichnung, die Theresa durchaus passend fand, denn die Damen brachten den größten Teil des Abends damit zu, den Nachwuchs und seine Manieren kritisch zu beäugen und zu kommentieren.

Clara und Antonia sahen sich um. Sie entdeckten einige ihrer Internatsmitschülerinnen, darunter Paola, die huldvoll herüberwinkte, und Estrelita, die neben Jonny stand und offensichtlich Vertraulichkeiten austauschte.

»Lass uns zu ihnen gehen«, sagte Antonia.

»Geh schon vor, ich komme gleich nach.« Clara lief in die Erfrischungsräume und zupfte an ihrem Kleid, irgendetwas zwickte und piekte. Schließlich entdeckte sie eine Stecknadel, die Luise offenbar übersehen hatte.

Am Eingang des Ballsaals, dem sie sich schnell wieder zuwandte, stand ein junger Mann, wenig älter als sie. Es war der schönste Mann, den Clara je gesehen hatte. Mittelgroß, schlank, kohlschwarzes Haar, eine von der Sonne gebräunte Haut und dunkle Augen. Er unterhielt sich mit ein paar anderen Männern, sah jedoch auf, als Clara an ihm vorbeiging. Er lächelte sie an, ging auf sie zu und verbeugte sich.

»Erlauben Sie?« Clara nickte, bot ihren Arm dar und sie begannen sich auf der Tanzfläche zu einem langsamen Walzer zu drehen.

»Gestatten Sie, dass ich mich vorstelle?«, sagte der schöne Mann. Er hatte eine kraftvolle Stimme. »Ich heiße Vicenzo.«

Clara stutzte einen Moment. »Vicenzo, und wie weiter?«

Er lächelte. »Lassen wir den Nachnamen doch einfach weg. Nachnamen machen einen entweder zur Trophäe oder zum Trostpreis in diesen Kreisen.« Sein Ton war gelassen, doch Clara glaubte eine leise Bitterkeit darin zu hören.

Vicenzo. Konnte es möglich sein, dass es *der* Vicenzo war, mit dem sie tanzte?

Sie sah ihn an und sagte: »Meine Schwester kennt auch einen Vicenzo. Sie ist entschlossen, ihn zu heiraten.«

Er stolperte fast, als sie das sagte. Dann fing er sich wieder, lächelte und fragte: »Ist Ihre Schwester die junge Dame, mit der Sie vorhin hereingekommen sind?«

»Ja«, sagte Clara. »Sie trägt auch ein blaues Kleid. Sie heißt Antonia.«

Er nickte ernst, als wollte er sich den Namen einprägen. »Antonia. Schön. Und Sie? Sind Sie auch entschlossen, einen bestimmten Mann zu heiraten?«

»Vorläufig nicht. Ich will Musikerin werden«, sagte Clara. »Ich liebe Musik und ich spiele Klavier. Mögen Sie Louis Amstrong?«

»Ja, selbstverständlich. Aber wenn Sie seine Musik mögen, sind Sie hier vielleicht auf der falschen Veranstaltung. Mit Jazz, Dixie und Blues ist heute Abend nicht zu rechnen.«

Clara lachte. »Nein, wohl kaum. Aber Walzer tanzen ist auch nicht schlecht. Ich übe es, damit ich es gut beherrsche, wenn ich in die Gesellschaft eingeführt werde.«

»Wann wird das sein?«

»Oh, in zwei Jahren, wenn mein Vater mich bis dahin nicht wegen meines Klavierspiels des Hauses verwiesen hat.«

Er sah sie forschend an. »Das würde Ihr Vater tun? Das kann nicht Ihr Ernst sein.«

»Er mag meine Musik nicht. Er mag das Moderne nicht, er hängt an den alten Zeiten.« Und er hat das Klavierzimmer verschlossen, dachte sie. Aber das wollte sie einem Unbekannten nicht erzählen. Sie drehten sich weiter im Walzertakt.

»Es ist traurig, wenn man sich mit seinen Eltern nicht versteht. Meine Mutter ist gestorben, als ich noch ein Kind war. Und heute wäre ich untröstlich, wenn ich mich mit meinem Vater überwerfen würde. Gott sei Dank gibt es über den Beruf, den ich ergreifen will, keine Differenzen.«

»Was haben Sie vor zu tun?«

»Ich werde Önologe, wie mein Vater«, sagte Vicenzo stolz. »Wissen Sie, was ein Önologe tut?«

Clara wusste nicht genau, was ein Önologe tut. Aber sie wusste plötzlich, wer er war. Unmöglich, dass die Fee *ihn* gemeint haben könnte mit ihrer Vorhersage für Antonia.

»Sie sind Vicenzo Marasini«, sagte sie. »Ihr Vater ist Massimo Marasini und arbeitet für Herzog Zittkau.«

Er lächelte. »Im Augenblick gerade arbeitet er vor allem für ihn, ja. Woher wissen Sie das?«

»Ihr Vater genießt einen guten Ruf in der Gegend. Fast alle bestellen bei ihm. Mein Vater auch.«

Der Tanz war zu Ende. Vicenzo verbeugte sich vor Clara und nahm ihren Arm. »Ich möchte Sie um etwas bitten«, sagte er.

Clara bemerkte, wie er rot wurde. Mein Gott, dachte sie, er ist verlegen.

»Halten Sie mich nicht für unverschämt oder schlecht erzogen. Ich würde gern Ihre Schwester kennen lernen. Ich habe sie mit Ihnen zusammen hereinkommen sehen und etwas in meinem Innern sagt mir, dass ich es keinesfalls versäumen darf, sie kennen zu lernen. Es kommt mir so vor, als wäre ich ihr schon mal begegnet. Doch ich wage es nicht, sie einfach anzusprechen.«

Clara musterte ihn prüfend. »Selbstverständlich werde ich Sie vorstellen, wenn es Ihr Wunsch ist, kommen Sie.«

Sie sah sich nach ihrer Schwester um und entdeckte sie in einem der Nebenräume. »Kommen Sie.«

Antonia wurde gerade von einem jungen Mann an einen Tisch geleitet. Als sie Vicenzo sah, wurden ihre Augen groß wie Untertassen.

»Darf ich vorstellen?«, sagte Clara, »Vicenzo Marasini, meine Schwester Antonia.«

Der junge Mann, der neben Antonia stand, machte eine knappe Verbeugung. »Mein Name ist Gregor von Willand.« Er warf einen abschätzigen Blick auf Vicenzo, der Antonia gerade die Hand reichte. Die beiden sahen einander unverwandt an.

Wenn sie jetzt in Ohnmacht fällt, dachte Clara, muss es Liebe sein. Das hatte sie, wie so vieles andere, von Paola gehört. Andererseits wäre es dumm, sich durch eine Ohnmacht außer Gefecht setzen zu lassen. Der schöne Vicenzo würde es womöglich nicht für Liebe halten, sondern für einen bedauerlichen Schwächeanfall und eine andere Dame zum Tanz auffordern. Mehrere Momente lang sagte keiner ein Wort.

Ein weitere Walzermelodie erklang.

»Wollen wir tanzen?«, fragte Vicenzo unsicher und sah weiterhin Antonia an. Sie nickte und glitt an seinem Arm auf die Tanzfläche.

»Erweisen Sie mir die Ehre, Comtesse Clara?«, fragte Gregor von Willand. Clara lächelte höflich. »Gern.«

Sie tanzten und Clara bemerkte, wie ihr Partner sich immer weiter von Antonia und Vicenzo entfernte, sodass sie schließlich gänzlich aus Claras Sichtfeld verschwanden.

»Vicenzo Marasini«, sagte er anzüglich. »Ich möchte gern wissen, was er hier zu suchen hat.«

»Wie meinen Sie das?«, fragte Clara, obwohl sie genau wusste, was er meinte.

»Es zeugt nicht gerade von Taktgefühl, dass Herzog Zittkau ihn eingeladen hat zu einem Ball, bei dem nur die vornehmsten Familien anwesend sind. Was ist er schon? Der Sohn eines Weinbauern, weiter nichts.«

Clara spürte, wie sie zornig wurde. »Wie können Sie so etwas sagen?«

Der junge Willand, der einmal drei Schlösser erben würde, lächelte herablassend. »Ich sage es, weil es wahr ist. Wollen Sie etwa, dass wir uns jetzt mit Weinbauern an einen Tisch setzen? Mit ungehobelten Tölpeln, die vor vielen Jahren nicht einmal gewagt hätten, unsere Väter und Mütter zu grüßen?«

Clara sah ihn zornig an. »Ich wusste nicht, dass Sie einen derartigen Standesdünkel haben«, sagte sie kühl. »Vicenzos Vater hat einen ehrbaren Beruf, und ich sehe nicht ein, warum er nicht seinen Platz in der besseren Gesellschaft finden soll.«

Ihr Tanzpartner, der ihr mit jeder Drehung unsympathischer wurde, lachte leise. »Seinen Platz finden! Sie sind wirklich amüsant, Clara. Heute ist er nur hier, weil Herzog Zittkau gerade Geschäfte macht mit dem alten Marasini. Und weil der Herzog selbst eine Bürgerliche geehelicht hat. Eine von höchst zweifelhaftem Ruf, wie man sagt. Ihm nimmt man einen solchen Fauxpas nicht weiter übel. Man erwartet nichts anderes von ihm.«

»Ich finde es ungehörig, so über unsere Gastgeber zu sprechen«, sagte Clara frostig.

Der junge Willand sah sie amüsiert an und hob die Augenbrauen. »Erstaunlich, Ihre vehemente Verteidigung. Sollten sich am Ende beide Haimburg-Comtessen für einen italienischen Weinbauer begeistern?«

»Ich glaube nicht, dass ich noch länger mit Ihnen tanzen möchte, Gregor von Willand.«

Clara machte sich brüsk los, bahnte sich ihren Weg durch die Tanzenden und rauschte in Richtung Hinterzimmer, wo das Büfett aufgebaut war. Sie spürte, wie die Ballbesucher sie anstarrten, sie sah kurz den forschenden Blick ihrer Großmutter, doch sie ging immer weiter und ließ sich schließlich auf einen Stuhl fallen. Sie war zornig und als Estrelita kam, um ihr etwas zu essen zu bringen, lehnte sie dankend ab.

Vicenzo Marasini. Konnte es sein, dass die Fee tatsächlich ihn meinte? Er war ein italienischer Einwanderer, sicher aus einer ehrbaren Familie, da hatte Clara keinen Zweifel, doch als Ehemann für Antonia war er unvorstellbar, jedenfalls in den Augen ihrer Eltern. Sie spürte einen Stich im Herzen, als sie kurze Zeit später Antonia und Vicenzo sah, die, in ein vertrauliches Gespräch vertieft, an ihr vorbeigingen, ohne sie zu bemerken. Vicenzo sah Antonia hingerissen an. Kein Zweifel, dachte Clara, er ist rettungslos verliebt.

»Du hast dich ungebührlich betragen, Clara«, sagte Großmutter Theresa auf der Heimfahrt. »Den jungen Willand einfach so stehen zu lassen auf der Tanzfläche. Das tut man nicht. Es hat auf alle so gewirkt, als hättest du keine Manieren. Ich bin sicher, deinem Vater wird das nicht gefallen und ich muss ihm in diesem Falle Recht geben.«

»Er hat sich schlecht benommen, Großmutter«, sagte Clara trotzig. »Er ist ein eitler, reicher Rüpel, nichts weiter.«

Es war kurz nach Mitternacht. Saba steuerte den Wagen, Hugoline schlief auf dem Sitz neben ihm, Theresa und die Schwestern saßen auf der Rückbank. Antonia sah aus dem Fenster in die dunkle Nacht.

Sie nahm Claras Hand. »Wie findest du Vicenzo? Ist er nicht wunderbar? Ich habe das gleiche Gefühl wie damals bei unserem Herbstfest, als ich ihn das erste Mal sah. Hat Elisabetta nicht Recht gehabt?«

»Wer ist Vicenzo?«, fragte Großmutter Theresa und gähnte diskret hinter vorgehaltener Hand. »Der attraktive junge Mann, mit dem du den ganzen Abend getanzt hast? Er ist der Marasini-Sohn, stimmt's?« Sie zögerte einen Moment, so als wollte sie noch etwas hinzufügen. Er ist nicht standesgemäß wird sie jetzt sagen, dachte Clara. Doch ihre Großmutter sagte kein weiteres Wort über Vicenzo, sondern fragte: »Und wer ist Elisabetta?«

Antonia lächelte abwesend, drückte die Hand ihrer Schwester und sagte mit leuchtenden Augen: »Elisabetta ist meine Fee, und ich habe sie Vicenzo zu verdanken. Denn kein anderer als er war es, der Onkel Guido das Bild im Krieg geschenkt hat. Elisabetta hat ihn sicher zu uns nach Hause gebracht. Und sie hat Vicenzo und mich zusammengeführt. Wir sind füreinander bestimmt, da kann es keinen Zweifel geben.«

Großmutter Theresa zog die Augenbrauen hoch und sagte nichts als »Tatsächlich? Diese Fee hat auch etwas mit Guido zu tun?« Aber sie war zu müde, um weiter nachzufragen.

Clara seufzte, beugte sich zu ihrer Schwester und küsste sie auf die Wange. »Ach, Antonia«, war alles was sie sagte.

Dass Antonia fast den ganzen Abend mit dem jungen Marasini getanzt hatte, machte schnell die Runde und versetzte Bärchen sehr viel mehr in Aufregung als Eduard. Ja, sie schien regelrecht aufgelöst, so kam es den Schwestern vor. »Der junge Marasini! Ausgerechnet! Was hat ein Marasini überhaupt auf einem solchen Fest zu suchen? Ihr habt miteinander getanzt. Gut. Und was weiter?«

»Nichts weiter«, sagte Antonia, erstaunt über die Heftigkeit ihrer Mutter.

»Das will ich auch hoffen. Je früher du ihn dir aus dem Kopf schlägst, umso besser!« Bärchens Augen flackerten, und sie hatte hektische Flecken im Gesicht.

Antonia senkte den Kopf, schwieg gleichmütig und zuckte mit den Schultern. Sie beschloss, sich vorzusehen. So hatte sie ihre Mutter noch nie erlebt.

In den nächsten Tagen hatte Bärchen heftige Herzschmerzen, wie sie dem Arzt sagte, sie ruhte viel, stand jedoch zu den Mahlzeiten auf. Sie beobachte Antonia misstrauisch, doch die erwähnte weder Vicenzo noch die Herkunft des Bildes, und langsam beruhigte Bärchen sich wieder. Sie beschloss, es ihrem Mann gleichzutun und Antonias Jungmädchenschwärmerei nicht ernst zu nehmen.

Über Claras Betragen dagegen tratschten alle genüsslich, und sowohl ihr Vater als auch ihre Mutter tadelten sie mit scharfen Worten. »Ein derart schlechtes Benehmen, Clara. Du wirst lernen müssen, dich zu beherrschen. Ich wünsche nicht, dass du so etwas noch einmal tust«, sagte Bärchen kopfschüttelnd.

Clara erwiderte nichts, sie seufzte nur, und als ihre Mutter auf dem Versprechen bestand, die Familie nie wieder in dieser Weise zu brüskieren, sagte sie schließlich: »Ja, Maman.« Ich werde es versuchen, dachte sie. Und sie meinte es ernst, denn sie litt, wenn ihre Mutter unglücklich war oder sich aufregte. Einen Idioten auf der Tanzfläche stehen zu lassen, das würde sie sich in Zukunft verkneifen. Doch was sollte aus ihren anderen Plänen werden?

»So benimmt sich eine Haimburg nicht«, war der Abschluss einer langen Strafpredigt, die der Vater ihr hielt. Die Stimmung zwischen ihnen war nach dem Streit im Musikzimmer sowieso gereizt, und Clara sah wenig Möglichkeiten, daran etwas zu ändern. Sie war zu alt, um vors Schlosstor oder in Wandschränke verbannt zu werden. So ging sie ihrem Vater aus dem Weg, saß stundenlang in der Bibliothek oder im Garten, starrte in die Luft und grübelte. Wie sollte sie nur ihren Berufswunsch realisieren, ohne mit ihrer Familie zu brechen? Was sollte aus Antonia und Vicenzo werden? Ihre Schwester strich mit abwesendem Blick durchs Haus und sprach selbst mit Clara nicht über ihre Gefühle. Sie gestand nur, dass sie Vicenzo heimlich schreibe.

»Aber sobald ich achtzehn bin«, sagte sie noch, »werde ich Vicenzo einladen und allen vorstellen. Und er wird zu Vater gehen und um meine Hand anhalten.«

Clara hatte keinen Zweifel, dass ihre Schwester, rührend naiv und verliebt wie sie war, genau diesen Plan verfolgte. Wie Vicenzo darüber dachte, vermochte sie sich nicht vorzustellen, doch sie war sicher, dass er die Bedeutung des Standesunterschieds nicht unterschätzte. Wie sollte je Glück auf dieser Verbindung liegen? Der unverschämte junge Gregor von Willand hatte auf dem Ball die bittere Wahrheit gesagt: Vicenzo trug einen bürgerlichen Namen, und sein Vater war Weinbauer. Der alte Marasini, wie ihn alle nannten, obwohl er erst in den mittleren Jahren war, galt als exzellenter Fachmann, der etwas von seinem Beruf verstand und auch stolz auf ihn war. Er veredelte deutsche und italienische Weine, reiste zwischen den aristokratischen Anwesen hin und her, kümmerte sich um die Weinberge, um Einkauf und Lagerung für die verschiedenen Keller. Vicenzo sollte in seine Fußstapfen treten, und Clara fürchtete, dass es für ihn und Antonia kaum ein Wiedersehen geben konnte. Vicenzo würde nur von Familien eingeladen werden, die entweder seinen Vater sehr schätzten oder bereits ein offenes, modernes Haus führten.

Beides war bei den Haimburgs nicht der Fall, und Clara wusste, dass ihr Vater bei dem Gedanken, eine seiner Töchter mit einem Weinbauern zu verheiraten, ähnlich toben würde wie bei der Vorstellung, eine frivole Musikerin herangezogen zu haben.

Sie sprach mit niemandem über ihre Überlegungen, auch mit ihrer Großmutter nicht. Selbst sie, fürchtete Clara, wäre in dieser Angelegenheit auf Seiten ihres Vaters. So hing sie ihren Gedanken nach und fragte sich, wann für Antonia und sie eine eigene Zukunft beginnen und was sie bringen würde.

Clara vermisste ihr Klavier und sie vermisste Schnupfentrine, die sie nirgends im Haus finden konnte. So besuchte sie die alte Kremerin, um ein, zwei Stunden täglich spielen zu können. Die ehemalige Lehrerin war inzwischen fast blind, freute sich jedoch jedes Mal über Claras Kommen und lauschte ihren Liedern. »Was du alles spielst, Clara«, sagte sie. »So modern. Und wie du singst. Du könntest im Radio auftreten.«

Manchmal nahm Clara Maximilian mit zur Kremerin, er mochte Musik und sang gern. Immer häufiger suchte er ihre Nähe und folgte ihr in den Garten und in die Bibliothek, als würde er ihren Kummer ahnen und hoffen, ihn lindern zu können. Clara taten seine kindlichen Trostversuche gut, und sie hoffte, er dürfte sein freundliches, heiteres Wesen behalten.

An einem Nachmittag der folgenden Woche, als Clara gerade im Begriff war, in Guidos Zimmer zu treten, hörte sie seine erregte Stimme. »Ich kann das nicht zulassen«, sagte er wieder und wieder. »Ich kann und will das nicht zulassen.« Jemand lachte und erwiderte »Nun seien Sie doch nicht albern, Graf Guido.« Clara erkannte Winnie und überlegte, ob sie einfach eintreten oder lieber lauschen sollte. »Es passiert ihm schon nichts, Ihrem Schützling, ich will ihn nur einmal ansehen.«

Offenbar geht es um Onkel Guidos Zigarrenschachtel, dachte Clara.

»Wenn Sie ihn mir zeigen, werde ich sehr nett zu Ihnen sein«, sagte Winnie. »Ich mag Sie gut leiden, Herr Graf. Sie sind viel netter als Ihr Bruder.«

»Nein«, hörte Clara ihren Onkel sagen, »ich möchte nicht, dass du sehr nett zu mir bist, ich möchte, dass du gehst.«

Winnie lachte, und den Geräuschen nach zu urteilen, kam es hinter der Tür zu einem Handgemenge.

Clara trat ein. »Was ist hier los?«

Winnie, die gerade versuchte, Onkel Guido seine Zigarrenschachtel zu entreißen, ließ verdutzt los. »Ich wollte nur einmal hineinsehen«, verteidigte sie sich. »Warum macht er nur ein solches Getue um eine Schachtel?«

»Lass ihn in Ruhe und rühr die Schachtel nicht an«, sagte Clara. »Es ist mein Ernst, wenn du sie noch einmal anfasst, sage ich meiner Mutter Bescheid, und sie wird dich rausschmeißen.«

Winnie sah Clara böse an. »Petze«, sagte sie grimmig. »Blöde Petze.« Sie war älter und kräftiger als Clara, machte aber keine Anstalten, sich mit ihr anzulegen, sondern nahm ihr Staubtuch, das auf Guidos Büfett lag und wedelte kurz in seine Richtung, als wollte sie ihn abstauben. »War nicht böse gemeint, Herr Graf«, sagte sie lässig.

»Schon gut«, sagte Onkel Guido, der niemandem lange böse war. »Ich werde für dich beten.«

Drei Tage später beim Abendessen war Guido eigenartig erregt. Er hatte lange keinen seiner Krampfanfälle mehr gehabt, sah jedoch jetzt so aus, als stünde unmittelbar einer bevor.

»Guido, fühlst du dich nicht wohl?«, fragte Bärchen besorgt.

»Ich habe einen Auftrag zu erfüllen«, murmelte Guido, doch das verstand niemand.

»Reichst du mir bitte den Reis?«, fragte Großmutter Theresa, während Eduard sich gerade über den Kauf eines neuen Autos ausließ. In diesem Moment wandte sich Guido an seine Mutter und sagte mit bebender Stimme. »Ich will nicht, dass du dich weiterhin heimlich mit Don Alfonso triffst.«

Großmutter Theresa sah ihren Sohn an und zog die Augenbrauen zusammen. »Rede keinen Unsinn, mein Lieber. Ich kenne keinen Don Alfonso und habe auch nicht vor, einen kennen zu lernen.«

»Du lügst!«, schrie Guido und mit diesen Worten sprang er auf, griff sich das Messer, mit dem der kalte Braten aufgeschnitten worden war und stach seiner Mutter in die linke Schulter.

Nach dieser Schreckenstat verbrachte er noch eine Woche im Schloss, eingesperrt in seinem Zimmer. Danach wurde er gegen den Wunsch seines Bruder, der ihn am liebsten in einer Anstalt gesehen hätte, ins nächstgelegene Kloster gebracht.

»Er ist verrückt, er ist gefährlich«, erklärte Eduard seiner Mutter. »Das nächste Mal könnte er jemanden umbringen. Er hätte Maximilian oder den Mädchen etwas tun können.« Großmutter Theresa jedoch setzte sich durch. Nach dem ersten Schock und als ein fachkundig angelegter Verband die Wunde schützte, die schrecklich blutete, aber kaum schmerzte, sah sie ein, dass die Anwesenheit Guidos im Schloss nicht länger tragbar war. Sie konnte nicht für die Sicherheit der Kinder bürgen. Doch wenn er schon fort müsste, dann sollte er dahin gehen, wohin er schon immer gewollt hatte.

Großmutter Theresa beriet sich mit Pfarrer Ferdinand, der seine Verbindungen spielen ließ und nach einem Gespräch mit einem freundlichen Mönch des Augustinerklosters stimmte Guido zu, dort einzuziehen und den Garten zu betreuen.

17

Luise hatte mich angerufen, meiner Großmutter ging es nicht gut. Mein Vater war geschäftlich unterwegs, und Tante Hugo war mit Saba und den Hunden in ihr geliebtes Italien gefahren.

Ich sagte Doktor Moser, dass ich vielleicht eine Weile im Schloss bleiben würde, um mich um sie zu kümmern. Er versprach, sich regelmäßig zu melden, und bat mich, meinerseits Nachricht zu geben, wie es ihr ginge. Ich verabschiedete mich von Michael, der mir feierlich eine Kassette überreichte.

»Ich habe einige Lieder aufgenommen für dich«, sagte er stolz. »Ich singe auch dazu. Wirst du sie dir anhören?«

Ich umarmte ihn, was er steif und verlegen zuließ. »Natürlich werde ich sie mir anhören, Michael, sobald ich kann. Nur muss ich jetzt erst mal zu meiner Großmutter. Sie ist krank.«

»Fährst du ins Schloss?«

Ich nickte und fragte mich, ob er je dort war.

»Hat deine Mutter es dir irgendwann einmal gezeigt?«

Er schüttelte den Kopf. »Nein, aber sie hat davon erzählt. Es gibt auch ein Klavier da, hat sie gesagt.«

»Ja, ein ganz gutes sogar.«

Michael nickte. »Ich würde dich gern dort besuchen«, sagte er schüchtern. »Oder dir wenigstens schreiben.« Ich strich ihm übers Haar. »Es wäre schön, wenn du mir schreiben würdest«, sagte ich. »Ich möchte gern wissen, ob du auf dem Klavier Fortschritte machst. Und natürlich kannst du mich besuchen kommen.« Wir gaben uns die Hand und er winkte mir zu, als ich mit dem Wagen davonfuhr.

Natürlich würde ich meinem Vater weiterhin nicht willkommen sein, aber ich war entschlossen, mich nicht aus dem Haus jagen zu lassen. Ich liebte meine Großmutter, und wenn ich schon für Antonia nichts tun konnte, wollte ich wenigstens an der Seite der alten Frau sein. Er würde mich dulden müssen. Ich packte meine Sachen, bezahlte meine Hotelrechnung und fuhr nachmittags los.

Luise flatterte aufgeregt im Schloss herum, sie war froh, dass ich kam. »Jesses, Clara, der Herrin geht es schlecht. Sie hat vielleicht einen Herzinfarkt!«

»Wer sagt das? Der Doktor?«

»Nein, ich. In ihrem Alter, hab ich mir gedacht, da kann das Herz schon mal ins Trudeln kommen.« Luise übertrieb gern, sie sorgte sich um ihre Herrin. Doktor Franz Eberle junior, der Sohn unseres früheren Hausarztes, hatte meiner Großmutter eine Spritze gegeben. Ich kannte ihn, wir waren gemeinsam in die Dorfschule gegangen.

»Nein, ein Infarkt ist es nicht«, sagte er. »Deine Großmutter hat seit Jahren Herzbeschwerden. Sie muss jetzt viel schlafen, gut essen und jede Aufregung vermeiden. Außerdem soll sie regelmäßig Tabletten und Tropfen nehmen.« Franz versprach, am nächsten Tag wieder nach ihr zu sehen, und ich bedankte mich bei ihm.

Auf der Treppe stieß er mit meinem Vater zusammen. Luise habe ihn erst spät erreicht, erklärte er dem Arzt, und er sei so schnell wie möglich gefahren.

»Das geht schon in Ordnung, Herr Graf. Clara ist gleich hergekommen«, hörte ich Franz sagen. Ich stand oben an der Treppe, wo ich ihn verabschiedet hatte, und blieb dort stehen, um meinen Vater zu begrüßen.

»Ich werde hierbleiben, bis es Großmutter wieder besser geht«, sagte ich angriffslustig, als er die Stufen hinauf kam. »Das kannst du mir nicht verbieten.«

»Meinst du?«, fragte mein Vater und sah mir kurz in die Augen. Aber seine Stimme klang müde, und ich spürte, dass er sich nicht streiten wollte. Er schob mich beiseite und verschwand im Flur.

Ich bat Luise, mein altes Zimmer herzurichten, und ging ins Herrenzimmer, weil ich hoffte, meinen Vater dort anzutreffen. Er saß in einem Sessel am Fenster, las nicht, blickte nur vor sich hin. »Clara«, war alles was er sagte.

»Vater«, sagte ich behutsam und ging zögernd auf ihn zu. »Kann ich mit dir reden?«

Er seufzte und wies auf das Sofa. »Setz dich.« Er klang erschöpft.

»Ich bin herkommen, um …«, begann ich.

»Schon gut«, schnitt er mir das Wort ab. »Es ist etwas anderes, jetzt, wo Mama krank ist. Es ist nicht Besorgnis erregend, sagt der Arzt, aber sie wird sich schonen müssen. Natürlich ist Luise da und kümmert sich um alles. Doch in dieser Situation ist es vielleicht angebracht, dass du hier wohnst für eine Weile.«

Ich nickte stumm. »Danke, dass du einverstanden bist«, sagte ich. Ich wusste, meine Gegenwart zu ertragen, kostete ihn viel Überwindung.

Wir gingen höflich und distanziert miteinander um. Wie Hotelgäste. Luise sorgte dafür, dass wir nicht im gleichen Raum frühstückten oder zu Abend aßen. Mein Vater verschwand oft für Stunden, und mir entging, wann er kam und wieder verschwand, wir begegneten uns lediglich am Krankenbett meiner Großmutter. Jeder überließ dem anderen dann seinen Platz, als handelte es sich um eine Art Ablösung.

»Es ist ein bisschen affig«, sagte meine Großmutter und seufzte. »Nicht einmal für zehn Minuten schafft ihr es, im gleichen Raum zu sein.« Doch bevor sie weitersprechen konnte, war mein Vater bereits aufgestanden, nickte mir zu und verließ das Zimmer.

Ich las meiner Großmutter täglich aus »Oliver Twist« vor, ihre Begeisterung für Charles Dickens hatte nicht nachgelassen. Sie war sehr schwach, schluckte mit Verachtung Pillen und Tropfen, bestand aber darauf, einmal am Tag aufzustehen und sich, angezogen wie eine Dame, in den Salon zu setzen und Zeitung zu lesen.

»Man darf sich nicht gehen lassen, Clara«, sagte sie.

Wir legten Patiencen und unterhielten uns, ich sang ihr einige meiner Lieder vor, sie erzählte mir von ihren Brüdern und von den Briefen des Oberst. Sie war zu müde, um länger spazieren zu gehen, und so verbrachten wir die meisten der unverändert milden Tage im Salon. Oft erhielt sie Besuch von Leuten aus dem Dorf, die Blumen oder Kuchen oder Schinken brachten. Sie war offensichtlich nach wie vor ungewöhnlich beliebt.

Bernhard Moser, der regelmäßig anrief, sagte eines Tages, er wolle uns besuchen und sehne sich nach dem Vergnügen, mich wiederzusehen. »Von Ihrer Großmutter gar nicht zu reden.«

Er kam zwei Tage später, brachte Butterkuchen mit und erklärte meiner Großmutter, wie fabelhaft sie aussehe.

»Sparen Sie sich Ihre Komplimente für meine Enkelin«, sagte Theresa, aber ich sah, dass sie sich freute.

Er wirkte belebend auf sie und brachte außerdem gute Nachrichten von Antonia. Sie war zwar noch nicht aufgewacht, doch sie bewegte sich.

»Es sieht so aus, als hätte sie unruhige Träume«, sagte er. »Einer der Schwestern fiel auf, dass sie den Kopf hin und her rollte, dass sie die Hände zusammenballte oder einen Arm hochhob und wieder fallen ließ. Seither ist immer jemand bei ihr, weil wir jeden Tag damit rechnen, dass sie aufwacht.«

Bernhard Moser gab sich zwar nicht euphorisch, doch ich merkte, dass er aufgeregt und zuversichtlich war. Ich war es auch. Nach Wochen des Wartens war ich endlich wieder optimistisch.

In meinem Überschwang fragte ich ihn, ob er nicht Lust hätte, mit mir ins Kino zu gehen. Es gab im Nachbarort ein altes, gemütliches Kino, in dem der Besitzer und Filmvorführer Olaf die Zuschauer – viele waren es meist nicht – persönlich begrüßte und verabschiedete. »Schön, dass Sie gekommen sind«, und »Beehren Sie uns bald wieder«, sagte er jeweils mit strahlendem Lächeln. Olaf liebte Western und Gerichtsfilme und fand, man könnte sie nicht oft genug sehen. Sein Kino hieß »Mara«, und protzte nicht mit Neon und Leuchtreklame. An dem Abend, als wir unsere Karten kauften, waren besonders wenig Leute da. Das enttäuschte mich, denn ich wollte sowohl meinen rosafarbenen Glitzermini als auch meinen Begleiter vorführen.

Olaf zeigte »Wer die Nachtigall stört«, einen meiner Lieblingsfilme, wie ich dem Doc gestand. Ich hatte ihn bereits acht Mal gesehen.

»Gregory Peck war meine zweite große Liebe«, sagte ich, während die Vorschau lief. »Leider nur eine platonische.«

»Und wer war Ihre erste große Liebe?«

»Oh, Doc, ich hätte Ihnen mehr Vorstellungsvermögen zugetraut. Der Oberst natürlich, wer sonst?«

»Natürlich, wer sonst?«, wiederholte Moser. Dann redeten wir nicht mehr, ich hasse Geschwätz und Getuschel im Kino.

Kein Wunder, dass ich den Film so mag, dachte ich bereits nach den ersten paar Minuten. Er zeigt einen Ort in der Provinz, in dem ein aufrechter Witwer und Rechtsanwalt versucht, seine beiden Kinder großzuziehen. Atticus Finch heißt er, ist zärtlich und verständnisvoll mit seinem Sohn und seiner Tochter, aber unnachgiebig und bestimmt in seinem Beruf. Resolut kämpft er gegen Rassenvorurteile, was sowohl ihn als auch seine Kinder in Gefahr bringt. An der Stelle, als seine kleine Tochter Scout, als Kürbis verkleidet, gemeinsam mit ihrem Bruder überfallen wird, nahm Bernhard Moser meine Hand und ließ sie nicht mehr los.

»Was mögen Sie so an diesem Film?«, fragte er, als wir Arm in Arm aus dem Kino kamen. »Beehren Sie uns bald wieder«, sagte Olaf und winkte uns freundlich zu. Ich winkte zurück und dirigierte Moser in Richtung Ortszentrum.

»Der Mann ist vorurteilsfrei, edelmütig, couragiert«, schwärmte ich. »Außerdem sieht Gregory einfach unverschämt gut aus.«

»Da haben Sie Recht«, sagte der Doc und spannte einen Regenschirm auf, weil es begonnen hatte zu nieseln. »Er sieht sehr gut aus und ist das, was sich jede Tochter als Vater wünscht.«

»Wollen Sie damit sagen, dass ich den Film deshalb so mag, weil er mir ein ideales Ersatz-Vaterbild anbietet?«

»Möglich«, sagte Moser und tätschelte meine Hand. »Kein Grund, sich aufzuregen. Jeder hat verborgene Gründe, warum er etwas mag oder ablehnt.«

Wir fanden eine Weinstube, in der es kühlen Riesling gab, der in grauen Tonkrügen serviert wurde. Einen Moment lang dachte ich an Vicenzo und seine Familie.

»Wollen Sie nicht doch mal versuchen, mit ihm zu reden?«, setzte Moser das Gespräch fort.

»Mit wem?«

»Mit wem. Mit wem. Mit Ihrem Vater natürlich«, sagte er ungeduldig. »Ich finde Ihr Schmollen allmählich kindisch.«

»Schmollen? Ich schmolle Ihrer Meinung nach?« Ich zog die Augenbrauen hoch und begann mit den Fingern auf den Tisch zu trommeln. »Banalisieren Sie den Vorgang nicht ein wenig, Doc?«

»Nein, Clara. Und ich werde Ihnen auch erklären, warum. Sehen Sie, Ihr Vater hat weniger Spielraum als sie, einfach, weil er älter ist. Wir Jüngeren sind dazu da, den Älteren die Hand zu reichen. Das bedeutet nicht, dass man ihr Verhalten entschuldigt, sondern es bedeutet, dass man sich bemüht, zu verstehen und zu verzeihen.«

Ich lachte kurz auf. »Sie reden wie ein Pfarrer. Verstehen, verzeihen! Glauben Sie, mein Vater legt Wert auf meine Absolution?«

»Ja«, sagte Moser schlicht und trank einen Schluck Wein. »Ich bin überzeugt davon, dass er Wert darauf legt.«

»Obwohl er der Meinung ist, dass ich alles falsch gemacht habe, ihn und die Familie verraten, die Ehre der

Haimburgs in Verruf gebracht und so weiter? Er ist nämlich bis heute dieser Ansicht, Doc. Nur für den Fall, dass Ihnen das entgangen sein sollte.«

Bernhard Moser ließ sich nicht aus der Ruhe bringen. »Ich glaube, es ist Ihrem Vater unmöglich, sich zu entschuldigen. Er hat es einfach nicht gelernt. Wenn Sie ihm aber verzeihen würden, wäre er sehr dankbar.«

Ich schüttelte den Kopf. »Ziemlich verquere Logik, finden Sie nicht, Doc?«

»Nein. Überhaupt nicht. Denken Sie darüber nach. Er muss sehr allein sein, sehr verzweifelt. Er hat eine Menge Verluste erlitten, und ich glaube, es würde ihn umbringen, wenn Antonia nicht mehr auf die Beine käme. Ich denke, ihr Sprung hat bei ihm mehr Nachdenken ausgelöst als irgendetwas anderes in den letzten Jahren.«

Ich nickte. Es war möglich, dass Moser Recht hatte, mit dem, was er sagte. Er war der Profi. »Aber erklären Sie mir eins, Doc: Wenn mein Vater tatsächlich so betroffen und nachdenklich ist, wie Sie annehmen, wieso merke ich davon nichts? Ich lebe mit ihm jetzt unter einem Dach. Er geht mir aus dem Weg, nimmt die Mahlzeiten allein ein, zieht sich abends zurück, spricht so wenig wie möglich mit mir. Finden Sie das einen Schritt nach vorn?«

»Clara«, sagte Moser sanft. »Sie sollen den Schritt nach vorn machen, nicht Ihr Vater.«

»Aha«, sagte ich und trank einen großen Schluck Wein.

Er lächelte mich mit sanften Augen an, ich merkte, wie ich wütend wurde.

»Was ist?«, fragte er unschuldig. Er hielt sich wohl für Gott und glaubte, in den Seelen der Menschen lesen zu können. »Sind Sie verärgert?«

»Verärgert? Verärgert ist gar kein Ausdruck, ich bin stinksauer!«, fauchte ich. »Über die Art, wie ich von Ihnen für alles verantwortlich gemacht werde. Die Art, wie Sie meinen Vater zum armen Opfer stilisieren, der nicht anders kann, weil er anständiges Benehmen nicht gelernt hat. Ich habe keine Lust mehr, mir das anzuhören, mich zu rechtfertigen.«

Ich schleuderte ihm noch eine Menge anderer Dinge ins Gesicht, während ich dabei mit der flachen Hand auf den Holztisch der Weinstube schlug. Die Leute sahen neugierig zu uns herüber, aber es kümmerte mich wenig. Alles schien aus mir herauszubrechen, meine Frustration über das verkorkste Verhältnis zu meinem Vater, mein Zorn über seine Anklage, meine Angst, er könnte vielleicht mit einigem Recht haben.

»Sind Sie fertig?«, fragte er schließlich.

»Geben Sie mir ein paar Minuten Verschnaufpause, und ich fange von vorn an«, sagte ich.

»Lieber nicht. Ich kann verstehen, dass Sie wütend sind. Es ändert nur nichts an der Tatsache, dass Sie weglaufen. Sie weichen den Konflikten mit Ihrem Vater aus. Es geht nicht darum, Recht zu haben, es geht darum zu verstehen, warum man etwas tut oder eben nicht tut. Sie sind von zu Hause weggegangen vor Jahren, aber Sie benehmen sich im Grunde wie damals, trotzig, rebellisch, selbstgefällig.«

Mir blieb die Spucke weg. »Selbstgefällig? Man hat mir ja schon manches nachgesagt, aber als selbstgefällig hat mich bisher noch niemand bezeichnet.«

»Geschenkt«, sagte Moser und sah mich aufmerksam an. »Selbstgefällig, weil Sie so davon überzeugt sind, dass Sie das Richtige getan haben und dass Ihr Vater im Unrecht ist, dass er ein bornierter alter Knochen ist, der dem Glück seiner Töchter im Wege stand.«

»Aber so ist es doch auch gewesen«, flüsterte ich. »So ist es doch auch.« Das Gespräch deprimierte mich. Ich fühlte, wie meine Wut verrauchte und ich traurig wurde.

»Natürlich war es schlimm für Ihre Schwester und für Sie, natürlich hatten Sie wenig Unterstützung von Ihrer Mutter, natürlich waren Sie autoritären, rigorosen Erziehungsmethoden ausgeliefert. Aber wenn Ihre Kindheit so widerlich war, wieso klammern Sie sich dann so daran?«

Ich verstand ihn nicht. Was, um Himmels willen, erwartete er denn von mir? Dass ich meinen Vater in den Arm nehmen, halleluja singen und sagen würde: Schon in Ordnung, Vater, ich weiß, es war nicht so gemeint? Ich starrte Moser böse an.

Er seufzte. »Sie verstehen nicht, worauf ich hinaus will, stimmt's? Schade, ich dachte, Sie wären clever und emotional aufgeschlossen. Aber das sind Sie offenbar nicht.«

Ich antwortete nicht.

»Sehen Sie, Clara«, er seufzte wieder, als hätte er es mit einem störrischen Esel zu tun, »sehen Sie, es geht mir nicht darum, ob Ihr Vater auf Ihr Angebot, sich mit ihm zu versöhnen, eingeht. Mir geht es darum, dass Sie gar nicht wollen. Ihnen liegt nicht an Versöhnung, und wissen Sie, warum? Weil Sie so viel besser an Ihrer Sicht der Dinge festhalten können, weil Sie auf diese Weise viel besser auf dem hohem Ross der Demut sitzen bleiben können, Clara, die Heilige, ohne Schuld, ohne Fehler, das ewige, arme Opfer.«

Ich sagte erst mal nichts. Ich brauchte einige Minuten, um diese geballte Ladung an Beschimpfungen zu verdauen. »Halten Sie mich wirklich für eine derartige Flasche?«, fragte ich schließlich. »Oder macht es Ihnen einfach Spaß, mir ein paar Tiefschläge zu verpassen?«

»Nein«, sagte er. »Und das wissen Sie auch. In Ihnen stecken Mut, Leidenschaft, Kampfbereitschaft und Wut. Aber Sie kleben auch mit viel Begeisterung an Ihrer berechtigten Entrüstung und halten damit an der Vergangenheit fest. Wie wäre es, wenn Sie zur Abwechslung mal ein paar andere Gefühle zeigen würden?«

»Kann ich nicht. Ich habe keine anderen Gefühle.«

»Weil Sie sie wegdrängen«, sagte Moser. »Man kann nichts empfinden, was man dauernd wegdrängt. Vielleicht sollten Sie mal versuchen, ein bisschen geduldiger mit sich und den Menschen zu sein. Sie konzentrieren sich geradezu lustvoll auf die Verfehlungen Ihres Vaters. Halten Sie das für sinnvoll? Ich nicht. Sehen Sie, ich glaube, Ihr Vater merkt, dass ich ihn akzeptiere, dass ich nicht alles billige, was er tut oder getan hat, aber dass ich ihn nicht verurteile. Er kämpft, auf seine Weise, er versucht, sein Leben zu leben nach seinen Grundsätzen, und kämpft dabei, wie Sie und ich, wie Antonia, wie wir alle. Sie sollten sich allmählich mal entscheiden, Clara. Entweder leben Sie in der Vergangenheit weiter, gefangen in Ihrer Familiengeschichte, oder Sie geben der Gegenwart mal eine Chance und brechen auf in ein eigenes Dasein.«

»Ich habe ein eigenes Dasein«, sagte ich ruhig. »Ich bin Musikerin und ich bin es gern.«

»Selbstverständlich. Aber ist Ihnen selbst schon einmal aufgefallen wie viele Ihrer Texte von Abschied, von Verlust, von Trauer, von Nie-mehr-Wiedersehen handeln?«

Ich schwieg. Offenbar hatte er meine Songtexte studiert.

»Tod, Trauer und Abschied, all das gehört zum Leben, warum nicht darüber singen?«

»Sie verarbeiten vieles in Ihren Liedern, aber sprechen darüber können Sie nicht. Sie schreiben ein Lied, statt um Ihre Tochter zu trauern, Sie schreiben ein Lied, wenn der Mann, den Sie geliebt haben, nach Griechenland flüchtet, Sie verlässt. Sie geben sich stolz, statt gekränkt und verletzt. Ich möchte wissen, ob Ihr Vater je erfahren hat, wie sehr er Sie verletzt und gekränkt hat.«

Ich stand auf. »Psychostunde beendet, Doc. Ich möchte nach Hause. Es war sehr interessant, Ihren Ausführungen zu lauschen.« Ich ging an den Thresen, ohne seine Antwort abzuwarten und zahlte. Die neugierigen Blicke der Bedienung ignorierte ich.

Wir gingen schweigend zum Wagen, und er fuhr mich nach Hause, ohne noch ein Wort zu sagen. Unter normalen Umständen hätte ich ihn gebeten, im Schloss zu übernachten, in einem der Gästezimmer, aber dieses freundliche Angebot erschien mir an diesem Abend ganz und gar unmöglich.

Unsere Verabschiedung war kühl. Ich ging in mein Zimmer, und mir kam eine Zeile von Bob Dylan in den Sinn.

»We sit here stranded, but we all do our best to deny it«. Das passt zu unserem heutigen Abend, dachte ich traurig. Eine Gestrandete im eigenen Leben. Und vielleicht hatte Bernhard Moser ja Recht und ich hatte wirklich bisher alles getan, um diese Erkenntnis zu verdrängen, abzuwehren.

Nachts träumte ich von einem Flugzeug, in dem meine ganze Familie saß. Wir flogen ruhig vor uns hin, unterhielten uns miteinander, lachten und sahen den vorüberfliegenden Wolken zu. Dann sagte der Pilot: »Fertig machen zum Absturz«, und es ging unter Gekreische und Geschrei im Sturzflug nach unten. Bevor das Flugzeug unten aufschlug, wachte ich schweißüberströmt auf.

18

In den letzten Internatsjahren gehörten die Haimburg-Mädchen zu den Großen. Sie waren jetzt Schwester Maria zugeteilt, einer älteren Nonne, die immerzu Rückenschmerzen hatte und beunruhigt auf die »neumodischen« Entwicklungen in Deutschland schaute. Allenthalben lärmte Musik. Bei Konzerten kreischten die Mädchen vor Begeisterung, Halbstarke bewarfen Polizisten mit Äpfeln, und etliche Konzertsäle wurden kurz und klein geschlagen.

»Es ist so laut da draußen«, sagte Schwester Maria schaudernd. Sie hatte Recht, es war in der Welt erheblich lauter als im Kloster.

Im Internat waren Plattenspieler auf den Zimmern verboten, Musik wurde nur einmal wöchentlich bei den sonntäglichen Tanzübungen gespielt. Nur Mutter Oberin besaß einen Fernseher, dessen Gebrauch allein ihr vorbehalten war. Kinobesuche waren jedoch für ältere Mädchen gelegentlich erlaubt, und sehr zur Erleichterung aller gab es die regelmäßigen Ferien mit einem großzügigen Freizeitangebot, Einladungen zu Sommerfesten und ersten Bällen.

Clara spielte nach wie vor drei Stunden am Tag Klavier. Sie begeisterte sich mehr und mehr für moderne Rhythmen und vermisste ihr Gespenst, das sie seit dem Auftritt mit ihrem Vater nie mehr gesehen hatte. »Vielleicht ist für Gespenster in unserem Schloss kein Platz mehr«, schrieb sie an Großmutter Theresa. »Vielleicht sollte unser Schlossgemäuer mit der Vergangenheit abschließen und sich auf modernere Zeiten einstellen.«

Ihre Großmutter reagierte prompt mit dem Satz, den sie meist in solchen Zusammenhängen zitierte: »Wir denken immer, wir sind mit der Vergangenheit fertig, die Vergangenheit aber ist nicht mit uns fertig.« Schnupfentrine sei verschwunden, schrieb sie weiter, der Todesreiter aber werde nach wie vor gesichtet – mit den entsprechenden Folgen.

Clara sah sich selbst zu beim Älterwerden. Sie entwickelte neue Interessen, begeisterte sich neben Louis Armstrong auch für Ella Fitzgerald und Billy Holiday, Charlie Parker und Dizzy Gillespie, und sie schwärmte für Rock 'n' Roll. Gemeinsam mit den anderen Mädchen ging sie ins Kino und verehrte Gregory Peck, seit sie »Ein Herz und eine Krone« gesehen hatte. Sie ließ sich die Haare abschneiden, wie Audrey Hepburn es in dem Film tat, hängte sich ein Bild von Gregory Peck übers Bett und betrachtete den Mann jeden Abend sehnsuchtsvoll.

Mit ihrer Begeisterung für ihn stand sie jedoch ziemlich allein. »So ein edler Langeweiler«, sagte Jonny abschätzend, die sich, wie die anderen Mädchen, mal für James Dean und Marlon Brando, dann wieder für Humphrey Bogart und Clark Gable begeisterte.

Paola wurde eines Tages des Klosters verwiesen, weil man sie rauchend und tanzend in einem Jazzkeller erwischt hatte. Sie trug Perlonstrümpfe, mehrere Petticoats übereinander und die Haare wild und offen wie Brigitte Bardot. Sie nahm den Rausschmiss gelassen und verkündete, sie wolle von zu Hause abhauen, sie würde es diesen Spießern schon zeigen. Ihr Ziel war Paris, dort wollte sie von Baguette, Käse und Liebe leben und entweder als Sängerin oder Malerin groß rauskommen. »Ihr werdet schon sehen«, sagte sie siegesgewiss und gab zum Abschied allen die Hand.

»Sie wird mir fehlen«, sagte Clara seufzend. »Sie kann zwar eine ziemlich eingebildete Ziege sein, aber einfach so über die Mauer zu klettern und in einen Jazzclub zu gehen, alle Achtung.«

»Ob sie wohl einen Verehrer hatte, den sie dort heimlich traf?«, warf Estrelita in die Runde.

»Bestimmt«, sagte Jonny das Pferd. »Und das war ziemlich dumm von ihr. Antonia trifft ihren Verehrer ja auch nicht heimlich.«

»Ich treffe ihn gar nicht«, stellte Antonia klar. »Es wäre zu gefährlich. Ich will keinen Rausschmiss riskieren seinetwegen. Nicht, solange ich zu jung bin zum Heiraten.«

Antonia hatte zu Anfang des Schuljahres kundgetan, sie habe einen Verehrer und vorsorglich behauptet, es handele sich um einen italienischen Grafen. Sie hatte ihren Freundinnen das Versprechen abgenommen, nichts davon Eltern oder Verwandten gegenüber zu erwähnen. Es sei vorläufig ein Geheimnis.

Antonia konnte es kaum erwarten, 18 Jahre alt zu werden. Zwar wäre sie dann immer noch nicht volljährig, aber doch alt genug, um in die Gesellschaft eingeführt und Ehefrau zu werden. Vicenzos Familie gehörte allerdings nicht zu der Gesellschaft. Diesen unerfreulichen Gedanken, der hartnäckig wiederkehrte, schob sie weg, sobald er auftauchte. Ihre Fähigkeit zur Verdrängung war erstaunlich, fand Clara. Immerhin konnte Antonia Vicenzo anrufen und ihm schreiben, ohne kontrolliert zu werden, denn die älteren Mädchen hatten einmal pro Woche Ausgang, und im nahegelegenen Dorf gab es eine Post und eine Telefonzelle. Die Briefe von Vicenzo ließ sie sich postlagernd schicken, viele Mädchen taten das mit ihrer Verehrerpost, und die Nonnen duldeten es.

Antonia schrieb viel und häufig. Telefone waren ihr schon immer unheimlich gewesen, und an dieser Furcht hatte sich nichts geändert. Sie war fest davon überzeugt, dass Vicenzo für sie bestimmt war, dass sie gleich nach dem Abitur heiraten würden. Es erschien ihr als das Natürlichste der Welt, Kinder zu haben und mit Vicenzo auf dem Land zu leben.

Vicenzo, der inzwischen mit der Schule fertig war und mit seinem Vater von Gut zu Gut, von Schloss zu Schloss in ganz Deutschland herumzog, schrieb in jedem Brief, dass er es kaum erwarten könne, um ihre Hand anzuhalten.

Bei einem längeren Telefongespräch gestand er, sein Vater habe eigenartig reagiert, als er ihm von seinen Heiratsabsichten erzählt habe. »Mein Vater«, sage Vicenzo, »erschrak, fasste sich wieder und erkundigte sich zunächst eingehend nach deiner Familie. Ich erklärte ihm, dass alles schicksalhaft vorbestimmt sei, dass es ein Haimburg gewesen sei, dem ich im Krieg das Bild geschenkt habe. Salvatore, sein Vater, hat ihm gegenüber davon nichts erwähnt. Jetzt ist er tot, wir können ihn nicht mehr fragen. Ich sei damals noch ein kleiner Junge gewesen, sagte mein Vater, vielleicht würde ich mich irren. Aber natürlich irre ich mich nicht. Vielleicht könntest du deinen Onkel ...«

»Nein, im Augenblick nicht. Er lebt in seiner eigenen Welt. Aber die Fee hat unsere Begegnung vorhergesagt. Das muss dein Vater doch anerkennen«, beharrte Antonia.

»Es gibt ein paar Realitäten neben sämtlichen Vorhersagen, sagt mein Vater. Ich habe ihm von den geheimen Kräften des Bildes erzählt, von Elisabettas Kräften. Er war schroff und sagte schließlich resigniert, ich wüsste nicht alles über das Bild. ›Du kennst nicht die ganze Geschichte, und vielleicht ist das auch besser so. Denn es ist keineswegs eine Geschichte, die nur schön und heiter ist‹, das waren seine Worte.«

»Wir schaffen es«, sagte Antonia. Keiner von Vicenzos sorgenvollen Einwänden konnte sie erschüttern. Sie war verliebt. Vicenzos Vater fürchtete sie nicht. Selbst der Gedanke an ihren eigenen Vater schreckte sie nicht.

»Alles wird gut, ich weiß es«, sagte sie auch zu ihrer Schwester. »Reg dich nicht auf, Clara.«

Clara sah den Gleichmut ihrer Schwester mit Erstaunen. Ihr Verhältnis zu Antonia war immer noch innig, doch sie wusste, dass Antonia sich ihr und allen anderen Mädchen überlegen fühlte. Sie liebte einen Mann, einen wunderschönen dazu, der sie heiraten wollte, während ihre Schwester nur immerzu Klavier spielte. Dazu kam, dass Antonia das Bild vernachlässigte. Sie sei der Meinung, Elisabetta habe ihre Schuldigkeit getan, erklärte sie Clara. Selbst die Herkunft Elisabettas und deren Geschichte interessierten Antonia nicht mehr.

Kein Zweifel, Antonia war ausgelastet damit, an Vicenzo hinzulieben und sich eine gemeinsame Zukunft auszumalen.

Ein Gutes aber hatte ihre Verliebtheit nach Ansicht von Clara und Mutter Oberin: Antonia ignorierte sämtliche Anfragen oder Nachrichten aus anderen Welten, sie schlief ruhig und tief, sie war ein ganz normales, wenn auch bemerkenswert schönes junges Mädchen.

»Die Mädchen dürfen nicht in allem bevormundet werden von uns. Sie müssen Individualität und Eigenständigkeit entfalten. Es ist nicht gut, wenn sie unvorbereitet ins Leben stolpern«, erklärte Muter Oberin den anderen Schwestern.

Nach dem bedauerlichen Vorfall mit Paola entschied sie, dass die Zeit für einige grundlegende Änderungen gekommen sei. »Erstens: Jemand muss sie aufklären. Zweitens: Wir lassen die Zügel lockerer. Nächtliche Besucher sind selbstverständlich verboten, aber gelegentlicher Ausgang an hellen Sommerabenden sollte den Älteren erlaubt sein. Bei pünktlicher Rückkehr um 22 Uhr. Drittens: Die Mädchen sollen ihre Tanznachmittage sonntags allein abhalten dürfen, ohne uns. Und wer will, darf die Tanzschule besuchen.«

Die neuen Regelungen klangen nach Revolution und bedurften selbstverständlich der Zustimmung der Erziehungsberechtigten. Die aristokratischen Eltern aber sahen keine Veranlassung, eine Revolution zu unterstützen. Sie verständigten sich untereinander mit der angemessenen Empörung und verweigerten ihre Einwilligung auf ganzer Linie.

Aufklärung sollte nicht im Gespräch erfolgen, sondern über ein christliches Buch, entschieden die Mütter. Denn, so lautete ihre Begründung, im persönlichen Gespräch würden die Mädchen vielleicht mehr erfahren, als notwendig wäre, sie würden Fragen stellen und Antworten erhalten und noch mehr Fragen stellen und sich schließlich ermutigt fühlen, Dinge zu tun, die sie nicht tun sollten.

Das christliche Buch, das die Mädchen stattdessen lesen sollten, hatte den Titel »Gott sieht auf dich« und enthielt Mahnungen und Warnungen, erklärte die monatlichen Blutungen und die damit verbundene Unpässlichkeit, sprach viel von Keuschheit, Schamgefühl, Pflicht und ließ keinen Zweifel daran, dass Geschlechtsverkehr vor der Ehe unanständig und verboten war und in der Ehe lediglich zur Zeugung von Kindern gestattet.

Was zwischen Männern und Frauen genau vor sich ging, wurde nicht beschrieben, über Keimzellenvereinigung war einiges zu erfahren, aber darunter konnten sich die Mädchen wenig vorstellen. Von Lust war keine Rede.

»Diese Aufklärung genügt. Warum sollte man die Mädchen auf dumme Gedanken bringen?«, sagte auch Bärchen, die sich in diese erzieherischen Fragen mehr einmischte, als sie es in den vergangenen Jahren getan hatte.

»Tanzstunden? Mit Hans und Franz? Mit irgendwelchen Proleten und Leutlesleut?«, sagte Jonnys Mutter am Telefon. »Kommt nicht in Frage, Mutter Oberin. Bringen Sie den Mädchen anständig tanzen bei, für die entsprechenden Tanzpartner sorgen wir in den Ferien.«

Die Einzigen, die unbekümmert nickten zu allen Vorschlägen, waren Margrets und Estrelitas Eltern.

»Das ist gut. Dann könnt ihr für uns spionieren«, sagte Clara. »Ihr geht zur Tanzstunde und bringt uns sonntags alles bei.«

Piano lautete inzwischen Claras Spitzname, weil sie klassische und moderne Stücke spielte, wenn die Mädchen Sonntagnachmittag tanzen übten. Clara spielte Samba, Rumba, Tango, Slowfox, für Rock 'n' Roll und Twist standen den Mädchen einige wenige Platten oder ein Radio zur Verfügung.

Margret und Estrelita waren sehr hübsch anzusehen, als sie sich zu ihrer ersten Tanzstunde in die Stadt aufmachten. Sie trugen weiß-rot gepunktete Cocktailkleider, die sie von den Haimburg-Schwestern geliehen hatten, Söckchen, Lackschuhe und Pferdeschwänze. Selbst Antonia war beeindruckt.

»Wenn jetzt keiner anbeißt«, sagte Jonny düster, »dann ist euch nicht zu helfen. Ich beneide euch.«

Als Estrelita und Margret abends aus der Stadt mit dem Bus ins Kloster zurückkehrten, fanden sie ihre Situation alles andere als beneidenswert. Sie hatten sich in der Tanzschule »Foxtrott« von verschwitzten, pickeligen Jungen auf die Füße treten lassen, und die Aussicht, dass einer von ihnen anbiss, war wenig verlockend.

»Sieht wenigstens der Tanzlehrer aus wie Gregory Peck?«, fragte Clara hoffnungsvoll.

»Nein«, sagte Margret. »Eher wie Frankenstein.«

»Und einer hat behaarte Arme wie ein Affe«, sagte Estrelita. »Immerhin waren ein paar Jungen krank. Vielleicht wird es nächste Woche besser.«

Es wurde besser, sehr viel besser. Margret und Estrelita fanden nicht nur Gefallen an dem wöchentlichen Tanzunterricht, sondern ließen sich auch auf zwei Verehrer ein. Sie hießen Georg und Hubert, es waren tatsächlich Jungen, die beim ersten Mal gefehlt hatten. Sie trugen Lederjacken und kämmten sich die Haare zurück. Georg fuhr ein Motorrad und war von Anfang an von der kleinen Margret begeistert.

Die intelligente Margret akzeptierte Georg als Studienobjekt, sie war entschlossen, mit ihm küssen zu üben, bis derjenige käme, mit dem die ganze Sache dann ernst würde.

»Wieso kann es denn mit Georg nicht ernst werden?«, fragte Jonny.

»Er hält Existenzialismus für eine Durchfallkrankheit. Er glaubt, dass St. Petersburg vom heiligen Petrus erbaut wurde«, sagte Margret, verdrehte die Augen und hob in theatralischer Gebärde die Hände vor die Brust. »Wenn ich mit ihm zusammen bin, fühle ich mich wie ein Brausewürfel, den man in eine trübe Brühe geworfen hat. Ach, wie viel Schaum könnte ich in einem Meer von Champagner schlagen!« Margret liebte dramatische Gesten und Übertreibungen. Doch hielt sie sich damit zurück, wenn sie mit Georg tanzte, der geschickt führte und dabei grinsend auf sie herabblickte.

Hubert war gesprächig (verquatscht, sagte Estrelita,) lebhaft (zappelig, sagte Estreltia) und sehr aufs Tanzen versessen (weil er die Mädchen dann betatschen kann, sagte Estrelita).

Betatschen war etwas völlig Neues, eine Sache, von der die Mädchen im Internat nur eine vage Vorstellung hatten.

»Ist es angenehm?«, fragte Clara.

»Es ist widerlich«, sagte Estrelita entrüstet.

»Zeig mal«, forderte Jonny »Mach es uns vor.«

Estrelita zierte sich zuerst, ließ sich dann aber doch herab, bei einem Foxtrott mit Margret vorzuführen, wohin Huberts Hände wanderten, wenn er mit ihr tanzte und der Tanzlehrer gerade nicht hinsah.

»Oh«, sagten Clara, Antonia und Jonny, die gar nicht wussten, dass diese Körperteile von Interesse waren und gleichzeitig lernten, wie man aufdringliche Pfoten energisch beiseite schiebt.

»Aber es ist anders, wenn man verliebt ist«, beharrte Antonia und dazu konnte keiner etwas sagen, denn keine von ihnen war je verliebt gewesen.

Estrelitas anschauliche Darstellung brachte Clara auf eine Idee. »Ich hab's!«, rief sie aufgeregt. »Wir drei trainieren, was Estrelita und Margret lernen. Sie gehen zu den Tanzstunden, sie werden sich verabreden und ausgehen, und alles, was sie lernen, werden sie uns zeigen, und wir werden es miteinander üben.«

Die anderen lachten und klatschen in die Hände.

»Eine wunderbare Idee«, sagte Margret.

Nachdenklich sah Clara Jonny an. »Hör zu, Jonny, es wäre am besten, wenn du jeweils die Rolle des Mannes übernimmst. Du bist die Größte von uns. Du folgst den Anweisungen von Margret und Estrelita und tanzt mit mir oder Antonia oder den anderen. Die werden dir dann sagen, ob du es richtig machst.«

Alle waren begeistert, nur Jonny nicht. »Es ist albern«, sagte sie und zog einen Flunsch.

»Na und? Besser albern und lustig als ernst und langweilig«, sagte Estrelita.

»Also gut«, sagte Clara und klatschte zweimal in die Hände. »Lasst uns anfangen.« Sie setzte sich ans Klavier. Als Erstes übten die Mädchen Walzer miteinander, um in Schwung zu kommen.

»Und jetzt knicksen«, rief Clara und alle vier Mädchen sanken in ihren weiten Sonntagskleidern bis auf den Boden. »Anmutig wieder hochkommen. Den Partner am Arm nehmen. Vergesst nie, dass ihr auf Bällen lange, weiße Handschuhe tragt. Was ja in Anbetracht der verschwitzten Hände der Jungen ganz angenehm ist.«

»Und der eigenen«, bemerkte Margret trocken, die sich keine Illusionen darüber machte, dass sie je auf einem Ball weiße Handschuhe tragen würde. Sie würde niemals auch nur eine Einladung zu einem Ball erhalten.

»Ich möchte jetzt Marlon Brando spielen und Estrelita küssen«, verkündete Jonny, der das Tanzen keinen rechten Spaß machte.

»Muss es unbedingt Marlon Brando sein?«, fragte Clara. »Sicher, er hat einen Oberkörper, als würde er den ganzen Tag lang Steine schleppen, aber er sieht auch ein bisschen beängstigend aus.« Clara mochte Männer in Anzug und Krawatte, und sie bezweifelte, dass Marlon Brando darin besonders gut aussähe.

»Wieso spielst du nicht Rhett Butler, wie er diese unmögliche Scarlett O'Hara küsst?«, fragte Margret.

»Also gut«, maulte Jonny. »Spiele ich Rhett Butler.« Sie band sich ihre langen, blonden Haare hinten zusammen und stopfte sie unter eine Mütze. »So sehe ich männlicher aus«, sagte sie. Die anderen betrachteten sie nachdenklich.

»Vielleicht sollten wir dir einen Schnurrbart malen«, schlug Estrelita vor.

»Oder dir ein Paar Hosen besorgen«, meinte Margret.

Jonny knurrte unwirsch. »Hosen sind verboten, das weißt du doch. Wo ist der Spiegel?« Sie hatten sich einen großen Spiegel besorgt, vor dem sie üben wollten. Jonny sah Rhett Butler alias Clark Gable ungefähr so ähnlich wie Tante Hugoline einer Stripteasetänzerin.

Clara seufzte. »Ich führe Regie«, sagte sie. »Wer spielt Scarlett?«

»Ich«, sagte Antonia. Sie hatte die meiste Ähnlichkeit mit Scarlett, und so hatte niemand etwas dagegen.

»Also, du kommst rein«, sagte Clara zu Jonny, »schenkst Scarlett einen neuen Hut und sie fällt dir aus lauter Dankbarkeit um den Hals und ihr küsst euch. Verstanden?«

»Klar«, sagte Jonny und versuchte, männlich zu klingen. »Wo ist der neue Hut?«

»Hier, nimm mein Halstuch«, sagte Estrelita. »Und stell dir einfach vor, so sähe der Hut aus. Und nun fangt an.«

Jonny kam aus dem hinteren Teil des Raumes, tat so, als würde sie eine Tür aufmachen und eintreten.

»Scarlett, wo bist du?«, rief sie, worauf Antonia hinter dem Spiegel hervorkam und knickste. »Guten Tag, Rhett Butler. Sie wissen, ich halte Sie für einen ungehobelten Flegel. Wenn Sie mir allerdings etwas mitgebracht haben, sieht die Sache anders aus.«

»Welche Sache?«, fragte Jonny kläglich, und Clara seufzte wieder. Niemals hätte sich Rhett Butler derart dämlich angestellt.

Als Antonia nicht antwortete, sondern lediglich herausfordernd das Kinn hob, zog Jonny das mit Rosen bedruckte Tuch hinter dem Rücken hervor. »Sieh nur, es ist ein neuer Hut«, sagte sie lahm.

»Er ist mit Rosen bestickt. Er ist für dich. Gefällt er dir?«

»Oh, Jonny, ich meine, Rhett. Wie lieb Sie sind!« Antonia stürmte auf Jonny zu, wollte ihre Arme um Jonnys Hals werfen, wie sie es im Kino gesehen hatte, und stellte fest, dass ihre Hände gerade bis zu den Schultern reichten. Sie hing an Jonny wie ein nasser Sack, warf den Kopf in den Nacken und schloss die Augen. Estrelita und Margret kicherten.

»Los, Jonny«, zischte Clara. »Worauf wartest du?«

Jonny drückte Antonia fest ans sich, hob sie dabei versehentlich ein bisschen hoch und küsste sie mit fest geschlossenem Mund. Dabei gab sie Geräusche von sich, als müsse sie sich gleich übergeben.

»Jonny, was soll das?«, fragte Margret streng. »Beim Küssen wird nicht gewürgt.«

»Es sind Laute der Leidenschaft«, sagte Jonny würdevoll und ließ Antonia los. »Die Küsserei kommt mir ein bisschen vor wie unter Wasser tauchen.«

»Du meinst wie Schnorcheln?«, fragte Estrelita interessiert.

»Nein, dabei muss man ja nicht die Luft anhalten«, sagte Jonny störrisch. »Ich meine tauchen.«

»Es heißt, man macht den Mund auf beim Küssen«, sagte Estrelita. »Dann ist es vielleicht wie Schnorcheln.«

Alle sahen sie überrascht an. Beim Küssen den Mund aufzumachen kam ihnen ziemlich unhygienisch vor.

»Könntest du es nicht mal mit Hubert versuchen?«, fragte Jonny skeptisch. »Dann wüssten wir besser Bescheid.«

»Und du, Margret, mit deinem Georg«, sagte Antonia. »Sonst bleiben wir ahnungslos wie Klostermäuse.«

Margret beschloss feierlich, sich mit Georg am nächsten Samstag zu verabreden. Georg würde sie mit seinem Motorrad abholen, ins Kino einladen und danach wieder ins Internat bringen. Sie versprach den anderen, ihn zum Abschied in der Nähe der Klostermauer zu küssen, damit sie zusehen könnten.

»Wir sehen nur was, wenn wir auf Bäume klettern oder eine Leiter und ein Fernglas beschaffen«, sagte Jonny. »Die Mauer selbst ist einfach zu hoch.«

»Vielleicht sollten wir Margret einfach allein lassen«, sagte Antonia, der die Vorstellung, sie würde Vicenzo küssen und alle würden dabei zusehen, nicht gefiel.

Clara fand, dass ihre Schwester Recht hatte, und so entschieden sie sich, im Zimmer auf Margret zu warten.

Estrelita hatte zur Feier des Abends eine Überraschung vorbereitet: Sie besorgte eine große Kanne heißes Wasser aus der Klosterküche, füllte einen nagelneuen Perlonstrumpf mit schwarzem Tee, rollte ihn auf und senkte ihn in die Kanne. Der Strumpf sah aus wie eine dicke Fleischwurst, aber der Tee schmeckte köstlich und Estrelita war von ihrer Erfindung begeistert.

Gegen zehn Uhr kam Margret ins Zimmer gestürzt, seltsam zerzaust und erhitzt. »Kinder, Kinder«, sagte sie, zog ihre Jacke aus und verdrehte die Augen. »Jetzt hab ich's endlich getan. Zungenknutschen. Ich muss euch sagen, der Vergleich mit dem Schnorcheln kommt schon in etwa hin.« Die anderen lauschten atemlos. Es stellte sich heraus, dass Margret schon im Kino begonnen hatte mit Georg zu schnorcheln, das sei der eigentliche Zweck von Kinobesuchen, habe er gesagt. Der Film sei Nebensache.

»Es ist eben doch mit offenem Mund, stimmt's?«, fragte Jonny. »Mit Zunge und so weiter. Ich weiß nicht, ob wir das üben können. Es ist mir irgendwie peinlich.«

»Hat es dir gefallen, Margret?«, fragte Antonia.

»Es ist nicht übel«, sagte Margret vorsichtig. »Aber nach einer Weile kriegte ich Schmerzen im Kiefer. Nun ja, alles wahrscheinlich reine Übungssache.« Sie tuschelte mit den anderen leise weiter, während Antonia sich zurückzog.

Antonia lag im Bett und dachte über den letzten Brief nach, den sie von Vicenzo erhalten hatte. Er äußerte sich besorgt über die Übungsstunden, von denen Antonia ihm berichtet hatte.

»Ich möchte nicht, dass du mit anderen übst, was nur wir tun sollten«, schrieb er. »Auch nicht mit einem Mädchen, das Jonny heißt.« Er schrieb von Liebe und Sehnsucht in seinem Brief und davon, dass er mit seinem Vater in der Gegend sei in der nächsten Woche und sie gern treffen würde.

Von all dem erzählte Antonia Clara kein Wort. Sie ging stattdessen zur Mutter Oberin und sagte, ein Verwandter komme sie abholen, ob sie Ausgang haben könnte.

»Was für ein Verwandter?«, fragte Mutter Oberin misstrauisch.

»Ein entfernter Cousin«, sagte Antonia.

Mutter Oberin seufzte. Es wimmelte in diesen aristokratischen Sippen nur so von entfernten und näheren Cousins, Onkeln und angeheirateten Verwandten, und da viele Familien, viel zu viele, wie Mutter Oberin insgeheim fand, untereinander heirateten, war so ziemlich jeder mit jedem verwandt. »Wie heißt er?«

»Vicenzo«.

»Schön. Und weiter?«

Antonia zögerte. »Vicenzo Marasini.«

Mutter Oberin sah ihre Schülerin scharf an. Sie war keineswegs so weltfremd, dass sie nicht schon einmal von den Weingütern Marasini gehört hätte. »*Der* Marasini?«

Antonia nickte. Die Mutter Oberin stand auf. Sie verschränkte die Hände hinter ihrem Rücken und ging gemessenen Schrittes in ihrem länglichen Büro auf und ab. »Antonia, sag mir die Wahrheit. Er ist natürlich nicht mit dir verwandt, habe ich Recht?«

Antonia nickte. »Aber bald«, sagte sie. »Wir werden heiraten.«

Die Mutter Oberin ging weiter im Zimmer herum. »Heiraten werdet ihr. Sicher mit Einverständnis deiner Eltern, nehme ich doch an?« Sie bemühte sich, ihre Stimme nicht spöttisch, sondern ganz normal klingen zu lassen. Ganz ausgeschlossen, dass die Haimburgs einer solchen Verbindung zustimmen würden. Niemals. Nicht mal die alte Gräfin, dachte die Mutter Oberin, die dieses Mitglied der Familie für das fortschrittlichste hielt.

Antonia schwieg trotzig und sagte dann überraschend: »Manche Dinge muss man eben ohne die Einwilligung der Eltern tun.«

Die Schwester Oberin traute ihren Ohren nicht. Antonias Schwester Clara gab dauernd solche Sätze von sich, aber von diesem sanften, verträumten Mädchen hatte sie derart resolute Anschauungen nicht erwartet. »Ihr habt noch ein Jahr vor euch, Antonia«, sagte sie. »Du wirst wohl nicht vor Ablauf des letzten Schuljahres heiraten wollen.«

»Nein«, sagte Antonia. »Aber ich würde Vicenzo gern sehen, wenn er nächste Woche mit seinem Vater in der Gegend ist.«

Die Mutter Oberin überlegte eine Weile. »Sie könnten beide herkommen, sich bei mir vorstellen und danach mit uns Tee trinken«, sagte sie schließlich. Antonia stand einen

Moment unbewegt, nickte dann langsam, knickste und sagte: »Das ist eine gute Idee. Ich werde Vicenzo und seinem Vater gleich schreiben. Danke, Mutter Oberin.«

»Das kannst du nicht machen«, sagte Clara zum zehnten Mal. »Maman fällt ihn Ohnmacht, und Vater bringt dich um. Und mich gleich dazu. Wieso bist du nicht vorher zu mir gekommen?«

Antonia drehte sich vor dem Spiegel im Tanzsaal. Sie probierte verschiedene Kleider für ihre Teestunde mit Vicenzo an. »Weil du so reagiert hättest, wie du jetzt reagierst. Du bist mir keine Hilfe«, sagte sie kühl.

Clara schüttelte den Kopf. »Sei nicht so vernagelt, Antonia. Papa und Maman werden von dem Besuch erfahren. Wenn Vicenzo hier mit seinem Vater auftaucht, werden ihn viele Mädchen sehen. Sie werden sehen, dass er dich besucht, und das ist dann der Klostertratsch der Woche, das ist dir doch klar? Deine Geschichte von dem italienischen Grafen fliegt auf. Alle werden wissen, dass es der Marasini-Sohn ist. Die Mädchen werden es in ihren Briefen nach Hause genüsslich breittreten und Papa wird es in null Komma nichts wissen.«

Antonia nickte. »Das kalkuliere ich ein«, sagte sie mit einem gewissen Stolz. »Es kann jetzt jeder wissen, dass es Vicenzo ist. Ich habe noch ein Jahr auf der Schule. Je mehr Fakten ich schaffe, desto weniger können Papa und Maman mich daran hindern, ihn zu heiraten.«

Clara sah ihre Schwester an, die gerade einen langen roten Rock mit einer weißen Bluse anprobierte und sich wieder vor dem Spiegel drehte. »Das steht dir gut und sieht frisch aus«, sagte sie versöhnlich. »Ich wünsche dir sehr, dass deine Rechnung aufgeht. Ich kann doch sicher beim Tee dabei sein?«

»Nein«, sagte Antonia abweisend. »So wenig Leute wie möglich. Schlimm genug, dass die Mutter Oberin dabeisitzt.«

Clara schnappte nach Luft. »Du vergisst, Antonia, dass ich euch bekannt gemacht habe«, rief sie empört.

»Du vergisst«, sagte Antonia nicht ohne Arroganz, »dass Elisabetta ihn mir bereits gezeigt hat, als ich noch ein kleines Mädchen war. Er ist für mich bestimmt. Wir hätten uns kennen gelernt, ob du uns nun vorgestellt hättest oder nicht. Ich hätte ihn gefunden, in jeder Stadt, in jedem Land, unter Tausenden und Tausenden.«

Clara hatte keine Lust, ihrer Schwester länger zuzuhören. Sie stand auf und ging hinaus. Dabei warf sie geräuschvoll die Tür ins Schloss.

Sie war verletzt und wütend. Gleichzeitig hatte sie ein banges Gefühl, wenn sie an Vicenzo und seinen Besuch dachte und daran, wie ihr Vater wohl reagieren würde.

Die Marasinis kamen in einem schwarzen Mercedes. Vittorio Marasini stieg aus und sah sich um. Er war ein kleiner, rundlicher Mann mit einem breiten Lächeln im sonnengegerbten Gesicht. Sein Sohn aber erschien den Mädchen, die überall an den Fenstern hingen, begehrenswerter als alles, was sie bisher an Männern gesehen hatten. Er war hübsch, groß, jung und hatte einen unschätzbaren Vorteil vor sämtlichen Sängern und Schauspielern: Er war leibhaftig anwesend.

Vicenzo und seinem Vater entgingen die neugierigen Blicke hinter den Fenstern nicht, als sie vorfuhren. »Mama mia«, sagte Vittorio leise zu seinem Sohn. »So viele Mädchen in einem Haus. Ganz allein, ohne Mann.«

Vicenzo sagte nichts. Seine Nervosität und sein Unbehagen wurden nur durch die Freude gemindert, Antonia wiederzusehen. Sie hatte ihm ihren Plan ausführlich beschrieben, und er fragte sich, ob er ihn gutheißen sollte oder nicht. Er war seinem Vater dankbar, dass er sich, trotz seiner Vorbehalte, bereitgefunden hatte, Antonia kennen zu lernen. Er stieg aus dem Wagen und hob, unter den bewundernden Augen der Klosterschülerinnen, zwei Kisten Wein aus dem Kofferraum.

Vittorio Marasini war ein Genießer und ein guter Geschäftsmann. Er ging nie zu irgendeiner Verabredung ohne eine Flasche oder Kiste Wein, seine entsprechende Philosophie lautete: Es gibt kein Thema, zu dem sich nicht der passende Wein finden ließe, kein Gespräch, das durch ein Glas Wein nicht anregender, kein Langweiler, der durch einen ordentlichen Schluck Wein nicht weniger langweilig würde. Man weiß nie, pflegte Vittorio seinem Sohn einzuschärfen, mit welchen Leuten man es zu tun hat, ob es nicht vielleicht potenzielle Kunden sind. Und man weiß nie, wie schnell sich die Bereitschaft einstellt, ein gepflegtes Gespräch mit einer kleinen Weinprobe zu verbinden. Das war bei Klosterschwestern, nahm er an, nicht anders.

Mutter Oberin begrüßte ihre Gäste gemeinsam mit Antonia auf der Treppe zum Klostereingang. Die Männer stellten die Kisten ab und verneigten sich liebenswürdig, wobei Vicenzo Antonia anstrahlte, die aussah wie eine orientalische Prinzessin. Sie hatte sich von Estrelita ein rotes Seidenkleid geliehen, dessen Oberteil dezent mit Perlen bestickt war. Es war ein Modell von Dior und für den Klosteralltag gänzlich ungeeignet. Nicht aber, wie Antonia fand, um ihren Liebsten zu empfangen.

»Vicenzo«, sagte sie. »Mein Geliebter.« Er gab ihr einen züchtigen Handkuss und hauchte ihr ins Ohr, wie schön sie sei in ihrem Kleid. »Wo ist Clara?«

»Sie ist ausgegangen«, sagte Antonia, zuckte die Schultern und wandte sich Vicenzos Vater zu. »Guten Tag, Herr Marasini. Ich bin Antonia Haimburg. Ich freue mich sehr, Sie kennen zu lernen.« Niemandem entging, dass sie ihr »von« weggelassen hatte, und es war diese Geste, die das Herz des alten Marasini rührte.

Wie jung und schön sie ist, dachte er, als er ihr die Hand gab. Er konnte seinen Sohn sehr gut verstehen. Doch warum musste es ausgerechnet eine Tochter aus dieser Familie sein?

Er war aus Gründen, die er seinem Sohn nicht vollständig offenbarte, ein entschiedener Gegner dieser Beziehung. Er liebte seinen Sohn und litt keineswegs unter mangelndem Selbstbewusstsein. Doch er wollte verhindern, dass Antonia Comtesse von Haimburg ihrer Familie und sämtlicher gesellschaftlicher Bindungen beraubt würde. Eine von Anfang an derart belastete Verbindung konnte, wie er wusste, nicht gut gehen.

»Es ist besser, wenn Gleich und Gleich sich heiraten«, hatte er Vicenzo ermahnt.

Sein Sohn hatte lediglich erwidert, er wisse, dass die Bedingungen nicht optimal seien. »Aber ich habe keine Wahl, dieses Mädchen ist mein Schicksal.«

Sein Vater hielt als Weinbauer nicht viel von Schicksal, er verließ sich lieber auf seine Erfahrung. Doch er redete nicht auf seinen Sohn ein. Spätestens, wenn Vicenzo Antonias Familie kennen lernen würde, spätestens dann würde er begreifen, was seinen Vater bewegte.

So war der Besuch im Kloster für Vittorio Marasini ein Kompromiss. Er würde vielleicht ein wenig Wein loswerden, und sein Sohn könnte, wie nebenbei, das Mädchen wiedersehen, dem er regelmäßig schrieb.

Sie begaben sich in ein kleines, düsteres Wohnzimmer, das der Mutter Oberin extra für Besuche dieser Art zur Verfügung stand. Es war ein Raum mit eingestaubten Gummibäumen und unbequemen, wackeligen Stühlen, die um einen viereckigen Tisch gruppiert waren. Auf dem Tisch standen frischer Tee, Kaffee und Gebäck.

»Setzen wir uns doch«, sagte Mutter Oberin. Sie gestand sich ein, dass sie den jungen Mann wirklich ungewöhnlich gut aussehend fand.

Es ist nur äußerer Schein, ermahnte sie sich und begann mit dem Vater des Jungen über Weinbau zu plaudern. Die jungen Menschen, stellte sie mit Erleichterung fest, wussten sich zu benehmen.

Tatsächlich tranken die beiden brav ihren Tee und aßen das trockene Gebäck. Sie rutschten mit ihren Stühlen ein wenig ab vom Tisch, während Vittorio Marasini seiner Lieblingsbeschäftigung nachging. Er dozierte über den Weinanbau in Italien im Unterschied zu Deutschland, er sprang auf und ließ es sich nicht nehmen, eine Flasche zu öffnen, damit die Mutter Oberin probiere und selbst beurteile.

Zwei Stunden später hatte Mutter Oberin eine kleine Lieferung in Auftrag gegeben und Antonia und Vicenzo gestattet, im Garten zu lustwandeln, während sie Vittorio den klostereigenen Weinkeller zeigte.

Und als sie sich weinselig und wortreich verabschiedete, fand die Mutter Oberin, dass der Nachmittag ganz ungewöhnlich erfolgreich gewesen war, die Haimburg-Eltern eine wohlerzogene Tochter hatten und keine Veranlassung bestand, sich Sorgen zu machen. Natürlich war an eine Vermählung der beiden nicht zu denken, aber das würde sich mit den ersten großen Bällen und weiteren Verehrern sicher von allein regeln. Bis dahin war nicht zu befürchten, dass Antonia Dummheiten anstellte.

Die Mutter Oberin stiftete die zwei Kisten Wein, die der nette Marasini ihr dagelassen hatte, ihren Mitschwestern noch am gleichen Abend, und als sie gefragt wurde, was es zu feiern gebe, rief sie beschwipst: »Gott hat viel Hässliches geschaffen, oh ja, doch einen Mann wie diesen Vicenzo, das kann er auch. Auf die Schönheit!«

Am nächsten Tag verschwand Antonia noch vor der Messe, was niemand bemerkte, denn die meisten Nonnen hatten einen Kater, auch wenn es niemand so nannte. Sie erschien nicht zum Unterricht und nicht im Refektorium zu den Mahlzeiten. Clara erklärte ihre Abwesenheit mit einer leichten Unpässlichkeit und stieß damit auf Verständnis wegen des allgemeinen Unwohlseins, das unter den Schwestern herrschte.

Antonia kehrte erst am frühen Abend zurück. Sie drückte sich an der Klosterpforte vorbei, als gerade eine große Gruppe von Mädchen hinausdrängte, ging in ihr Zimmer, umarmte ihre überraschte Schwester, und ihr Gesicht leuchtete. Feierlich sagte sie: »Vor Gott, Clara, vor Gott sind Vicenzo und ich jetzt Mann und Frau.«

Clara war entsetzt über Antonias Worte und wurde immer ratloser, je länger sie ihrer Schwester zuhörte. Am liebsten hätte sie sich die Ohren zugehalten und wäre aus dem Zimmer gelaufen. Sie verbot Antonia, den anderen auch nur ein Wort zu verraten. Antonia versprach es ihr.

Die meisten Mädchen waren entzückt von Antonias Verehrer und fanden den Umstand, dass er Italiener und Weinbauer und nicht standesgemäß war, aufregend.

Clara sagte: »Ich weiß nicht genau warum, aber ich würde gern ein paar junge Männer kennen lernen mit normalen Manieren, normalen Hobbys und ohne reichen Vater. Ich glaube, die sind ganz anders als die adligen, die wir so kennen.«

Und Margret fügte hinzu: »Sie sind anders, weil sie anders sein dürfen, adlig oder nicht.« Die anderen Mädchen nickten. Alle beneideten Antonia glühend um diesen Vicenzo. Estrelita wollte gerade erzählen, was sie von einfachen spanischen Burschen hielt, als Antonia die Augen nach oben verdrehte, vom Stuhl glitt und auf den Holzboden knallte.

Im selben Augenblick ging die Tür auf und die Mutter Oberin kam herein. »Clara, Antonia ...«, begann sie, bis ihr Blick auf die bewusstlose Antonia fiel, über die sich die andern gerade beugten. »Was ist hier los, Clara? Ich bitte um eine Erklärung.«

Clara und Margret bemühten sich, Antonia in die stabile Seitenlage zu drehen, wie sie es im Krankenpflegeunterricht gelernt hatten.

»Sie ist umgekippt, gerade eben.«

»Ein Schwächeanfall?«, fragte Mutter Oberin streng und ging mit raschen Schritten auf Antonia zu. »Estrelita, du holst Schwester Mariella von der Krankenstation und noch eine Helferin. Lauf schon.«

Estrelita rannte los, und die Mutter Oberin befragte die Mädchen, ob sie vielleicht zu viel und zu heftig getanzt hätten. Immer wieder warf sie einen forschenden Blick auf Antonia, bis Schwester Mariella geschäftig und besorgt in den Raum wallte. Dann bat sie Clara ihr zu folgen.

»Ich habe einen Anruf bekommen«, begann die Mutter Oberin, als sie mit Clara in ihrem Büro allein war. »Von eurer Großmutter. Ihr sollt sofort nach Hause kommen. Eurer Mutter geht es offenbar sehr schlecht.«

Clara sagte einen Moment lang nichts. »Wie schlecht?«, fragte sie schließlich mit leiser Stimme.

Mutter Oberin wandte ihren Blick ab. »Ich glaube, ihr Zustand ist sehr ernst. Sonst hätte eure Großmutter nicht darauf gedrängt, dass ihr den nächsten Zug nehmt.«

Clara nickte. Deswegen war Antonia umgekippt, dachte sie. Weil es Maman schlecht geht. Sie hat es gespürt, und es war zu viel für sie. Es ist auch zu viel für mich, dachte sie und spürte ein Gefühl großer Hilflosigkeit in sich aufsteigen.

»Ich kümmere mich um die Fahrkarten und um einen Wagen, der euch zum Bahnhof bringt«, sagte Mutter Oberin. »Geh jetzt packen.«

Zwei Stunden später saßen die beiden Mädchen blass und stumm im Zug nach Heidelberg.

»Sie wird doch nicht sterben«, sagte Clara. Es klang ängstlich und verzagt.

Antonia zuckte die Schultern. »Ich befürchte das Schlimmste«, sagte sie. »Sonst würden sie uns nicht ein paar Wochen nach Schuljahresbeginn nach Hause holen.«

»Ich kann nicht glauben, dass sie stirbt«, sagte Clara. »Sie ist doch noch jung.«

Antonia blickte starr vor sich hin, sie hatte ihre Mutter vorhin wie in einer Art Blitzlicht gesehen, bevor sie ohnmächtig geworden war. »Ich muss ihr von Vicenzo erzählen«, sagte sie mehr zu sich als zu ihrer Schwester.

Clara sah sie scharf an. »Du wirst sie schonen, hörst du?«, sagte sie eindringlich.

»Aber ich muss Maman doch die Wahrheit sagen«, war alles, was Antonia mit tonloser Stimme entgegnete.

Saba holte sie vom Bahnhof ab, es war bereits spät am Abend. Bärchen schlief, und so konnten die Schwestern vorläufig nicht zu ihr. Maximilian saß verstört im Salon, er war inzwischen zwölf Jahre alt und wusste, dass es seiner Mutter schlecht ging. Er war groß für sein Alter und hatte die blonden Haare, den hellen Teint und die blauen Augen seiner Mutter geerbt. Als er seine Schwestern umarmte, weinte er ungeniert. Seine Verzweiflung und die Starrheit im Gesicht ihres Vaters lösten in Clara Verstörung und große Traurigkeit aus.

Sie saß eine Weile mit ihrem Bruder bei ihrer Großmutter im Salon, während Antonia den Abend über umherging wie in Trance.

Am nächsten Morgen endlich durften die Schwestern ans Bett ihrer Mutter. Sie trug ein hellblaues Nachthemd, in dem sie zart und jung aussah. Sie war dünn geworden, lag kümmerlich und eingefallen in ihren Kissen, die Luise ihr in riesigen Mengen in den Rücken gestopft hatte.

Als sie ihre beiden Töchter sah, lächelte sie und küsste sie innig. »Wie schön ihr beide seid«, sagte sie. »Ich bin so froh, euch zu sehen.« Ihre Stimme klang matt, und es kam Clara vor, als bereite ihr das Sprechen Mühe.

»Maman«, sagte Clara und nahm die Hand ihrer Mutter. »Liebe Maman.« Sie konnte nicht verhindern, dass ihr die Tränen kamen.

Antonia blieb am Fußende des Bettes stehen und sah ihre Mutter durchdringend an, als müsste sie ihren Zustand geradewegs in sich einsaugen, um ihn zu begreifen.

»Erzählt mir etwas aus eurem Leben«, sagte Bärchen. »Was habt ihr gemacht in den letzten Wochen? Es ist doch euer Abschlussjahr auf St. Armgard. Hattet ihr eine schöne Zeit?«

Clara erzählte stockend von den gemeinschaftlichen Tanznachmittagen, von ihrem Klavierspiel, von den ersten Schulnoten. Die Kussübungen und Antonias Schwächeanfall erwähnte sie nicht.

»Und du, meine Süße«, fragte Bärchen und wandte sich an Antonia.

»Clara, kannst du bitte rausgehen?«, sagte Antonia.

Clara zögerte. »Lieber nicht, Antonia«, sagte sie und warf ihrer Schwester einen warnenden Blick zu.

»Wenn sie mir etwas anvertrauen will«, sagte Bärchen, »dann lass sie doch, Clara.«

Sie lächelte heiter und sah ihre ältere Tochter liebevoll an. Clara nickte und verließ das Zimmer. Vor der Tür blieb sie bangen Herzens stehen. Sie merkte, wie sie zitterte, sie fürchtete zu wissen, was Antonia ihrer Mutter erzählen wollte.

Als Maximilian auftauchte und sie fragend ansah, zog sie ihn weg von der Schlafzimmertür und ging mit ihm in die Küche. Luises Geschäftigkeit würde sie ein wenig ablenken.

»Ich wäre am liebsten die ganze Zeit bei Maman«, sagte Maximilian. »In der Schule herumzusitzen fällt mir schwer. Ich stelle mir manchmal vor, dass ich nach Hause komme und sie lebt nicht mehr.«

Clara überraschte die Offenheit ihres Bruders. Wie freimütig er über seine Empfindungen sprach. »Kannst du nicht ein paar Tage zu Hause bleiben?«

»Sicher könnte ich das. Aber Vater will es nicht. Vielleicht hat er ja Recht. Er meint, es würde mich nur noch unglücklicher machen. Am schlimmsten ist für mich, dass ich nichts tun kann. Nicht viel jedenfalls. Ich lese ihr vor oder ich halte ihre Hand, ich erzähle ihr von meinem Pferd oder von der letzten Jagd. Sie kann sich so freuen über Unternehmungen, die Vater und ich gemeinsam machen. Sie jammert nie und sie scheint keine Angst zu haben.«

Ja, dachte Clara, er hat Recht, aber vielleicht ändert sich das gerade durch das Gespräch mit Antonia.

Nach einer Stunde ließ Bärchen nach Clara rufen. Sie sah womöglich noch blasser aus und atmete schwer.

»Versprich mir, Clara«, sagte sie ohne Einleitung, »dass Antonia diesen Mann nicht heiratet. Auf keinen Fall einen Marasini, hörst du? Du musst mir glauben, ich weiß, was ich sage. Es liegt kein Segen auf dieser Verbindung. Und das nicht nur, weil er ein Bürgerlicher ist, es ist etwas anderes.«

»Was ist es?«, fragte Clara und nahm die Hand ihrer Mutter. »Bitte sag es mir.«

»Es ist ein Fluch«, sagte Bärchen leise, »ein Fluch liegt auf der Familie Marasini. Antonia wird es bereuen, wenn sie sich unserem Willen widersetzt. Mir geht es nicht nur darum, dass dein Vater einer solchen Verbindung nie zustimmen wird, mir geht es um etwas anderes. Es ist dieser Fluch.«

Bärchen schloss vor Erschöpfung die Augen und schlief auf der Stelle ein.

Clara verließ das Zimmer und suchte nach ihrer Schwester. Was sollte dieses Gerede von einem Fluch? Ihre Mutter hatte immer einen Hang zu Aberglauben gehabt, das wusste Clara, doch jetzt hatte sie das sichere Gefühl, den Grund für die Aufregung ihrer Mutter woanders suchen zu müssen.

Clara ging den langen Flur entlang.

»Niemals!«, sagte ihr Vater gerade laut und mit harter Stimme, als sie die Klinke des Herrenzimmers herunterdrücken wollte. »Niemals«, sagte er ein zweites Mal. »Und wie konntest du deine Mutter damit aufregen? Es liegt an diesem Bild, habe ich Recht? Aber es ist nur ein Bild, hörst du? Natürlich habe ich längst von diesem lächerlichen Besuch im Kloster gehört. Du und der Sohn Marasini! Ich habe die Mutter Oberin ermahnt, ihn und seinen Vater nie mehr vorzulassen. Und ich wäre persönlich vorbeigekommen und hätte dich mir vorgeknöpft, wenn es eurer Mutter nicht so schlecht ginge.«

Clara hörte wie ihr Vater erregt auf und ab ging.

»Aber ich habe nicht angenommen, dass du so dumm bist, ich habe es für lächerlichen Jungmädchenenthusiasmus gehalten und nicht angenommen, dass du es jemals so weit treiben würdest«, hörte sie ihren Vater sagen. »Wie konntest du deine Mutter derart aufregen!«

»Aber verstehst du denn nicht, Vater«, sagte Antonia. Sie klang erstaunlich ruhig. »Ich halte es für meine Pflicht als Tochter, Maman nicht anzulügen. Und ihr vorzuenthalten, dass Vicenzo und ich heiraten werden, käme einer Lüge gleich. Ich will sie nicht hintergehen. Es gibt keinen Grund, sich der Liebe zu schämen.«

»Hör sofort mit diesem Gerede von Liebe und Heiraten auf!«, fuhr ihr Vater sie an. »Es wird keine Heirat geben. Schluss! Bevor wir beide weiter miteinander reden, möchte ich jetzt sehen, wie es Bärchen geht.«

Er stürmte hinaus und wäre beinahe mit Clara zusammengestoßen. »Lauschst du etwa?«, fragte er böse und ging, ohne eine Antwort abzuwarten, an ihr vorbei.

Clara sah ihre Schwester ängstlich an. »Antonia, was hast du getan?«

Antonias Gesicht glühte, als hätte sie Fieber.

»Was hast du Maman erzählt?«

Antonia blickte an ihrer Schwester vorbei, als sähe sie eine Erscheinung. »Komm, gehen wir, bevor Vater zurückkommt«, sagte sie und zog Clara fort.

19

Natürlich brachen in meinem alten Zimmer die Erinnerungen noch vehementer hervor. Es verging kaum eine Nacht, in der ich nicht von meiner Mutter und meinem Bruder träumte, gelegentlich auch von meinem Vater und Antonia. Es waren keine schönen Träume.

Die Situation im Krankenhaus war wenig verändert. Antonia bewegte sich zwar, schlug gelegentlich auch um sich, wachte jedoch nicht auf. Ich fuhr jetzt nur noch jeden zweiten Tag zu ihr. Mein Kontakt zu Bernhard Moser war abgekühlt, Winnie war mit Michael nach Würzburg entschwunden. Ich erhielt kurze, mit krakeliger Schrift verfasste Briefe von dem Jungen, schrieb ihm gewissenhaft zurück und lud ihn ein, mich zu besuchen.

Gemeinsam mit der unermüdlichen Luise umsorgte ich meine Großmutter. Sie wurde wieder kräftiger, schien mir, aber ihre Lebensfreude wollte nicht zurückkehren.

»Ich bin alt, Clara. Ich kann nicht ewig leben«, sagte sie. »Das Alter ist eigentlich bis jetzt gut zu mir gewesen. Keine wesentlichen Krankheiten, nur ein langsames Dahinschwinden der Kraft.«

Irgendwann erzählte ich ihr lang und ausführlich von meinem Gespräch mit Moser. Sie nickte, während ich sprach, und unterbrach mich kein einziges Mal. Als ich fertig war, ließ sie sich Zeit mit einer Antwort.

»Der Mann ist klug«, sagte sie schließlich. »Er hat wohl in vielen Dingen Recht. Aber ob du mit deinem Vater sprechen willst und wie, das musst du selbst entscheiden. Ich habe im Augenblick längere und intensivere Gespräche mit ihm als früher. Wir nähern uns wieder an. Der nahende Tod stimmt die Menschen milder.«

Ich wollte nichts hören von nahendem Tod, schon gar nichts von ihrem, holte ihr frische Blumen aus dem Garten und machte anschließend einen langen Spaziergang durchs Dorf. Es lag freundlich und warm in der Sonne, eine ländliche Idylle, vertraut und tröstend. Auf schrille Kleidung verzichtete ich, ich wollte nicht aussehen wie ein Knallbonbon. Ich kaufte ein und brachte frische Blumen zum Friedhof, wie ich es häufig getan hatte in den letzten Wochen.

Dann besuchte ich Anna, die inzwischen aus dem Urlaub heimgekehrt war. Sie war besorgt um meine Großmutter, fragte nach Antonia, war jedoch einsilbig, als es um den ersten Selbstmordversuch ging. »Sie ist schlafgewandelt, wie früher. Sie wusste nicht, was sie tat.«

»Aber etwas muss passiert sein, Anna«, sagte ich und schüttelte den Kopf. »Sie wollte heiraten. Sie war nach all den Jahren wieder voller Hoffnung.«

»Nein«, sagte Anna. »Hoffnung würde ich es nicht nennen. Sie war zufriedener und ausgeglichener als die Jahre davor, das ja, aber ich hatte nicht den Eindruck, dass sie ihrem Leben mit Baron Kloiber voller Hoffnung und Freude entgegensah.«

Ich knurrte giftig – wer konnte Antonia das verdenken? – und erzählte Anna, dass ich unsere Fee mitgebracht hätte, in der Hoffnung, sie könnte Antonia aufwecken.

»Gut«, sagte Anna und nickte. »Ich habe Elisabetta immer gemocht.« Sie erkundigte sich nach meinem Vater. Ich sagte ihr, er wirke zwar gebrochen, ja verbittert, aber immer noch unnachgiebig.

»Ich wünsche ihm so sehr, dass er zur Ruhe kommt«, sagte sie, während sie in der geräumigen Küche umherging und Kaffee zubereitete. »Aber das kann er nicht, solange Antonia nicht aufwacht.«

Sie erzählte mir von den Beobachtungen ihres Mannes Peter, der immer noch für meinen Vater arbeitete. Er hatte ihn lange Stunden am Schreibtisch sitzen sehen, bewegungslos vor sich hinblickend und der Zeit entrückt, war dabei gewesen, wie er voller Energie zur Jagd ging und dann regungslos auf seinem Hochsitz hockte und in den Wald starrte. »Er ist mit seinen Gedanken in der Vergangenheit, meint Peter. Und niemand kann ihn dahin begleiten.«

Vielleicht doch, dachte ich und beschloss in dieser Sekunde, mit meinem Vater zu sprechen.

»Weißt du was, an was ich manchmal denke?«, sagte Anna, als wir uns zum Abschied küssten. »An das, was deine Mutter damals gesagt hat. Dass über der Familie Marasini ein Fluch liegt. Weiß du noch, wie sehr sie sich aufgeregt hat?«

Ich nickte. Natürlich wusste ich es noch.

»Es ist seltsam, dass sie uns nicht erzählen wollte, um was für einen Fluch es sich handelt.«

Ja, wir haben es nicht erfahren. Aber ich war überzeugt davon, dass meine Mutter es mir erzählt hätte. Sie hatte nur keine Zeit mehr dazu.

Den Anfang zu machen, dachte ich, wird das Schwerste. Doch es stellte sich heraus, dass es noch schwieriger war, den richtigen Zeitpunkt zu finden. Mein Vater ging weiterhin an mir vorbei, als existierte ich nicht, er verließ das Zimmer meiner Großmutter oder den Salon, sobald ich hereinkam. Ich wagte nicht, ihn spät abends im Herrenzimmer aufzusuchen, einem Raum, der so ganz und gar seiner war und mit dem mich keine angenehmen Erinnerungen verbanden. Ich stellte fest, welche Angst ich vor seiner Schroffheit und seiner Ablehnung hatte, und ärgerte mich gleichzeitig darüber. Aber ich wusste auch, dass die Angst nicht unberechtigt war. Würde er mich wieder zurückstoßen, würde eine Versöhnung unendlich schwierig werden.

Eines Abends klopfte ich an seine Tür. Ich konnte es nicht länger aufschieben. »Herein«, sagte er, als hätte er mich erwartet.

Er saß im Dunkeln, nur eine kleine Tischlampe brannte hinter seinem Sessel.

»Kann ich mit dir reden?«, fragte ich. Er machte eine Handbewegung auf das Sofa hin, das von seinem Sessel weit entfernt stand. Ich setzte mich dorthin, dieser Platz war mir lieber, als der Sessel ihm gegenüber.

»Also?«, fragte er wenig verbindlich. Jetzt, als die Situation da war, fiel mir nicht mehr ein, was ich sagen wollte. Ich fürchtete, ins Stocken und Stottern zu geraten, sobald ich anfinge.

»Clara«, sagte mein Vater. »Ich ahne, was du willst. Und es tut mir Leid, dass ich nicht so kann, wie es vielleicht wünschenswert und auch vernünftig wäre. Aber ich kann nicht vernünftig sein, die Enttäuschung über dich sitzt zu tief.«

»Enttäuschung?«, flüsterte ich.

»Du«, sagte er anklagend. »du hast dich abgewandt, als ich dich gebraucht hätte. Du hast eigenwillig und eigensinnig Entscheidungen gefällt zu einem Zeitpunkt, als wir hätten zusammenstehen müssen. Du hast mich enttäuscht und du warst egoistisch und feige.«

Ich schwieg. Mein Gott, ich hätte nicht für möglich gehalten, dass er es immer noch so sah. So sah wie damals. Ohne den geringsten Unterschied.

Mein Vater schloss die Augen, als könnte er meinen Anblick nicht ertragen.

»Lass uns einfach mal nicht von mir sprechen«, sagte ich. »Lass uns von Antonia sprechen. Ich möchte herausbekommen, was sie dazu getrieben hat zu springen.«

Er zuckte die Schultern. »Ich weiß es nicht und auch sonst niemand. Was würde es auch nützen, wenn wir es wüssten? Es würde an ihrem momentanen Zustand nichts ändern.«

Immer noch hielt er die Augen geschlossen. Ich wagte zu fragen, was ich all die Jahre nie gefragt hatte. »Vater, was genau war es, was Maman mit dem Fluch meinte, der auf der Familie Marasini liege?«

Mein Vater öffnete die Augen, kniff sie zusammen und fixierte mich wie ein wachsames Tier. »Sie hat es dir nicht gesagt? Das wundert mich. Ich dachte, sie hätte mit dir darüber gesprochen. Antonia jedenfalls hat sie es erzählt.«

»Woher weißt du das?«

»Von Antonia. Es hat damals zu ihrem Entschluss beigetragen, das Schloss nicht zu verlassen, hierzubleiben. Bei mir, trotz allem, was zwischen uns vorgefallen war.«

»Kann ich es dann auch erfahren?«

»Warum?« Die Wachsamkeit verschwand nicht aus seinen Augen. Er traute mir nicht. »Wozu soll das gut sein?«

Mir fiel keine Antwort ein, ich spürte, wie ich wütend wurde. Ich stand auf. »Schade, dass du es mir nicht erzählen willst«, sagte ich kühl.

Er schloss die Augen wieder und sagte: »Lass mich jetzt bitte allein.«

Ich ging. Draußen atmete ich einmal tief durch. Er war nicht unfreundlich gewesen, aber auch nicht gerade entgegenkommend. Von einer Versöhnung oder auch nur einer Annäherung zwischen uns konnte keine Rede sein. Und wieso war er so abweisend, als ich ihn nach dem Fluch fragte, der angeblich auf der Familie Marasini lag? Ich war plötzlich sicher, dass die Befürchtungen meiner Mutter und ihr Gerede von einem Familienfluch der Schlüssel für vieles wären. Und dass mein Vater seine Gründe hatte, mich nicht einzuweihen. Ich musste mit jemandem reden.

Ich klopfte und rechnete damit, dass er nicht öffnen würde. Aber er kam, das blonde Haar zerzaust wie ein ungepflegter Rasen.

»Clara«, sagte er und lächelte. »Na endlich. Ich dachte schon, ich sehe Sie nur noch im Krankenhaus, und das ja auch immer seltener.«

Ich holte tief Luft, um ihm zu erklären, warum ich gekommen sei. Aber ich merkte, wie meine Stimme versagte. Meine Augen füllten sich mit Tränen. »Ich habe getan, was Sie gesagt haben«, flüsterte ich, »ich habe versucht, mit meinem Vater zu reden. Er hat mich weggeschickt.«

Der Doktor erwiderte nichts, sondern zog mich in seine Wohnung und nahm mich in den Arm. »Schschscht«, sagte er, als wäre ich ein Kind, das man beruhigen muss. Und dann wollte ich mich nicht mehr beruhigen. Ich wollte nur noch in seiner Diele stehen, mich an ihn lehnen und die nächsten tausend Jahre in seinen Pullover weinen.

Ich hörte damit auf, weil der Doc es so wollte. Er fing an, mir die Tränen aus dem Gesicht zu küssen. Ich küsste ihn zurück und fühlte mich gleich besser.

Ich weiß, andere Leute würden jetzt eine genaue Beschreibung dessen abliefern, was sich dann ereignete. Ich gehöre nicht zu diesen Leuten. Ich habe nichts gegen Sex, bestimmt nicht. Dafür gibt es Zeugen, wenn auch nicht viele. Aber ich spreche nicht gern darüber. Erziehung oder angeborene Prüderie oder die Jahre im Kloster, es ist mir gleich, was andere glauben.

Ich finde, man sollte nicht so viel Gewese machen um Dinge, in denen man richtig gut ist.

Es war unsere erste gemeinsame Nacht, und wir waren gut, der Arzt meiner Schwester und ich. Es war der Beginn einer wundervollen Liebesgeschichte, aber das wusste ich damals noch nicht.

Ich erklärte ihm, ich wollte ihn trotzdem weiter Doc nennen, und er lachte und zog mich an meinen kleinen Ohrläppchen. »Diese aristokratischen Ohren«, sagte er zärtlich. »Habt ihr alle so zierliche Hörorgane?« Ja, hatten wir. Alle drei Kinder.

Wir liebten uns und aßen zwischendurch Käse und Weißbrot und tranken Wein. Aber das war nicht alles.

In dieser Nacht erzählte ich Doc von meinem Bruder Maximilian.

20

Bärchens Zustand hatte sich nach dem Streit mit Antonia rapide verschlechtert. Sie phantasierte, redete wirr und hatte hohes Fieber. Doktor Eberle kam täglich, gab ihr Spritzen und schmerzstillende Medikamente. Die Diagnose, erfuhr Clara, lautete Leukämie, und der Arzt machte keinen Hehl daraus, dass er Bärchen lieber im Krankenhaus als im Schloss gesehen hätte. Dort hatte sie aber immer wieder Wochen zugebracht, und jetzt wollte sie zu Hause bleiben. Eduard erklärte dem Arzt steif, er würde den Wunsch seiner Frau auf jeden Fall respektieren. Er übertrug Peter Schrink sämtliche Pflichten und wich kaum von ihrem Bett.

Luise kochte, machte die Wäsche und putzte Silber, um sich abzulenken. Sie seufzte viel und schickte häufig nach Anna, um Trost und Gesellschaft zu haben. Theresa und Hugoline kümmerten sich um den Haushalt und die Besucher, unter anderem Bärchens Eltern, die, untröstlich und hinfällig, in einem der Gästehäuser untergebracht und betreut wurden. Bärchens Vater war erblindet und auf die Hilfe seiner Frau angewiesen. Sie saßen täglich bei ihrer Tochter, wussten jedoch wenig zu sagen und zogen sich bald wieder zurück. Die übrige Zeit wollten sie für sich sein, sie hielten Hugoline und Theresa auf Distanz und zeigten wenig Interesse an ihren Enkeln.

»Das war eigentlich schon die ganzen Jahre so«, sagte Großmutter Theresa. »Mein Bedauern darüber hält sich in Grenzen.«

Clara verbrachte viel Zeit mit Maximilian, der missmutig zur Schule ging und jeden Tag in der Angst nach Hause kam, seine Mutter würde nicht mehr leben. Seine sprühende Fröhlichkeit hatte er fast gänzlich verloren.

Bärchen lebte auf, als Onkel Guido zu Besuch kam. Er brachte sie mit Geschichten aus seinem Kloster zum Lachen und sprach mit ihr ganz offen über den Tod.

»Sterben ist nichts, was du fürchten musst«, sagte er. »Gott wird dich in Liebe bei sich aufnehmen.«

In Frieden zu sterben sei eine große Gnade, sagte Guido, aber nur wenigen Menschen vergönnt. »Immerzu laufen die Leute herum, jagen nach mehr Reichtum, mehr Ruhm, mehr Macht, mehr Liebschaften. Bis sie irgendwann zusammenbrechen und erkennen, dass das Einzige, was sie wirklich glücklich macht, innerer Friede ist.«

»Aber ich hatte nicht sehr viel Gelegenheit, herumzulaufen in der Welt«, wandte Bärchen ein. »Die Zeit geht so schnell vorbei. Muss das Leben so schwer und schmerzhaft sein?«

»Nur Schmetterlinge und Vögel haben ein leichtes Leben«, sagte Guido. Und sehr zum Ärger seines Bruders sagte er noch viele andere Dinge, und Bärchen hörte gebannt zu. Eduard war eifersüchtig auf die seltsame Intimität, die zwischen Guido und seiner Frau bestand. Sein Bruder war ihm ganz und gar fremd, und er machte sich nicht die geringste Mühe, ihm näher zu kommen. Er wollte ihn so schnell wie möglich wieder aus dem Haus haben.

Doch Bärchen wünschte sich, dass er bliebe. Sie fühlte, wie ihr nach den Gesprächen mit Guido leichter ums Herz wurde. Sie wurde ruhiger und heiterer, und Doktor Eberle stellte zufrieden fest, dass seine Patientin sich erholte.

Bei all der Geschäftigkeit im Haus achtete keiner auf Antonia außer Clara. Der Ausdruck von Erhitztheit war seit dem Streit mit ihren Eltern nicht mehr aus dem Gesicht ihrer Schwester verschwunden, sie lief entweder ruhelos durchs Dorf oder saß apathisch in ihrem Zimmer. Sie erschien nicht zu den Mahlzeiten und aß kaum etwas von dem, was Luise ihr auf einem Tablett brachte. Wahrscheinlich hat sie Fieber bekommen, dachte Clara. Wie immer, wenn sie sich aufregt. Sie redete ihr gut zu, ermahnte sie, im Bett zu bleiben, doch dafür war Antonia zu unruhig.

»Willst du mir nicht erzählen, was es mit diesem Fluch auf sich hat, von dem Maman sprach?«, bat Clara.

Antonia schüttelte den Kopf. »Ich habe auch nicht mehr erfahren als du. Ein Fluch liegt auf dieser Familie hat sie gesagt, mehr nicht. Sie wird es mir vielleicht noch erzählen, aber im Augenblick will sie mich nicht sehen. Es regt sie zu sehr auf, hat sie mir ausrichten lassen. Und mit Vater zu sprechen hat überhaupt keinen Sinn.« Täglich fragte Antonia ängstlich, ob es Bärchen besser oder schlechter gehe und sie wirkte sichtlich erleichtert, als sie hörte, dass sich ihr Gesundheitszustand langsam stabilisiere. »Das ist gut«, sagte sie und lächelte das erste Mal seit Tagen ihre Schwester an. »Denn Vicenzo wird kommen und um meine Hand anhalten. Er muss es tun. Ich erwarte ein Kind.«

Der Tag, an dem Vicenzo Marasini kam, war stürmisch und kühl. Es regnete und der Wind pfiff um die Tannen im Schlosshof. Antonia wartete am Ortseingang auf ihren Liebsten, in einen dicken Mantel mit Kapuze gehüllt, einen großen Schirm über sich haltend. Vicenzo war mehrere Stunden mit seinem Motorrad durch den Regen gefahren, er fror und war völlig durchnässt. Antonia setzte sich auf den Sozius der großen Maschine und schrie Vicenzo den Weg zum Wäldchen ins Ohr. Dort befand sich ein niedriger Holzverschlag, in dem er sein Motorrad unterstellen konnte.

»Hier steht es trocken. Es ist besser, wenn du damit nicht im Dorf herumfährst. Du fällst zu sehr damit auf«, sagte sie. Dann brachte sie ihn im Dorfgasthaus unter und erzählte nur Clara von seiner Ankunft. Die schüttelte den Kopf. »Antonia, du musst verrückt sein. Papa wird Vicenzo rausschmeißen. Ganz einfach rausschmeißen. Er wird ihn nicht mal anhören.«

Antonia schüttelte auch den Kopf. »Das wird er nicht«, sagte sie. »Nicht, wenn er weiß, dass ich ein Kind erwarte.«

Clara sah Antonia zweifelnd an. »Bist du wirklich ganz sicher, dass du ein Kind bekommst von Vicenzo?«, fragte sie leise.

»Ja«, sagte Antonia. »Ich bin am Anfang des dritten Monats.«

Der nächste Tag war sonnig und windstill. Maximilian kam früher aus der Schule, weil einer seiner Lehrer eine Magenverstimmung hatte. Er lief durch das Wäldchen hinter dem Schloss nach Hause, wie es seine Schwestern auch all die Jahre gemacht hatten, als sie die Dorfschule besuchten. Er ging an dem Holzverschlag vorbei und entdeckte hinter der angelehnten Tür Vicenzos Motorrad. Eine Moto Guzzi, feuerrot. Fassungslos strich er mit der Hand über die Ledersitze und über den chromblinkenden Lenker. Der Schlüssel steckte, was Maximilian nicht überraschte. Alle Moped- und Motorradfahrer im Dorf ließen ihre Schlüssel stecken, kein Zweirad war je gestohlen worden. Maximilian lief ins Schloss zu Clara. »Weißt du, wem das Motorrad hinter dem Haus gehört?«, fragte er atemlos. Meinst du, ich kann es ausleihen? Nur für ein, zwei Stunden?«

Clara runzelte die Stirn. »Nein, besser nicht«, sagte sie. »Es gehört jemandem, den wir nicht sehr gut kennen. Er muss wahrscheinlich heute Nachmittag schon wieder fort.«

Maximilian aß mit großem Appetit Luises Nudelauflauf und dachte die ganze Zeit darüber nach, wie er Clara dazu bringen könnte, ihm zu sagen, wem die Maschine gehörte. Dann würde er den Betreffenden um Erlaubnis fragen, eine Runde drehen zu können. Nur eine kleine. Natürlich wäre es auch möglich, sich die Maschine heimlich zu nehmen. Aber Maximilian war zur Ehrlichkeit erzogen worden. Unehrlichkeit war nur in Notfällen erlaubt.

Sein Vater kam ins Esszimmer und lächelte seinen beiden Kindern flüchtig zu. »Clara, ich habe mit der Mutter Oberin gesprochen. Ich denke, ihr fahrt morgen zurück, jetzt, wo es Maman so viel besser geht. Sonst verpasst ihr zu viel. Kümmere dich um das Gepäck und die Fahrkarten und sag deiner Schwester Bescheid. Und könnte einer von euch beiden heute nachmittag bei Doktor Eberle vorbeigehen und ein Rezept abholen?«

»Ich erledige das gleich nach dem Essen«, sagte Maximilian eifrig.

Sein Vater nickte. »Ich habe noch kurz in meinem Arbeitszimmer zu tun und bin dann den Nachmittag über mit Peter Schrink unterwegs«, sagte er. »Es wird wahrscheinlich spät.«

Clara ging sorgenvoll in ihr Zimmer und begann zu packen. Antonia ist wahrscheinlich bei Vicenzo, dachte sie. Vielleicht sind ja beide zur Vernunft gekommen und verschieben ihr Vorhaben. Vielleicht erwischen sie Vater auch nicht mehr. Sie seufzte und legte ihre Schulbücher in den Koffer.

In diesem Augenblick stürzte ihre Großmutter ins Zimmer. »Clara«, rief sie aufgeregt, »einer von euch muss sofort zu Doktor Eberle. Bärchen geht es plötzlich sehr schlecht. Sie fühlt sich ganz schwach und hat starke Schmerzen. Dein Vater ist schon weg. Guido ist jetzt bei ihr, aber sie verlangt nach dem Arzt. Ich habe schon angerufen bei Dr. Eberle, aber seine Frau sagt, er macht Hausbesuche. Er wollte zu den Wagners, dem alten Fritz und zur Familie Grammlich. Keiner von ihnen hat Telefon. Lauf dort vorbei, so schnell du kannst, und schaff den Doktor her!«

Clara sprang auf und lief ins Zimmer ihres Bruder. »Max«, rief sie. »Bist du schon weg?«

Max war gerade dabei, sich einen dickeren Pullover anzuziehen. »Ein Notfall«, sagte Clara atemlos. »Maman geht es schlechter. Vergiss das Rezept. Du musst Doktor Eberle finden. Er ist bei den Wagners oder beim alten Fritz drüben oder bei der Familie Grammlich. Ich laufe zu Wagners, du übernimmst Fritz und die Grammlichs.«

Sie wartete seine Antwort nicht ab, sondern rannte sofort los.

Ein Notfall, dachte Maximilian. Ich bin viel schneller, wenn ich das Motorrad nehme. Wenn es um Maman geht, hat bestimmt niemand etwas dagegen. Er zog noch eine dicke Jacke über den Wollpullover und stürmte los.

Es war sonnig draußen, der Regen vom vergangenen Tag war getrocknet, die Straßen zwar holperig, aber nicht rutschig. Ich werde nicht lange brauchen, dachte Maximilian, obwohl die Familien ziemlich weit auseinander wohnten.

Ächzend schob er die Maschine aus dem Schuppen und den kleinen Waldweg entlang bis zum Beginn der Kiesstraße, die ins Dorf führte. Sie war schwerer, als er angenommen hatte. »Mein Gott«, murmelte er halblaut. Er stieg auf, ließ das Motorrad mit riesigem Getöse an, fuhr los. Er spürte die Kraft des Motors unter sich und brauste, so schnell er konnte, zum alten Fritz.

»Nur Mut«, sagte Antonia zu Vicenzo. »Meiner Mutter geht es viel besser, und ich glaube, das stimmt meinen Vater milder. Wenn du mit ihm gesprochen hast, kannst du hinterher noch meine Mutter begrüßen.«

Vicenzo nahm ihre beiden Hände und küsste sie abwechselnd. »Ich liebe dich von Herzen«, sagte er. »Ich liebe unser Kind. So wird es immer sein. Ob dein Vater nun seine Zustimmung gibt oder nicht.« Er trug einen dunkelblauen Anzug, in dem er seltsam feierlich aussah. »Komm«, sagte er zu Antonia. »Lass uns gehen.«

Sie gingen durchs Dorf in Richtung Schloss, Hand in Hand, sichtbar für alle, verfolgt von neugierigen Blicken. Antonia stolzierte mit hoch erhobenem Kopf, ohne rechts und links zu schauen oder jemanden zu grüßen.

Clara rannte so schnell sie konnte zu den Wagners, wo sie zu ihrer großen Erleichterung Doktor Eberle vorfand. Er saß in der Küche und trank Kaffee mit dem Bauern, dessen Frau schwanger war. »Können Sie gleich zu meiner Mutter kommen? Es geht ihr wieder schlechter«, rief sie aufgeregt.

Doktor Eberle stand sofort auf, verabschiedete sich, und im Laufschritt eilte er zusammen mit Clara ins Schloss.

Als sie dort ankamen, traf auch gerade Pfarrer Ferdinand ein. »Ich kann es nicht glauben«, murmelte Doktor Eberle fassungslos, als er Bärchen sah. Sie fieberte und stöhnte, trotz der kalten Umschläge, die Großmutter Theresa machte. Guido betete still in einer Ecke, Hugo telefonierte herum und versuchte, Eduard zu erreichen. Die Chancen standen schlecht. Er war mit Peter Schrink in den Wald gefahren, und es war gut möglich, dass sie bis zum frühen Abend dort bleiben würden, fern ab von jedem Telefon.

Maximilian erfüllte trotz der Sorge um seine Mutter ein großes Glücksgefühl. Der Wind riss seine Haare nach hinten, die Maschine ließ sich leicht steuern und lag sicher auf der Straße. Er war immer wieder auf verschiedenen Motorrädern gefahren, Saba hatte ihn unterwiesen, und sein Vater hatte nichts dagegen gehabt, fand es aber zu früh für eine eigene Maschine. Er hat Recht, dachte Maximilian, als er durchs Dorf knatterte. Ich bin ja erst zwölf. Aber wenn er mich jetzt sehen würde, wäre er stolz auf mich.

Beim Bremsen vor dem Hof des alten Fritz rutschte er leicht nach vorn, doch er brachte die Maschine zum Stehen. Doktor Eberle war nicht da, und so machte sich Maximilian gleich wieder auf den Weg.

Er fuhr jetzt schneller. Das Haus der Grammlichs lag am anderen Ende des Dorfs. Den Gedanken, dass Clara den Arzt vielleicht schon gefunden hatte, wischte er weg. Er hoffte es und war dennoch froh, einen Grund zu haben, seine Fahrt fortsetzen zu können.

»Es kommt mir so vor, als wäre das Maximilian auf deinem Motorrad«, sagte Antonia, als sie die Dorfhauptstraße entlanggingen. Sie blieben stehen. Vicenzo kniff die Augen zusammen und sah dem herankommenden Fahrzeug entgegen. Der Junge ist zu klein für die Maschine, dachte er. In diesem Augenblick schoss ein Hund hinter einer Katze her, quer über die Straße. Der Junge riss erschrocken den Lenker herum, um auszuweichen. Er schlitterte auf dem lockeren Kies, bremste zu hart, flog in hohem Bogen über den Lenker und krachte gegen eine Betonmauer. »Maximilian«, schrie Antonia und begann zu laufen. Sie erreichte ihn in einer Minute und beugte sich zu ihm hinunter. Ihr Bruder lag bewegungslos und verkrümmt vor der Mauer.

In die Stille hinein läutete eine ferne Kirchenglocke.

Der Dorfschmied kam aus seiner Werkstatt gelaufen, sah den verletzten Jungen und brachte ihn so schnell er konnte ins nächstgelegene Krankenhaus. Antonia und Vicenzo begleiteten ihn.

Im Kreiskrankenhaus brachte man Maximilian sofort in den Operationssaal. Während Antonia mit weit aufgerissenen Augen aus dem Fenster starrte und Vicenzos Hand umklammerte, rangen die Ärzte um das Leben ihres Bruders.

In dem Moment, als ihr Sohn verunglückte, erschien vor Bärchens Augen ein blasses Bild. Es zeigte einen Reiter, der ihr zuwinkte. Er schien mitten durchs Zimmer zu traben, durch alle Anwesenden hindurch. »Der Todesreiter«, dachte Bärchen. »Also habe ich noch drei Tage.« Aber hatte sie nicht schon vor drei Tagen von dem Reiter geträumt?

Sie verspürte keine Angst, sie wusste, dass sie sterben würde. Es war unausweichlich. Also winkte sie Pfarrer Ferdinand zu sich heran und betete mit ihm.

»Eduard konntet ihr wahrscheinlich nicht erreichen«, sagte sie später mit matter Stimme. »Aber wo ist Antonia? Wo ist Maximilian?«

»Sie werden beide jeden Moment hier sein«, sagte Theresa.

Bärchen nickte, aber sie fühlte, wie sie schwächer wurde. Sie umfing die Anwesenden mit einem letzten Blick. Dann schloss sie die Augen.

Clara sah ihre Mutter an und begriff, dass sie starb. Sie begann leise und tonlos zu weinen.

»Geh hinaus«, sagte Großmutter Theresa sanft.

»Nein«, sagte Clara und strich ihrer Mutter über die Wange.

»Auf Wiedersehen, Maman«, sagte sie leise. »Auf Wiedersehen.«

Die anderen standen schweigend um Bärchens Bett herum.

»Sie ist von uns gegangen«, sagte Doktor Ebele schließlich. Clara bemerkte, wie seine Hand zitterte, während er Bärchen den Puls fühlte und schließlich resigniert aufgab. Hugo schluchzte auf, und Clara verließ das Zimmer, jetzt wollte sie für sich allein sein.

Eduard hatte mit Peter Schrink einen sonnigen und langen Tag im Wald verbracht. Sie waren weit gelaufen, hatten bestimmte Gehölze inspiziert und kehrten gegen sieben Uhr am frühen Abend ins Dorf zurück. Der Graf lud seinen Gutsinspektor auf ein Bier in den »Dorfkrug« ein.

Sie traten ein, und alle Gespräche verstummten. Die Männer sahen Eduard an wie einen Geist, einige zogen ihre Mütze und Hüte. Der Besitzer des Dorfkrugs, den alle nur Thekenwilli nannten, sah abwechselnd Peter Schrink und den Grafen an und schaltete am schnellsten. »Sie waren wohl den ganzen Tag draußen, Herr Graf. Es ist besser, wenn Sie ganz schnell ins Schloss gehen«, sagte er leise. Eduard stutzte.

»Ist etwas mit meiner Frau?«, fragte er und trat an den Tresen. »Nun sag schon.«

»Ja«, flüsterte Thekenwilli und duckte sich ein wenig. »Und da ist noch etwas. Sie können's nicht wissen, weil Sie heute Nachmittag nicht da waren. Ihr Sohn ist mit einem Motorrad verunglückt. Der Schmied hat ihn ins Krankenhaus gefahren, gemeinsam mit Ihrer Tochter Antonia und einem Fremden.«

Der Graf war blass geworden, ihn schwindelte. Er vermied es, einen der Männer anzusehen, nahm sein Gewehr und stürzte hinaus.

Im Schloss herrschte heillose Aufregung. Theo, der kleine Sohn des Schmieds hatte die Nachricht von Max und seinem Unfall hierher getragen, eine halbe Stunde nach Bärchens Tod. Während Großmutter Theresa augenblicklich das Krankenhaus anrief, brachte die weinende Luise den kleinen Theo nach Hause und berichtete dort vom Tod der jungen Gräfin. Die traurige Nachricht verbreitete sich sofort im Dorf, alle zeigten sich betroffen über das so unerwartete Ableben von Bärchen, der es doch vorübergehend so viel besser gegangen war.

Saba fuhr ins Krankenhaus, Clara bestand darauf, ihn zu begleiten. Großmutter Theresa erfuhr am Telefon, dass die Verletzungen dramatisch waren, mehr konnte man ihr vorläufig nicht sagen.

Gemeinsam mit ihrer Schwester, Pfarrer Ferdinand und Guido wartete sie voller Ungeduld auf Eduard. Alle beteten zu Gott, er möge an Max ein Wunder wirken.

Eduard brach am Bett seiner toten Frau zusammen. Ein Weinkrampf schüttelte ihn, der nicht aufhören wollte. Er konnte sich nicht verzeihen, Bärchen in der Stunde ihres Todes allein gelassen zu haben. Er war unempfänglich für Trost und er war kaum imstande aufzunehmen, was seine Mutter ihm leise und stockend über seinen Sohn sagte.

Zwei Stunden später rief Saba aus dem Krankenhaus an. Großmutter Theresa hörte ihm schweigend zu. Die anderen sahen sie erwartungsvoll an. Als sie den Hörer auflegte, blickte sie in die ängstlich gespannten Gesichter und schüttelte langsam den Kopf. »Es sollte nicht sein«, sagte sie leise. »Es ist vorbei.«

Maximilian hatte bei dem Unfall durch die Wucht des Aufpralls einen Schädelbruch erlitten. Daran und an einem Riss in der Milz war er gestorben.

21

»Das ist eine der schlimmsten Tragödien, von denen ich gehört habe«, sagte Doc.

Ich nickte. Ich hatte es damals genauso empfunden und ich dachte heute noch oft mit dumpfem Schmerz an den Todestag meiner Mutter und meines Bruders.

Es war Sonntag, und wir gingen am Neckar entlang. Nicht viele Menschen waren unterwegs. Das Wetter hatte umgeschlagen. Es war inzwischen Oktober, windig und kühl.

»Ich kann verstehen, dass dein Vater außer sich war«, sagte Doc. »Seine Frau zu verlieren, nachdem er wieder so voller Hoffnung für sie war. Es muss schrecklich gewesen sein für ihn. Aber am gleichen Tag, Stunden später, auch noch den Sohn zu verlieren, das kommt einer Katastrophe gleich.«

Ich nickte. »Aber er war nicht der einzige, der litt, der erschüttert war. Wir standen alle unter Schock. Antonia bekam Krämpfe und schwere Blutungen. Sie verlor ihr Kind im dritten Monat, und das war in Anbetracht der Situation vielleicht auch besser so. Mein Vater weiß bis heute nichts von dieser Schwangerschaft. Es wäre damals einfach zu viel gewesen für ihn. Trotzdem, Doc, finde ich, dass er sich falsch verhalten hat. Ich behaupte, dass mein Vater versucht hat, seinen Schmerz zu betäuben, indem er Antonia und mir die Schuld gab an Maximilians Unfall und dem Tod unserer Mutter.«

Doc zuckte die Achseln und zog mich an sich. »Kannst du ihm das nicht nachsehen? Wir tun manchmal solche irrationalen Dinge. Wir verdrängen, geben anderen die Schuld, machen sie verantwortlich. Es entlastet uns, und manchmal brauchen wir das für eine Weile.«

Ich machte mich von ihm los und blieb stehen. »Trotzdem, Doc«, wiederholte ich störrisch. »Mein Vater wiederholt gebetsmühlenartig: Wenn Antonia Bärchen nicht aufgeregt hätte, hätte sie vielleicht keinen Rückfall erlebt. Wenn Antonia diesen Vicenzo, den Gott verfluchen möge, nicht eingeladen hätte, hätte Max nicht mit dessen Motorrad verunglücken können. Wenn Clara besser auf ihren kleinen Bruder Acht gegeben hätte, wäre ebenfalls nichts passiert. Das Leben meines Vater ist voll von ›hätte er doch nicht, hätte sie doch nicht, wenn doch nur dies, wenn doch nur jenes‹.«

Doc nahm meinen Arm. »Lass uns weitergehen, Clara. Du willst unbedingt Recht haben, stimmt's? Aber was hast du davon? Nichts.« Der Neckar sah trübe aus. »Du unterstellst deinem Vater eine Herzensrohheit, die er meiner Meinung nach nicht hat. Außerdem glaube ich, dass seine Trauer um Maximilian für dich und Antonia eine tiefe Kränkung bedeutet hat. Für ihn war der Verlust seines einzigen Sohnes sicher sehr schlimm. Ihr habt euch als Mädchen zweitrangig gefühlt.«

Er hatte Recht. Maximilian sollte Schloss und Gut übernehmen, er war der ganze Stolz meines Vaters. Natürlich waren wir gekränkt, als wir merkten, dass wir beide den Verlust nicht ersetzen konnten. Wir lebten, und Max war tot, aber wir hatten einfach nicht diese überragende Bedeutung für meinen Vater.

»Vielleicht hätte sich alles eingerenkt«, sagte ich. »Vielleicht hätten wir uns gegenseitig geholfen in unserem Kummer, uns gegenseitig kuriert. Aber es sollte wohl nicht sein.«

Doc hörte zu, wie er es immer tat. Liebevoll, voller Verständnis. Ohne zu verurteilen. Ich erzählte ihm, wie es weiterging nach der Beerdigung meiner Mutter und meines Bruders, an denen das gesamte Dorf und viele Menschen aus der Umgebung teilnahmen.

Stille senkte sich über das Schloss. Bärchens Eltern reisten ab. Meine Großmutter und Hugo zogen sich im kommenden Jahr weitgehend vom gesellschaftlichen Leben zurück. Mein Vater vernachlässigte diese Pflichten vollständig. Er ging, grau im Gesicht, mechanisch seiner Arbeit nach. Peter Schrink unterstützte ihn, so gut er konnte.

Wir reisten ins Internat, wo man uns behutsam und diskret behandelte. Mir half die Musik in dieser Zeit. Ich entdeckte langsame Balladen, alte Volkslieder und Chopin. Außerdem machte ich lange Spaziergänge mit Schwester Happy. Ins Kino ging ich dieses Jahr kein einziges Mal. Es kam mir vor, als wäre meine Jugend vorbei. Unsere Kussübungen, unsere Tanznachmittage, die Schwärmerei für Filmstars, all das kam mir läppisch vor. Und ich fand es unerträglich, mir schöne oder traurige Geschichten auf der Leinwand anzusehen.

Antonia verschloss sich und zog sich zurück, auch vor mir. Sie grübelte viel und weigerte sich, Vicenzos Namen auch nur zu erwähnen. Sie schickte alle seine Briefe ungeöffnet zurück und kam eines Tages mit dem Bild von Elisabetta zu mir.

»Du kannst es behalten, wenn du willst«, sagte sie mit dieser neuen gleichgültigen Stimme. »Es war dumm von mir anzunehmen, sie sei eine Fee. Nichts als Unglück hat sie über mich gebracht. Diese Elisabetta. Sie entstammt ursprünglich der Familie Kronenstein, Mamans Familie. Hast du das gewusst? Maman hat es mir erzählt, als sie mich damals vor einer Vermählung mit Vicenzo warnte. Sicher hat Maman doch Recht gehabt. Ein Fluch liegt über dieser Familie.«

»Was weißt du genau darüber? Was für ein Fluch ist das?«

Antonia schüttelte den Kopf. »Maman hat es mir nicht so genau erklärt, das weißt du doch. Nur, dass ich niemals einen Marasini heiraten dürfte. Dass es großes Unglück über die Familie bringen würde. Dass ich mit ihm nicht glücklich werden würde. Aber genug davon. Ich werde das Schicksal kein weiteres Mal herausfordern.«

Ich redete ihr zu, sich das alles in Ruhe zu überlegen. Ich fand es falsch, das Bild aufzugeben, zu sehr glaubte ich an seine Bedeutung. Und ich fand es genauso falsch, Vicenzo aufzugeben, die Zukunft mit ihm zu opfern, in der Hoffnung, dadurch vielleicht eine wackelige, häusliche Harmonie herstellen zu können.

»Du tust so, als müsstest du Buße tun«, sagte ich. »Er ist nicht Schuld und du bist nicht Schuld«, beschwor ich Antonia wieder und wieder. »Vicenzo kann nichts dafür. Wenn er dir nichts mehr bedeutet, dann gib ihn auf. Aber gib ihn nicht deshalb auf, weil du blind an irgendeinen Fluch glaubst. Oder weil du gehorsam sein willst und glaubst, Buße tun zu müssen.«

Antonia hörte mir gar nicht zu. Sie kränkelte viel in dieser Zeit und erinnerte mich mit ihrem melancholischen Blick und ihrer abwesenden Art mehr und mehr an unsere Mutter.

Wir schlossen die Schule ohne Probleme ab und verabschiedeten uns von Margret, Estrelita und Jonny. Wir versprachen einander zu schreiben, in Kontakt zu bleiben. »Wir werden uns sowieso öfter sehen«, sagte Jonny verlegen. »Auf Tanzfesten und Bällen.«

Ich nickte, aber ich wusste es damals schon besser. Ich war entschlossen, nach London zu gehen. Ich hatte es nur noch niemandem gesagt, außer meiner Großmutter.

Das war in den Osterferien gewesen. Meine Großmutter hörte mir schweigend zu. Sie sah schmal und blass aus mit ihrem weiß gelockten Haar, ehrwürdig in ihrem unerbittlichen, gleichbleibenden Schwarz.

»Dein Vater wird es nicht verstehen«, sagte sie. »Nicht nur, dass du nach England gehen willst. Sondern, dass du moderne Musik machen möchtest.«

Das wusste ich. Mein Vater würde entsetzt sein. Aber ich war vollkommen sicher, dass es der richtige Weg wäre. Es ist auch eine Möglichkeit, zu entkommen, dachte ich.

»Und du?«, fragte ich ängstlich. »Verstehst du mich?«

Meine Großmutter wiegte den Kopf hin und her und sah mich direkt an. »Ich verstehe immer, wenn einer tut, wonach es ihn drängt. Und ich mache mir nicht so viel aus dem Geschwätz der lieben Standesgenossen. Aber dein Vater ist anders, immer schon anders gewesen. Er ist mehr wie sein Vater.« Sie überlegte einen Moment. »Ihr schließt im Juli die Schule ab, nicht wahr? Mein Vorschlag: Bleib den Sommer über hier. Versuch, mit deinem Vater zu sprechen, ihn zu überzeugen. Vielleicht nähert ihr euch wieder an. Du, Antonia und er. Vielleicht wird ihm das gut tun. Vielleicht wird es euch allen gut tun.«

Ihre Idee war vernünftig. Wir machten unser Abitur und kamen im Sommer nach Hause. Ich versuchte, mich mit meinem Vater zu unterhalten, aber es gelang mir nicht. Mein Vater und ich führten höfliche, unverbindliche Gespräche über Belanglosigkeiten, gingen einander aus dem Weg, auch wenn wir das beide nicht wahrhaben wollten.

Antonia löste andere Gefühle in ihm aus. Sie wirkte bedürftig, was meinen Vater weicher stimmte. Ihre Kraftlosigkeit machte es ihm möglich, sich ihr zu nähern und ihr gegenüber großzügig zu sein. Sie erinnert ihn an unsere Mutter, dachte ich. Ich war eifersüchtig auf Antonia. Sie hatte es so viel leichter als ich. Mein Vater billigte ihren Wunsch, in Wien Kunstgeschichte zu studieren, er respektierte ihre Bitte, erst im Herbst in die Gesellschaft eingeführt zu werden.

Dass ich andere Pläne hatte, ahnte er sicher, doch er hütete sich, danach zu fragen. Er verbrachte viel Zeit außer Haus, manchmal saß er lange bei unserer Großmutter und Hugo, dann wieder blieb er tagelang fort, mit Geschäften befasst, die ihn ablenkten. Er erwähnte Max und Bärchen so gut wie nie und zuckte zusammen, wenn ihre Namen fielen, was nur selten geschah.

Nach drei Wochen bat ich ihn um ein Gespräch. Als ich ihm von meinem Plan erzählte, nach London zu gehen, zeigte er zum ersten Mal seit langer Zeit wieder seine mir so vertraute Wut. »Kommt nicht in Frage!«, sagte er eisig. »Deine Mutter hätte das niemals geduldet, und ich werde es auch nicht zulassen.«

»Du wirst mich nicht hindern«, sagte ich so ruhig ich konnte. Ich hatte Angst, nicht so sehr davor, dass er mir etwas antun könnte, als davor, dass dieser Konflikt einen endgültigen Bruch heraufbeschwören könnte. Wir stritten – mit Erschöpfungspausen – drei Tage lang. Schließlich sagte er kalt und abweisend: »Wenn du gehen willst, dann geh. Du wirst von mir kein Geld bekommen und du brauchst dich hier nicht mehr sehen zu lassen. Wir sind fertig miteinander.«

Mein Vater, glaubte ich damals, konnte nicht ertragen, dass ich ihn bei all seinem Kummer nun auch noch lächerlich machen wollte. Denn Musik zu studieren war eine Sache, das Berufsziel »Rockmusikerin« aber klang nach Rebellion, nach trotzigem Aufbegehren. Solche Musik zu machen galt als ungehörig, der damit verbundene Lebensstil noch mehr. Wenn Bürgertöchter ausbüxten, um sich eine Zeit lang dem ausschweifenden Leben hinzugeben, war das schlimm genug. Für eine im Kloster erzogene Aristokratentochter war es ganz und gar unmöglich. Es kam einem Verrat an der Familie gleich.

Natürlich wollte ich meinen Vater damals keineswegs lächerlich machen, aber in meiner verbissenen Entschlossenheit war ich zu keinem Kompromiss fähig. Ich habe mir selbst zu wenig Zeit gelassen und nicht wahrhaben wollen, dass mein Verhalten ihn verletzte.

Standesfragen und Loyalitätskonflikte interessierten mich nicht, es war mein Leben, und ich wollte es so führen, wie ich es mir vorstellte. Tradition und die rigorosen Regeln meines Vaters, Disziplin und Pflichtbewusstsein, Familienehre und Respekt vor unserer adeligen Abstammung, all diese Tugenden, die er so schätzte, waren mir unwichtig geworden, ja sogar widerwärtig. Wohin hatte ihn sein Starrsinn gebracht? Wohin hatte er uns gebracht?

Aber vielleicht ist man so, wenn man jung ist. Man glaubt, man habe das Recht dazu. Man stellt seine Wünsche in den Mittelpunkt, sie sind das Wichtigste auf der Welt. Das führe ich immer wieder als Rechtfertigung an für mein Handeln. Ich konnte damals einfach nicht anders.

Ich hielt mich also nicht an den Rat meiner Großmutter, sondern verließ meine Familie, noch bevor der Sommer zu Ende war.

Die erste Zeit in London war schwer, ich verdiente ein bisschen Geld mit Klavierunterricht. Und meine Großmutter hielt zu mir und verbarg geschickt vor ihrem Sohn, dass sie mir Geld anwies und regelmäßig schrieb. Vielleicht hätte es ihn auch nicht weiter interessiert. Für ihn war ich erledigt, als Clara Comtesse Haimburg existierte ich nicht mehr.

Das fühlte ich auch. Ich legte mir sofort den Künstlernamen Clara Cinderella zu, die Cinderella Girls formierten sich erst später. Ich nahm Gesangs- und Tanzunterricht, ich musizierte mit verschiedenen Musikern, ich lernte, mit meinem Talent umzugehen.

London faszinierte mich von Anfang an, und ich war überzeugt, das Richtige getan zu haben. Einige Jahre später begann ich, als Musikerin Erfolg zu haben. Ich triumphierte meinem Vater gegenüber, doch es war ein schaler Triumph, wie ich sehr wohl spürte. In Wahrheit fehlte mir meine Familie. Mehr, als ich mir je eingestand. Und mein Versuch, eine eigene zu gründen, schlug fehl.

Antonia schrieb mir nicht und kam mich auch nicht besuchen. Sie wurde mit viel Pomp in die Gesellschaft eingeführt, die Anzahl ihrer Verehrer war beachtlich. Doch den Briefen meiner Großmutter zufolge hörte sie sich ernst, aber teilnahmslos das Gestammel der Männer an, die ihr so wild und rettungslos verfallen zu sein behaupteten. Den Plan zu studieren hatte sie nach einem kurzen Ausflug an die Universität verworfen und war ins Schloss zurückgekehrt. Sie nahm höflich und in sich gekehrt am Alltag teil, fing wieder an schlafzuwandeln, kränkelte viel, vergrub sich in Melancholie und wurde unserer Mutter immer ähnlicher. Mit meinem Vater lebte sie nicht in inniger Verbundenheit, aber doch in vertrautem, freundlichem Nebeneinander.

Sie nahm keinen der Heiratsanträge an bis zu dem Tag, als mein Vater ihr mitteilte, Vicenzo sei bei einem Bootsunglück in Italien ertrunken. Das war vor einem halben Jahr und es war Baron Kloiber, der sie in dieser Zeit umwarb und dem sie zu seiner Überraschung mitteilte, sie werde ihn heiraten.

»Und damit sind wir am Ende der Geschichte. Ab da weiß niemand mehr, was vorgefallen ist«, schloss ich meinen Bericht einige Tage später ab. »Außer Antonia wahrscheinlich.«

»Ja, aber deine Schwester zieht es ja vor, nicht aufzuwachen«, sagte meine Großmutter. Doc und ich tranken im Schloss mit ihr Tee, mein Vater hatte es abgelehnt, sich uns anzuschließen. Der Zustand meiner Großmutter hatte sich gebessert, doch sie war schnell erschöpft und schob es auf die bunten Pillen, die sie dreimal am Tag nehmen sollte. Sie hasste Medikamente, schluckte sie mit Verachtung und glaubte nicht an ihre Wirkung. Sie war ihr ganzes Leben lang nicht krank gewesen, dass sich das nun änderte, fand sie lästig und beleidigend. »Das ist von der Natur irgendwie falsch eingerichtet«, erklärte sie Doc an diesem Nachmittag. »Man wird reifer und gelassener, und wenn man endlich so weit wäre, das zu genießen, wird man alt und muss sich mit dem Verfall seines Körpers abplagen. Es wäre besser, wenn wir stattdessen jedes Jahr die Farbe wechselten. Das wäre eine interessante und lehrreiche Erfahrung. Aber einfach nur älter werden und faltiger? Wer hat etwas davon?«

Doc war gerade dabei auszuführen, wie es wohl wäre, mit gelber, grüner oder blauer Haut im Krankenhaus zu arbeiten, als mein Vater hereinstürzte. »Doktor Moser! Das Krankenhaus hat angerufen! Kommen Sie schnell! Antonia ist aufgewacht.«

Er stand ungeduldig in der Tür, und seine Aufregung und Freude waren unübersehbar. »Endlich! Nach so vielen Wochen! Und sie ist bei klarem Verstand, nach allem was die Schwester am Telefon sagte. Sie möchte mich sehen.« Er strahlte und erwiderte mein Lächeln sogar.

»Kann ich mit?«, fragte ich. »Oder möchtet ihr erst einmal allein fahren?«

»Nein«, sagte mein Vater freundlich. »Komm ruhig mit und du auch, Mama, wenn du willst.«

Meine Großmutter winkte ab. »Es dauert zu lange, bis ich mich aufgerappelt habe und ausgehfertig bin. Warum lasst ihr eine alte Dame nicht allein und fahrt so schnell wie möglich zu Antonia und kommt danach wieder, um hier mit mir zusammen zu Abend zu essen? Es gibt doch etwas zu feiern.«

Doc nickte. »Wahrscheinlich. Aber ich bin lieber vorsichtig und feiere erst, wenn ich mich von Antonias Gesundheitszustand überzeugt habe.«

Mein Vater hörte gar nicht zu. »Ich gehe schnell meinen Mantel holen.« Er rannte den Flur entlang, stürzte in der Küche vorbei und überbrachte Luise die frohe Nachricht.

Fünf Minuten später saßen wir im Wagen und brausten los.

Während der Fahrt, die knapp eine Stunde dauerte, fasste mein Vater sich wieder. Er war immer noch aufgeregt, verbot sich aber, es zu zeigen.

Während ich im Krankenhaus die Treppen hinaufstürmte, fuhren er und Doc mit dem Fahrstuhl.

Als ich das Zimmer meiner Schwester betrat, beugte sich mein Vater gerade über Antonia und küsste sie auf beide Wangen. »Mein liebes Kind! Endlich bist du zu dir gekommen!«, rief er. Doc stand am Bett und sah meine Schwester forschend an. »Clara!«, rief sie, als sie mich sah und breitete die Arme aus. »Wie schön, dass du da bist! Und wie wunderbar, dass du mein Bild mitgebracht hast. Sie saß aufrecht im Bett, wir umarmten uns und strahlten uns an. Ich bemerkte sofort, dass sie verändert war. Dieser leicht abwesende, entrückte Ausdruck, den ich so gut an ihr kannte, war verschwunden. Ich hätte nie für möglich gehalten, dass ich meine Schwester jemals kraftvoll erleben würde, und doch war sie es. Sie strahlte Energie, Zuversicht und Stärke aus.

»Ich werde Baron Kloiber benachrichtigen«, sagte mein Vater und wandte sich zur Tür.

»Bitte nicht«, sagte Antonia schnell. »Ich muss mit dir sprechen. Es ist dringend.«

Mein Vater sah sie beunruhigt an. »Hat das nicht Zeit? Hauptsache, du bist wach, mein Kind.«

Antonia schüttelte den Kopf. »Ich bin aufgewacht, weil ich einen Traum hatte«, sagte sie langsam und ihr Blick glitt zu dem Bild auf ihrem Nachttisch. »Elisabetta hat mich geweckt, sie hat mir etwas erzählt.«

Das Gesicht meines Vaters verfinsterte sich. Er freute sich, dass Antonia aufgewacht war. Dass die Frau sie dazu veranlasst haben sollte, wollte er nicht hören. Er hielt das wie üblich für eine von Antonias Spinnereien. Doch Antonia schien von Entschlossenheit erfüllt.

»Ich möchte gern ein Glas Wasser«, bat sie Doktor Moser. Er nickte und verschwand für ein paar Minuten. Niemand sagte ein Wort, bis er mit dem Wasserglas wieder erschien.

»Ich lasse Sie jetzt allein«, sagte er freundlich zu Antonia. »Wir unterhalten uns später.« Er nickte mir und meinem Vater kurz zu und ging.

»Ich kann draußen warten während eures Gesprächs«, bot ich an.

»Nein, bitte nicht. Ich möchte, dass du dabei bist«, sagte Antonia.

»Wollt ihr euch nicht hinsetzen?« Ich zog mir einen Stuhl an ihr Bett und nahm Platz. Mein Vater verschränkte die Hände vor seiner Brust und ging nervös auf und ab.

»Ich möchte mich lieber nicht setzen, wenn du nichts dagegen hast«, sagte er förmlich. Antonia sah ihn an mit einer Mischung aus Neugier und Nachdenklichkeit.

Dann erzählte sie, dass es ein gellender Pfiff gewesen sei, der sie weckte, der sie zwar nicht erwachen ließ für die äußere Welt, doch aufnahmefähig machte für das, was Elisabetta ihr übermitteln wollte. Antonia war zunächst misstrauisch gewesen gegenüber den Bildern und Worten, die in ihr Bewusstsein drangen. Sie hatte die Stimme wieder erkannt, sie gehörte zu Elisabetta, die sie einst als Fee geliebt, verehrt und schließlich verstoßen hatte.

»Was willst du?«, fragte sie kühl.

»Dich ins Leben zurückführen«, sagte Elisabetta. »Ich hatte eine Aufgabe, von Anfang an. Ich bin aus der fernen Vergangenheit gekommen, um zwei Familien zu versöhnen und zwei Liebende zusammenzubringen.«

»Es ist zu spät«, sagte Antonia.

»Das glaube ich nicht. Warte, bis du meine Geschichte gehört hast«.

Ihre Geschichte begann im Jahr 1750 in Kärnten, als ihr Vater, Graf Kronenstein, beschloss, seine jüngste Tochter Elisabeth porträtieren zu lassen. Sie war 15 Jahr alt, und ihr Vater gedachte sie bald mit einem älteren Baron, der der Familie schon lange in Freundschaft verbunden war, zu verheiraten. Elisabeth hatte bisher störrisch und abweisend auf den Baron reagiert, sie fand ihn zu alt und zu gesetzt. Wie bei allen unerwünschten Regungen der Kinder, nahmen ihre Eltern aber keine Notiz von Elisabeths Trotz und Kummer. Der Hochzeitstermin wurde festgesetzt, die Einladungen verschickt. Das Porträt Elisabeths wollte Graf Kronenstein seinem Schwiegersohn zur Hochzeit schenken, und so wurde Wochen vor der Vermählung ein Maler auf die Burg der Kronensteins bestellt. Er galt als bemerkenswert begabt und hatte bereits in vielen aristokratischen Häusern gearbeitet. Man lobte seine Sensibilität und Geduld und seine Fähigkeit, jedem Gesicht seinen unverwechselbaren Ausdruck zu geben. Von seinen Gemälden, so raunte man in aristokratischen Kreisen, gehe eine eigenartige Faszination aus.

Der Maler war ein junger Italiener, sein Name war Massimo Marasini.

Er kam vormittags und wurde in den gelben Salon geführt, wo Elisabeth auf einem unbequemen Sofa saß. Er begrüßte sie und sah ihr dann lange ins Gesicht. Seine dunklen Augen musterten sie wie etwas sehr Kostbares, so schien es dem jungen Mädchen, sie fasste Vertrauen zu ihm und lächelte ihn an. Die zur Aufsicht abgestellte Zofe kümmerte sich nicht weiter darum.

Es war Sommer, und Massimo Marasini bestand darauf, die junge Comtesse im Garten zu malen, was Elisabeths Mutter für eine reizende Idee hielt. Den alten Gärtner, der Elisabeth und den Maler im Auge behalten sollte, langweilte diese Aufgabe bald. Es zog ihn zu seinen Büschen und Blumen, und so waren die beiden jungen Leute sich selbst überlassen.

Die Porträtsitzungen zogen sich ungewöhnlich lange hin. Es dauerte zwei Wochen, bis Graf Kronenstein erste Studien vorgelegt bekam. Elisabeths Gesicht, entschuldigte sich der Italiener, sei von ganz besonderem Liebreiz, den exakt zu treffen sei selbst für einen erfahrenen Maler nicht einfach. Graf Kronenstein gestand ihm weitere zehn Tage zu, keinen Tag mehr.

Der junge Marasini hatte kaum gearbeitet während der Sitzungen mit Elisabeth. Er hatte sich beim ersten Zusammentreffen in das Mädchen verliebt, konnte sie nun, von keiner Aufsicht gestört, jeden Tag in neue Gespräche verwickeln und gestand ihr schließlich seine Gefühle. Elisabeth war jung und wusste nichts von der Liebe, doch sie fühlte sich vom ersten Moment an stark angezogen von dem dunkelhäutigen Mann mit den freundlichen Augen. Vor allem konnte sie mit ihm unbefangen plaudern und lachen, er sprach von seinen Ansichten und wollte die ihren hören. Nie zuvor hatte sie in dieser Vertrautheit Gespräche geführt, und sie verstand immer mehr, wer sie war und was sie fühlte. Seit sie ihn getroffen hatte, so kam es ihr vor, war sie sich ihrer sicher.

Er erzählte ihr von seiner Heimat, dem Land jenseits der Alpen. Dorthin wollte er sie mitnehmen, sobald sie einwilligte, seine Frau zu werden. Er beteuerte, dass seine Familie sie mit offenen Armen aufnehmen und wie eine Tochter behandeln würde, er beteuerte, dass er sie immer lieben würde.

Als Elisabeth erklärte, sie werde ihn heiraten, obwohl sie einem anderen versprochen war, fiel er vor ihr auf die Knie, um ihr ein Geständnis zu machen.

»Einer alten Legende nach liegt ein Fluch auf meiner Familie«, sagte er. »Eine alte Frau, die über Zauberkräfte verfügte, soll ihn verhängt haben, nachdem einer meiner Vorfahren ihre Tochter geschwängert hatte und sie dann nicht heiraten wollte. Dieser Fluch besagt, dass in unserer Familie ein Monster geboren wird, das Unheil über alle bringt.«

Elisabeth war nicht überrascht, es war eine an gruseligen Geschichten, dunklem Aberglauben und abstrusen Legenden nicht arme Zeit. Doch Elisabeth liebte Massimo, dieser Mann war ihr Schicksal, und sie war entschlossen, es anzunehmen. Mehr als unheilvolle Monster fürchtete sie ihre Eltern. Mit Massimo zu gehen und seine Frau zu werden, das wusste sie, bedeutete, heimlich vom Familiensitz zu fliehen und ihre Familie zu verlassen. Wahrscheinlich würden ihre Eltern sie auf ewig verstoßen, und sie würde niemanden aus ihrer Familie je wiedersehen.

Während sie ihre Flucht planten, malte Massimo Elisabeth in fieberhafter Eile, ihm blieben nur noch wenige Tage. Das Porträt, das Graf Kronenstein erhielt, zeigte ein ernstes, junges Mädchen mit schwarzen Haaren und schönen Augen. Es wirkte selbstbewusst, ja unbesiegbar. Elisabeths Vater lobte den Künstler für seine Arbeit, fragte sich jedoch insgeheim, ob diese eigensinnige Person, die ihn von dem Bild herab kritisch musterte, wirklich seine Tochter war. Er war irritiert. Er schickte Elisabeth auf ihr Zimmer, bezahlte den Künstler und verabschiedete ihn.

In der darauf folgenden Nacht ließ Elisabeth sich an zwei aneinander geknüpften Leintüchern aus ihrem Zimmerfenster die Burgmauer hinuntergleiten und floh mit Massimo auf einem Pferd. Vor den Toren der Stadt stiegen sie in eine Kutsche um. Sie fuhren die ganze Nacht und die nächsten Tage, sie überquerten die Alpen. Schließlich, nach langer mühevoller Kutschfahrt, erreichten sie das Weingut der Marasinis nahe der Stadt Volterra.

Die Kronensteins erfuhren durch einen leidenschaftlichen Brief ihrer Tochter die Wahrheit. Die Gräfin fiel in Ohnmacht, ihr Mann verfluchte den italienischen Maler, diesen

Verführer seiner Tochter, zerfetzte in wütender Raserei das Porträt und ließ die jämmerlichen Reste verbrennen. Er musste die Hochzeit absagen und fühlte sich als einer, der nicht Herr im eigenen Haus war, gedemütigt und bloßgestellt.

Er hatte Rachegefühle, ja Mordgelüste und befahl einem seiner Vertrauten, sich an Elisabeths Fersen zu heften und alles über die Familie Marasini zu ergründen. Er verbot seiner Frau und seinen übrigen Kindern und Verwandten, Elisabeths Namen zu erwähnen, er erklärte sie für verstoßen und geächtet. Das solle auch so bleiben, selbst wenn sie reuevoll heimkehrte.

Elisabeth aber empfand keine Reue. Das sonnige, schöne Italien rief andere Empfindungen in ihr hervor. Massimos Eltern, seine Brüder, Schwestern, Tanten und Onkel begrüßten die Deutsche herzlich und nannten sie fortan nur noch Elisabetta oder »La Contessa«. Sie ließen sich von Massimo die Notwendigkeit und Umstände der Flucht erläutern und bedauerten lautstark den Bruch mit der Familie.

Einige Wochen später wurde die Hochzeit mit einem großen Fest gefeiert, an dem das gesamte Dorf teilnahm und Verwandte aus dem ganzen Land anreisten. Elisabeth hoffte insgeheim auf die Vergebung ihrer Eltern und ihre Anwesenheit am Tage ihrer Heirat, doch sie kamen nicht, und die Braut erhielt auch keine Nachricht.

Die nächsten Jahre waren für sie und Massimo erfüllt von inniger Liebe. Elisabetta konnte ihr Glück kaum fassen und bereute ihre Flucht nie, auch wenn sie ihre Familie vermisste. Sie war weiterhin für alle die Contessa, auch wenn sie nicht so lebte, ihr Alltag war der einer Landfrau. Sie brachte vier gesunde Kinder zur Welt, zwei Jungen und zwei Mädchen. Ihr Mann war stolz auf seine Frau und malte immerzu kleine und größere Porträts von ihr, die er in der ganzen Familie verschenkte. Er erwähnte den Familienfluch nie wieder, und Elisabetta vergaß ihn ganz und gar bis zu dem Monat, in dem sich eine weitere Schwangerschaft ankündigte.

Von Beginn an verlief diese Schwangerschaft anders, war von heftiger Übelkeit und Erbrechen sowie einer seltsamen Mattigkeit begleitet. Im sechsten Monat wand Elisabetta sich in Krämpfen, die der Arzt vergeblich mit Tee und Aderlässen zu kurieren suchte. Massimo nahm keine weiteren Aufträge als Maler an und wich nicht von der Seite seiner Frau, bis sie ihn bat, sich abzulenken. Er beschloss, seinen Vater und seine Brüder in die Nachbarprovinz auf einen Jagdausflug zu begleiten, der einige Tage dauern sollte.

Es war eine in Trauer erstarrte Gesellschaft, die heimkehrte, und sie brachte einen Toten mit. Massimo war in den Wäldern, wo die Männer jagten, von einer verirrten Kugel in die Brust getroffen worden und auf dem Waldboden liegend gestorben.

Elisabetta schrie gellend, als sie vom Tod ihres Mannes erfuhr, sie schrie wie ein verwundetes Tier, bis der Arzt sie mit allerlei Mitteln in einen Dämmerschlaf versetzte. Eine traurige Stille legte sich über das Landgut der Marasinis und das Dorf. Massimos Eltern und Geschwister beteten drei Tage und drei Nächte, bevor sie den Toten beisetzten.

Elisabetta überstand die letzten Monate ihrer Schwangerschaft nur mühsam, nichts vermochte ihre Schmerzen zu lindern. Sie brachte ihr Kind im November zur Welt, dreißig Stunden lang lag sie in den Wehen, bevor sie es mit einem Schrei herauspresste und danach in Ohnmacht fiel. Der Säugling kam missgestaltet zur Welt, es war ein Junge mit schwarzem Haar und großen, traurigen Augen, vor denen alle erschrocken zurückwichen. Er war hässlich, hatte einen blaugrauen Ausschlag am ganzen Körper, eine verkrüppelte Schulter und krallenartige Hände, mit denen er sofort fordernd um sich griff. Die Hebamme schüttelte sich, als sie ihn sah, sie habe, erklärte sie der Familie mit bebender Stimme, viele Kinder entbunden im Laufe der Jahre, aber eine solche Missgeburt, schwor sie bei der Jungfrau Maria, sei ihr noch nie untergekommen. »Es wäre besser, wenn er nicht lebte«, sagte sie. Massimos Mutter betrachtete ihren neugeborenen Enkel voller Angst und Abscheu. »Der Fluch hat sich erfüllt«, sagte sie düster. Sie verständigte sich mit der Hebamme darauf, den kleinen Diavolo, wie sie ihn schauernd nannten, zu töten, noch bevor Elisabetta zu sich kommen würde.

Niemand widersprach. Die Hebamme lief hinters Haus und warf das Kind in einen modrigen Teich. Zur ihrer Bestürzung ertrank es nicht, sondern strampelte heftig mit seinen Beinen und streckte ihr Hilfe suchend seine krallenartigen Hände entgegen. Als sie keine Anstalten machte, ihn herauszuziehen, ruderte es aus eigener Kraft an den Rand des Teiches und blieb dort schreiend und keuchend liegen. Angewidert brachte ihn die Hebamme ins Haus zurück, sie wage, erklärte sie der Familie, keinen weiteren Tötungsversuch, denn sie wolle das Böse nicht herausfordern. Tatsächlich ging etwas Unheilvolles von diesem Kind aus, dieser Meinung waren alle. Die Hebamme legte das missgestaltete Kind an Elisabettas Brust, die der Kleine gierig umklammerte. Er sah ängstlich aus, so als ahnte er, dass man ihm nicht wohl gesonnen wäre und er nur durch Elisabettas Fürsorge würde überleben können.

Alle Marasinis fürchteten den Diavolo und mieden seine Nähe. Sie sind abergläubisch, dachte Elisabetta, als sie wieder zu sich gekommen war und das Kind betrachtet hatte. Er sei vielleicht eigentümlich, das gab sie zu, anders als ihre anderen, sonnigen Kinder, aber sie war entschlossen, ihn zu lieben. Trotzig gab sie ihrem Kind den Namen Angelo, forderte, ihn auf diesen Namen taufen zu lassen.

Doch es gab keine Taufe. Elisabetta erkannte, dass niemand außer ihr das Baby anfassen wollte, kein Arzt, keine Krankenschwester, kein Priester und niemand aus der Familie ihres Mannes. Man entzog ihr die anderen Kinder, gab sie in die Obhut von Massimos Schwester, die im Nebenhaus lebte und verbot Elisabetta, sie zu besuchen. In dem Maße aber, in dem sich alle von ihr zurückzogen, wuchs ihr Bemühen, den Kleinen am Leben zu erhalten. Sie nährte ihn und sang ihm vor, sie trug ihn umher und hoffte inständig, im Laufe der Zeit würden sich seine Absonderlichkeit verlieren, würde er seinen Platz in der Familie finden.

Der Junge wuchs schnell heran, innerhalb weniger Monate war er groß wie ein Zweijähriger, seine Hässlichkeit nahm zu, ebenso sein Gewicht und seine Kräfte. Elisabetta ging mit ihm auf dem Landgut spazieren, doch wo immer sie auftauchte, wichen alle vor ihr und dem Kind zurück, bekreuzigten sich oder warfen mit Steinen nach ihnen. Auch von den Dorfbewohnern erhielt La Contessa keinen Beistand mehr, sie missbilligten ihren Entschluß, diese Kreatur ins Leben zu geleiten. Vielleicht, so keifte eine Verwandte, habe Elisabetta den Fluch der Marasinis heraufbeschworen, vielleicht habe sie die Liebe zu ihrem Mann verraten und damit seinen tragischen Tod heraufbeschworen. Zweifellos, wisperten andere, sei dieses Kind vom Teufel geschickt, ja die Contessa selbst sei des Teufels. Schließlich komme sie aus einem fernen Land, und sicher sei Massimo ein Opfer ihrer betörenden Schönheit geworden, ohne zu merken, dass sie Tod und Verderben in die Familie bringen würde. Elisabetta wurde traurig und einsam über diese Verdächtigungen, sie war isoliert und wusste sich keinen Rat. Sie erzählte Angelo von seinen Geschwistern, die sie schmerzlich vermisste. Sie wünschte so sehr, sie würden sie besuchen kommen, ihren kleinen Bruder kennen lernen und lieb gewinnen.

Angelo wuchs und wuchs, gab jedoch kaum einen Ton von sich. Manchmal entrang sich ein Pfeifen seiner Kehle, es klang, als wäre er kurz vor dem Ersticken. Er lachte nicht und weinte nicht, die meiste Zeit über sah er Elisabetta nur traurig an.

In ihrer Verzweiflung schrieb Elisabetta ihren Eltern. Sie hoffte inständig auf ihr Mitgefühl, hoffte, sie würden ihr beistehen, vielleicht einen deutschen Arzt schicken, der Rat wüsste. Ihre Eltern antworteten prompt und kühl. Sie hätten von dem Fluch gehört, der auf dieser liederlichen, unstandesgemäßen Marasini-Familie laste, es sei zweifellos der Wunsch Gottes, dass dieser Fluch sich nun durch ihre Tochter erfülle und sich ihr Ungehorsam räche. Sie schrieben weiter, Massimo hätte seine wohlverdiente Strafe erhalten und sie wollten weder Elisabetta noch dieses Monsterkind je sehen, sie wünschten ihm und ihr den baldigen Tod.

Elisabetta betete zu Gott und beschloss, den Fluch, so es einer war, tapfer anzunehmen. Sie hegte eine zärtliche Zuneigung für das eigentümliche Wesen, das mittlerweile lallend sprach und auf seinen Namen hörte.

An einem warmen Frühlingstag ging sie mit ihrem Sohn an der Hand auf die Wiesen hinter dem Hof, wo ihre anderen Kinder mit den Cousinen und Cousins spielten. Sie betrachtete sie von weitem und hielt Angelo an der Hand. »Das sind deine Geschwister«, sagte sie. »Das kleine Mädchen dort mit dem weißen Kleid ist deine Schwester Monica.«

Angelo wurde unruhig und zerrte sie in die Richtung der spielenden Kinder. »Nein, lass uns hier bleiben«, sagte Elisabetta sanft. Doch ihr Jüngster riss sich los und lief auf seine Geschwister zu. Er wedelte mit seinen Armen und lallte Unverständliches. Die Kinder starrten den klobigen Jungen an, der auf sie zukam. Seine älteren Brüder fixierten ihn böse. »Geh weg, Krüppel. Du gehörst nicht zu uns«, sagten sie und warfen einen Stein in seine Richtung. Angelo blieb stehen. »Monster, Monster«, schrien die anderen Kinder und liefen ins Haus. Nur die kleine Monica kam langsam auf ihren Bruder zu. Sie betrachtete ihn und lächelte ihn freundlich an. »Ich heiße Monica«, sagte sie freundlich. »Sag Mama liebe Grüße. Wir vermissen sie sehr.« »Monica«, lallte das Monster und verzog sein Gesicht zu einer Grimasse. Da wurde Monica von ihrem ältesten Bruder heftig am Arm gepackt und weggezogen.

Nach diesem Vorfall rief Angelo immer wieder nach Monica. In einer mondhellen Nacht entwich er aus Elisabettas Zimmer und strich suchend auf dem Landgut herum. Es suchte und fand das Kinderzimmer im Nebenhaus unter dem Dach. Dort lagen seine Geschwister und schliefen. Er schlich leise näher, betrachtete sie und blieb schließlich am Bett der kleinen Monica stehen. Sie war zart wie eine Porzellanpuppe. Er lauschte ihren Atemzügen und strich ihr schüchtern übers Haar. Er schaukelte vor und zurück und summte leise dabei. Dann beugte er sich über sie, nahm sie behutsam aus dem Bett und drückte sie an sich. Sie war älter als er, aber er überragte sie, und seine Arme, stark wie Eisenstangen, umschlossen sie fest. Er summte leise weiter und wiegte sie.

Ein Schrei ließ ihn erstarren. »Wirst du sie wohl loslassen«, kreischte sein ältester Bruder. »Lass sie sofort los, Diavolo.« Angelo presste seine Arme fester um seine kleine Schwester und drückte sie angstvoll an sich. Er wollte sie um keinen Preis der Welt loslassen. Er schüttelte den Kopf, als sein Bruder drohend auf ihn zukam. »Geh weg«, lallte er und seine Augen blickten dabei so drohend, dass sein Bruder tatsächlich zurückwich. Er stürzte die Treppe hinunter, um Hilfe zu holen.

Sein Schrei hatte die anderen Kinder geweckt, sie saßen nun angstvoll in ihren Betten und starrten das Monster an. Nur Monica schlief weiter.

Massimos Bruder stürzte durch die Tür, er hatte eine Schaufel in der Hand. »Lass sie los«, sagte er drohend. Angelo schüttelte den Kopf und drückte Monicas zarten Körper weiter an sich.

Den ersten Schlag erhielt er auf den Kopf. Er grunzte und duckte sich. Er hatte zwar Arme wie Eisenstangen, aber er konnte sich nicht wehren, solange er seine kleine Schwester hielt. Der zweite Schlag traf ihn in den Rücken, er schwankte, verlor das Gleichgewicht und fiel vornüber, Monica immer noch an sich gepresst. Sie schlugen weiter auf ihn ein und zogen an seinen Beinen, sie waren rasend in ihrer Wut und konnten ihn dennoch nicht von seiner Schwester wegzerren. Er hielt sie weiter fest, während sie ihn prügelten, er hielt sie immer noch, als ihm jemand mit der Axt den Schädel spaltete.

Sie hatten ihn totgeschlagen, und ihr Zorn kostete auch Monica das Leben. Ihr Bruder hatte sie in seiner Liebe und seinem Wunsch, sie festzuhalten, erdrückt.

»Er hat sie umgebracht«, schrien die Marasinis. Sie verbrannten die Überreste des Monstrums und beschlossen, die Mutter dieser Kreatur an den Rand des Dorfes zu verbannen.

So lebte die Contessa elendig und einsam in einem kleinen Steinhaus am Rande des Dorfes. Manchmal sah sie ihre Kinder von weitem, doch es war ihr verboten, mit ihnen zu sprechen. Alles, was man ihr gelassen hatte, waren die Bilder, die ihr Mann von ihr gemalt hatte. Sie nahm drei kleine Porträts, die sie mühelos unter ihrem Kleid verstecken konnte und schmuggelte sie im Lauf der Zeit in einem unbedachten Moment in die Körbe und Taschen ihrer Kinder. Über diese Bilder, das war Elisabettas Überzeugung, würde sie mit ihnen in Verbindung bleiben können.

So geschah es. Ihre Söhne und ihre Tochter hatten die Charakterstärke ihrer Mutter geerbt. Sie fanden die Bildnisse, setzten durch, sie zu behalten und hängten sie über ihren Betten auf. Sie wussten, dass ihr Vater tot und diese Frau ihre Mutter war, sie wussten, dass man sie eine Verfluchte nannte. Doch je länger sie die schöne Dame ansahen, desto weniger glaubten sie das, was man Schlechtes über sie sagte.

Elf Monate nach dem Tod des Monstrums und der kleinen Monica, Elisabetta war 26 Jahre alt, ging im Land eine tückische Fiebererkrankung um, die Arm und Reich unterschiedslos dahinraffte. Elisabetta betete zu Gott, er möge sie heimholen und ihre Kinder verschonen. Sie bekam hohes Fieber und starb nach drei Tagen. Man warf sie zusammen mit andern Toten in ein Erdloch, das man eilig zuschaufelte.

Ihre Kinder blieben verschont, so wie sie es sich gewünscht hatte.

»Ich musste diese Erde früh verlassen«, sagte die Contessa zu Antonia. »Ich sehnte mich nach meinen Kindern, und nach und nach gelang es mir, mit ihnen Kontakt aufzunehmen. Ich konnte mich auch in die Gedanken von Massimos Brüdern und Schwestern einschleichen, die sich um sie kümmerten. Ich sah die Gefahren und die Glücksmöglichkeiten, die auf sie zukamen und gab ihnen Ratschläge. So verhalf ich meinen Kindern zu einem erfüllten Leben und zu Wohlstand und auch allen anderen Marasinis, die auf mich hören wollten. Die Bilder wurden weiterverschenkt, von Generation zu Generation, und nach vielen, vielen Jahrzehnten galt ich vielen als Glücksbringerin, als eine Art Fee mit wundersamen Kräften. Vergessen war das Monster, vergessen war der Familienfluch. Nur in meiner Familie, bei den Kronensteins, blieb ich weiter verdammt. Man erzählte jeder Generation aufs Neue die Geschichte der ungehorsamen Elisabetta, die ein monströses Geschöpf gebar, das zum Mörder der eigenen Schwester wurde. Diese Legende flößte allen Kronenstein-Frauen Angst davor ein, jemals ungehorsam zu sein. Niemand hat meine gesunden Kinder erwähnt, und der Name Marasini steht bis heute für Fluch und Verderben.«

Weder mein Vater noch ich hatten ein Wort gesagt, bis Antonia mit ihrer Geschichte zu Ende war. Wir schwiegen eine Weile, ich war zu verwirrt, um irgendeinen klaren Gedanken fassen zu können. »Ich weiß, dass du deine Grundsätze hast, Vater«, sagte Antonia. »Aber ich hätte nie gedacht, dass du mich anlügen würdest.«

Seine Miene blieb unbewegt. »Was meinst du damit?«

»Ich glaube, du weißt, was ich meine.«

Ich verstand nichts von dem, was sie sagte.

Mein Vater sah abwechselnd von Antonia zu mir.

»Du weißt, dass deine Mutter strikt gegen die Verbindung mit Vicenzo war«, sagte er müde, »genauso strikt wie ich, wenn auch aus anderen Gründen. Was deine Elisabetta dir erzählt hat, mag stimmen, doch der Fluch, den deine Mutter fürchtete, existiert offenbar immer noch in dieser Familie.« Er sah Antonia ernst an und fuhr sich einige Male durchs Haar. »Dein Großvater, also der Vater deiner Mutter, hat es mir selbst erzählt. Es ist eine seltene Erbkrankheit, die in der Familie Marasini vorkommt. Es trifft nicht jeden und nicht jede Generation, aber eure Mutter fand die Vorstellung, du könntest tote oder vielleicht missgebildete Kinder zur Welt bringen, furchtbar. Der Skandal von damals darf sich nicht wiederholen, hat sie mich beschworen, und es war ihr bitterernst. Der Name Elisabeths wurde im Hause Kronenstein nur mit Abscheu und Empörung erwähnt. Allen war sie ein deutliches Beispiel dafür, dass sich Ungehorsam gegenüber der eigenen Familie bitter rächt.«

Antonia schien durch meinen Vater hindurchzusehen. »Maman war vielleicht einfach ein bisschen abergläubisch«, sagte sie und lächelte.

»Nein«, sagte mein Vater mit Nachdruck. »Das war sie nicht. Du musst mir glauben, dass sie gute Gründe hatte, gegen die Verbindung zu sein. Ich musste ihr versprechen, dass du Vicenzo niemals heiraten wirst. Es war ihr ungeheuer wichtig.«

Mein Vater betrachtete die schöne Frau auf dem Bild, und ich hatte den Eindruck, er würde sie am liebsten umbringen.

Er hob und senkte die Schultern. Er wirkte angespannt. »Antonia, was spielt das jetzt noch für eine Rolle?«, fragte er ungehalten. »Du bist wieder aufgewacht. Du wirst heiraten, alles wird gut werden, verlass dich drauf.«

Antonia nickte. »Ich werde heiraten, allerdings«, sagte sie und ihre Stimme hatte deutlich an Schärfe gewonnen. »Ich werde heiraten, und diesmal wirst du mich nicht daran hindern.«

»Wieso sollte ich …«, begann mein Vater.

»Ich werde Vicenzo heiraten«, sagte Antonia und ließ meinen Vater nicht aus den Augen. Er stand unbeweglich da und hörte sich an, was Antonia zu sagen hatte. »Vicenzo erschien mir an dem Abend, als ich von der Terrasse gesprungen bin. Ich sage bewusst: er erschien mir, weil es mir tatsächlich so vorkam, als sei er eine Erscheinung. Du hattest mir ja weisgemacht, er sei tot.«

Mein Vater sagte nichts, und Antonias Stimme wurde lauter und anklagender. Ich konnte nicht glauben, was ich da hörte. Antonia erzählte die Geschichte des besagten Abends, als würde sie die Ereignisse noch einmal durchleben.

Was ich erfuhr, war Folgendes: Vicenzo war nach Maximilians Unfall und dem Tod unserer Mutter nach Italien zurückgekehrt. Er wollte sich nicht damit abfinden, dass Antonia für immer verloren war. Er schrieb ihr. Sie beantwortete seine Briefe nicht, und sein Versuch, mit dem Grafen Haimburg in

Kontakt zu treten, scheiterte. Der Graf beantwortete seine Bitte um eine Aussprache mit einem knappen Schreiben. Er teilte ihm mit, dass er ihn nicht zu sehen wünsche, dass er ihn vom Schlosshof jagen würde, sollte er dort auftauchen.

Vicenzo gab nicht auf und schrieb unermüdlich an Antonia. Doch sie ließ seine Briefe ungeöffnet zurückgehen, und er hatte keine Vorstellung davon, wie sie sich fühlte, was sie vorhatte.

Antonia lebte apathisch vor sich hin, sie war nicht glücklich, das sah unser Vater durchaus, aber er war fest entschlossen, das Versprechen, das er seiner Frau gegeben hatte, zu halten. Er war froh, dass Antonia keine Anstalten machte, sich mit Vicenzo in Verbindung zu setzen, er war froh, dass sie seine Briefe zurückwies. Manchmal versäumte Antonia, Vicenzos Post zurückzuschicken, und ließ sie achtlos ungeöffnet herumliegen. Diese Briefe nahm ihr Vater an sich, öffnete und las sie. Er war sich dabei keiner Schuld bewusst, er tat es, um auf dem Laufenden zu bleiben, was Vicenzos Absichten anging.

Widerwillig begriff er, dass Vicenzo sehr hartnäckig war, und er sah mit großem Kummer, dass sie sich für keinen ihrer zahlreichen Verehrer interessierte. Er fürchtete, Antonias Apathie würde für immer anhalten.

Einer von Vicenzos Briefen brachte ihn schließlich auf eine Idee. Vicenzo berichtete darin vom Boot seines Vaters, das den Namen »Gina« trug, und er schrieb, dass er Angst vor Wasser habe und nicht schwimmen könne. Mein Vater beschloss, Antonia mit einer frommen Lüge aus ihrer Starrheit zu befreien.

Er zog Erkundigungen ein: Die Familie Marasini lebte inzwischen wieder in Italien, abwechselnd auf ihrem Weingut bei Volterra und in einem Sommerhaus bei Genua. Eduard erfand einen Bootsunfall im Golf von Genua, bei dem Vicenzo ertrank und präsentierte sogar eine entsprechende Todesanzeige.

Großmutter Theresa und Tante Hugoline waren erschüttert, als Eduard ihnen von Vicenzos Tod berichtete, sie hatten keinen Zweifel daran, dass er die Wahrheit sprach.

Aus Italien kamen keine weiteren Briefe, weil Eduard den Briefträger mit einer größeren Summe Geldes bestach.

Antonia reagierte auf die Nachricht so, wie ihr Vater gehofft hatte. Sie weinte nicht und schien nicht um ihn zu trauern, sie begann wieder auszugehen, verlobte sich schließlich mit Baron Kloiber und erklärte sich bereit, ihn zu heiraten.

»Ich dachte wirklich, es wäre das Beste für alle. Obwohl ich Vicenzo immer noch liebte«, sagte Antonia und sah meinen Vater an. »Ich liebte ihn und wollte gleichzeitig den letzten Wunsch meiner Mutter erfüllen. Sie hatte ihre Gründe, gegen die Heirat zu sein, und ich respektierte sie. Nun war der Mann, den ich liebte tot, und ich fand, ich sollte eine eigene Familie haben, statt mein Leben mit Herumsitzen zu vergeuden. Bis ich eines Nachts diesen Traum hatte.«

Antonia träumte von Vicenzo, der sie anflehte, nicht einen anderen zu heiraten, sondern zu ihm zu kommen. Der Traum war so intensiv, das Gefühl für Vicenzo so unverändert stark, selbst nach all den Jahren, dass Antonia beschloss, sich das Leben zu nehmen. Sie schnitt sich in derselben Nacht die Pulsadern auf.

»Ich wollte sterben«, sagte Antonia. »Es war in meinen Augen die einzige Möglichkeit, bei Vicenzo sein zu können.«

Mein Vater starrte sie schockiert an. »Davon wusste ich nichts«, stieß er hervor.

»Du warst verreist«, sagte Antonia. »Anna war an diesem Abend bei Luise zu Besuch. Ich bin wohl schlafgewandelt, und sie hat mich gefunden und zu Doktor Moser gebracht. Er wollte mit mir arbeiten, mit mir sprechen, aber ich lehnte ab, ich war störrisch. Ich glaubte, er würde mich doch nicht verstehen. Niemand würde mich verstehen. Ich erzählte deshalb auch niemandem etwas von meinem Traum, selbst Großmutter und Anna nicht. Und ich gab mir selbst ein Versprechen: Sollte mir Vicenzo noch einmal erscheinen, würde ich es wieder tun. Ich würde ihm nachfolgen.«

»Oh, mein Gott!«, war alles, was mein Vater sagte. Er wandte sich von uns ab und sah mit auf dem Rücken verschränkten Händen aus dem Fenster.

Antonia sprach unerbittlich weiter. Vicenzo hatte von ihrer Verlobung mit Baron Kloiber gehört und reiste nach Deutschland, um Antonia ein letztes Mal zu sehen. Dass sie ihn für tot hielt, wusste er natürlich nicht. Er erfuhr im Nachbarort von dem Fest in Ehreshausen und entschied, das sei die beste Gelegenheit, Antonia ungestört zu sprechen. Er hatte keine Einladung und wäre nicht in den Ballsaal gelangt, er legte auch keinen Wert darauf, ihrem Vater oder ihrem Verlobten zu begegnen.

Er übergab einem der Kellner ein Briefchen für die Comtesse Haimburg: »Bitte komm so schnell wie möglich auf die hinteren Parkplätze. Ich muss mit dir sprechen.«

Antonia ging nach draußen und lief zu den abgelegenen hinteren Parkplätzen. Als sie Vicenzo sah, schrie sie vor Freude. »Du bist noch einmal gekommen!«, rief sie aus. Sie hielt ihn für eine Erscheinung.

»Natürlich tat ich das, so ist meine Natur. Ich zweifelte nicht daran, dass Vicenzo tot war«, sagte sie in den Rücken meines Vaters. »Er sei bei einem Badeunfall ums Leben gekommen, das hast du mir erzählt. Du wusstest sogar, wie das Boot seines Vaters hieß. Ein tragischer Badeunfall, das war mir immer plausibel vorgekommen, weil ich von Vicenzo wusste, dass er nicht schwimmen konnte. Du hast mir sogar die Todesanzeige gezeigt. Die natürlich gefälscht war.«

»Wie ging es weiter an diesem Abend?«, fragte ich beklommen.

Antonia fixierte immer noch meinen Vater und erzählte weiter: Vicenzo beschwor sie, Baron Kloiber nicht zu heiraten und zu ihm zurückzukehren, Antonia versprach es ihm.

»Er meinte natürlich, ich solle ihm nach Italien folgen«, sagte Antonia. »Ich hingegen hielt den Sprung von der Terrasse für den besten und schnellsten Weg.« Sie lachte bitter. »Als Vicenzo davon erfuhr, dachte er, er sei schuld an meiner Tat. Er dachte, er habe mir zu sehr zugesetzt und mich zu sehr bedrängt. Er war überzeugt davon, dass es seinetwegen Streit mit dir gegeben habe und ich deshalb gesprungen wäre. Er beschloss, sich für immer zurückzuziehen.«

Mein Vater sagte nichts und drehte sich auch nicht um.

»Woher weißt du das alles?«, fragte ich entgeistert. Sie hatte hier im Krankenhaus gelegen, ohne Bewusstsein, wie es uns allen schien. Wie konnte sie all diese Dinge wissen?

»Von Elisabetta«, sagte sie und warf einen liebevollen Blick auf das Bild. »Danke, Clara, dass du es mir mitgebracht hast. Ich hätte es nie aufgeben dürfen. Und sie hat mir noch etwas erzählt.«

»Ich glaube, wir haben genug gehört«, sagte mein Vater. Seine Stimme klang gepresst. Er drehte sich immer noch nicht um, und ich hatte den Eindruck, dass er weinte. Plötzlich tat er mir entsetzlich Leid.

»Es muss sein«, sagte Antonia, aber ihre Stimme klang milder. »Ich weiß jetzt auch, warum Maman so vehement gegen eine Verbindung zwischen uns beiden war. Natürlich spielte der Standesunterschied für sie eine Rolle, genau wie für dich, Vater. Aber etwas anderes machte ihr viel mehr Angst.« Sie wartete, dass mein Vater etwas sagte, aber er schwieg. »Sicher, sie wusste von dem Familienfluch, der auf den Marasinis lastet. Aber das war eine überlieferte Legende, viele Jahrzehnte her, der sie keinen Glauben schenken musste. Sie tat es aber.«

»Warum?«, fragte ich.

»Willst du es Clara nicht sagen, Vater?«, fragte Antonia, nun wieder schärfer im Ton. Er gab keine Antwort, und sie fuhr fort: »Maman hatte selbst allen Grund, sich für den Fluch der Marasinis zu interessieren. Ihr Vater besorgte ihr schließlich einen medizinischen Bericht, in dem ein Arzt bestätigte, dass es schlimme Erbkrankheiten in der Familie Marasini gäbe.«

»Wie ist der Vater an den gekommen?«, fragte ich, während mir gleichzeitig viele andere Fragen durch den Kopf schossen.

»Bärchens Vater hat den Bericht gegen Geld anfertigen lassen. Die Legende über Elisabetta existierte, sie war in der

Familie Kronenstein über all die Zeit lebendig geblieben. Nun war da ein neuer Bericht, der die tragische Geschichte bestätigte. Ein Arzt hatte ihn verfasst, er klang seriös, er war perfekt genug, um Maman zu täuschen.«

»Warum wollte ihr Vater sie täuschen?«

»Ganz einfach. Maman war in Versuchung, Elisabettas Beispiel zu folgen. Sie hatte sich in Vicenzos Vater verliebt.«

Ich ging hinaus, um meine Schwester und meinen Vater allein zu lassen. Ich wusste, nur so könnte eine Versöhnung gelingen, wenn Antonia überhaupt in der Lage wäre, ihm zu vergeben. Mir schwirrte der Kopf von all dem, was ich gerade gehört hatte. Ich dachte an das Aufbegehren von Elisabetta vor mehr als 200 Jahren, an ihren Mut. Ich dachte an die Rache der Eltern, die ihre Flucht mit einem unstandesgemäßen Maler nicht verzeihen konnten, die sie verstießen und außerdem Unwahrheiten und Lügen über sie verbreiteten. Ich dachte an Bärchens Eltern, meine Großeltern, die ich kaum kannte. Wie sie ohne weiteres bereit gewesen waren, einen Arzt zu bestechen und ihre Tochter zu belügen, nur um sie standesgemäß zu verheiraten. Und ich dachte daran, wie auch mein Vater vor einer Lüge nicht zurückgeschreckt war, wenn er sie auch in bester Absicht eingesetzt hatte.

Alles kehrt wieder. Wir wiederholen die Geschichte unserer Vorfahren, ob wir uns dessen bewusst sind oder nicht. Nicht vollständig, aber in Teilen.

Ich dachte voller Liebe und Mitgefühl an meine Mutter. Vor allem anderen wollte sie ihren Eltern eine gute Tochter sein.

Ich dachte an all das unterdrückte Sehnen, die verdrängten Leidenschaften und gezügelten Begierden innerhalb dieser Familien mit ihren aristokratischen Konventionen. Gefühle werden eingesperrt, doch je mehr man sie verleugnet, desto heftiger und brennender melden sie sich zurück. Antonia und Vicenzo waren offenbar ebenso füreinander bestimmt, wie es damals Elisabetta und Massimo Marasini waren. Auf geheimnisvolle Weise hatte sich Elisabetta mit

Antonias Leben verbunden, sie hatte es getan und schließlich gewonnen, gegen alle Widrigkeiten, falschen Zeugnisse, Verleumdungen.

Das war die eine Seite.

Aber ich dachte auch an meinen Vater und fühlte plötzlich eine große Zärtlichkeit für ihn. Er erschien mir als Bewahrer unserer Familie, er wollte erhalten, was ihm so unendlich wichtig war. Und hatte er nicht auch Recht?, fragte ich mich, während ich auf dem Flur vor Antonias Zimmer hin und her ging. Die Familie ist vielleicht der einzige Ort, der Schutz, Wärme und Geborgenheit bietet in einer unsicheren Welt. Mein Vater hatte versucht, den Wunsch seiner Frau zu erfüllen, die er abgöttisch liebte. Er wird um ihre Gefühle für Vicenzos Vater gewusst haben, sie hatte ihm sicher davon erzählt und auch später, als Antonia verkündete, sie wolle einen Marasini heiraten, alles über den Fluch und das medizinische Gutachten.

Mein Vater wünschte Antonia Glück und versuchte ihr Leben so entschlossen wie möglich für sie zu arrangieren. Dass er dabei selbst getäuscht worden war, dass er darüber fast seine Tochter verloren hätte, war für ihn tragisch genug. Ich wollte es ihm nicht länger übel nehmen.

Vielleicht macht einen auch die Liebe sanfter. Ich war verliebt in Doc, er hatte mich viel über mich gelehrt. Über mich und mein Verhältnis zu meiner Familie. Darüber, dass man einander nicht im Stich lassen sollte, wie ich es damals mit Mark, dem Vater meines Kindes, getan hatte. Ich hatte ihm meine Liebe entzogen, als er sie dringend brauchte, ich hatte mich zurückgezogen in mein Leid, in meine Einsamkeit. Er hatte sich schnell getröstet, das stimmt, aber er hatte auch wenig ermutigende Zeichen von mir erhalten.

Ich wollte es lange nicht wahrhaben, ich war sogar eifersüchtig, doch inzwischen habe ich es akzeptiert: Antonia ist unserer Mutter ähnlich, wird es immer sein. Ich wollte immer meiner Großmutter ähnlich sein, und vielleicht bin ich es auch. Nie aber wollte ich meinem Vater gleichen. Und doch habe ich von ihm vieles geerbt: die Fähigkeit, Geschichten zu erzählen, wie ich es in meinen Liedern tue, das unberechenbare Temperament, die Liebe zur Natur und den Hang zu egoistischem Selbstmitleid.

Vielleicht würde ich diesen fatalen Hang in naher Zukunft ganz aufgeben können. Ich fühlte mich beschwingt, die Geister der Vergangenheit hatten aufgehört ihr Unwesen zu treiben. Sympathie und Wohlwollen zwischen Antonia, mir und meinem Vater wieder herzustellen erschien mir plötzlich nicht mehr so schwierig. Ich wollte meinen Vater nicht länger zum Feind haben.

Während ich an all diese Dinge dachte und dabei aufgezogen wie eine Spielzeugmaus im ganzen Krankenhaus herumlief – ich war zu aufgeregt, um mich ruhig irgendwohin zu setzen oder mit Doc zu sprechen –, waren Antonia und mein Vater immer noch zusammen. Ich weiß nicht, was sie zueinander sagten, Antonia und er erwähnten dieses Gespräch später nie.

Und dann stand plötzlich mein Vater vor mir und sagte: »Du hast mir so gefehlt, Clara!«

»Du mir auch, Vater«, sagte ich. Wir umarmten einander und drückten uns, und ich kann mich nicht mehr erinnern, wer von uns beiden heftiger weinte. Aber es war nicht schlimm, es war befreiend und erlösend. In unserer Umarmung und in unserem Weinen verschwand der Schmerz der verlorenen Jahre.

Epilog

Ich sitze im Garten und schaue mir die Fotos der letzten Familienfeier an. Es war Antonias Tochter Elisabetta, die Pfarrer Ferdinand im Schlosshof taufte. Die Bilder zeigen Antonia, Vicenzo und ihre beiden Söhne, meinen Vater, der vor Stolz strahlt, meine unverwüstliche Großmutter, die in einem Korbstuhl sitzt und Tante Hugoline, die mit großer Selbstverständlichkeit Sabas Hand hält, als hätte sie die letzten dreißig Jahre nichts anderes getan. Rechts von ihr sitzt mein spezieller Freund, der Oberst. Er hat bis jetzt noch bei keiner Taufe gefehlt, genau wie Onkel Guido, der neben meinem Vater steht. Ich schaue ernst in die Kamera und halte die Hand meines Mannes und die meiner Tochter. Auch Luise, Anna mit Familie und Winnie mit ihrem Sohn Michael waren anwesend.

Einige letzte Dinge sind noch zu erzählen. Antonia und Vicenzo haben im Schloss geheiratet, und Antonia war die schönste Braut, die ich je gesehen habe. Vicenzo wirkte stolz, aber angespannt und blickte ernst auf seine zukünftige Frau, als hätte er Sorge, sie könnte plötzlich entschweben. Sein Vater Vittorio hatte den besten Marasini-Wein gestiftet, den er im Keller hatte, die Gäste tranken ihn restlos aus und dazu noch den ganzen Champagner, sie tanzten und schwatzten und sangen, und einige verschwanden in den Büschen, weil ihnen schlecht war.

Kurzum, es war ein Fest ekstatischer Zügellosigkeit, wie es der Adel auf Schloss Haimburg seit langem nicht erlebt hatte.

Das ist jetzt einige Jahre her. Vicenzo und Antonia bekamen zwei Söhne und vor einigen Wochen ihre Tochter Elisabetta. Sie leben auf dem Weingut nahe Volterra, verbringen aber jeden Sommer im Schloss. Vicenzo und mein Vater haben ein von Respekt geprägtes Verhältnis, zu mehr reicht es zwischen ihnen beiden nicht, sie sind zu verschieden.

Eine Freundschaft entwickelte sich zu meiner Überraschung zwischen meinem Vater und Vittorio, vielleicht, weil sie im gleichen Alter sind. Mit Vittorio kann mein Vater am besten über die Vergangenheit sprechen, über den Krieg, über Bärchens Tod, über Maximilians Unfall, über Elisabetta und die so lang verborgen gehaltene Verbindung zwischen den Familien Marasini und Kronenstein.

Bernhard und ich haben kurz nach Antonia und Vicenzo geheiratet. Die meiste Zeit des Jahres verbringen wir in einer Villa am Rand von Heidelberg. Ich komponiere zu Hause und stehe kaum noch auf der Bühne. Die Live-Auftritte fehlen mir nicht. Ich komme langsam in das Alter, in dem ich mich bedächtiger bewege und mich weniger für die zeitgenössischen Trends und Moden der Jugend interessiere. Ob die Zukunft mich und meine Musik verstehen oder uns einfach vergessen wird? Es ist mir nicht mehr wichtig. Das Leben ist eine Wonne, finde ich, so wie es jetzt gerade ist. Wir haben eine achtjährige Tochter, sie heißt Theresa.

Winnie Schrink und ich sind schließlich doch noch Freundinnen geworden, nicht nur um Michaels willen. Sein Talent zum Musizieren hat sich verfeinert. Er studiert inzwischen in Heidelberg, schleppt grotesk bemalte Mädchen an und dudelt abwechselnd Abba und Santana. Winnie hat ihre Bar verkauft und eine Bäckerei in Heidelberg eröffnet, sie ist als Geschäftsfrau außerordentlich begabt und »hüftabwärts«, wie sie sagt, mit einem vielversprechenden Tankstellenbesitzer verbunden.

Meine Großmutter und ich stehen uns immer noch sehr nahe. Sie sagt, sie wolle ausruhen von den Aufregungen des

Lebens und sehne den Tag herbei, an dem er ihr erscheint, der Todesreiter von Haimburg. Sie ist jetzt fast 100 Jahre alt, und vielleicht sollte ich aufhören, ihr Ableben ganz egoistisch als schreckliches Erlebnis zu deuten.

Schnupfentrine ist fort, vielleicht in eine andere Zeit entschwunden, eine Zeit, in der sie sich heimischer fühlt als in der unseren. Ich bin sicher, sie streicht irgendwo in einem Flur oder Keller oder Dachgestühl umher, neben sich ein Kind, das die Welt und alles, was es nicht gibt, noch mit wunderbar klaren Augen sieht.

Zu ihrem fünften Geburtstag schenkte Antonia meiner Tochter Theresa das Bild von Elisabetta und sagte, es sei etwas Besonderes und werde ihr Glück bringen. Meine Tochter bedankte sich artig, aber ihre Freude hielt sich in Grenzen. »Was ist denn das Besondere an dem Bild?«, fragte sie zweifelnd.

Theresa ist noch zu jung für die Familiengeschichte, aber eines Tages wird sie darin lesen. Sie fängt an: »An einem Sommertag im August verkündete meine Schwester Antonia, eine Fee werde die Familie in den nächsten Tagen aufsuchen und die nächsten fünfhundert Jahre nicht mehr verlassen …«

Danksagung

Geschehnisse und Personen dieses Romans sind weitgehend erfunden, doch haben diese Geschichte viele meiner Familienmitglieder inspiriert, vor allem meine Eltern. Ihre »Ausflüge« in die Vergangenheit, ihre langen Erzählungen und Erinnerungen trugen entscheidend dazu bei, die Zeit des Zweiten Weltkriegs im Odenwald zu rekonstruieren sowie die Sitten und Gebräuche traditionsbewusster, aristokratischer Familien in der Nachkriegszeit. Für ihre Geduld und ihr Engagement, ihre Ermutigung kann ich mich nicht genug bedanken.

Meine Großmütter Therese Gräfin Westphalen und Juliana Gräfin Gatterburg, zwei eigensinnige und bemerkenswerte Frauen, die ich beide sehr liebte, sind Vorbild für Gräfin Theresa Haimburg. Dieses fiktionale Familienporträt ist auch ihnen gewidmet.

Ich möchte auch allen anderen Verwandten, Freunden, Fachleuten danken, die mich mit Wissen, Kenntnissen und Hinweisen unterstützten: Petra Oelker, Dr. Christina Spenneberg, Martina Pott, Elisabeth von Hövel, Rosemarie Dypka. Ihr wart fabelhaft und sehr hilfreich.

Mein Agent Dirk Meynecke und List-Verlagsleiterin Doris Janhsen haben das Werk entscheidend mit auf den Weg gebracht und liebevoll begleitet, die Arbeit meiner famosen Lektorin Ingrid Grimm ist nicht genug zu loben.

Schließlich gilt es zwei Menschen zu danken, die mich auch in Phasen größerer Verzweiflung ertrugen, mich beruhigten, mich anregten: das sind meine Schwester, deren Unterstützung mir sehr half, und mein Mann Lutz. Geduldig haben sie viele Spaziergänge ertragen und sich dabei die immer neu entwickelten, zahlreichen

Wendungen und Verwicklungen der Geschichte angehört. Ohne ihren Rat und Beistand wäre die Geschichte niemals fertig geworden.

Trotz einiger autobiographischer Teile ist dieses Buch in erster Linie ein Roman, ich habe vieles erfunden und mir mit Daten und Fakten mitunter gewisse Freiheiten erlaubt – getreu dem Motto: Tatsachen sollten einer guten Geschichte niemals im Wege stehen.

Im Sommer 2001,
Angela von Gatterburg